倚天屠龍記

金庸

前頁圖片／倪瓚「雨後空林圖」。倪瓚（1301－1374），號雲林，江蘇無錫人。畫法古雅簡樸，氣韻甚高，世稱逸品，明初江南人家以有無倪畫而別雅俗。本圖上方有董其昌題識，稱倪雲林平生設色山水惟有兩幅，此為其一。本圖及本書第一、四集封面原畫均藏台北故宮博物館。

右圖／梁楷「布袋和尚」：此畫神情生動，爲梁楷之減筆名作。

左圖／張宏「布袋和尚」：張宏，明朝人。

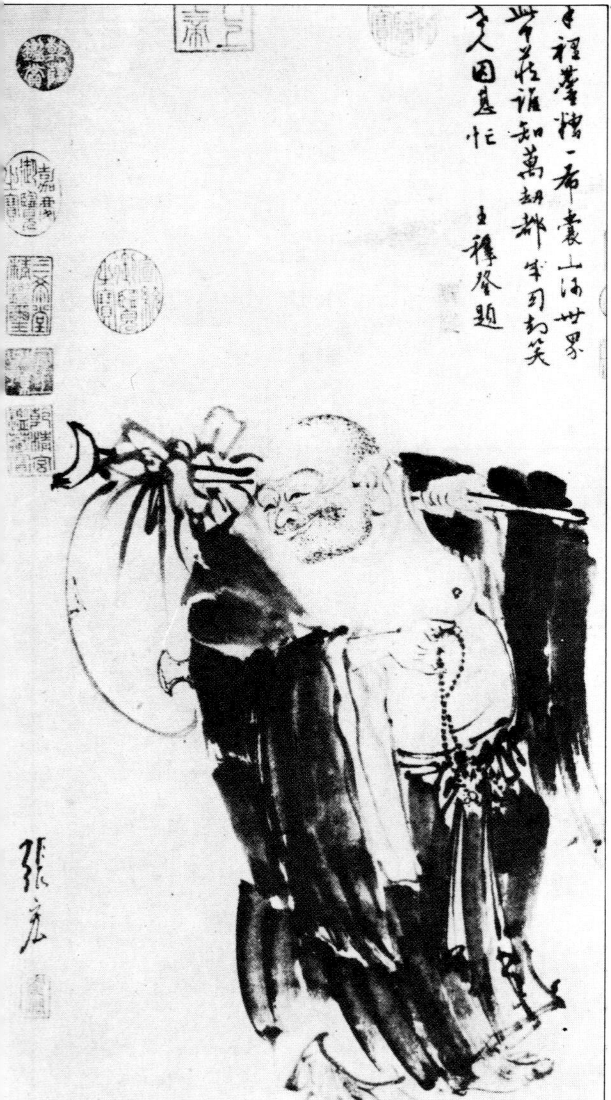

「布袋和尚」：傳爲北宋大畫家李龍眠筆。布袋和尚本爲梁時神僧，傳說衆多。元末羣雄起義，頗多以彌勒佛爲號召，亦有人自稱爲布袋和尚。

冷謙「白岳圖」：冷謙，杭州人，精音樂，善書畫。本圖題字中稱至正癸未（即元順帝至正三年，其時張無忌年方數歲，可能尚在冰火島上），與劉基自浙江湖江而上，至安徽休寧遊覽白嶽，因作此圖，上有劉基題字。其後有張居正題字及許多鑒賞章，其中宣統皇帝的圖章蓋在山上，最沒學問。冷謙著有「修齡指要」一書，講修鍊長生之術，傳說謂冷謙於明永樂年間成仙。

銀槎杯．製於元至正五年

右圖／元代釉裡紅花卉大碗。

下頁圖／趙孟頫「調良圖」。趙孟頫（一二五四－一三二二），宋太祖十一世孫，居浙江吳興。元初大書畫家。

蒙古戰船及戰士：錄自日本「蒙古襲來繪詞」長卷。傳抱石「中國美術年表」記該長卷於元世祖至元三十年繪成。圖中之戰船似太小，不足以遠涉重洋而攻日本，或爲大戰船所附之登陸艇。

太極與八卦：倫敦「惠康醫藥史會」所藏之彩畫。

波斯王登基圖：此波斯王較張無忌時代遲一百餘年，由此圖可見到其時波斯貴人的

波斯軍與蒙古軍戰鬥圖——波斯故事書中的插畫。頭有紅色豎起裝飾者為波斯人。右下圖／中國境內出土的波斯古銀幣：波斯古銀幣在吐魯番高昌古城、定縣北魏塔基、陝縣隋墓、西安唐墓等處均有出土，可見在北魏、隋、唐年間，波斯人已與中國交通頻繁。

古波斯故事書插畫——波斯明教教義之主旨為善神與惡神不斷爭鬥，「火」為光明仁善之代表。圖中所繪為惡神手下之諸惡魔，樹上生人頭、坐騎有七首等等，異想天開之至。

伏羲六十四卦方位

伏羲四圖其說皆出邵氏蓋邵氏得之李之才挺之挺之得之穆修伯長伯長得之華山希夷先生陳摶圖南者所謂先天之學也此圖圓布者乾盡午中坤盡子中離盡卯中坎盡酉中陽生於子中極於午中陰生於午中極於子中其陽在南其陰在

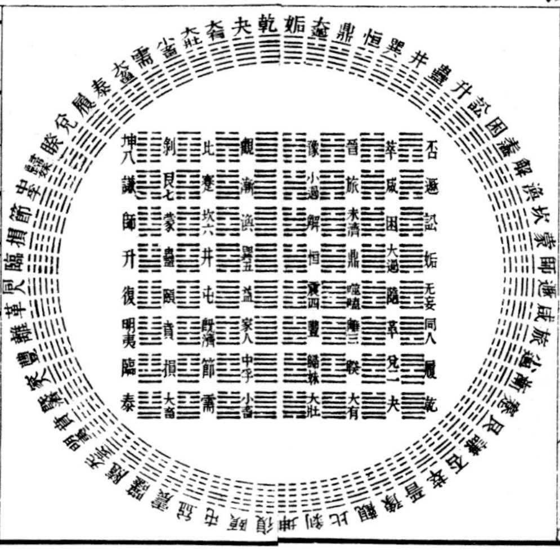

北方布者乾始於西北坤盡於東南其陽在北其陰在南此二者陰陽對待之數圓於外者爲陽方於中者爲陰圓者動而爲天方者靜而爲地者也

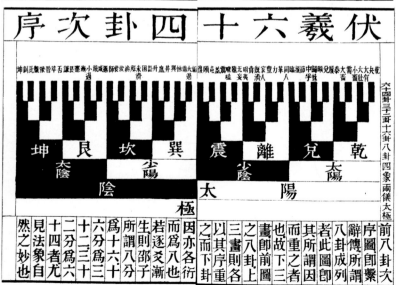

伏羲六十四卦次序

前八卦次序圖卽繫辭傳所謂八卦成列者此圖卽其所謂因而重之者也故下三畫卽前圖之八卦上三畫則各以其序重之而下卦因亦各衍而爲八也若逐爻漸生則邵子所謂八分爲十六十六分爲三十二三十二分爲六十四者尤見法象自然之妙也

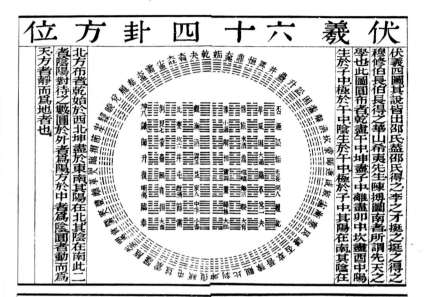

圖一／元人之押字印。

圖二／元朝千戶印：千戶相當於現代之團長。

圖三／北元「太尉之印」：製於宣光元年，其時朱元璋已破大都，元順帝北逃後不久逝世，昭帝即位，改號宣光。太尉是元朝最高的軍事長官，當時王保保掌軍政大權，此印或即爲王保保所用

圖四／冷謙畫象：錄自「晚笑堂畫傳」

圖四

右圖／元代的石彫羅漢；現藏西德科倫東亞藝術館。
左圖／北京天寧寺塔：天寧寺建於北魏，名宏業寺，唐代稱天王寺，金代改稱大萬安寺，元末毀於火，明朝燕王時重建，姚廣寺居於該寺。塔高十三丈，共十三級。

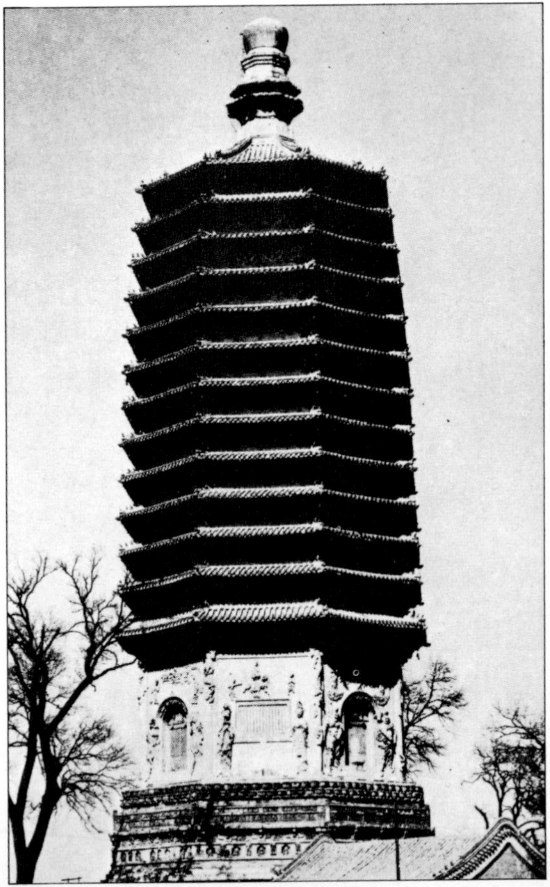

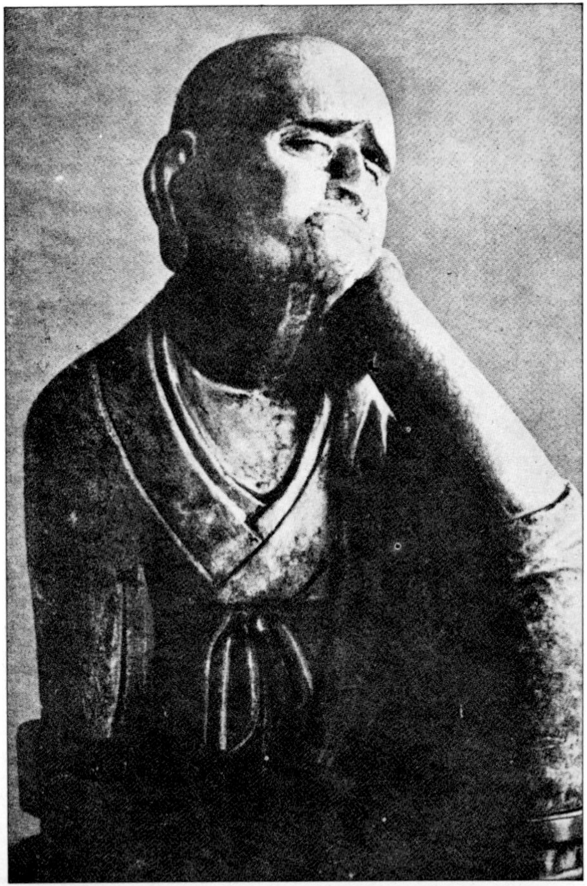

倚天屠龍記

金庸著

金庸作品集⑱

倚天屠龍記㈢

The Heaven Sword and the Dragon Sabre, Vol. 3

作　者／金　庸

平裝版封面設計／霍榮齡　典藏版封面設計／霍榮齡

內頁插畫／姜雲行　內頁圖片構成／霍榮齡・潘清芬・陳銘

發 行 人／王 榮 文

出版・發行／遠流出版事業股份有限公司

臺北市南昌路 2 段 81 號 6 樓

電話／2392-6899　傳真／2392-6658

郵撥／0189456-1

印　刷／優文印刷有限公司

□1987 年 2 月 1 日　初版一刷

□2007 年 12 月 1 日　三版二十八刷

平裝版　每冊250元　（本作品全四冊，共1000元）

〔典藏版「金庸作品集」全套36冊，不分售〕

行政院新聞局局版臺業字第1295號

ISBN　957-32-2926-9（套：平裝）

ISBN　957-32-2929-3（第三冊：平裝）

Printed in Taiwan

金庸茶館網站

http://jinyong.ylib.com.tw　E-mail:jinyong@yuanliou.ylib.com.tw

YLib 遠流博識網

http://www.ylib.com.tw　E-mail:ylib@yuanliou.ylib.com.tw

目錄

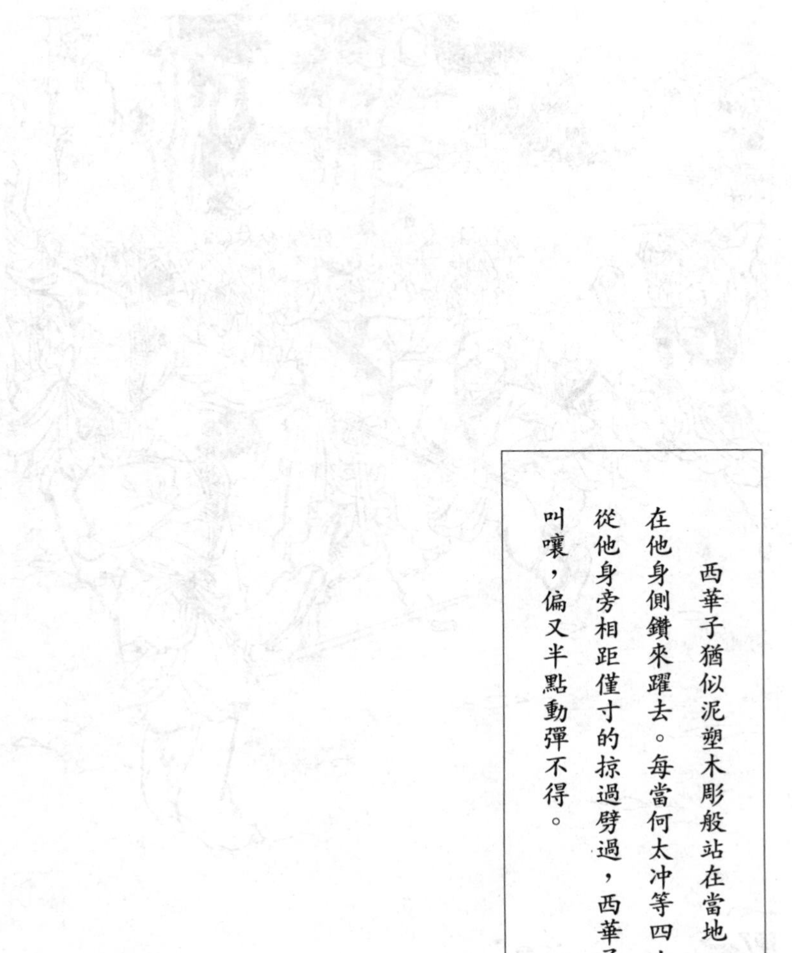

西華子猶似泥塑木彫般站在當地，張無忌在他身側鑽來躍去。每當何太冲等四人的刀劍從他身旁相距僅寸的掠過劈過，西華子便大聲叫嚷，偏又半點動彈不得。

二十一　排難解紛當六強

宗維俠見張無忌擒釋圓音，舉重若輕，不禁大為驚異，但既已身在場中，豈能就此示弱退下？大聲道：「姓曾的，你來強行出頭，到底受了何人指使？」張無忌道：「我只盼望六大派和明教罷手言和，並無誰人指使在下。」宗維俠道：「哼，要我們跟魔教罷手言和，難上加難。這姓殷的老賊欠了我三記七傷拳，先讓我打了再說。」說着捋起了衣袖。

張無忌道：「宗前輩開口七傷拳，閉口七傷拳，依晚輩之見，宗前輩的七傷拳還沒練得到家。人身五行，心屬火、肺屬金、腎屬水、脾屬土、肝屬木，再加上陰陽二氣，一練七傷，七者皆傷。這七傷拳的拳功每深一層，自身內臟便多受一層損害，實則是先傷己，再傷敵。幸好宗前輩練這路拳法的時日還不算太久，尚有救藥。」

宗維俠聽他這幾句話，的的確確是「七傷拳譜」的總綱。拳譜中諄諄告誡，若非內功練到氣走諸穴、收發自如的境界，萬萬不可練此拳術。但這門拳術是崆峒派鎮山絕技，宗維俠一到內功有成，便即試練，一練之下，立覺拳中威力無窮，既經陷溺，便難以自休，早把拳譜總綱中的話拋諸腦後。何況崆峒五老人人皆練，自己身居五老之次，焉可後人？這時聽張無忌說起，才凜然一驚，問道：「你怎麼又知道了？」

張無忌不答他的問話，卻道：「宗前輩請試按肩頭雲門穴，是否有輕微隱痛？雲門穴屬肺，那是肺脈傷了。你上臂青靈穴是否時時麻癢難當？青靈穴屬心，那是心脈傷了。你腿上五里穴是否每逢陰雨，便即酸痛，五里穴屬肝，那是肝脈傷了。你越練下去，這些徵象便越厲害，再練得八九年，不免全身癱瘓。」

宗維俠凝神聽着他的說話，額頭上汗珠一滴滴的滲了出來。原來張無忌經謝遜傳授，精通七傷拳的拳理，再加他深研醫術，明白損傷經脈後的徵狀，說來竟絲毫不錯。宗維俠這幾年身上確有這些毛病，只是病況非重，心底又暗自害怕，一味的諱疾忌醫，這時聽他一一指出，不由得臉上變色，過了良久，才道：「你……你怎麼知道？」

張無忌淡淡一笑，說道：「晚輩畧明醫理，前輩若是信得過時，待此間事情一了，晚輩可設法給你驅除這些病症。只是七傷拳有害無益，不能再練。」

宗維俠強道：「七傷拳是我崆峒絕技，怎能說有害無益？當年我掌門師祖木靈子以七傷拳威震天下，名揚四海，壽至九十一歲，怎麼說會傷害自身？你這不是胡說八道麼？」

張無忌道：「木靈子前輩想必內功深湛，自然能練，不但無害，反而強壯臟腑。依晚輩之見，宗前輩的內功如不到那個境界，若要強練，只怕終歸無用。」

宗維俠是崆峒名宿，雖知他所說的不無有理，但在各派高手之前，被這少年指摘本派的鎮山絕技無用，如何不惱？大聲喝道：「憑你也配說我崆峒絕技有用無用？你說無用，那就來試試。」張無忌淡淡一笑，說道：「七傷拳自是神妙精奧的絕技，拳力剛中有柔，柔中有剛，七般拳勁各不相同，吞吐閃爍，變幻百端，敵手委實難防難擋……」宗維俠聽他讚譽七傷拳的神妙，說來語語中肯，不禁臉露微笑，不住點頭，卻聽他繼續說道：「……晚輩只是說內功修爲倘若不到，那便練之有害無益。」

周芷若躲在衆師姊身後，側身瞧着張無忌，見他臉上尙帶少年人的稚氣，但勉強裝作見多識廣的老成模樣，這般侃侃而談，教訓崆峒五老中的二老宗維俠，不免顯得有些可笑，又不自禁的爲他發愁。

崆峒派中年輕性躁的弟子聽張無忌說話漸漸無禮，忍不住便要開口呼叱，然見宗維俠容色嚴肅，對這少年的言語凝神傾聽，又都把衝到口邊的叱罵聲縮了回去。

宗維俠道：「依你說來，我的內功是還沒到家了！」張無忌道：「前輩的內功到家不到家，晚輩不敢妄言。不過前輩練這七傷拳時既然傷了自身，那麼不練也罷……」

他剛說到這裏，忽聽得身後一人暴喝：「二哥跟這小子囉唆些甚麼？他瞧不起咱們的七傷拳，便讓他吃我一拳，嚐嚐滋味。」那人聲止拳到，出手既快且狠，呼呼風聲，一拳對準了張無忌背上的靈台穴直擊而至。

張無忌明知身後有人來襲，卻不理會，對宗維俠道：「宗前輩……」

猛聽得鐵鍊嗆噹聲響，搶出一人，嬌聲叱道：「你暗施偷襲！」伸鍊往那人頭上套去，正是小昭。那人左手一翻，格開鐵鍊，砰的一拳，已結結實實打在張無忌背上。這拳正中靈台穴，張無忌卻似全無知覺，對小昭微笑道：「小昭，不用擔心，這樣的七傷拳不會有好大用處。」小昭吁了口氣，雪白的臉轉為暈紅，低聲道：「我倒忘了你已練……」說到這裏，忙卽住口，拖着鐵鍊退了開去。

張無忌轉過身來，見偷襲之人是個大頭瘦身的老者。這人是崆峒五老中位居第四的常敬之。他一拳命中對方的要穴，見張無忌渾如不覺，大感詫異，衝口而出：「你……你已練成『金剛不壞體』神功，那麼是少林派的了？」張無忌道：「在下不是少林派的弟子……」常敬之知道凡是護身神功，全仗一股眞氣凝聚，一開口說話，眞氣卽散，不等他住口，又出拳打去，砰的一聲，這一次是打在胸口。

張無忌笑道：「我原說『七傷拳』若無內功根柢，並不管用。你若不信，不妨再打一拳試試。」常敬之拳出如風，砰砰接連兩拳。這前後四拳，明明都打在對方身上，但張無忌笑嘻嘻的受了下來，竟似不關痛癢，四招開碑裂石的重手，在他便如清風拂體，柔絲撫身。

常敬之外號叫作「一拳斷嶽」，雖然誇大，但拳力之強，老一輩武林人士向來知名。衆人見他連出四拳，全成了白費力氣，無不震驚。崑崙派和崆峒派素來不睦，這次雖然聯手圍攻明教，但雙方互有心病，崑崙派中便有人冷冷的叫道：「好一個『一拳斷嶽』啊！」又有人道：「那麼四拳便斷甚麼？」幸好常敬之一張臉膛本來黑黝黝地，雖然脹得滿臉通紅，倒也不大刺眼。

宗維俠拱手道：「曾少見神功，佩服，佩服！能讓老朽領教三招麼？」他知自己七傷拳的功力比常敬之深得多，老四不成，自己未必便損不了對方。

張無忌道：「崆峒派絕技七傷拳，倘若當眞練成了，實是無堅不摧。少林派空見神僧身具『金剛不壞體』神功，尙且命喪貴派的『七傷拳』之下，在下武功萬萬不及空見神僧，又如何能擋？但眼下勉力接你三拳，想也無妨。」言下之意是說，七傷拳本是好的，不過你還差得遠呢。

宗維俠無暇去理會他的言外之意，暗運幾口眞氣，跨上一步，臂骨格格作響，劈的一聲，一拳打在張無忌胸口。拳面和他胸口相碰，突覺他身上似有一股極強的黏力，一時縮不回來，大驚之下，更覺有股柔和的熱力從拳面直傳入自己丹田，胸腹之間感到說不出的舒服。他一呆之下，縮回手臂，又發拳打去。這次打中對方小腹，只覺震回來的力道強極，他退了一步，這才站定，運氣數轉，重又上前，挺拳猛擊。

常敬之站在張無忌身側，見宗維俠臉上一陣紅一陣白，似已受了內傷，待他第三拳打出時，跟着也是一拳。宗維俠擊前胸，常敬之打後背，雙拳前後夾攻，皆是勁力凌厲非凡。那知兩人拳到時，便如打在空虛之處，兩股強勁的拳力霎時之間均被化解得無影無蹤。

常敬之明知以自己身分地位，首次偷襲已大爲不妥，但勉強還可說因對方出言侮辱崆峒絕技，以致怒氣無法抑制，這第二次偷襲，卻明明是下流卑鄙的行逕了。他本想合兩人七傷拳的威力，自可一舉將這少年斃於拳下，只要將他打死，縱然旁人事後有甚閒言閒語，但自己總是爲六大派除去了一個碍手碍脚的傢伙，立下一場功勞。那知拳鋒甫着敵身，勁力立消於無形，何以竟會這樣，當眞摸不著半點頭腦，只不過右手還是伸上頭去，搔了幾下。

張無忌對宗維俠微笑道：「前輩覺得怎樣？」

宗維俠一愕，躬身拱手，恭恭敬敬的道：「多謝曾少俠以內力爲在下療傷，曾少俠神功驚人固不必說，而這番以德報怨的大仁大義，在下更是感激不盡。」

他此言一出，眾人無不大為驚訝。旁人自不知張無忌在宗維俠連擊他三拳之際，運出九陽眞氣，送入他的體內，時刻雖短，一瞬卽過，但那九陽眞氣渾厚強勁，宗維俠已然受用不淺。他知若非常敬之在張無忌身後偷襲，那麼第三拳上所受的好處將遠不止此。

張無忌道：「大仁大義四字，如何克當？宗前輩此刻奇經八脈都受劇震，最好立卽運氣調息，那麼練七傷拳時所積下來的毒害，當可在兩三年內逐步除去。」

宗維俠自已知道自身毛病，拱手道：「多謝，多謝！」當卽退在一旁，坐下運功，明知此舉甚為不雅，頗失觀瞻，但有關生死安危，別的也顧不得了。

張無忌俯下身來，接續唐文亮的斷骨，對常敬之道：「拿些回陽五龍膏給我。」常敬之從身邊取了出來給他。張無忌道：「請去向武當派討一服三黃寶臘丸，向華山派討一些玉眞散來。」常敬之依言討到，遞了給他。張無忌道：「貴派的回陽五龍膏中，所用草烏是極好的；武當派三黃寶臘丸中的麻黃、雄黃、藤黃三黃甚是有用，再加上玉眞散，唐前輩調養兩個月後，四肢當能完好如初。」說着續骨敷藥，片刻間整治完畢。

武林各派均有傷科秘藥，各有各的靈效，胡青牛醫書中寫得明明白白。張無忌料想六大派圍攻明教，自是各有攜帶在身。但旁觀的人卻愈看愈奇，張無忌接骨手法之妙，非任何名醫可及，那是不必說了，何以各派攜有何種藥物，他也是一淸二楚？常敬之抱起唐文亮，神色尷尬的退了下去。唐文亮突然叫道：「姓曾的，你治好我的斷骨，唐文亮十分感激，日後自當補報。可是崆峒派和魔教仇深似海，豈能憑你這一點小恩小惠，便此罷手？你要勸架，我們是不聽的。你若說我忘恩負義，儘可將我四肢再折斷了。」

眾人一聽，均想：「同是崆峒耆宿，這唐文亮卻比常敬之有骨氣得多了。」

張無忌道：「依唐前輩說來，如何才能聽在下的勸解？」

唐文亮道：「你露一手武功，倘若崆峒派及你不上，那才無話可說。」

張無忌道：「崆峒派高手如雲，晚輩如何及得上？不過晚輩不自量力，定要做這和事老，只好拚命一試。」四下一望，見廣場東首有株高達三丈有餘的大松樹，枝椏四出，亭亭如蓋，便緩步走了過去，朗聲道：「晚輩學過貴派的一些七傷拳法，倘若練得不對，請崆峒派各位前輩切莫見笑。」各派人眾聽了，盡皆詫異：「這小子原來連崆峒派的七傷拳也會，那是從何處學來啊？」只聽他朗聲唸道：「五行之氣調陰陽，損心傷肺摧肝腸，藏離精失意恍惚，三焦齊逆兮魂魄飛揚！」

別派各人聽到，那也罷了。崆峒五老聽到他高吟這四句似歌非歌、似詩非詩的拳訣，卻無不凜然心驚。這正是七傷拳的總訣，乃崆峒派的不傳之秘，這少年如何知道？他們一時之間，怎想得到謝遜將七傷拳譜搶去後，傳了給他。

張無忌高聲吟罷，走上前去，砰的一拳擊出，突然間眼前青翠幌動，大松樹的上半截平平飛出，轟隆一響，摔在兩丈之外，地下只留了四尺來長的半截樹幹，切斷處甚是平整。

常敬之喃喃的道：「這……這可不是七傷拳啊！」七傷拳講究剛中有柔，柔中有剛，這震斷大樹的拳法雖然威力驚人，卻顯是純剛之力。他走近一看，不由得張大了口合不攏來，但見樹幹斷處脈絡盡皆震碎，正是七傷拳練到最深時的功夫。

原來張無忌存心威壓當場，倘若單以七傷拳震碎樹脈，須至十天半月之後，松樹枯萎，才顯功力，是以使出七傷拳勁力之後，跟着以陽剛猛勁斷樹。那正是仿效當年義父謝遜在冰火島上震裂樹脈、再以屠龍刀砍斷樹幹的手法。

只聽得喝采驚呼之聲，各派中此伏彼起，良久不絕。

常敬之道：「好！這果然是絕高明的七傷拳法，常某拜服！不過我要請教，曾少俠這路拳法從何處學來？」張無忌微笑不答。唐文亮厲聲道：「金毛獅王謝遜現在何處？還請曾少俠告知。」他心思較靈，已隱約猜到謝遜與眼前這少年之間當有關係。

張無忌一驚：「啊喲不好，我炫示七傷拳功，卻把義父帶了出來。倘若言明了跟義父之間的淵源，那是擺明和六大派爲敵，這和事老便作不成了。」當卽說道：「你道貴派失落七傷拳譜，罪魁禍首是金毛獅王嗎？錯了，錯了！那一晚崆峒山青陽觀中奪譜激鬥，貴派有人中了混元功之傷，全身現出血紅斑點，下手之人，乃是混元霹靂手成崑。」

當年謝遜赴崆峒山刧奪拳譜，成崑存心爲明教多方樹敵，是以反而暗中相助，以混元功擊傷唐文亮、常敬之二老，當時謝遜不知，後來經空見點破，這才明白。這時張無忌心想成崑一生奸詐，嫁禍於人，我不妨以其人之道，還治其人之身，何況這又不是說的假話。

唐文亮和常敬之疑心了二十餘年，這時經張無忌一提，均想原來如此，不由得對望了一眼，一時說不出話來。宗維俠道：「那麼請問曾少俠，這成崑現下到了何處？」

張無忌道：「混元霹靂手成崑一心挑撥六大派和明教不和，後來投入少林門下，法名圓眞。昨晚他混入明教內堂，親口對明教首腦人物吐露此事。楊逍先生、韋蝠王、五散人等皆曾聽聞。此事千眞萬確，若有虛言，我是豬狗不如之輩，死後萬刦不得超生。」他這幾句話朗朗說來，衆人盡皆動容。只有少林派僧衆卻一齊大嘩。

只聽一人高宣佛號，緩步而出，身披灰色僧袍，貌相威嚴，左手握了一串念珠，正是少林三大神僧之一的空性。他步入廣場，說道：「曾施主，你如何胡言亂語，一再誣衊我少林門下？當此天下英雄之前，少林淸名豈能容你隨口汚辱？」

張無忌躬身道：「大師不必動怒，請圓眞僧出來跟晚輩對質，便知眞相。」

空性大師沉着臉道：「曾施主一再提及敝師姪圓眞之名，你年紀輕輕，何以存心如此險惡？」張無忌道：「在下是要請圓眞和尙出來，在天下英雄之前分辯是非黑白，怎地存心險惡了？」空性道：「圓眞師姪是我空見師兄的入室弟子，佛學深湛，除了這次隨衆遠征明教之外，多年來不出寺門一步，如何能是混元霹靂手成崑？更何況圓眞師姪爲我六大派苦戰妖孽，力盡圓寂，他死後淸名，豈容你……」

張無忌聽到「力盡圓寂」四字時，耳朵中嗡的一聲響，臉色登時慘白，空性以後說甚麼話，一句也沒有聽見，喃喃的道：「他……他當眞死了麼？決……決計不會。」

空性指着西首一堆僧侶的屍首，大聲道：「你自己去瞧罷！」

張無忌走到這堆屍首之前，只見有一具屍體臉頰凹陷、雙目翻挺，果然便是投入少林後化名圓眞的混元霹靂手成崑，俯身探他鼻息，觸手處臉上肌肉冰涼，已然死去多時。張無忌又悲又喜，想不到害了義父一世的大仇人，終於惡貫滿盈，喪生於此，胸中熱血上湧，忍不住仰天哈哈大笑，叫道：「奸賊啊奸賊，你一生作惡多端，原來也有今日。」

這幾下大笑聲震山谷，遠遠傳送出去，人人都是心頭一凜。

張無忌回過頭來，問道：「這圓眞是誰打死的？」空性側目斜睨，臉上猶似罩着一層寒霜，並不答話。殷天正本已退在一旁，這時說道：「他和小兒野王比掌，結果一死一傷。」

張無忌躬身道：「是！」心道：「想是圓眞中了韋蝠王的寒冰綿掌後，受傷不輕，我舅父的掌力也是非同小可，這才當場將他擊斃。舅父替我報了這場深仇，那眞是再好不過。」走到殷野王身旁，一搭他的脈息，知道生命無礙，便即寬心，說道：「多謝前輩！」

空性在一旁瞧着，愈來愈怒，縱聲喝道：「小子，過來納命罷！」這幾個字轟轟入耳，聲若雷震。張無忌愕然回頭，道：「怎麼？」空性大聲道：「你明知圓眞師姪已死，卻將一切罪過全都推在他的身上，如此惡毒，豈能饒你？老和尚今日要開殺戒。你是自裁呢，還是非要老和尚動手不可？」

張無忌心下躊躇：「圓眞伏誅，罪魁禍首遭了應得之報，原是極大喜事，可是從此無人對質，眞相反而不易大白，那便如何是好？」正自沉吟，空性踏上幾步，右手向他頭頂抓將下來，這一抓自腕至指，伸得筆直，勁道凌厲已極。

殷天正喝道：「是龍爪手，不可大意！」

張無忌身形一側，輕飄飄的讓了開去。空性一抓不中，次抓隨至，這一招來勢更加迅捷剛猛。張無忌斜身又向左側閃避。空性第三抓、第四抓、第五抓呼呼發出，瞬息之間，一個灰袍僧人便似變成了一條灰龍，龍影飛空，龍爪急舞，將張無忌壓制得無處躲閃。猛聽得嗤的一聲響，張無忌橫身飛出，右手衣袖已被空性抓在手中，右臂裸露，現出長長五條血痕，鮮血淋漓而下，少林僧衆喝采聲中，卻夾雜着一個少女的驚呼。

張無忌向驚呼聲來處瞧去，只見小昭神色驚恐，叫道：「張公子，你……你小心了。」張無忌心中一動：「這小姑娘對我倒也眞好。」

空性一招得手，縱身而起，又撲將過來，威勢非凡。這路抓法快極狠極。張無忌生平從未見過，一時無策抵禦，只得倒退躍開，這一抓便即落空。

空性龍爪手源源而出，張無忌又即縱身後退。兩人面對着面，一個撲擊，一個後躍。空性連抓九下，盡皆落空。兩人始終相距兩尺有餘，雖然空性連續急攻，張無忌未有還手餘地，但兩人輕功上的造詣，卻極明顯的分了高下。空性飛步上前，張無忌卻是倒退後躍，其間難易相去實不可以道里計，空性始終趕他不上，脚下自早已輸得一敗塗地。張無忌只須轉過身來奔出數步，立卽便將他遙遙拋落在後了。

其實張無忌不須轉身，縱然倒退，也能擺脫對方的攻擊，他所以一直和空性不接不離，始終相距在二三尺間，乃在察看他龍爪手招數中的秘奧，看到第三十七招時，只見他左手疾撲而前，使的又是第八招「拏雲式」。他第三十八招雙手自上而下同抓，方位雖變，姿式卻和第十二招「搶珠式」相同。這些招式的名稱，張無忌自是一無所知，但出手姿式，卻每一招都看得分明，記得清楚。

原來那龍爪手只有三十六招，要旨端在凌厲狠辣，不求變化繁多。空性中年之時曾數逢大敵，但只要使出這龍爪手來，無不立佔上風，總是在十二招以前便卽取勝，自第十三招起，只是自己平時練習，從未在臨敵時用過，這一次直使到第三十六招，仍未能制服敵人，那是生平從所未有之事。到第三十七招時，已迫得變化前招，尋思：「這小子不過輕功高明，身形靈便，一味東躲西閃而已，倘若當眞拆招，未必擋得了我十二招龍爪手。」

張無忌這時卻已看全了龍爪手三十六式抓法，其本身雖無破綻可尋，但乾坤大挪移法卻能在對方任何拳招中造成破綻，只是心下躊躇：「此刻我便要取他性命，亦已不難，但少林派威名赫赫，這位空性大師又是少林寺的三大耆宿之一，我若在天下英雄之前將他打敗，少林派顏面何存？可是要不動聲色的叫他知難而退，這人武功比崆峒諸老高明得太多，我可無法辦到。」正感爲難之際，忽聽空性喝道：「小子，你這是逃命，可不是比武！」

張無忌道：「要比武……」空性乘他開口說話而眞氣不純之際，呼呼兩招攻出。張無忌縱身飄開，口中說話繼續接了下去：「……也成，要是我贏得大師，那便如何？」這幾句話中間語氣沒半分停頓，若是閉眼聽來，便跟心平氣和的坐着說話一般無異，決不信他在說這三句話之間，已連續閃避了空性的五招快速進攻。

空性道：「你輕功固是極佳，但要在拳脚上贏得我，卻也休想。」張無忌道：「過招比武，誰又能逆料勝敗？晚輩比大師年輕得多，武藝雖低，氣力上可佔了便宜。」空性厲聲道：「要是我在拳脚之上輸了給你，你要殺便殺，要剮便剮。」張無忌道：「這個可不敢當！晚輩輸了，自然聽憑大師處分，不敢有半句異言。但若僥倖勝得一招半式，便請少林派退下光明頂。」空性道：「少林派之事，由我師兄作主，我只管得自己。我不信這龍爪手拾奪不了你這小子。」

有意求教。

張無忌忙道：「不敢，不敢。少林派武功博大精深，晚輩年幼淺學，深盼他日得有機緣求大師指點。」他這幾句話發自肺腑，也是說得懇切之極。

空性在少林派中身分極是崇高，雖因生性純樸，全無治事之才，在寺中不任重要職司，但人品武功，素爲僧衆推服。少林派中自空智以下見他如此，既覺氣沮，對張無忌顧全本派顏面也是暗暗感激，都覺今日之事，本門是決計不能再出手向他索戰的了。

空智大師是這次六大派圍攻明教的首領，眼見情勢如此，心中十分尷尬，魔教覆滅在卽，卻給這一個無名少年插手阻撓，倘若便此收手，豈不被天下豪傑笑掉了牙齒？一時拿不定主意，斜眼向華山派的掌門人神機子鮮于通使了個眼色。

鮮于通足智多謀，是這次圍攻明教的軍師，見空智大師使眼色向自己求救，當卽摺扇輕揮，緩步而出。

張無忌見來者是個四十餘歲的中年文士，眉目清秀，俊雅瀟洒，心中先存了三分好感，拱手道：「請了，不知這位前輩有何見教。」鮮于通尙未回答，殷天正道：「這是華山派掌門鮮于通，武功平常，鬼計多端。」張無忌一聽到鮮于通之名，暗想：「這名字好熟，甚麼時候聽見過啊？」只見鮮于通走到身前一丈開外，立定脚步，拱手說道：「曾少俠請了！」張無忌還禮道：「鮮于掌門請了。」

鮮于通道：「曾少俠神功蓋世，連敗崆峒諸老，甚且少林神僧亦甘拜下風，在下佩服之至。不知是那一位前輩高人門下，調教出這等近世罕見的少年英俠出來？」

張無忌一直在思索甚麼時候聽人說起過他的姓名，對他的問話沒有置答。

鮮于通仰天打個哈哈，朗聲說道：「不知曾少俠何以對自己的師承來歷，也有這等難言之隱？古人言道：『見賢思齊，見不賢……』」

張無忌聽到「見賢思齊」四字，猛地裏想起「見死不救」來，登時記起，五年前在蝴蝶谷中之時，胡青牛曾對他言道：華山派的鮮于通害死了他妹子。當時張無忌小小的心靈之中曾想：「這鮮于通如此可惡，日後倘若不遭報應，老天爺那裏還算有眼？」一凝神之際，將胡青牛的說話清清楚楚的記了起來：「一個少年在苗疆中了金蠶蠱毒，原本非死不可，我三日三夜不睡，耗盡心血救治了他，和他義結金蘭，情同手足，那知後來他卻害死了我的親妹子……唉，我那苦命的妹子……我兄妹倆自幼父母見背，相依爲命。」胡青牛說這番話時，那滿臉皺紋、淚光瑩瑩的哀傷情狀，曾令張無忌心中大是難過。胡青牛又說，後來曾數次找他報仇，只因華山派人多勢衆，鮮于通又狡猾多智，胡青牛反而險些命喪他手。

他想到此處，雙眉一挺，兩眼神光炯炯，向鮮于通直射過去，又想起鮮于通曾有個弟子薛公遠，被金花婆婆打傷後自己救了他的性命，那知後來反而要將自己煮來吃了，這兩師徒恩將仇報，均是卑鄙無恥的奸惡之徒，薛公遠已死，眼前這鮮于通卻非好好懲戒一番不可，當下微微一笑，說道：「我又沒在苗疆中過非死不可的劇毒，又沒害死過我金蘭之交的妹子，那有甚麼難言之隱？」

鮮于通聽了這句話，不由得全身一顫，背上冷汗直冒。當年他得胡青牛救治性命後，和胡青牛之妹胡青羊相戀。胡青羊以身相許，竟致懷孕，那知鮮于通後來貪圖華山派掌門之位，棄了胡青羊不理，和當時華山派掌門的獨生愛女成親。胡青羊羞憤自盡，造成一屍兩命的慘事。這件事鮮于通一直遮掩得密不通風，不料事隔十餘年，突然被這少年當衆揭了出來，如何不令他驚惶失措？當下便起毒念：「這少年不知如何，竟會得知我的陰私，非下辣手立即除了不可，決不能容他多活一時三刻，否則給他張揚開來，那還了得？」霎時之間鎭定如恒，說道：「曾少俠既不肯見告師承，在下便領教曾少俠的高招。咱們點到即止，還盼手下留情。」說着右掌斜立，左掌便向張無忌肩頭劈了下來，朗聲道：「曾少俠請！」竟不讓張無忌再有說話的機會。

張無忌知他心意，隨手舉掌輕輕一格，說道：「華山派的武藝高明得很，領不領教，都是一般。倒是鮮于掌門恩將仇報、忘恩負義的功夫，卻是人所不及……」

鮮于通不讓他說下去，立即撲上貼身疾攻，使的是華山派絕技之一的七十二路「鷹蛇生死搏」。他收攏摺扇，握在右手，露出鑄作蛇頭之形的尖利扇柄，左手使的則是鷹爪功路子；右手蛇頭點打刺戳，左手則是擒拿扭勾，雙手招數截然不同。這路「鷹蛇生死搏」乃華山派已傳之百餘年的絕技，鷹蛇雙式齊施，蒼鷹矯矢之姿，毒蛇靈動之勢，於一式中同時現出，迅捷狠辣，兼而有之。

可是力分則弱，這路武功用以對付常人，原能使人左支右絀，顧得東來顧不得西，張無忌只接得數招，便知對方招數雖精，勁力不足，比之空性神僧可差得遠了，當下隨手拆接，說道：「鮮于掌門，在下有一件不明之事請教，你當年身中劇毒，已是九死一生，人家拚着三日三夜不睡，竭盡心力的給你治好了，又和你義結金蘭、待你情若兄弟。爲甚麼你如此狠心，反而去害死了他的妹子？」

鮮于通無言可答，張口罵道：「胡……」他本想罵：「胡說八道」，跟對方強辯。他素以言辭便給、口齒伶俐著稱武林，耳聽得張無忌在揭自己的瘡疤，便想捏造一番言語，不但遮掩自己的失德，反而誣陷對方，待張無忌憤怒分神，便可乘機暗下毒手，眼見到張無忌勝過空性神僧的身手，自己上場之前就沒盼能在武功上勝過了他。

那知剛說了一個「胡」字，突然間一股沉重之極的掌力壓將過來，逼在他的胸口，鮮于通喉頭氣息一沉，下面那「……說八道」三個字便咽回了肚中，霎時之間，只覺肺中的氣息便要被對方掌力擠逼出來，急忙潛運內功，苦苦撐持，耳中卻清清楚楚的聽得張無忌說道：「不錯，不錯！你倒記得是姓『胡』的，爲甚麼說了個『胡』字，便不往下說呢？胡家小姐給你害得好慘，這些年來，你難道不感內疚麼？」鮮于通窒悶難當，呼吸便要斷絕，急急連攻三招。張無忌掌力一鬆，鮮于通只感胸口輕了，忙吸了口長氣，喝道：「你……」但只說了個「你」字，對方掌力又逼到胸前，話聲立斷。

張無忌道：「大丈夫一身做事一身當，是就是，非就非，爲甚麼支支吾吾、吞吞吐吐？蝶谷醫仙胡青牛先生當年救了你的性命，是不是？他的親妹子是給你親手害死的，是不是？」他不知胡青牛之妹子如何被害，無法說得更加明白，但鮮于通卻以爲自己一切所作所爲，對方已全都了然於胸，又苦於言語無法出口，臉色更加白了。

旁觀衆人素知鮮于通口若懸河，最擅雄辯，此刻見他臉有愧色，在對方嚴詞詰責之下竟

緩緩站起。四名小僮前導，一捧長劍，一捧鐵琴，另外兩名各持拂塵。五人走到廣場中心，捧劍小僮雙手端劍過頂，躬身呈上，何太沖接了，四名小僮躬身退下。

班淑嫻道：「華山派的反兩儀刀法，招數上倒也不算含糊。」高老者嬉皮笑臉的道：「多蒙讚賞。」班淑嫻橫了他一眼，說道：「咱們四個就拿這小娃兒餵餵招，切磋一下崑崙、華山兩派的武功。」

她說着回過頭來，突然「咦」的一聲，瞪着張無忌道：「你……你……」她和張無忌分手不過五年，雖然他在這五年中自孩童成爲少年，身材長高了，但面目依稀還是相識。

張無忌道：「咱們從前的事，要不要一切都說將出來？我是曾阿牛。」班淑嫻當即明白了他的用意，他不願以眞姓名示人，如果自己將他揭破，那麼他夫婦恩將仇報的種種不德情事，他也要當衆宣布了，當下長劍一舉，說道：「曾少俠武功大進，可喜可賀，還請出手指教。」言下顯然是說，咱們只比武藝，不涉舊事。張無忌微微一笑，道：「久仰賢夫妻劍法通神，尙請手下留情。」何太沖說道：「曾少俠用甚麼兵刃？」

張無忌一見到他，便想起那對會吸毒的金冠銀冠小蛇。他摔入絕谷後，這對小蛇因無毒物爲食，竟致生生餓死，跟着又想起他在武當山上逼死自己父母、逼迫自己和楊不悔吞服毒酒、將自己打得目青鼻腫，一把將自己擲向山石，若不是楊逍正好在旁及時出手相救，自己這時屍骨早朽，還說甚麼做魯仲連、做和事老？自己好心救了他愛妾性命，他卻如此恩將仇報，一再加害。

他想到此處，怒氣上衝，心道：「好何太沖，那一天你打得我何等厲害，今日我雖不能要了你的性命，至少也得狠狠打你一頓，出了當日這口惡氣。」只見何太冲夫婦和華山派的高矮二老分站四角，兩刀雙劍在日光下閃爍不定，突然間雙臂一振，身子筆直躍起，在空中輕輕一個轉折，撲向西首一棵梅樹，左手一探，折了一枝梅花下來，這才迴身落地。

他手持梅花，緩步走入四人之間，高舉梅枝，說道：「在下便以這梅枝當兵刃，領教崑崙、華山兩派的高招。」那梅枝上疏疏落落的生着十來朵梅花，其中半數兀自含苞未放。衆人聽他如此說，都是一驚：「這梅枝一碰卽斷，怎能和對方的寶劍利刀較量？」

班淑嫻冷笑道：「很好，你是絲毫沒將華山、崑崙兩派的功夫放在眼下了？」

張無忌道：「我曾聽先父言道，當年崑崙派前輩何足道先生，琴劍棋三絕，世稱『崑崙三聖』。只可惜咱們生得太晚，沒能瞻仰前輩的風範，實爲憾事。」這幾句話人人都聽得出來，他大讚崑崙派的前輩，卻將眼前的崑崙人物瞧得不堪一擊。

猛聽得崑崙派中一人聲如破鑼的大聲喝道：「小賊種，你有多大能耐，竟敢對我師父、師叔無理？」喝聲未畢，一個滿腮虬髯的道人從人叢中竄了出來，挺劍猛向張無忌背心刺去。這道人身法極快，這一劍雖似事先已有警告，但劍招迅捷，實和偷襲殊無分別。

張無忌竟不轉身，待劍尖將要觸及背心衣服，左足向後翻出，壓下劍刃，順勢踏落，將長劍踹在地下。那道人用力一抽，竟然紋絲不動。張無忌緩緩回過頭來，看這個道人時，原來是他初回中原、在海船中遇到過的西華子，此人性子暴躁，曾一再對張無忌的母親殷素素口出無禮之言。張無忌心中一酸，說道：「你是西華子道長？」

西華子滿臉脹得通紅，並不答話，只是竭力抽劍。張無忌左脚突然鬆開，脚底跟着在劍刃上一點。西華子沒料到他會陡然鬆腳，力道用得猛了，一個踉蹌，向後便跌。憑著他的武功修爲，這一下雖然出其不意，但立時便可拿樁站定，不料剛使得個「千斤墜」，猛地裏劍上一股極強的力道傳來，將他身子一推，登時一屁股坐倒，絕無抗禦的餘地，跟着聽得叮叮叮的幾聲清脆響聲，手中長劍寸寸斷絕，掌中抓着的只餘一個劍柄。

西華子驚愧難當，他是班淑嫻親傳的弟子，因此叫班淑嫻師父，而叫何太冲爲「掌門師叔」，一瞥眼間，只見師父滿臉怒色，心知自己這一下丟了師門極大的臉面，事過之後必受重責，不禁更是惶恐，忙一躍站起，喝道：「小賊種……」

張無忌本想就此讓他回去，但聽他罵到「小賊種」三字，那是辱及了父母，手中梅枝在他身上一掠，已運勁點了他胸腹間三處要穴，對高矮二老和何氏夫婦道：「請進招罷！」

班淑嫻對西華子低聲喝道：「走開！丟的人還不夠麼？」西華子道：「是！」可是竟不移步。班淑嫻怒道：「我叫你走開，聽見沒有？」西華子道：「是！是！師父，是！」口中十分恭謹，卻仍是不動。班淑嫻怒極，心想這傢伙幹麼不聽起話來了？原來張無忌拂穴的手法快極，班淑嫻眼光雖然敏銳，卻萬萬想不到他的勁力可借柔物而傳，梅枝的輕輕一拂，無殊以判官筆連點穴道，當下伸手在西華子肩頭重重一推，喝道：「站開些，別在這兒丟人現眼！」

西華子道：「是，師父，是！」身子平平向旁移開數尺，手足姿式卻半點沒變，就如是一尊石像被人推了一掌一般。這麼一來，班淑嫻和何太冲才知他已在不知不覺間被張無忌點了穴道，心下暗自駭然。何太冲伸手去西華子腰脅推拿數下，想替他解開穴道。那知勁力透入，西華子仍是一動不動。

張無忌指着倚靠在楊逍身旁的楊不悔道：「這個小姑娘，五年前被你們封了穴道，強灌毒酒，我無法給她解開，今日令徒也是一般。貴我兩派的點穴手法不同，那也不足爲異。」

衆人聽他這麼說，眼光都射向楊不悔身上，見她現下也不過是個稚齡少女，五年之前自是更加幼小，何太冲夫婦以一派掌門之尊，竟然這般欺負一個小姑娘，實在太失身分。

班淑嫺見衆人眼色有異，心想多說舊事有何好處，挺劍便往張無忌眉心挑去。便在同時，何太冲長劍指向張無忌後心，跟着華山派高矮二老的攻勢也即展開。

張無忌身形幌動，從刀劍之間竄了開去，梅枝在何太冲臉上掠過。何太冲斜劍刺他腰脅。張無忌左手食指彈向矮老者的單刀，梅枝掃向何太冲的長劍。何太冲劍身微轉，劍鋒對準梅枝削去，心想你武功再高，木質的樹枝終不能抵擋我劍鋒之一削。那知張無忌的梅枝跟着微轉，平平的搭在劍刃之上，一股柔和的勁力送出，何太冲的長劍直盪了開去，噹的一響，剛好格開了高老者砍來的一刀。

高老者叫道：「啊哈，何太冲，你倒戈助敵麼？」何太冲臉上微微一紅，不能自認劍招被敵人內勁引開，只說：「胡說八道！」狠狠一劍，疾向張無忌刺去。

何太冲出招攻敵，班淑嫺正好在張無忌的退路上伏好了後着，高矮二老跟着施展反兩儀刀法。兩儀劍法和反兩儀刀法雖然正反有別，但均是從八卦中化出，再回歸八卦，可說是殊途而同歸。數招一過，四人越使越順手，兩刀雙劍配合得嚴密無比。

張無忌本也料到他四人聯手，定然極不好鬥，果然正反兩套武功聯在一起之後，陰陽相輔，竟沒絲毫破綻。他數次連遇險招，倘若手中所持是件兵刃，當可運勁震斷對方刀劍，偏生過於托大，只拿了一根梅枝。陡然間矮老者鋼刀着地捲到，張無忌閃身相避，班淑嫻長劍疾彈出來，喝一聲：「着！」刺向張無忌大腿，在他褲脚上劃破了一道口子。

張無忌回指點出，何太冲的長劍又已遞到，高矮二老的單刀分取上盤下盤。張無忌一時難以抵敵，靈機一動，滑步搶到了西華子身後。班淑嫻跟上刺出一劍，招數狠毒，勁力之猛，直是欲置張無忌於死地，那裏是比武較量的行逕？張無忌在西華子身後一縮，班淑嫻這一劍險些刺中徒兒身子，硬生生的斜開，西華子卻已「啊喲」一聲的叫了出來。待得何太冲從左首攻到，張無忌又在西華子身側一避。

他一時捉摸不到這兩路正反兩儀武功的要旨，想不出破解之法，只有繞着西華子東轉西閃，暫且將他當作擋避刀劍的盾牌，心中暗叫：「張無忌啊張無忌，你也未免太過小覷了天下英雄。『驕者必敗』這四個字，從今以後可得好好記在心中。焉知世上沒有比乾坤大挪移更厲害的功夫，沒有比九陽神功更渾厚的內勁。該記得天外有天，人上有人。」

只聽得四周笑聲大作。西華子猶似泥塑木彫般站在當地，張無忌在他身側鑽來躍去，每當何太冲等四人的刀劍從他身旁相距僅寸的掠過劈過，西華子便大聲「咦！」「啊！」「唉喲！」的叫喊，偏又半點動彈不得，當眞是十二分的驚險，十二分的滑稽。

班淑嫻怒氣上衝，眼見接連數次均可將張無忌傷於劍下，都是西華子橫擋其間，碍手碍脚，恨不得一劍將他劈爲兩段，只是究有師徒之情，下不得手。華山派的高老者叫道：「何夫人，你不下手，我可要下手了。」班淑嫻恨恨的道：「我管得你麼？」高老者揮刀橫掃，逕往西華子腰間砍去。

張無忌心想不妙，這一刀若教他砍實了，不但自己少了個擋避兵刃的盾牌，而且西華子為己而死，又生糾紛，當下左手衣袖拂出，一股勁風，將高老者的這一刀盪了開去。

矮老者一聲不響，單刀向張無忌項頸斜劈而下。張無忌閃身讓在右首，矮老者這一刀卻不變方向，疾向西華子肩頭劈下，便似收不住勢，非砍往他身上不可，口中卻叫道：「西華道兄，小心！」他知倘若劈死了西華子，勢須和崑崙派結怨成仇，這時裝作迫於無奈，咎非在己，以後便可推卸罪責。張無忌回身一掌，直拍矮老者的胸膛。矮老者氣息一窒，左掌推出，手中單刀卻仍是劈向西華子，驀地裏雙掌相交，矮老者踉蹌後退，險些跌倒。

西華子眼見張無忌兩番出手，相護自己，暗生感激之意，又想：「今日若能逃得性命，決不能和華山派這高矮二賊善罷干休。」

何太沖、班淑嫻夫婦見張無忌迴護西華子，兩人一般的心意：「這小子多了一層顧慮，那就更加縛手縛脚。」竟不感他救徒之德，劍招上越發的凌厲狠辣。高矮二老也是出刀加快，均知極不容易傷到張無忌，但如攻擊西華子而引他來救，便可令他身法中現出破綻，因此反賓為主，兩柄鋼刀倒是往西華子身上招呼的為多。

少林、武當、峨嵋各派高手見此情形，不禁暗暗搖頭，心下微感慚愧，均覺他四人若在此局勢之下殺了張無忌，連自己也不免內疚於心。

張無忌越鬥越是情勢不利，心想：「我打他們不過，送了自己性命也就罷了，何必饒上這個道人？」當下一掌驅退高老者，右手梅枝一顫，已將西華子的穴道解開。

便在此時，矮老者的一刀又砍向西華子下盤。張無忌飛腳踢他手腕，矮老者忙縮手時，不料西華子穴道已解，突然砰的一拳，結結實實打在矮老者鼻樑之上，登時鮮血長流。矮老者的武功原比西華子高得多，但那料得到他獃立了這麼久，居然忽能活動，變起倉卒，以致閃避不及。衆人一見，無不哈哈大笑。

班淑嫻忍笑道：「西華，快退下！」西華子道：「是！那高賊還欠我一拳！」出拳想去打高老者時，矮老者左拳上擊、虛砍一刀，拍的一聲，左手手肘已重重撞在他胸口。這三下連環三式，乃是華山派的絕技。西華子身子幌了幾下，喉頭一甜，吐了口鮮血。

何太冲左掌搭在他腰後，掌力一吐，將他肥大的身軀平平送出數丈以外，向矮老者道：「好一招『華嶽三神峯』！」手中長劍卻嗤的一聲刺向張無忌。他掌底驅徒、口中譏刺、劍下攻敵，分別對付三人，竟然瀟洒自如。

高矮二老不再答話，凝神向張無忌進擊。此刻他四人雖然互有心病，但西華子這障礙一去，四人刀法劍法又已配合的宛似天衣無縫一般，此攻彼援，你消我長，四人合成了一個八手八足的極強高手，招數上反覆變化，層出不窮。

華山、崑崙兩派的正反兩儀刀劍之術，是從中國固有的河圖洛書、以及伏羲文王的八卦方位中推演而得，其奧妙精微之處，若能深研到極致，比之西域的乾坤大挪移實有過之而無不及，只是易理深邃，何太冲夫婦及高矮二老只不過學得二三成而已，否則早已合力將敵手斃於刀劍之下，但饒是如此，張無忌空有一身驚世駭俗的渾厚內力，卻也無法脫困。

這一番劇鬥，人人看得怦然心動。只聽得何氏夫婦長劍上生出嗤嗤聲響，劍氣縱橫，高矮二老揮刀成風，刀光閃閃，四人步步進逼。

張無忌知道若求衝出包圍，原不為難，輕功一施，對方四人中無一追趕得上。但自己逃走雖易，要解明教之圍，卻是談不上了，眼下之計只有嚴密守護，累得對方力疲，再行俟機進攻。不料敵方四人都是內力悠長之輩，雙刀雙劍組成了一片光幕，四面八方的密密包圍，不知何時才顯疲累之象。張無忌無可奈何，只得苦苦支撐。

何太冲等雖佔上風，四人心下却都滿不是味兒，以他們的身分，別說四人聯手，便是一對一的相鬥，給這麼一個後進少年支持到三百餘合仍是收拾不下，也已大失面子，好在張無忌有挫敗神僧空性的戰績在先，無人敢小覷於他，否則眞是要汗顏無地了。四人見張無忌反擊的招數漸少，但始終傷他不得。四人都是久臨大敵，身經百戰，越鬥得久，越是不敢怠忽，竟半點不見焦躁，沉住了氣，絕不貪功冒進。

旁觀各派中的長老名宿，便指指點點，以此教訓本派弟子。

張無忌身在半空，無法避讓，只要身子再沉尺許，立時雙足齊斷，若是沉下三尺，則是齊腰斬為兩截。這當兒不暇思索，長劍指出，白虹劍的劍尖點在倚天劍的劍尖之上，白虹劍一彎，劍身彈起，他已借力重行高躍。

二十二　羣雄歸心約三章

峨嵋派掌門滅絕師太對衆弟子道：「這少年的武功十分怪異，但崑崙、華山的四人，招數上已鉗制得他縛手縛脚。中原武功博大精深，豈是西域的旁門左道所及。兩儀化四象，四象化八卦，正變八八六十四招，奇變八八六十四招，正奇相合，六十四再以六十四倍之，共有四千零九十六種變化。天下武功變化之繁，可說無出其右了。」

周芷若自張無忌下場以來，一直關心。她在峨嵋門下，頗獲滅絕師太的歡心，已得她易經原理的心傳，這時朗聲問道：「師父，這正反兩儀，招數雖多，終究不脫於太極化爲陰陽兩儀的道理。弟子看這四位前輩招數果然精妙，最厲害的似還在脚下步法的方位。」她聲音清脆，一句句以丹田之氣緩緩吐出。

張無忌雖在力戰之中，這幾句話仍是聽得清清楚楚，一瞥之下，見說話的竟是周芷若，心中一動：「她爲甚麼這般大聲說話，難道是有意指點我麼？」

滅絕師太道：「你眼光倒也不錯，能瞧出前輩武功中的精要所在。」

周芷若自言自語：「陽分太陽、少陰，陰分少陽、太陰，是爲四象。太陽爲乾兌，少陰爲離震，少陽爲巽坎，太陰爲艮坤。乾南、坤北、離東、坎西、震東北、兌東南、巽西南、艮西北。自震至乾爲順，自巽至坤爲逆。」朗聲道：「師父，正如你所教：天地定位，山澤通氣，雷風相薄，水火不相射，八卦相錯。數往者順，知來者逆。崑崙派正兩儀劍法，是自震位至乾位的順；華山派反兩儀刀法，則是自巽位至坤位的逆。師父，是不是啊？」

滅絕師太聽徒兒指了出來，心下甚喜，點頭道：「你這孩子，倒也不虧了我平時的教誨。」她向來極少許可旁人，這兩句話已是最大的讚譽了。

滅絕師太欣悅之下，沒留心到周芷若的話聲實在太過響亮，兩人面對面的說話，何必中氣十足，將語音遠遠的傳送出去？但旁邊已有不少人覺察到異狀。周芷若見許多眼光射向自己，索性裝作天眞歡喜之狀，拍手叫道：「師父，是啦，是啦！咱們峨嵋派的四象掌圓中有方，陰陽相成，圓於外者爲陽，方於中者爲陰，圓而動者爲天，方而靜者爲地，天地陰陽，方圓動靜，似乎比這正反兩儀之學又稍勝一籌。」

滅絕師太素來自負本派四象掌爲天下絕學，周芷若這麼說，正迎合了她自高自大的心意，微微一笑，說道：「道理是這麼說，但也要瞧運用者的功力修爲。」

張無忌於八卦方位之學，小時候也曾聽父親講過，但所學甚淺，因此在秘道之中看了陽頂天的遺書後，須小昭指點，方知「無妄」位的所在。這時他聽周芷若說及四象順逆的道理，心中一凜，察看何氏夫婦和高矮二老的步法招數，果是從四象八卦中變化而出，無怪自己的乾坤大挪移心法一點施展不上。原來西域最精深的武功，遇上了中土最精深的學問，相形之下，還是中土功夫的義理更深。張無忌所以暫得不敗，只不過他已將西域武功練到了最高境界，而何氏夫婦、高矮二老的中土武功所學尚淺而已。在這一霎時之間，他腦海中如電閃般連轉了七八個念頭，立時想到七八種方法，每一種均可在舉手間將四人一一擊倒。

但他轉念又想：「倘若我此時施展，只怕滅絕師太要怪上周姑娘，這老師太心狠手辣，甚麼事做不出來？我可不能連累了周姑娘。」當下手上招式半點不改，凝神察看對手四人的招數，他既已領會到敵手武功的總綱，看出去自是頭頭是道，再不似先前有如亂絲一團，分不清中間的糾葛披紛。

周芷若見他處境仍不好轉，暗自焦急，尋思：「他在全力赴敵之際，自不能在片刻間悟到這種精微的道理。」眼見何氏夫婦越逼越緊，張無忌似乎更加難以支持，朗聲說道：「師父，弟子料想鐵琴先生下一步便要搶往『歸妹』位了，不知對不對？」

滅絕師太尚未回答，班淑嫻柳眉倒豎，喝道：「峨嵋派的小姑娘，這小子是你甚麼人，要你一再迴護於他？你吃裏扒外，我崑崙派可不是好惹的。」

周芷若被她說破心事，滿臉通紅。滅絕師太喝道：「芷若，別多問了，他崑崙派不是好惹的，你沒聽見嗎？」這兩句話的語氣，顯是袒護徒兒。

張無忌心中好生感激，暗想若再纏鬥下去，周姑娘或要另生他法來相助自己，要是給滅絕師太瞧破了，可於她有極大危險，於是哈哈大笑，說道：「我是峨嵋派的手下敗將，曾被滅絕師太擒獲，她們峨嵋派當然比你崑崙派高明得多。」向左踏出兩步，右手梅枝揮出，一股勁風撲向矮老者的後心。

這一招的方位時刻，拿揑得恰到好處，矮老者身不由主，鋼刀便往班淑嫻肩頭砍了下去，原來張無忌使的正是乾坤大挪移心法，但依着八卦方位，倒反了矮老者刀招的去勢。班淑嫻忙迴劍擋格，呼的一聲，高老者的鋼刀卻又已砍至。

何太冲搶上相護，舉劍格開高老者的彎刀，張無忌迴掌拍出，引得矮老者刀尖刺向何太冲小腹。班淑嫻大怒，刷刷刷三劍，逼得矮老者手忙脚亂。矮老者叫道：「別上了這小子的當！」何太冲登即省悟，倒反長劍，向張無忌刺去。張無忌挪移乾坤，何太冲這劍在中途轉了方向，嗤的一響，刺中了高老者的左臂。高老者痛得哇哇大叫，舉刀猛向何太冲當頭砍下。矮老者揮刀格開，喝道：「師弟別亂，是那小子搗鬼，唉喲……」原來便在此時，張無忌迫使班淑嫻劍招轉向，刺中了矮老者的肩後。

頃刻之間，華山二老先後中劍受傷，旁觀衆人轟然大亂。只見張無忌梅枝輕拂、手掌斜引，以高老者的刀去攻班淑嫻左脅，以何太冲之劍去削矮老者背心。再鬥數合，驀地裏何太冲夫婦雙劍相交，挺刃互格，高矮二老者兵器碰撞，揮刀砍殺。

到這時候人人都已看出，乃是張無忌從中牽引，攪亂了四人兵刃的方向，至於他使的是甚麼法子，卻無一能解。只有楊逍曾學過一些乾坤大挪移的初步功夫，依稀瞧了些眉目出來，但也決計不信這少年竟能學會了這門神功。

但見場中夫婦相鬥，同門互斫，殺得好看煞人。班淑嫻不住呼叫：「轉无妄，進蒙位，搶明夷……」可是乾坤大挪移功夫四面八方的籠罩住了，不論他們如何變換方位，奮力掙扎，刀劍使將出去，總是不由自主的招呼到自己人身上。高老者叫道：「師哥，你出手輕些成不成？」矮老者道：「我是砍這小賊，又不是砍你。」高老者叫道：「師哥小心，我這一刀只怕要轉彎……」果然不出所料，話聲未畢，他手上鋼刀斜斜的砍向矮老者腰間。

何太冲道：「娘子，這小賊……」班淑嫻噹的一聲，將長劍擲在地下。矮老者心想不錯，若以拳掌扭打，料想這小賊再不能使此邪法，跟着拋去單刀，出拳向張無忌胸口打去，那知颼的一聲響，何太冲長劍迎面點至。矮老者手中沒了兵刃，急忙低頭相避。班淑嫻叫道：「兵刃撒手！」何太冲用力一甩，長劍遠遠擲出。

高老者也跟着鬆手放刀，以擒拿手向張無忌後頸抓去。五指一緊，掌中多了一件硬物，一看卻是自己的鋼刀，原來給張無忌搶過來遞回他手中。高老者道：「我不用兵刃！」使勁擲下。張無忌斜身抓住，又已送在他手裏。接連數次，高老者始終無法將兵刃拋擲脫手，驚駭之餘，自己想想也覺古怪，哈哈大笑起來，說道：「他媽的，臭小子當眞邪門！」

這時矮老者和何氏夫婦拳脚齊施，分別向張無忌猛攻。華山、崑崙的拳掌之學，殊不弱於兵刃，一拳一脚，均具極大威力。但張無忌滑如游魚，每每在間不容髮之際避開，有時反擊一招半式，卻又令三人極難擋架。

到此地步，四人均已知萬難取勝，各自存了全身而退的打算。高老者突然叫道：「臭小子，暗器來了！」一聲咳嗽，一口濃痰向張無忌吐去。張無忌側身讓過，高老者已乘機將鋼刀向背後拋出，笑道：「你還能……啊喲……對不住……」原來張無忌左掌反引，將班淑嫻帶了過來，噗的一聲輕響，高老者這口濃痰正好吐在她眉心。

班淑嫻怒極，十指疾往張無忌抓去。矮老者隻手勾拿，恰好擋着他的退路，高老者和何太冲眼見良機已至，同時撲上，心想這一次將他擠在中間，四人定能抓住了這小子，狠狠的纏扭廝打，雖然觀之不雅，卻管教他再也無法取巧。

張無忌雙手同時施展挪移乾坤心法，一聲清嘯，拔身而起，在半空中輕輕一個轉折，飄然落在丈許之外。

但見何太冲抱住了妻子的腰，班淑嫻抓住丈夫肩頭，高矮二老互相緊緊摟住，四人都摔倒在地。何氏夫婦發覺不對，急忙鬆手躍起。高老者大叫：「抓住了，這一次瞧你逃到那裏？啊喲不是……」矮老者怒道：「快放手！」高老者道：「你不先放手，我怎放得了？」矮老者道：「少說一句成不成？」高老者道：「少說一句，自然可以，不過……」矮老者放開雙臂，厲聲道：「起來！」高老者對師哥究屬心存畏懼，急忙縮手，雙雙躍起。

高老者叫道：「喂，臭小子，你這不是比武，專使邪法，算那門子的英雄？」矮老者知道再糾纏下去，只有越加出醜，向張無忌抱拳道：「閣下神功蓋世，老朽生平從所未見，華山派認栽了。」

張無忌還禮道：「得罪！晚輩僥倖，適才若不是四位手下容情，晚輩已命喪正反兩儀的刀劍之下。」這句話倒不是空泛的謙詞，於周芷若未加指點之時，他確是險象環生，雖然終於獲勝，但對這四人武功實無絲毫小覷之心，只是明知四人已出全力，「手下容情」云云，卻是說得好聽了。

高老者得意洋洋的道：「是麼？你自己也知勝得僥倖。」張無忌道：「兩位尊姓大名？日後相見，也好有個稱呼。」高老者道：「我師哥是『威震……』矮老者喝道：「住嘴！」

向張無忌道：「敗軍之將，羞愧無地，賤名何足掛齒？」說着回入華山派人叢之中。高老者拍手笑道：「勝敗乃兵家常事，老子是漫不在乎的。」拾起地下兩柄鋼刀，施施然而歸。

張無忌走到鮮于通身邊，俯身點了他兩處穴道，說道：「此間大事一了，我即為你療毒，此刻先阻住你毒氣入心。」便在此時，忽覺背後涼風襲體，微微刺痛。張無忌一驚，不及趨避，足尖使勁，拔身急起，斜飛而上，只聽得颼颼兩聲輕響，跟着「啊」的一下長聲呼叫。他在半空中轉過頭來，只見何太沖和班淑嫻的兩柄長劍並排揷在鮮于通胸口。

原來何氏夫婦縱橫半生，卻當衆敗在一個後輩手底，無論如何嚥不下這口氣去，兩人拾起長劍，眼見張無忌正俯身在點鮮于通的穴道，對望一眼，心意相通，點了點頭，突然使出一招「無聲無色」，同時疾向他背後刺去。

這招「無聲無色」是崑崙派劍學中的絕招，必須兩人同使，兩人功力相若，內勁相同，當劍招之出，勁力恰恰相反，於是兩柄長劍上所生的盪激之力、破空之聲，一齊相互抵消。這路劍招本是用於夜戰，黑暗中令對方難以聽聲辨器，事先絕無半分朕兆，白刃已然加身，但若白日用之背後偷襲，也令人無法防備。不料張無忌心意不動，九陽神功自然護體，變招快極，但饒是如此，背上衣衫也已給劃破了兩條長縫，實是險極。何氏夫婦收招不及，雙劍竟將華山派掌門人釘死在地。

張無忌落下地來，只聽得旁觀衆人嘩然大噪。何氏夫婦一不做、二不休，雙劍齊向張無忌攻去，均想：「背後偷襲的不要臉勾當既已當衆做了出來，今後顏面何存？若不將他刺死，自己夫婦也不能苟活於世。」是以出手盡是拚命的招數。

張無忌避了數劍，眼見何氏夫婦每一招都求同歸於盡，顯是難以善罷的局面，心念一動，身子略蹲，左手在地下抓起了一塊泥土，一面閃避劍招，一面將泥土和着掌心中的汗水，捏成了兩粒小小丸藥。但見何太冲從左攻到，班淑嫻劍自右至，他發步一衝，搶到鮮于通的屍體之旁，假意在他懷裏掏摸兩下，轉過身來，雙掌分擊兩人。這一下使上了六七成力，何氏夫婦只覺胸口窒悶，氣塞難當，不禁張口呼氣。張無忌手一揚，兩粒泥丸分別打進了兩人口中，乘着那股強烈的氣流，衝入了咽喉。

何氏夫婦不禁咳嗽，可是已無法將丸藥吐出，不禁大驚，眼見那物是鮮于通身上掏將出來，心想此人愛使毒藥毒蠱，難道還會有甚麼好東西放在身上？兩人霎時間面如土色，想起鮮于通適才身受金蠶蠱毒的慘狀，班淑嫻幾乎便欲暈倒。

張無忌淡淡的道：「這位鮮于掌門身上養有金蠶，裹在蠟丸之中，兩位均已吞了一粒。倘若急速吐出，乘着蠟丸未融，或可有救。」

到此地步，不由得何氏夫婦不驚，急運內力，搜腸嘔肚的要將「蠟丸」吐將出來。他二人內功甚佳，幾下催逼，便將胃中的泥丸吐出，這時早已成了一片混着胃液的泥沙，卻那裏有甚麼蠟丸？

華山派那高老者走近身來，指指點點的笑道：「啊喲，這是金蠶糞，金蠶到了肚中，拉起屎來啦！」班淑嫻驚怒交集之下，一口氣正沒處發洩，反手便是重重一掌。高老者低頭避過，逃了開去，大聲叫道：「崑崙派的潑婦，你殺了本派掌門，華山派可跟你不能算完。」

何氏夫婦聽他這麼一叫，心中更煩，暗想鮮于通雖然人品奸惡，終究是華山派掌門，自己夫婦失手將他殺了，已惹下武林中罕有的大亂子，但金蠶蠱毒入肚，命在頃刻，別的甚麼也已顧不得了。眼前看來只有張無忌這小子能解此毒，但自己夫婦昔日如此待他，他又怎肯伸手救命？

張無忌淡淡一笑，說道：「兩位不須驚慌，金蠶雖然入肚，毒性要在六個時辰之後方始發作，此間大事了結之後，晚輩定當設法相救。只盼何夫人別再灌我毒酒，那就是了。」

何氏夫婦大喜，雖給他輕輕的譏刺了一句，也已不以爲意，只是道謝的言語卻說不出口，訕訕的退開。張無忌道：「兩位去向崆峒派討四粒『玉洞黑石丹』服下，可使毒性不致立時攻心。」何太冲低聲道：「多承指教。」即派大弟子去向崆峒派討來丹藥服下。張無忌暗暗好笑，那玉洞黑石丹固是解毒的藥物，但服後連續兩個時辰腹痛如絞，稍待片刻，何氏夫婦立即腹中大痛，只道是金蠶蠱毒發作，那料到已上了當。不過張無忌也只是小作懲戒，驚嚇他們一番而已，若說要報復前仇，豈能如此輕易？但料得這麼一來，只消不給他二人「解藥」，與各派再有紛爭，崑崙派非偏向自己不可。那日他把「桑貝丸」叫作「砒鴆丸」而給五姑服下，但吐露眞相太早，險些命喪何太冲之手，這一次可再也不會重蹈覆轍了。

這邊廂滅絕師太向宋遠橋叫道：「宋大俠，六大派中，只剩下貴我兩派了，老尼姑女流之輩，全仗宋大俠主持全局。」宋遠橋道：「在下已和殷教主對過拳脚，未能取勝。師太劍法通神，定能制服這個小輩。」滅絕師太冷笑一聲，拔出背上倚天劍，緩步走出。

武當派中二俠俞蓮舟一直注視着張無忌的動靜，對他武功之奇，深自駭異，這時暗想：「滅絕師太劍法雖精，未必及得上崑崙、華山四大高手的聯手出戰，倘若她再失利，武當派又制服不了他，六大派可栽到家了，我先得試一試他的虛實。」當下快步搶入場中，說道：「師太，讓我們師兄弟五人先較量一下這少年的功力，師太最後必可一戰而勝。」

這幾句話說得十分明白，武當派向以內力悠長見稱，自宋遠橋以至莫聲谷，五人一個個的跟張無忌輪流纏戰下去，縱然不勝，料想世間任何高手，也決不能連鬥武當五俠而不累得筋疲力竭，那時以強弩之末而當滅絕師太凌厲無倫的劍術，峨嵋派自非一戰而勝不可。

滅絕師太明白他的用意，心想：「我峨嵋派何必領你武當派這個情？那時便算勝了，也是極不光采。難道峨嵋掌門能檢這種便宜，如此對付一個後生小輩？」她自來心高氣傲，目中無人，雖見張無忌武功了得，但想都是各派與鬥之人太過膿包所致，那日這小子何嘗不是給我手到擒來？後來我大舉屠戮魔教銳金旗人眾，這小子出頭干預，內力雖奇，又有甚麼作爲？當下衣袖一拂，說道：「俞二俠請回！老尼倚天劍出手，不能平白揷回劍鞘！」

俞蓮舟聽她如此說，只得抱拳道：「是！」退了下去。

滅絕師太橫劍當胸，劍頭斜向上指，走向張無忌身前。明教教衆喪生在她這倚天劍下的不計其數，這時場畔教衆見她出來，無不目眥欲裂，大聲鼓噪起來。滅絕師太冷笑道：「吵甚麼？待我料理了這小子，一個個來收拾你們，嫌死得不夠快麼？」

殷天正知她這柄倚天劍極是難當，本敎不少好手都是未經一合，便即兵刃被她削斷，死於劍底，問道：「曾少俠，你用甚麼兵刃？」張無忌道：「我沒兵刃。老爺子，你說，怎生對付她的寶劍才好？」倚天劍無堅不摧，他親眼見過，思之不寒而慄，心中可真沒了主意。

殷天正從身旁包袱中取出一口長劍，說道：「這柄白虹劍送了給你。這劍雖不如老賊尼的倚天劍有名，但也是江湖上罕見的利器。」說着伸指在劍刃上一彈，那劍陡地彎了過來，隨即彈直，嗡嗡作響，聲音清越。張無忌恭恭敬敬的接過，說道：「多謝老爺子。」殷天正道：「這劍隨我時日已久，近十餘年來卻從未用過。徒仗兵器之利取勝，嘿嘿，算甚麼英雄好漢？今日得見它飲老賊尼頸中鮮血，老夫死亦無恨。」

張無忌不答，心想：「我決不能傷了這位師太。」提起白虹劍，轉過身來，走上幾步，劍尖向下，雙手抱着劍柄，向滅絕師太道：「晚輩劍法平庸之極，決非師太敵手，實不敢和前輩放對。前輩曾對明教銳金旗下衆位住手不殺，何不再高抬貴手？」

滅絕師太的兩條長眉垂了下來，冷冷的道：「銳金旗的衆賊是你救的，滅絕師太手下決不饒人。你勝得我手中長劍，那時再來任性妄爲不遲。」

明教銳金、巨木、洪水、烈火、厚土五行旗下的教衆紛紛鼓噪，叫道：「老賊尼，有本事就跟曾少俠肉掌過招。」「你劍法有甚麼了不起，徒然仗着一把利劍而已。」「曾少俠的劍法比你高得多了，你去換一把平常長劍，若能在曾少俠手下走得了三招，算你峨嵋派高明。」「甚麼三招？簡直一招半式也擋不住。」

滅絕師太神色木然，對這些相激的言語全然不理，朗聲道：「進招罷！」

張無忌沒練過劍法，這時突然要他進手遞招，頗感手足無措，想起適才所見何太冲的兩儀劍法招數頗爲精妙，當下斜斜刺出一劍。

滅絕師太微覺詫異，道：「崑崙派的『峭壁斷雲』！」倚天劍微側，第一招便即搶攻，竟不擋格對方來招，劍尖直刺他丹田要穴，出手之凌厲猛悍，直是匪夷所思。

張無忌一驚，滑步相避，驀地裏滅絕師太長劍疾閃，劍尖已指到了咽喉。張無忌大驚，急忙臥倒打個滾，待要站起，突覺後頸中涼風颯然，心知不妙，右足脚尖一撐，身子斜飛出去。這一下是從絕不可能的局勢下逃得性命。旁觀衆人待要喝釆，卻見滅絕師太飄身而上，半空中舉劍上挑，不等他落地，劍光已封住了他身周數尺之地。張無忌身在半空，無法避讓，在滅絕師太寶劍橫掃之下，只要身子再沉尺許，立時雙足齊斷，若然沉下三尺，則是齊腰斬為兩截。

這當兒眞是驚險萬分，他不加思索的長劍指出，白虹劍的劍尖點在倚天劍尖之上，只見白虹劍一彎，嗒的一聲輕響，劍身彈起，他已借力重行高躍。

滅絕師太縱前搶攻，颼颼颼連刺三劍，到第三劍上時張無忌身又下沉，只得揮劍擋格，叮的一聲，手中白虹劍已只賸下半截。他右掌順手拍出，斜過來擊向滅絕師太頭頂。滅絕師太揮劍斜撩，削他手腕。張無忌瞧得奇準，伸指在倚天劍的刃面無鋒之處一彈，身子倒飛了出去。滅絕師太手臂酸麻，虎口劇痛，長劍被他一彈之下幾欲脫手飛出，心頭大震。只見張無忌落在兩丈之外，手持半截短劍，呆呆發怔。

這幾下交手，當眞是兎起鶻落，迅捷無倫，一剎那之間，滅絕師太連攻了八下快招，招招是致命的凌厲毒着。張無忌在劣勢之下一一化解，連續八次的死中求活、連續八次的死裏逃生。攻是攻得精巧無比，避也避得詭異之極。在這一瞬時刻之中，人人的心都似要從胸腔中跳了出來。實不能信這幾下竟是人力之所能，攻如天神行法，閃似鬼魅變形，就像雷震電掣，雖然過去已久，兀自餘威迫人。

隔了良久，震天價的采聲才不約而同的響了出來。

適才這八下快攻、八下急避，張無忌全是處於挨打的局面，手中長劍又被削斷，顯然已居下風，但滅絕師太的倚天劍被他手指一彈，登時半身酸麻。張無忌吃虧在少了對敵的閱歷，若在此時乘勢反擊，已然勝了。滅絕師太心中自是有數，不由得暗自駭異，說道：「你去換過一件兵刃，再來鬥過。」

張無忌向手中斷劍望了一眼，心想：「外公贈給我的一柄寶劍，給我一出手就毀了，實是對不起他老人家。還有甚麼寶刀利刃，能擋得住倚天劍的一擊？」正自沉吟，只聽得周顛大聲道：「我有一柄寶刀，你拿去跟老賊尼鬥一鬥。你來拿罷！」張無忌道：「倚天劍太過鋒銳，只怕徒然又損了前輩的寶刀。」周顛道：「損了便損了。你打她不過，我們個個送命歸天，還保得了寶刀麼？」張無忌一想不錯，過去接了寶刀。

楊逍低聲道：「張公子，你須得跟她搶攻，可不能再挨打。」張無忌聽他叫自己爲「張公子」，微微一怔，隨即省悟，楊不悔既已認出自己，自然跟她爹爹說了，當下道：「多承前輩指教。」韋一笑低聲道：「施展輕功，半步也不可停留。」張無忌大喜，又道：「多謝前輩指點。」光明使者楊逍、青翼蝠王韋一笑兩人武功深厚，均可和滅絕師太一鬥，未必便輸於她，只恨受了圓眞的暗算，重傷之後，一身本事半點施不出來，但眼光尚在，兩人各自指點了一個關鍵所在，正是對付滅絕師太寶劍快招的重要訣竅。

張無忌提刀在手，覺得這柄刀重約四十餘斤，但見青光閃爍，背厚刃薄，刃鋒上刻有古樸花紋，顯是一件歷時已久的珍品，心想毀了白虹劍雖然可惜，終是外公已經給了我的兵刃，這把寶刀卻是周顛之物，可不能再在自己手中給毀了，回過身來，說道：「師太，晚輩進招了！」展開輕功，如一溜烟般繞到了滅絕師太身後，不待她回身，左一閃，右一趨，正轉一圈，反轉一圈，刷刷兩刀砍出。

滅絕師太橫劍一封，正要遞劍出招，張無忌早已轉得不知去向。他在未練乾坤大挪移法之時，輕功已比滅絕師太爲高，這時越奔越快，如風如火，似雷似電，連韋一笑素以輕功睥睨羣雄，也自暗暗駭異。但見他四下轉動，迫近身去便是一刀，招術未老，已然避開。這一次攻守異勢，滅絕師太竟無反擊一劍之機，只是張無忌礙於倚天劍的鋒銳，卻也不敢過份逼近。他奔到數十個圈子後，體內九陽眞氣轉旺，更似足不點地的凌空飛行一般。

峨嵋羣弟子眼見不對，如此纏鬥下去，師父定要吃虧。靜玄叫道：「今日咱們是剿滅魔教，可不是比武爭勝。衆位師妹師弟，大夥兒齊上，攔住這小子，教他不得取巧，乖乖的跟師父較量眞實本領。」說着提劍躍出。峨嵋派男女弟子立時湧上，手執兵刃，佔住了八面方位。周芷若站在西南角上。丁敏君冷笑道：「周師妹，攔不攔在你，讓不讓也在你。」周芷若又氣又羞，說道：「你單是提我幹甚麼？」

便在此時，張無忌已衝到了跟前，丁敏君嗤的一劍刺出。張無忌左手一伸，挾手將她長劍奪過，順手便向滅絕師太擲去。滅絕師太揮劍將來劍斬爲兩截，但張無忌這一擲之力強勁之極，來劍雖斷，勁力仍將她手腕震得隱隱發麻。張無忌更不停留，左手隨伸隨奪、隨奪隨擲。

峨嵋羣弟子此次來西域的無一不是派中高手，但一遇到他伸手奪劍，竟沒絲毫閃避餘地，給他手到拿來，數十柄長劍飛舞空際，白光閃閃，連續不斷的向滅絕師太飛去。

滅絕師太臉如嚴霜，將來劍一一削斷，削到後來，右臂大是酸痛，當即劍交左手。她左手使劍的本事和右手無甚分別，但見半空中斷劍飛舞，有的旁擊向外，兀自勁力奇大，圍觀的衆人紛紛後退。片刻之間，峨嵋羣弟子個個空手，只周芷若手中長劍沒有被奪。

在張無忌是報她適才指點之德，豈知這麼一來，卻把她顯得十分突出。她早知不妥，搶上去想攻擊數招，但張無忌身法實在太快，何況是故意避開了她，不近她身子五尺之內。周芷若雙頰暈紅，一時手足無措。丁敏君冷笑道：「周師妹，他果然待你與衆不同。」

這時張無忌雖受峨嵋羣弟子之阻，但穿來插去，將衆人視如無物，刀刀往滅絕師太要害招呼。滅絕師太已身處只有挨打、無法反擊的局面，心中暗暗焦急，丁敏君的言語卻一聲聲傳入耳中：「你眼看師父受這小子急攻，怎地不上前相助？你手中有劍，卻站着不動，只怕你在盼望這小子打勝師父呢。」滅絕師太心念一動：「何以這小子偏偏留下芷若的兵刃不奪，莫非兩人當眞暗中勾結？我一試便知！」朗聲喝道：「芷若，你敢欺師滅祖麼？」挺劍疾向周芷若當胸刺去。

周芷若大驚，不敢舉劍擋架，叫道：「師父，我……」她這「我」字剛出口，滅絕師太的長劍已刺到她胸口。

張無忌不知滅絕師太這一劍只在試探是否眞有情弊，待得劍尖及胸，自會縮手。他親眼見過滅絕師太擊死紀曉芙的狠辣，知道此人誅殺徒兒，絕不容情，當下不及細想，縱身躍上，一把抱起周芷若，飛出丈許。

滅絕師太好容易反賓爲主，長劍顫動，直刺他後心。張無忌內力雖強，卻未當眞練過輕功，不能如韋一笑那麼手中抱了人、脚下仍然絲毫不慢，聽到背後風聲，只得回刀揮出，噹的一響，手中寶刀又斷去了半截。滅絕師太的長劍跟着刺到，張無忌反手運勁，擲出半截寶刀，這一下使上了九成力。滅絕師太登時氣息一窒，不敢舉劍撩削，伏地閃避。半截寶刀從她頭頂掠過，勁風只颳得她滿臉生疼。張無忌眼見有機可乘，不及放下周芷若，隨即搶身而進，右手前探，揮掌拍出。滅絕師太右膝脆地，舉劍削他手腕，張無忌變拍爲拿，反手勾處，已將倚天劍輕輕巧巧的奪了過來。

這般於一刹那間化剛爲柔的急劇轉折，已屬乾坤大挪移心法的第七層神功，滅絕師太武功雖高，但於對方剛猛掌力襲體之際，再也難以拆解他轉折輕柔的擒拿手法。

張無忌雖然得勝，但對滅絕師太這般大敵，實是戒懼極深，絲毫不敢怠忽，以倚天劍指住她咽喉，生怕她又有奇招使出，慢慢的退開兩步。

周芷若身子一掙，道：「快放下我！」張無忌驚道：「呀，是！」滿臉脹得通紅，忙將她放下，鼻中聞到一陣淡淡幽香，只覺她頭上柔絲在自已左頰拂過，不禁斜望了她一眼，只見她俏臉生暈，又羞又窘，雖是神色恐懼，眼光中卻流露出歡喜之意。

滅絕師太緩緩站直身子，一言不發，瞧瞧周芷若，又瞧瞧張無忌，臉色越來越青。

張無忌倒轉劍柄，向周芷若道：「周姑娘，貴派的寶劍，請你轉交尊師。」

周芷若望向師父，只見她神色漠然，既非許可，亦非不准，一刹那間心中轉過了無數念頭：「今日局面已然尷尬無比，張公子如此待我，師父必當我和他私有情弊，從此我便成了峨嵋派的棄徒，成爲武林中所不齒的叛逆。大地茫茫，教我到何處去覓歸宿之地？張公子待我不錯，但我決不是存心爲了他而背叛師門。」忽聽得滅絕師太厲聲喝道：「芷若，一劍將他殺了！」

當年周芷若跟張三丰前赴武當山，張三丰以武當山上並無女子，一切諸多不便，當下揮函轉介，投入滅絕師太門下。她天資甚是聰穎，又以自幼慘遭父母雙亡的大變，刻苦學藝，進步神速，深得師父鍾愛。這七年多時日之中，師父的一言一動，於她便如是天經地義一般，心中從未生過半點違拗的念頭，這時聽到師父驀地一聲大喝，倉卒間無暇細想，順手接過倚天劍，手起劍出，便向張無忌胸口刺了過去。

張無忌卻決計不信她竟會向自己下手，全沒閃避，一瞬之間，劍尖已抵胸口，他一驚之下，待要躲讓，卻已不及。周芷若手腕發抖，心想：「難道我便刺死了他？」迷迷糊糊之中手腕微側，長劍畧偏，嗤的一聲輕響，倚天劍已從張無忌右胸透入。

周芷若一聲驚叫，拔出長劍，只見劍尖殷紅一片，張無忌右胸鮮血有如泉湧，四周驚呼之聲大作。張無忌伸手按住傷口，身子搖幌，臉上神色極是古怪，似乎在問：「你眞的要刺死我？」周芷若道：「我……我……」想過去察看他的傷口，但終於不敢，掩面奔回。

她這一劍竟然得手，誰都出於意料之外。小昭臉如土色，搶上來扶住張無忌，只叫：「你……你……」張無忌對小昭道：「你……你……你爲甚麼要殺我……」這一劍幸好稍偏，沒刺中心臟，但已重傷右邊肺葉。他說了這幾個字，肺中吸不進氣，彎腰劇烈咳嗽。他重傷之下，瞧出來分不清小昭和周芷若，鮮血汩汩流出，將小昭的上衣染得紅了半邊。

旁觀衆人不論是六大派或明教、天鷹教的人衆，一時均是肅靜無聲。張無忌適才連敗各派高手，武功高強，胸襟寬博，不論是友是敵，無不暗暗敬仰，這時見他無端端的被周芷若刺了一劍，均感不忿，眼見倚天劍透胸而入，傷勢極重，都關心這一劍是否致命。

小昭扶着他慢慢坐下，朗聲說道：「那一位有最好的金創藥？」

少林派中神僧空性快步而出，從懷中取出一包藥粉，說道：「敝派玉靈散是傷科聖藥。」伸手撕開張無忌胸前衣服，只見傷口深及數寸，忙將玉靈散敷上去，鮮血湧出，卻將藥粉都沖開了。空性束手無策，急道：「怎麼辦？怎麼辦？」

何太冲夫婦更是焦急，他們只道自己已服下金蠶蠱毒，此人若是重傷而死，自己夫婦倆解毒無人，也是活不成了。何太冲搶到張無忌身前，急問：「金蠶蠱毒怎生解救，快說，快說啊。」小昭哭道：「走開！你忙甚麼？張公子要活不了，大家是個死。」若在平時，何太冲是何等身分，怎能受一個青衣小婢的呼叱，但這時情急之下，仍是不住口的急問：「金蠶蠱毒怎生解救？」空性怒道：「鐵琴先生，你再不走開，老衲可要對你不客氣了。」

便在此時，張無忌睜開眼來，微一凝神，伸左手食指在自己傷口周圍點了七處穴道，血流登時緩了。空性大喜，便即將玉靈散替他敷上。小昭撕下衣襟，給他裹好傷口，眼見他臉白如紙，竟無半點血色，心中說不出的焦急害怕。

張無忌這時神智已畧清醒，暗運內息流轉，只覺通到右胸便即阻塞，只想：「我待教有一口氣息尚在，決不能讓六大派殺了明教衆人！」當下將眞氣在左邊胸腹間運轉數次，緩緩站起身來，說道：「峨嵋、武當兩派若有那一位不服在下調處，可請出來較量。」他此言一出，衆人無不駭然，眼見周芷若這一劍刺得他如此厲害，竟然兀自挑戰。

滅絕師太冷冷的道：「峨嵋派今日已然落敗，你若不死，日後再行算帳。咱們瞧武當派的罷！六大派此行的成敗，全仗武當派裁決。」

六大派圍攻光明頂，崆峒、少林、華山、崑崙、峨嵋五派高手均已敗在張無忌手下，只賸武當一派尚未跟他交過手。這時他身受重傷，死多活少，別說一流高手，只須幾個庸手上來糾纏一番，他也就支持不住了，甚至無人和他對敵，說不定稍等片刻，他也會傷發而斃，武當五俠任誰一位上前，自然毫不費力的便將他擊死，就可照原來策劃，誅滅明教。

衆人均想，武當派自來極重「俠義」兩字，要他們出手對付一個身負重傷的少年，未免於名聲大有損害，只怕武當五俠誰都不願。但武當派若不出手，難道「六大派圍攻光明頂」這件轟傳武林的大事，竟然鬧一個鎩羽而歸？此後六大派在江湖上臉面何存？其中的抉擇，可實在爲難之極了。滅絕師太那幾句話，意思說六大派今後是榮是辱，全憑武當派決定，且看武當派是否有人肯顧全大局，損及個人的名望。

宋遠橋、俞蓮舟、張松溪、殷梨亭、莫聲谷五人面面相覷，誰都拿不定主意。宋青書突然說道：「爹，四位師叔，讓孩兒去料理了他。」武當五俠明白他的意思，他是武當晚輩，由他出手，勝於累及武當五俠的英名。

俞蓮舟道：「不成！我們許你出手，跟我們親自出手並無分別。」張松溪道：「二哥，依小弟之見，大局爲重，我五兄弟的名聲爲輕。」莫聲谷道：「名聲乃身外之物，只是如此對付一個重傷少年，良心難安。」一時議論難決，各人眼望宋遠橋，聽他示下。

宋遠橋見殷梨亭始終不發一言，可是臉上憤怒之色難平，心知他未婚妻紀曉芙失身於明教楊逍，以致殞命，實是生平奇恥大恨，若不一鼓誅滅明教，掃盡奸惡淫徒，這口氣如何嚥得下去，當下緩緩說道：「魔教作惡多端，除惡務盡，乃我輩俠義道的大節。名聲固然要緊，但現今兩者不能得兼，當取大者。青書，小心在意。」

宋青書躬身道：「是！」走到張無忌身前，朗聲道：「曾小俠，你若非明教中人，儘可離去，自行下山養傷。六大派只誅魔教邪徒，與你無涉。」

張無忌左手按住胸前傷口，說道：「大丈夫急人之難，死而後已。多謝……多謝宋兄好意，可是在下……在下決與明教同存共亡！」

明教和天鷹教人衆紛紛高叫：「曾少俠，你待我們已然仁至義盡，大夥兒感激不盡，到此地步，不必再鬥了。」

殷天正脚步蹣跚的走近，說道：「姓宋的，讓老夫來接你高招！」那知一口氣提不上來，腿膝痳軟，摔倒在地。

宋青書眼望張無忌，說道：「曾兄，既然如此，小弟礙於大局，可要得罪了。」

小昭擋在張無忌身前，叫道：「那你先殺了我再說。」張無忌低聲道：「小昭，你別擔心，他殺不了我。」小昭急道：「你……身上有傷啊。」張無忌柔聲道：「小昭！你爲甚麼待我這麼好？」小昭淒然道：「因爲……因爲你待我好。」張無忌向她凝視半晌，心想：「就算我此時死了，也有了一個眞正待我極好的知己。」

宋青書向小昭喝道：「你走開些！」張無忌道：「你對這位小姑娘粗聲大氣，忒也無禮！」宋青書在小昭肩頭一推，將她推開數步，說道：「妖女邪男，有甚麼好東西了！快站起來，接招罷！」張無忌道：「令尊宋大俠謙謙君子，天下無人不服。閣下卻這等粗暴。跟你動手，也不必……也不必站起身來。」實則他內勁提不上來，自知決計無力站起。

張無忌重傷後虛弱無力的情形，人人都瞧了出來。俞蓮舟朗聲道：「青書，點了他的穴道，令他動彈不得，也就是了，不必傷他性命。」

宋青書道：「是！」左手虛引，右手倏出，向張無忌肩頭點來。張無忌動也不動，待他手指點上「肩貞穴」，內力斜引，將他指力挪移推卸了開去。宋青書這一指之力猶似戳入了水中，更無半點着力處，只因出其不意，身子向前一衝，險些撞到張無忌身上，急忙站定，卻已不免有點狼狽。

他定了定神，飛起右脚，猛往張無忌胸口踢去，這一脚已使了六七成力。俞蓮舟雖叫他不可傷了張無忌性命，但不知怎的，他心中對眼前這少年竟蓄着極深的恨意，這倒不是因他說自己粗暴，卻是因見周芷若瞧着這少年的眼光之中，一直含情脈脈，極是關懷，最後雖奉了師命而刺他一劍，但臉上神色凄苦，顯見心中難受異常。

宋青書自見周芷若後，眼光難有片刻離開她身上，雖然常自抑制，不敢多看，以免給人認作輕薄之徒，但周芷若的一舉一動、一顰一笑，他無不瞧得淸淸楚楚，心下明白：「她這一劍刺了之後，不論這小子死也好，活也好，再也不能從她心上抹去了。」自己倘若擊死這個少年，周芷若必定深深怨怪，可是妒火中燒，實不肯放過這唯一制他死命的良機。宋青書文武雙全，乃是武當派第三代弟子中出類拔萃的人物，為人也素來端方重義，但遇到了「情」之一關，竟然方寸大亂。

衆人眼見宋青書這腿踢去，張無忌若非躍起相避，只有出掌硬接，但顯然他便要支撐着坐起也難以辦到，看來這一脚終於便取了他性命。卻見足尖將要及胸，張無忌右手五指輕拂，宋青書右腿竟然轉向，從他身側斜了過去，相距雖不過三寸，這一腿卻終於全然踢了個空。宋青書在勢已無法收腿，跟着跨了一步，左足足跟後撞，直攻張無忌背心，這一招既快且狠，人所難料，原是極高明的招數，但張無忌手指一拂，又卸開了他足跟的撞擊。

三招一過，旁觀衆人無不大奇。宋遠橋叫道：「青書，他本身已無半點勁力，這是四兩撥千斤之法。」他眼光老到，瞧出張無忌此時勁力全失，所使的功夫雖然頗為怪異，基本道理卻與武學中借力打力並無二致。

宋青書得父親一言提醒，招數忽變，雙掌輕飄飄地，若有若無的拍擊而出，乃是武當絕學之一的「綿掌」。借力打力原是武當派武功的根本，他所使的「綿掌」本身勁力若有若無，要令對方無從借力。但張無忌的「乾坤大挪移」神功已練到第七層境界，綿掌雖輕，終究有形有勁，他左手按住胸口傷處，右手五指猶如撫琴鼓瑟，忽挑忽撚，忽彈忽撥，上身半點不動，片刻間將宋青書的三十六招綿掌掌力盡數卸了。

宋青書心中大駭，偶一回頭，突然和周芷若的目光相接，只見她滿臉關懷之色，不禁心中又酸又怒，知道她關懷的決非自己，當下深深吸一口氣，左手揮掌猛擊張無忌右頰，右手出指疾點他左肩「缺盆穴」，這一招叫作「花開並蒂」，名稱好聽，招數卻十分厲害，雙手遞招之後，跟着右掌擊他左頰，左手食指點他右肩後「缺盆穴」。這兩招「花開並蒂」併成一招，連續四式，便如暴風驟雨般使出，勢道之猛，手法之快，當眞非同小可。衆人見了這等聲勢，齊聲驚呼，不約而同的跨上一步。

只聽得拍拍兩下清脆的響聲，宋青書左手一掌打上了自己左頰，右手食指點中了自己左肩「缺盆穴」，跟着右手一掌打上了自己右頰，左手食指點中了自己右肩「缺盆穴」。他這招「花開並蒂」四式齊中，卻給張無忌以「乾坤大挪移」功夫挪移到了他自己身上。倘若他出招稍慢，那麼點中了自己左肩「缺盆穴」後，此後兩式便即無力使出，偏生他四式連環，迅捷無倫，左肩「缺盆穴」雖被點中，手臂尚未麻木，直到使全了「花開並蒂」的下半套之後，這才手足酸軟，砰的一聲，仰天摔倒，掙扎了幾下，再也站不起來了。

宋遠橋快步搶出，左手推拿幾下，已解開了兒子的穴道，但見他兩邊面頰高高腫起，每一邊留下五個烏青的指印，知他受傷雖輕，但兒子心高氣傲，今日當衆受此大辱，直比殺了他還要難受，當下一言不發，携了他手回歸本派。

這時四周喝采之聲，此起彼落，議論讚美的言語，嘈雜盈耳。突然間張無忌口一張，噴出幾口鮮血，按住傷口，又咳嗽起來。衆人凝視着他，極爲關懷，均想：他重傷下抵禦宋青書的急攻，雖然得勝，但內力損耗必大。有的人看看他，又望望武當派衆人，不知他們就此認輸呢，還是另行派人出門。

宋遠橋道：「今日之事，武當派已然盡力，想是魔教氣數未盡，上天生下這個奇怪少年來。若再纏鬥不休，名門正派和魔教又有甚麼分別？」俞蓮舟道：「大哥說得是。咱們即日回山，請師父指點。日後武當派捲土重來，待這少年傷愈之後，再決勝負。」他這幾句話說得光明磊落，豪氣逼人，今日雖然認輸，但不信武當派終究會技不如人。張松溪和莫聲谷齊道：「正該如此！」

忽聽得刷的一聲，殷梨亭長劍出鞘，雙眼淚光瑩瑩，大踏步走出去，劍尖對着張無忌，說道：「姓曾的，我和你無冤無仇，此刻再來傷你，我殷梨亭枉稱這『俠義』兩字。可是那楊逍和我仇深似海，我非殺他不可，你讓開罷！」

張無忌搖頭道：「但教我有一口氣在，不容你們殺明教一人。」

殷梨亭道：「那我可先得殺了你！」

張無忌噴出一口鮮血，神智昏迷，心情激盪，輕輕的道：「殷六叔，你殺了我罷！」

殷梨亭聽到「殷六叔」三字，只覺語氣極為熟悉，心念一動：「無忌幼小之時，常常這樣叫我，這少年……」凝視他的面容，竟是越看越像，雖然分別九年，張無忌已自一個小小孩童成長為壯健少年，相貌已然大異，但殷梨亭心中先存下「難道他竟是無忌」這個念頭，細看之下，記憶中的面貌一點點顯現出來，不禁顫聲道：「你……你是無忌麼？」

張無忌全身再無半點力氣，自知去死不遠，再也不必隱瞞，叫道：「殷六叔，我……我時時……想念你。」

殷梨亭雙目流淚，噹的一聲拋下長劍，俯身將他抱了起來，叫道：「你是無忌，你是無忌孩兒，你是我五哥的兒子張無忌。」

宋遠橋、俞蓮舟、張松溪、莫聲谷四人一齊圍攏，各人又驚又喜，頃刻間心頭充塞了歡喜之情，甚麼六大派與明教間的爭執仇怨，一時俱忘。

殷梨亭這麼一叫，除了何太冲夫婦、周芷若、楊逍等寥寥數人之外，餘人無不訝異，那想到這個捨命力護明教的少年，竟是武當派張翠山的兒子。

殷梨亭見張無忌昏暈了過去，忙摸出一粒「天王護心丹」塞入他口中，將他交給俞蓮舟抱着，拾起長劍，衝到楊逍身前，戟指罵道：「姓楊的，你這豬狗不如的淫徒，我……我……」喉頭哽住，再也罵不下去，長劍遞出，便要往楊逍心口刺去。

楊逍絲毫不能動彈，微微一笑，閉目待斃。突然斜刺裏奔過來一個少女，擋在楊逍身前，叫道：「休傷我爹爹！」

殷梨亭凝劍不前，定睛看時，不禁「啊」的一聲，全身冰冷，只見這少女長挑身材、秀眉大眼，竟然便是紀曉芙。他自和紀曉芙定親之後，每當練武有暇，心頭甜甜的，總是想着未婚妻的俏麗倩影，及後得知她爲楊逍擄去，失身於他，更且因而斃命，心中憤恨自是難以言宣；此刻突然又見到她，身子一幌，失聲叫道：「曉芙妹子，你……你沒……」

那少女卻是楊不悔，說道：「我姓楊，紀曉芙是我媽媽，她早已死了。」

殷梨亭一呆，這才明白，喃喃的道：「啊，是了，我眞胡塗！你讓開，我今日要替你媽報仇雪恨。」

楊不悔指着滅絕師太道：「好！殷叔叔，你去殺了這個老賊尼。」殷梨亭道：「爲……爲甚麼？」楊不悔道：「我媽是給這老賊尼一掌打死的。」殷梨亭道：「胡說八道！你小孩子家懂得甚麼？」楊不悔冷冷的道：「那日在蝴蝶谷中，老賊尼叫我媽來刺死我爹爹，我媽不肯，老賊尼就將我媽打死了。我親眼瞧見的，張無忌哥哥也是親眼瞧見的。你再不信，不妨問問那老賊尼自己。」當紀曉芙身死之時，楊不悔年幼，甚麼也不懂得，但後來年紀大了，慢慢回想，自然明白了當年的經過。

殷梨亭回過頭去，望着滅絕師太，臉上露出疑問之色，囁嚅道：「師太……她說……紀姑娘是……」

滅絕師太嘶啞着嗓子說道：「不錯，這等不知廉恥的孽徒，留在世上又有何用？她和楊逍是兩相情願。她寧肯背叛師門，不願遵奉師命，去刺殺這個淫徒惡賊。殷六俠，爲了顧全你的顏面，我始終隱忍不言。哼，這等無恥的女子，你何必念念不忘於她？」

殷梨亭鐵青着臉，大聲道：「我不信，我不信！」

滅絕師太道：「你問問這女孩子，她叫甚麼名字？」

殷梨亭目光轉移到楊不悔臉上，淚眼模糊之中，瞧出來活脫便是紀曉芙，耳中卻聽她清清楚楚的說道：「我叫楊不悔。媽媽說：這件事她永遠也不後悔。」

噹的一聲，殷梨亭擲下長劍，回過身來，雙手掩面，疾衝下山。宋遠橋和俞蓮舟大叫：「六弟，六弟！」但殷梨亭既不答應，亦不回頭，提氣急奔，突然間失足摔了一交，隨即躍起，片刻間奔得不見了蹤影。

他和紀曉芙之事衆人多有知聞，眼見事隔十餘年，他仍如此傷心，不禁都爲他難過，以武當殷六俠的武功，奔跑之際如何會失足摔跌？那自是意亂情迷、神不守舍之故了。

這時宋遠橋、俞蓮舟、張松溪、莫聲谷四人分坐四角，各出一掌，抵在張無忌胸、腹、背、腰四處大穴之上，齊運內力，給他療傷。四人內力甫施，立時覺得他體內有一股極強的吸力，源源不絕的將四人內力吸引過去。四人大驚，暗想如此不住吸去，只須一兩個時辰，自己內力便致耗竭無存，但他生死未卜，那便如何是好？正沒做理會處，張無忌緩緩睜開眼睛，「啊」了一聲。宋遠橋等心頭一震，猛覺得手掌心有一股極暖和的熱力反傳過來，竟是他的九陽神功起了應和，轉將內力反輸向四人體內。

宋遠橋叫道：「使不得！你自己靜養要緊。」四人急忙撤掌而起，但覺似有一片滾水周流四肢百骸，舒適無比，顯是他不但將吸去的內力還了四人，而且他體內九陽眞氣充盈鼓盪，反助四人增強了內功的修爲。宋遠橋等四人面面相覷，暗自震駭，眼見他重傷垂死，那知內力竟是如此強勁渾厚，沛不可當。

此刻張無忌外傷尙重，內息卻已運轉自如，慢慢站起，說道：「宋大伯、俞二伯、張四伯、莫七叔，恕姪兒無禮。太師父他老人家福體安康。」

俞蓮舟道：「師父他老人家安好！無忌，你……你長得這麼大了……」說了這句話，心頭雖有千言萬語，卻再也說不下去了，只是臉露微笑，熱淚盈眶。

白眉鷹王殷天正得知這位救命恩人竟是自己外孫，高興得呵呵大笑，卻終究站不起身。

滅絕師太鐵青着臉，將手一揮，峨嵋羣弟子跟着她向山下走去。

周芷若低着頭走了幾步，終於忍不住向張無忌望去。張無忌卻也正自目送她離去。兩人目光相接，周芷若蒼白的臉頰上飛了一陣紅暈，眼光中似說：「我刺得你如此重傷，眞是萬分的過意不去，你可要好好保重。」張無忌似乎明白了她的意思，微微點了點頭。周芷若登時滿臉喜色，神采飛揚，隨即回過頭去，加快脚步，遠遠去了。

武當派和張無忌相認，再加峨嵋派這一去，六大派圍剿魔敎之舉登時風流雲散。崆峒和華山兩派携死扶傷，跟着離去。

何太冲走上前來，說道：「小兄弟，恭喜你們親人相認啊……」張無忌不等他接着說下去，從懷中摸出兩枚避瘴氣、去穢惡的尋常藥丸，遞了給他，說道：「請賢夫婦各服一丸，金蠶蠱毒便可消解。」何太冲接過藥丸，見黑黝黝的毫不起眼，不信便能消解得那天下至毒的金蠶蠱毒。張無忌道：「在下旣說消解得，便是消解得。」他話聲仍然微弱，但光明頂這一戰鎭懾六大門派，氣度之中，自然而然生出一股威嚴，不由得何太冲不信。他又想：「即使他騙人，這藥不能消解蠱毒，但當着武當四俠，也不能強逼他給眞藥。何況少林派那空性賊禿也頗有迴護這小賊之意。今日只好認命罷喇。」當下苦笑着說道：「多謝！」和班淑嫻分別服下藥丸，指揮衆弟子收拾本派死者的屍首，告辭下山。

兪蓮舟道：「無忌，你傷重不能下山，只好在此調養，我們可不能留下陪你。盼你痊愈之後來武當一行，也好讓師父見了你歡喜。」張無忌含淚點頭。各人有許多事想問、有許多話想說，但見他神情委頓，均知多說一句話便加重他一分傷勢，只得忍住不言。

猛聽得少林派中有人大聲叫了起來：「圓眞師兄的屍首呢？」另一人道：「咦，怎不見了圓眞師伯的法體？」莫聲谷好奇心起，搶步過去一看，只見七八名少林僧在收拾本門戰死者的遺體，可是單單少了圓眞一具屍體。

圓音指着明教教衆，大聲喝道：「快把我圓眞師兄的法體交出來，莫惹得和尚無名火起，一把火燒得你們個個屍骨成灰。」

周顚笑道：「哈哈，哈哈！眞是笑話奇談！你這活賊禿我們也不要，要他這死和尚幹麼？拿他當豬當羊，宰來吃他的瘦骨頭麼？」

少林衆人心想倒也不錯，當下十餘名僧人四出搜索，卻那裏有圓眞的屍身。衆人雖覺奇怪，但想多半是華山、崆峒各派收拾本門死者屍身之時誤收了去，也就不再追尋。

當下少林、武當兩派人衆連袂下山。張無忌上前幾步，躬身相送。宋遠橋道：「無忌孩兒，今日一戰，你名揚天下，對明教更是恩重如山。盼你以後多所規勸引導，總要使明教改邪歸正，少作壞事。」張無忌道：「孩兒遵奉師伯教誨，自當盡力而爲。」張松溪道：「一切小心在意，事事提防奸惡小人。」張無忌又應道：「是！」他和武當四俠久別重逢，又即分離，五人均是依依不捨。

楊逍和殷天正待六大派人衆走後，兩人對望一眼，齊聲說道：「明教和天鷹教全體教衆，叩謝張大俠護教救命的大恩！」頃刻之間，黑壓壓的人衆跪滿了一地。

張無忌不由得慌了手腳，何況其中尙有外公、舅舅諸人在內，忙跪下還禮。他這一急跪，胸口劍傷破裂，幾口鮮血噴出，登時暈了過去。

小昭搶上扶起。明教中兩個沒受傷的頭目抬過一張軟床，扶他睡上。楊逍道：「快扶張大俠到我房中靜養。」那兩名頭目躬身答應，將張無忌抬入楊逍房中。

小昭跟隨在後，經過楊不悔身前時，楊不悔冷冷的道：「小昭，你裝得眞像，我早知你必有古怪，只是沒料到這麼一個醜東西，竟是一位千嬌百媚的小美人兒。」小昭低頭不語。

這幾天中，明教教衆救死扶傷，忙碌不堪。經過這場從地獄邊緣逃回來的大戰，各人都明白了以往自相殘殺、以致召來外侮的不該。人人關懷着張無忌的傷勢，誰也不提舊怨，安安靜靜的躭在光明頂上養傷。

張無忌九陽神功已成，劍傷雖然不輕，但因周芷若劍尖刺入時偏了數寸，只傷及肺葉，未中心臟，因此靜養了七八天，傷口漸漸愈合。殷天正、楊逍、韋一笑、說不得等人躺在軟床之中，每日由人抬進房來探視，見他一天好似一天，都極爲欣慰。

到第八日上，張無忌已可坐起。那天晚上，楊逍和韋一笑又來探病。張無忌道：「兩位身中幻陰指後，這幾天覺得怎樣？」楊韋二人每日都要苦熬刺骨之寒的折磨，傷勢只有越來越重，但怕他掛懷，都道：「好得多了！」張無忌見二人臉上黑氣籠罩，說話也是有氣無力，說道：「我內力已回復了六七成，便給兩位治一治看。」楊逍忙道：「不，不！張大俠何必忙在一時？待你貴體痊愈，再給我們醫治不遲。此刻使力早了，傷勢若有反覆，我們心中何安？」韋一笑道：「早醫晚醫，也不爭在這幾日。張大俠靜養貴體要緊。」

張無忌道：「我外公鷹王、義父獅王，都和兩位平輩論交，兩位是我長輩，再稱『大俠』

甚麼，姪兒可實在不敢答應。」

楊逍微笑道：「將來我們都是你的屬下，在你跟前，連坐也不敢坐，還說甚麼長輩平輩？」張無忌一怔，問道：「楊伯伯你說甚麼？」韋一笑道：「張大俠，這明教教主的重任，若不由你來承當，更有何人能夠擔負？」

張無忌雙手亂搖，忙道：「此事萬萬不可！萬萬不可！」

便在此時，忽聽得東面遠遠傳來一陣陣尖利的哨子之聲，正是光明頂山下有警的訊號。楊逍和韋一笑一怔，均想：「難道六大派輸得不服，去而復返麼？」但臉上都顯得若無其事。楊逍道：「昨天吃的人參還好麼？小昭，你再到藥室去取些，給張大俠煎湯喝。」只聽西面、南面同時哨子聲大作。張無忌道：「是外敵來攻麼？」韋一笑道：「本教和天鷹教不乏好手，張大俠不必掛心，諒小小幾個毛賊，何足道哉！」

可是片刻之間，哨子聲已近了不少，敵人來得好快，顯然並非小小毛賊。楊逍道：「我出去安排一下，韋兄在這裏陪着張大俠。嘿嘿，明教難道就此一蹶不振，人人都可來欺侮了？」他雖傷得動彈不得，但言語中仍是充滿着豪氣。

張無忌尋思：「少林、峨嵋這些名門正派，決不會不顧信義，重來尋仇。來者多半是殘忍奸惡之輩。光明頂上所有高手人人重傷，這七八天中沒一人能養好傷勢，決計難以抵擋外敵，倘若強自出戰，只有枉送了性命。」

突然間門外脚步聲急，一個人闖了進來，滿臉血污，胸口插着一柄短刀，叫道：「敵人從三面……攻上山來……弟兄們抵敵……不住……」韋一笑問道：「甚麼敵人？」那人手指室外，想要說話，突然向前摔倒，就此死去。

但聽得傳警呼援的哨聲，此起彼落，顯是情勢急迫。忽然又有兩人奔進室來，楊逍認得當先一人是洪水旗的掌旗副使，只見他全身浴血，臉色猶如鬼魅，但仍頗爲鎮定，微微躬身，稟道：「張大俠、楊左使、韋法王，山下來攻的是巨鯨幫、海沙派、神拳門各路人物。」楊逍雙眉一軒，哼了一聲，道：「這些么魔小醜，也欺上門來了嗎？」那掌旗副使道：「敵人本來也不厲害，只不過咱們兄弟多數有傷在身……」

他說到這裏，冷謙、鐵冠道人張中、彭瑩玉、說不得、周顛等五散人分別由人抬了進來。周顛氣呼呼的大叫：「好丐幫，勾結了三門幫、巫山幫來乘火打刧，我周顛只要有一口氣在，跟他們永世沒完……」他話猶未了，殷天正、殷野王父子撐着木杖，走進室來。殷天正道：「無忌孩兒，你躺着別動。他媽的『五鳳刀』和『斷魂槍』這兩個小小門派，還能把咱們怎樣了？」

這些人中，楊逍在明教中位望最尊、殷天正是天鷹教的教主、彭瑩玉最富智計，這三人生平不知遇到過多少大風大浪，每每能當機立斷，轉危爲安，但眼前的局勢實是已陷絕境，人人重傷之下，敵人大舉來攻，其他的幫會門派倒也罷了，丐幫卻號稱江湖上第一大幫，幫內能人衆多，聲勢着實不小，眼看着只有束手待斃的份兒。這時每人隱然都已將張無忌當作教主，不約而同的望着他，盼他突出奇計，解此困境。

張無忌在這頃刻之間，心中轉過了無數念頭。他自知武功雖較楊逍、外公、韋一笑諸人爲高，但說到見識計謀，這些高手當然均勝他甚多，他們既無良策，自己又有甚麼更高明的法子。正沉吟間，突然想起一事，衝口而出的叫道：「咱們快到秘道中暫且躲避，敵人未必能發覺。就算發覺了，一時也不易攻入。」

他想到此法，自覺是眼前最佳的方策，語音甚是興奮，不料衆人面面相覷，竟無一人附和，似乎都認爲此法絕不可行。張無忌道：「大丈夫能屈能伸，咱們暫且避禍，待傷愈之後再和敵人一決雌雄，也不算是墮了威風。」

楊逍道：「張大俠此法誠然極妙。」轉頭向小昭道：「小昭，你扶張大俠到秘道去。」張無忌道：「大夥兒一齊去啊！」楊逍道：「你請先去，我們隨後便來。」

張無忌聽他語氣，知他們決不會來，不過是要自己躲避而已，朗聲說道：「各位前輩，我雖非貴教中人，但和貴教共過一場患難，總該算得是生死之交。難道我就貪生怕死，能撇下各位，自行前去避難？」

楊逍道：「張大俠有所不知，明教歷代傳下嚴規，這光明頂上的秘道，除了教主之外，本教教衆誰也不許闖入，擅進者死。你和小昭不屬本教，不必守此規矩。」

這時只聽得隱隱喊殺之聲從四面八方傳來。只是光明頂上道路崎嶇，地勢險峻，一處處關隘均有鐵閘石門，明教雖無猛烈抵抗，來攻者卻也不易迅速掩至。加之明教名頭素響，來襲敵人心存忌憚，未敢貿然深入，但聽這廝殺之聲，卻總是在一步步的逼進。偶然遠處傳來一兩聲臨死時的號呼之聲，顯是明教教衆竭力禦敵，以致慘遭屠戮。

張無忌心想：「再不走避，只怕一個時辰之內，明教上下人衆無一得免。」當下說道：「這不可進入秘道的規矩，難道決計變更不得麼？」楊逍神色黯然，搖了搖頭。

彭瑩玉忽道：「各位聽我一言：張大俠武功蓋世，義薄雲天，於本教有存亡續絕的大恩。咱們擁立張大俠爲本教第三十四代教主。倘若教主有命，號令衆人進入秘道。大夥兒遵從教主之令，那便不是壞了規矩。」楊逍、殷天正、韋一笑等早就有意奉張無忌爲教主，一聽彭和尚之言，人人叫好。

張無忌急忙搖手道：「小子年輕識淺、無德無能，如何敢當此重任？加之我太師父張眞人當年諄諄告誡，命我不可身入明教，小子應承在先。彭大師之言，萬萬不可。」

殷天正道：「我是你外公，叫你入了明教。就算外公親不過你太師父，大家半斤八兩，我和張眞人的說話就相互抵消了罷，只當誰也沒說過。入不入明教，憑你自決。」殷野王也道：「再加一個舅父，那總夠斤兩了罷？常言道：見舅如見娘。你娘既已不在，我就如同是你親娘一般。」

張無忌聽外公和舅父如此說，心中難過，說道：「當年陽教主曾有一通遺書，我從秘道中帶將出來，原擬大家傷愈之後傳觀。陽教主的遺命是要我義父金毛獅王暫攝教主之位。」說着從懷中取出那封遺書，交給楊逍。

彭瑩玉道：「張大俠，大丈夫身當大變，不可拘泥小節。謝獅王是你義父，猶似親父一般，自來子繼父職，謝獅王既不在此，便請你依據陽教主遺言，暫攝教主尊位。」衆人齊道：「此言最是。」

張無忌耳聽得殺聲漸近，心中惶急加甚，一時沒了主意，尋思：「此刻救人重於一切，其餘儘可緩商。」於是朗聲道：「各位既然如此見愛，小子若再不允，反成明教的大罪人了。

小子張無忌，暫攝明教教主職位，渡過今日難關之後，務請各位另擇賢能。」

衆人齊聲歡呼，雖然大敵逼近，禍及燃眉，但人人喜悅之情，見於顏色。均想明教自前教主陽頂天暴斃，統率無人，一個威震江湖的大教竟鬧得自相殘殺、四分五裂。置身事外者有之，自立門戶者有之，爲非作歹者亦有之，從此一蹶不振，危機百出。今日重立教主，中興可期，如何不令人大爲振奮？能行動的便即拜倒。殷天正、殷野王雖是尊親，亦無例外。

張無忌忙拜倒還禮，說道：「各位請起。楊左使，請你傳下號令：本教上下人等，一齊退入秘道。」

楊逍道：「是！謹遵教主令諭。啓稟教主，咱們命烈火旗縱火阻敵，將光明頂上房舍盡數燒了。敵人只道咱們已然逃走。不知可好？」張無忌道：「此計大妙，請楊左使傳令。」心想：「此法當年朱長齡便曾使過，計策本身原是好的，只不過他是用來騙我而已。」

楊逍當即傳出令去，撤回守禦各處的教衆，命洪水、烈火二旗斷後，其餘各人，退入秘道。明教是主，天鷹教是客，當下命天鷹教教衆先退，跟着是天地風雷四門，光明頂上諸般職事人員，銳金、巨木、厚土三旗，五散人和韋一笑等先後退入。待張無忌和楊逍退入不久，洪水旗諸人分別進來，東西兩面已是火光燭天。

這場火越燒越旺，烈火旗人衆手執噴筒，不斷噴射西域特產的石油。那石油近火即燃，最是厲害不過，來攻的各門派人數雖多，卻畏火不敢逼近，只是四面團團圍住，不令明教人衆漏網。烈火旗人衆進入秘道後關上閘門。不久房舍倒塌，將秘道的入口掩在火燄之下。

這場大火直燒了兩日兩夜，兀自未熄，光明頂是明教總壇所在，百餘年的經營，數百間美輪美奐的廳堂屋宇盡成焦土。來攻敵人待火勢略熄，到火場中翻尋時，見到不少明教徒戰死者的屍首，皆已燒成焦炭，面目不可辨認，只道明教教衆寧死不降，人人自焚而死，楊逍、韋一笑等都已命喪火場之中。

天鷹教與明教人衆按着秘道地圖，分別入住一間間石室。此時已然深入地底，上面雖然烈火熊熊，在秘道中卻聽不到半點聲音，也絲毫不覺炎熱。衆人帶足了糧食淸水，便一兩個月不出去也不致饑渴。明教和天鷹教人衆各旗歸旗、各壇歸壇，肅靜無聲。衆人均知這秘道是向來不許擅入的聖地，承蒙教主恩典，才得入來避難，因此誰也不敢任意走動。

楊逍等首腦人物都聚在陽頂天的遺骸之旁，聽張無忌述說如何見到陽前教主的遺書、如何練成乾坤大挪移心法。他說畢，將記述心法的羊皮交給楊逍。楊逍不接，躬身說道：「陽前教主的遺書上寫得明白：『乾坤大挪移心法，暫由謝遜接掌，日後轉奉新教主。』這份心法，自當由教主掌管。」

當下衆人傳閱陽頂天的遺書，盡皆慨嘆，說道：「那料到陽教主一世神勇睿智，竟因夫婦之情而致走火歸天。咱們若得早日見此遺書，何致有今日的一敗塗地。」各人想到死難同伴之慘、自己狼狽逃命之辱，無不咬牙切齒的痛罵成崑。

楊逍道：「這成崑雖是陽教主夫人的師兄、是金毛獅王的師父，可是我們以前都未能見他一面，可見此人心計之工。原來數十年前，他便處心積慮的要摧毀本教。」周顚道：「楊左使、韋蝠王，你們都墮入了他的道兒而不覺，也可算得無能。」他本想扯上殷天正，只是礙於教主的情面，將「白眉老兒」四個字嚥入了肚裏。楊逍臉上一紅，說道：「總算天網恢恢，疏而不漏，這成崑惡賊終究命喪野王兄的掌底。」烈火旗掌旗使辛然恨恨的道：「成崑這惡賊作了這麼大的孽，倒給他死得太便宜了。」

衆人議論了一會，當下分別靜坐用功，療養傷勢。

在秘道中過了七八日，張無忌的劍創已好了九成，結了個寸許長的疤，當即給受了外傷的弟兄治療，雖然藥物多缺，但他針灸推拿，當眞是着手成春。衆人初時只道這位少年教主武功深不可測，豈知他醫道竟也如此精湛，幾已可直追當年的「蝶谷醫仙」胡青牛。

再過數日，張無忌劍傷痊愈，當即運起九陽神功，給楊逍、韋一笑及五散人逼出體內幻陰指的寒毒。三日之內，衆大高手內傷盡去，無不意氣風發，便要衝出秘道，盡殲來攻之敵。張無忌道：「各位傷勢已愈，內力未純，既已忍耐多日，索性便再等幾天。」

這數日中，人人加緊磨練，武功淺的磨刀礪劍，武功深的則練氣運勁，自從六大派圍攻光明頂以來，明教始終挨打受辱，這口怨氣可實在彆得狠了。

這天晚間，楊逍將明教的教義宗旨、教中歷代相傳的規矩、明教在各地支壇的勢力、教中首要人物才能性格，一一向張無忌詳爲稟告。

只聽得鐵鍊叮噹聲響，小昭托了茶盤，送上兩碗茶來。張無忌道：「楊左使，這個小姑娘近來無甚過犯，請你打開鐵鎖，放了她罷！」楊逍道：「教主有令，敢不遵從。」當下叫楊不悔進來，說道：「不悔，教主吩咐，你給小昭開了鎖罷。」楊不悔道：「那鑰匙放在我房裏的抽屜之中，沒帶下來。」張無忌道：「那也不妨，這鑰匙想來也燒不爛。」

楊逍等女兒和小昭退出，說道：「教主，小昭這小丫頭年紀雖小，卻是極爲古怪，對她不可不加提防。」張無忌問道：「這小姑娘來歷如何？」

楊逍道：「半年之前，我和不悔下山遊玩，見到她一人在沙漠之中，撫着兩具屍首哭泣。我們上前查問，她說死的二人是她爹娘。她爹娘在中原得罪了官府，一家三口被充軍來到西域，前幾日因不堪蒙古官兵的凌辱，逃了出來，終於她爹娘傷發力竭，雙雙斃命。我見她小小一個女孩，孤苦伶仃，雖然容貌奇醜，說話倒也不蠢，便給她葬了父母，收留了她，叫她服侍不悔。」

張無忌點了點頭，心想：「原來小昭父母雙亡，身世極是可憐，跟我竟是一般。」

楊逍續道：「我們帶小昭來到光明頂上之後，有一日我教不悔武藝，小昭在旁聽着，怎知我解釋到六十四卦方位之時，不悔尙未領悟，小昭的眼光已射到了正確的方位之上。」

張無忌道：「想是她天資聰穎，悟性比不悔妹子快了一點。」

楊逍道：「初時我也這麼想，倒很高興，但轉念一想，起了疑心，故意說了幾句極難的口訣，那是我從未教過不悔的。其時日光西照，地火明夷，水火未濟，我故意說錯了方位，只見她眉頭微蹙，竟然發覺了我的錯處。從此我便留上了心，知道這小姑娘曾得高人傳授，身懷上乘武功，到光明頂上非比尋常，乃是有所爲而來。」

張無忌道：「或者她父親精通易經，那是家傳之學，亦未可知。」

楊逍道：「教主明鑒：文士所學的易經，和武功中的易理頗有不同。倘若小昭所學竟是她父母所傳，那麼她父母當是武林中的一流高手了，又怎能受蒙古官兵凌辱而死？我其時不動聲色，過了幾日，才閒閒問起她父母的姓名身世。她推得乾乾淨淨，竟不露絲毫痕迹。當時我也不發作，只叮囑不悔暗中留神。有一日我說個笑話，不悔哈哈大笑，小昭在旁聽着，忍不住也笑了起來。其時她站在我和不悔背後，只道我父女瞧不見她，豈知不悔手中正在把玩一柄匕首，那匕首明淨如鏡，將她笑容清清楚楚的映了出來。她卻那裏是個醜丫頭？容貌比之不悔美得多了。待我轉過頭來，她立時又變成了擠眼歪嘴的怪相。」

張無忌微笑道：「整日假裝這怪樣，當眞着實不易。」心想：「楊左使是何等厲害的人物，小昭這小丫頭在他面前耍槍花，自然瞞他不過。」

楊逍又道：「當下我仍是隱忍不言，這日晚間，夜靜人定之後，我悄悄到女兒房中，來窺探小昭動靜。只見這丫頭正從不悔房中出來。她逕往東邊房舍，不知找尋甚麼，每一間房間、每一處隱僻之所，無不細細尋到。我再也忍不住了，現身而出，問她找尋甚麼，是誰派她到光明頂來臥底。她倒也鎮靜，竟是毫不驚慌，說無人派她，只是喜歡到處玩玩，出於好奇之心。我諸般恐嚇勸誘，她始終不露半句口風，我關着她餓了七天七夜，餓得她奄奄一息，她仍是不說。於是我將教中舊日留傳的這副玄鐵銬鐐將她銬住，令她行動之時發出叮噹聲響，那便不能暗中加害不悔。我所以不即殺她，是想查知她的來歷。教主，這小丫頭乃敵人派來臥底，決計無疑，以她精通八卦方位這節來看，只怕不是崑崙，便是峨嵋派的了。只是諒這小小丫頭，碍得甚麼？念她服侍教主一場，教主慈悲饒她，那也是她的造化。」

張無忌站起身來，笑道：「咱們在地牢中關了這麼多日，也該出去散散心了罷？」楊逍大喜，問道：「這就出去？」張無忌道：「傷勢未愈的，無論如何不可動手，要立功也不忙在一時。其餘的便都出去。好不好？」楊逍出去傳令，秘道中登時歡聲雷動。

衆人進秘道時是從楊不悔閨房的通道而入，這次出去，走的卻是側門，以便通往後山。張無忌推開阻門巨石，當先出去，待衆人走盡，又將巨石推上。那厚土旗的掌旗使顏垣是明教中第一神力之士，他試着運勁一推那塊小山般的巨石，竟如蜻蜓撼石柱，全沒動靜，不禁伸出了舌頭縮不回去，心中對這位青年教主更是敬佩無已。

衆人出得秘道，生怕驚動了敵人，連咳嗽之聲也是半點全無。

張無忌站在一塊大石之上。月光瀉將下來，只見天鷹教人衆排在西首賓位，天微、紫微、天市三堂，神蛇、青龍、白虎、朱雀、玄武五壇，各有統率，整整齊齊的排着。東首是明教五旗：銳金、巨木、洪水、烈火、厚土，各旗正副掌旗使率領本旗弟兄，分五行方位站定。中間是楊逍屬下天、地、風、雷四門門主所統的光明頂教衆。那天字門所屬是中原男子教衆；地字門所屬是女子教衆；風字門是釋家道家等出家人；雷字門則是西域番邦人氏的教衆。雖然連日激戰，五旗四門無不傷殘甚衆，但此刻人人精神振奮。青翼蝠王韋一笑及冷謙等五散人站在張無忌身後衛護。人人肅靜，只候教主令下。

張無忌緩緩說道：「敵人來攻本教重地，咱們雖要善罷，亦已不得。但本人實不願多所殺傷，務希各位體念此意。天鷹教由殷教主率領，自西攻擊。五行旗由巨木旗掌旗使聞蒼松總領，自東攻擊。楊左使率領天字門、地字門，自北攻擊。五散人率領風字門、雷字門，自南攻擊。韋蝠王與本人居中策應。」衆人一齊躬身應命。

張無忌左手一揮，低聲道：「去罷！」四隊教衆分從東南西北四方包圍光明頂。

張無忌向韋一笑道：「蝠王，咱兩個從秘道中出去，攻他們一個措手不及。」韋一笑大喜，說道：「妙極！」兩人重行回入秘道，從楊不悔閨房的入口處鑽了出來。

其時上面已堆滿了瓦礫、焦木，費了好大力氣才走出來，撲鼻盡是焦臭之氣。其時明教人衆距離尚遠，但光明頂上留着的敵人已然發覺，大呼小叫，相互警告。張無忌和韋一笑相視一笑，均想：「這批傢伙大驚小怪，不必相鬥，勝敗已分。」兩人隱身在倒塌了的半堵磚牆之後，月光下但見黑影來回奔走。

過不多時，說不得和周顛兩人並肩先至，已從南方攻到，衝入人羣之中，砍瓜切菜般殺了起來。跟着殷天正、楊逍、五行旗人衆齊到，大呼酣鬥，猶似虎入羊羣一般。

奪得光明頂的本有丐幫、巫山幫、海沙派等十餘個大小幫會，眼見光明頂燒成一片白地，明教人衆沒一個漏網，只道已然大獲全勝。丐幫、巨鯨幫等一大半幫會這幾日都已紛紛下山，光明頂上只剩下神拳門、三江幫、巫山幫、五鳳刀四個幫會門派。明教教衆突然間殺將出來，這四個門派中雖然也有若干好手，卻怎是楊逍、殷天正這些人的對手，不到一頓飯功夫，已死傷大半。

張無忌現身而出，朗聲說道：「明教高手此刻聚會光明頂。諸大幫會門派聽了，再鬥無益，一齊抛下兵刃投降，饒你們不死，好好送你們下山。」

神拳門、三江幫、巫山幫、五鳳刀中的好手已死傷大半，餘下的眼見敵人大集，均無鬥志，紛紛抛下兵刃投降。二十餘名悍勇之徒兀自頑抗，片刻間便已屍橫就地。

這十餘日中，巫山幫等人衆已在山頂搭了若干茅棚暫行棲身，當下巨木旗下教衆又再砍伐樹木，搭蓋茅舍。地字門下的女教衆忙着燒水煮飯。

光明頂上燒起熊熊大火，感謝明尊火聖祐護。

白眉鷹王殷天正站起身來，大聲說道：「天鷹教教下各人聽了：本教和明教同氣連枝，本是一脈。二十餘年之前，本人和明教的夥伴們不和，這才遠赴東南，自立門戶。眼下明教由張大俠出任教主，人人捐棄舊怨，羣策羣力。『天鷹教』這個名字，打從今日起，世上再也沒有了，大夥兒都是明教的教衆，咱們人人聽張教主的分派號令。要是那個不服，快快給我滾下山去罷！」

天鷹教教衆歡聲雷動，都道：「天鷹教源出明教，現今是返本歸宗。咱們大夥兒都入明教，那是何等的美事。殷教主和張教主是家人至親，聽那一位教主的號令都是一樣。」殷天正大聲道：「打從今日起只有張教主，那個再叫我一聲『殷教主』，便是犯上叛逆。」

張無忌拱手道：「天鷹教和明教分而復合，眞是天大的喜事。只是在下迫於情勢，暫攝教主之位。此刻大敵已除，咱們正該重推教主。教中有這許多英雄豪傑，小子年輕識淺，何敢居長？」

周顛大聲道：「教主，你倒代我們想一想，我們爲了這教主之位，鬧得四分五裂，好容易個個都服了你。你若再推辭，那麼你另派一個人出來當教主罷。哼哼！不論是誰，我周顛首先不服。要我周顛當罷，別個兒可又不服。」彭瑩玉道：「教主，倘若你不肯擔此重任，明教又回到了自相殘殺、大起內鬨的老路上，難道到那時又來求你搭救？」

張無忌心想：「這干人說的也是實情，當此情勢，我難以袖手不顧。可是這個教主，我確是既不會做，又不想做。」於是朗聲說道：「各位既如此垂愛，小子不敢推辭，只得暫攝教主重任，只是有三件事要請各位允可，否則小子寧死不肯擔當。」

衆人紛紛說道：「教主有令，莫說三件，便是三十件也當遵奉，不敢有違。不知是那三件，請教主示下。」

張無忌道：「本教給人目為邪魔外道，雖說是教外之人不明本教眞相。但本教教衆人數多了，難免良莠不齊，亦有不肖之徒行爲放縱，殘害無辜。這第一件事，是自今而後，從本人以下，人人須得嚴守教規，爲善去惡、行俠仗義。本教兄弟之間，務須親愛互助，有如手足，切戒自相爭鬥。」向周顛看了一眼，說道：「吵嘴相罵則可，動手萬萬不行。本人請冷謙冷先生擔任刑堂執法，凡違犯教規，和本教兄弟鬥毆砍殺，一律處以重刑，即令是本人的外公、舅父等尊長，亦無例外。」

衆人躬身說道：「正該如此。」冷謙跨上一步，說道：「奉令！」他不喜多話，這兩個字，便是說應自當竭盡所能，奉行教主命令。

張無忌道：「第二件事說來比較爲難。本教和中原各大門派結怨已深，雙方門人弟子、親戚好友，都是互有殺傷。此後咱們既往不咎，前愆盡釋，不再去和各門派尋仇。」衆人聽了，心頭都是氣忿不平，良久無人答話。

周顛道：「倘若各門派再來惹事生非呢？」張無忌道：「那時隨機應變。要是對方一再進逼，咱們自也不能束手待斃。」鐵冠道人道：「好罷！反正我們的性命都是教主救的，教主要我們怎樣，那便怎樣。」彭瑩玉大聲道：「各位兄弟：中原各門派殺了咱們不少人，咱們也殺了各門派不少人，要是雙方仇怨糾纏，循環報復，大家只有越死越多。教主命令咱們不再尋仇，也正是爲咱們好。」衆人心想這話不錯，便都答允了。

張無忌心下甚喜，抱拳說道：「各位寬洪大量，實是武林之福，蒼生之幸。」於是命五行旗各旗使去釋放所俘神拳門、巫山幫等門派幫會的俘虜，向他們申述明教不再與中原各門派爲敵之意，任由衆俘下光明頂而去。

張無忌道：「這第三件事，乃是依據陽前教主的遺命而來。陽前教主遺書中說道：由覓回聖火令之人接任第三十四代教主之位，他逝世後，教主之位由金毛獅王謝法王暫攝。咱們即當前赴海外，迎歸謝法王，由他攝行教主，然後設法尋覓聖火令。那時小子退位讓賢，各位不得再有異議。」

衆人聽了，不由得面面相覷，均想：「羣龍無首數十年，好容易得了位智勇雙全、仁義豪俠的教主。日後倘是本教一個碌碌無能之徒無意中拾得聖火令，難道竟由他來當教主？」

楊逍道：「陽前教主的遺言寫於二十餘年之前，其時世局與現今大不相同。金毛獅王自是要去迎接的，聖火令也是要尋覓的，但若由旁人擔任教主，實難令大衆心服。」

張無忌堅執陽前教主的遺命決不可違。衆人拗不過，只得依了，均想：「金毛獅王只怕早已死了，聖火令失落將近百年，那裏還找得着？且聽他的，將來若是有變，再作道理。」

這三件大事，張無忌於這十幾日中一直在心頭盤旋思索，此時聽得衆人盡皆遵依，甚是歡喜，當下命人宰殺牛羊，和衆人歃血爲盟，不可違了這三件約言。

張無忌道：「本教眼前第一大事，是去海外迎歸金毛獅王謝法王。此行非本人親去不可，有那一位願與本人同去？」衆人一齊站起身來，說道：「願追隨教主，同赴海外。」

張無忌初負重任，自知才識俱無，處分大事必難妥善，於是低聲和楊逍商議了一會，才朗聲道：「前往海外的人手也不必太多，何況此外尚有許多大事需人料理。這樣罷，請楊左使率領天地風雷四門，留鎭光明頂，重建總壇。金木水火土五旗分赴各地，招集本教分散了的人衆，傳諭咱們適才約定的三件事。請外公和舅父率領天鷹旗，探聽是否尚有敵人意欲跟本教爲難，再尋訪光明右使和紫衫龍王兩位的下落。韋蝠王請分別前往六大派掌門人居處，說明本教止戰修好之意，就算不能化敵爲友，也當止息干戈。這件事甚不易辦，但韋蝠王大才，定能克建殊功。至於赴海外迎接謝法王之事，則由本人和五散人同去。」

此時他是教主之尊，雖然言語謙遜有禮，但每一句話即是不可違抗的嚴令，衆人一一接令，無不凜遵。

楊不悔道：「爹，我想到海外去瞧瞧滿海冰山的風光。」楊逍微笑道：「你向教主求去，我可作不了主。」楊不悔撅起了小嘴，卻不作聲。

張無忌微微一笑，想起數年前護送楊不悔西來時，一路上她纏着要說故事，自己曾將冰火島上諸般奇景，以及白熊、海豹、怪魚等各種珍異動物說給她聽，這當兒她便想親自去看看了，說道：「不悔妹子，海行甚多凶險，你若不怕，楊左使又放心你去，那麼楊左使和你一起都隨我到海外去罷。」楊不悔拍手道：「我怕甚麼？爹，咱們都跟無忌哥哥……不，跟教主去！」楊逍不答，望着張無忌，聽他示下。

張無忌道：「既是如此，偏勞冷先生留鎮光明頂，天地風雷四門，暫歸冷先生統率。」

冷謙道：「是！」周顛拍手頓足，大叫：「妙極，妙極！」說不得道：「周兄，妙甚麼？」

周顛道：「教主如此倚重冷謙，那是咱五散人的面子。再說，大海茫茫，不知要坐幾日幾夜的海船，多了楊左使父女，談談說說，何等快活。我要和人合口吵鬧，也有楊左使做對手。倘若同着冷謙，只不過多了一塊不開口的木頭罷了。」衆人一齊大笑。冷謙既不生氣，也不發笑，便似沒有聽見。

當日衆人飽餐歡聚，分別休息。張無忌要楊不悔替小昭開了玄鐵銬鐐，但那鑰匙失落在火場的焦木瓦礫之中，再也尋找不着。小昭淡淡的道：「我帶了這叮叮噹噹的鐵鍊，走起路來反而好聽，還是戴着的好。」張無忌安慰她道：「小昭，你安心在光明頂上住着，我接了義父回來，借他的屠龍寶刀給你斬脫銬鐐。」小昭搖了搖頭，並不答應。

次日清晨，張無忌率領衆人，和冷謙道別。冷謙道：「教主，保重。」張無忌道：「冷先生坐鎮總壇，多多辛苦。」冷謙向周顛道：「小心，怪魚，吃你！」周顛握着他手，心中頗爲感動。五散人情若兄弟，冷謙今日破例多說了這六個字，那的確是十分擔心大海中的怪魚將衆兄弟吃了。

冷謙和天地風雷四門首領直送下光明頂來，這才作別。

張無忌道：「我爲了救家人性命，只好動粗了，無禮莫怪。」抓起她左脚，扯脫了她鞋襪。趙敏又驚又怒，叫道：「臭小子，你幹甚麼？」張無忌不答，又扯脫了她右足鞋襪。

二十三　靈芙醉客綠柳莊

一行人行出百餘里，在沙漠中就地歇宿。張無忌睡到中夜，忽聽得西首隱隱傳來叮噹、叮噹清脆的金屬撞擊之聲，心中一動，當即悄悄起來，向聲音來處迎去。奔出里許，只見小小一個人影在月光下移動，他搶步上去，叫道：「小昭，怎麼你也來了？」

那人影正是小昭。她突然見到張無忌，哇的一聲，哭了出來，撲在他懷裏，抽抽噎噎的只是哭泣，卻不說話。張無忌輕拍她肩頭，說道：「好孩子，別哭，別哭！」小昭似乎受盡了委曲，終於得到發洩，哭得更加響了，說道：「你到那裏，我……我也跟到那裏。」張無忌心想：「這小姑娘父母雙亡，又見疑於楊左使父女，十分可憐。想是我對她和言悅色，是以對我甚是依戀。」說道：「好，別哭啦，我也帶你一起到海外去便了。」

小昭大喜，抬起頭來，朦朦朧朧的月光在她清麗秀美的小小臉龐上籠了一層輕紗，晶瑩的淚水尚未擦去，海水般的眼波中已盡是歡笑。張無忌微笑道：「小昭，你將來長大了，一定美得不得了。」小昭笑道：「你怎知道？」

傳來處查察。

張無忌尚未回答，忽聽得東北角上蹄聲雜沓，有大隊人馬自西而東，奔馳而過，少說也有一百餘乘。過不多時，韋一笑和楊逍先後奔到，說道：「教主，深夜之中大隊人馬奔馳，說不定又是本教之敵。」張無忌命小昭去和彭瑩玉等人會合，自行帶同楊韋二人，奔向蹄聲

到得近處，果見沙漠中留下一排馬蹄印。韋一笑俯身察看，抓起一把沙子，說道：「有血迹。」張無忌抓起沙子湊近鼻端，登時聞到一陣血腥氣。三人循着蹄印追出數里，楊逍忽見左首沙中掉着半截單刀，拾起一看，見刀柄上刻着「馮遠聲」三字，微一沉吟，說道：「這是崆峒派中的人物。教主，想是崆峒派在此預備下馬匹，回歸中原。」韋一笑道：「從光明頂下來，已然事隔半月有餘，他們尚在這裏，不知搗甚麼鬼？」三人查知是崆峒派，便不放在心上，回歸原地安睡。

行到第五日上，前面草原上來了一行人衆，多數是身穿緇衣的尼姑，另有七八個男子。雙方漸漸行近，一名尼姑尖聲叫道：「是魔教的惡賊！」衆人紛紛拔出兵刃，散開迎敵。

張無忌見是峨嵋派人衆，不知何以去而復回，而那些人也是從未見過的，朗聲說道：「衆位師太是峨嵋門下嗎？」一名身材瘦小的中年尼姑越衆而出，厲聲道：「魔教的惡賊，多問甚麼？上來領死罷。」張無忌道：「師太上下如何稱呼？何以如此動怒？」那尼姑喝道：「惡賊，憑你也配問我名號！你是誰？」

韋一笑疾衝而前，穿入衆人之中，點了兩名男弟子的穴道，抓住兩人後領，猛地發脚，遠遠奔了出去，將兩人摔在地下，隨即又奔回原處。這幾下兔起鶻落，快速無倫，冷笑一聲，

說道：「這位是當世武功第一、天下肝膽無雙的奇男子，統率左右光明使、四大護教法王、五散人、五行旗、天地風雷四門的明教張教主，趕過峨嵋派下山，奪過滅絕師太手中倚天寶劍，以他這樣人物，也配來問一聲師太的法名麼？」

他這番話一口氣的說將出來，峨嵋羣弟子盡皆駭然，眼見韋一笑適才露了這麼一手匪夷所思的武功，無人再懷疑他的說話。那中年尼姑定了定神，才道：「閣下是誰？」韋一笑道：「在下姓韋，外號青翼蝠王。」峨嵋派中幾個人不約而同的驚呼，便有四人急奔去救護那兩個被他搬到了遠處的同門。韋一笑道：「奉張教主號令：明教和六大派止息干戈，釋迯修好。貴同門運氣好，韋蝠王這次沒吸他們的血。」他自得張無忌以九陽神功療傷，不但驅除了幻陰指寒毒，連以前積下的毒氣也消了大半，不必每次行功運勁，便須吸血抗寒。

那四人抬了兩名被點中穴道的同門回來，正待設法給他們解治，只聽得嗤嗤兩響，兩粒小石子射將過來，帶着破空之聲，直衝二人穴道，登時替他們解開了。卻是楊逍以「彈指神通」反運「擲石點穴」的功夫。

那中年尼姑見對方人數固然不少，而適才兩人稍顯身手，實是武功高得出奇，若是動手，非吃大虧不可，所謂「止息干戈，釋迯修好」，也不知是眞是假，便道：「貧尼法名靜空。各位可見到我師父嗎？」張無忌道：「尊師從光明頂下來，已半月有餘，預計此時已進玉門關。各位東來，難道中間錯過了麼？」

靜空身後一個三十來歲的女子說道：「師姊別聽他胡說，咱們分三路接應，有信號火箭聯絡，怎會錯過不見？」周顚聽她說話無禮，便要教訓她幾句，說道：「這就奇了……」張無忌低聲道：「周先生不必跟她一般見識。她們尋不着師父，自然着急。」

靜空滿臉懷疑之色，說道：「家師和我們其餘同門是不是落入了明教之手？大丈夫光明磊落，何必隱瞞？」周顛笑道：「老實跟你們說，峨嵋派不自量力，來攻光明頂，自滅絕師太以下，個個被擒，現下正打在水牢之中，教她們思過待罪，關他個十年八年，放不放那時再說。」彭瑩玉忙道：「各位莫聽這位周兄說笑。滅絕師太神功蓋世，門下弟子個個武藝高強，怎能失陷於明教之手？此刻貴我雙方已然罷手言和，各位回去峨嵋，自然見到。」靜空將信將疑，猶豫不決。

韋一笑道：「這位周兄愛說笑話。難道本教教主堂堂之尊，也會騙你們小輩不成？」那中年女子道：「魔教向來詭計多端，奸詐狡猾，說話如何能信？」

洪水旗掌旗使唐洋左手一揮，突然之間，五行旗遠遠散開，隨即合圍，巨木在東、烈火在南、銳金在西、洪水在北、厚土在外遊走策應，將一干峨嵋弟子團團圍住了。

殷天正大聲道：「老夫是白眉鷹王，只須我一人出手，就將你們一干小輩都拿下了。明教今日手下留情，年輕人以後說話可得多多檢點些。」這幾句話轟轟雷動，震得峨嵋羣弟子耳朵嗡嗡作響，心神動盪，難以自制，眼見他白鬚白眉，神威凜凜，衆人無不駭然。

張無忌一拱手，說道：「多多拜上尊師，便說明教張無忌問她老人家安好。」當先向東便去。唐洋待韋一笑、殷天正等一一走過，這才揮手召回五行旗。

峨嵋弟子瞧了這等聲勢，暗暗心驚，眼送張無忌等遠去，個個目瞪口呆，說不出話來。彭瑩玉道：「教主，我瞧這事其中確有蹊蹺。滅絕師太諸人東還，不該和這干門人錯失道路。各門各派沿途均有聯絡記號，那有影蹤不見之理？」衆人邊走邊談，都覺峨嵋派這許多人突然在大漠中消失，其理難明，張無忌更是掛念周芷若的安危，卻又不便和旁人商量。

這日行到傍晚，厚土旗掌旗使顏垣忽道：「這裏有些古怪！」奔向左前方的一排矮樹之間察看，從一名本旗教衆手裏接過一把鐵鏟，在地下挖掘起來，過不多時，赫然露出一具屍體。屍首已然腐爛，面目殊不可辨，但從身上衣着看來，顯是崑崙派的弟子。厚土旗教衆一齊動手挖掘，不久掘出一個大坑，坑中橫七豎八的堆着十六具屍體，盡是崑崙弟子。若是他們本派掩埋，決不致如此草草，顯是敵人所爲。再查那些屍體，人人身上有傷。張無忌命厚土旗將各具屍體好好分開，一具具的妥爲安葬。

衆人你瞧瞧我，我瞧瞧你，心頭的疑問都是一樣：「誰幹的？」大家怔了一陣，彭瑩玉才道：「此事倘不查個水落石出，這筆爛帳定然寫在本教頭上。」說不得朗聲道：「大家聽了，若是明刀明槍的交戰，大夥兒在教主率領之下，雖不敢說天下無敵，也決不致輸於旁人。只是暗箭難防，此後飲水食飯、行路住宿，處處要防敵人下毒暗算。」教衆齊聲答應。

又行一陣，眼見夕陽似血，天色一陣陣的黑了下來，衆人正要覓地休息，只見東北角天邊四頭兀鷹不住在天空盤旋。突然間一頭兀鷹俯衝下去，立即又急飛而上，羽毛紛落，啾啾哀鳴，顯是給下面甚麼東西擊中，吃了大虧。

銳金旗的掌旗使莊錚死在倚天劍下之後，副旗使吳勁草承張無忌之命升任了正旗使，這時見兀鷹古怪，說道：「我去瞧瞧。」帶了兩名弟兄，急奔過去。過了一會，一名教衆先行奔回，向張無忌稟報：「稟告教主，武當派殷六俠摔在沙谷之中。」張無忌大吃一驚，道：「是殷六俠？受了傷麼？」那人道：「似乎是受了重傷，吳旗使見是殷六俠，命屬下急速稟報教主。吳旗使已下谷救援去了……」

張無忌心急如焚，不等他說完，便即奔去。楊逍、殷天正等隨後跟來。得到近處，只見是個大沙谷，足有十餘丈深，吳勁草左手抱着殷梨亭，一步一陷，正在十分吃力的上來。張無忌沿着沙壁搶了下去，一手抓住吳勁草右臂，另一手便去探殷梨亭的鼻息，察覺尚有呼吸，畧感寬心，接過他身子，幾個縱躍便出了沙谷，將他橫放在地，定神看時，不禁又是驚怒，又是難過。但見他膝、肘、踝、腕、足趾、手指，所有四肢的關節全都被人折斷了，氣息奄奄，動彈不得，對方下手之毒，實是駭人聽聞。

殷梨亭神智尚未迷糊，見到張無忌，臉上微露喜色，吐出了口中的兩顆石子。原來他受傷後被人推下沙谷，仗着內力精純，一時不死，兀鷹想來吃他，被他側頭咬起地下石子，噴石射擊，如此苦苦撐持，已有數日。

楊逍見那四頭兀鷹尚自盤旋未去，似想等衆人拋下殷梨亭後，便飛下來啄食他的屍體，從地下拾起四粒小石，嗤嗤連彈，四頭兀鷹應聲落地，每一隻的腦袋都被小石打得粉碎。

張無忌先給殷梨亭服下止痛護心的藥丸，然後詳加查察，但見他四肢共有二十來處斷折，每處斷骨均是被重手指力捏成粉碎，再也無法接續。殷梨亭低聲道：「跟三哥一樣，是少林派……金剛指力……指力所傷……」

張無忌登時想起當年父親所說三師伯俞岱巖受傷的經過來，他也是被少林派的金剛指力捏得骨節粉碎，臥床已達二十餘年。其時自己父母尚未相識，不料事隔多年，又有一位師叔傷在少林金剛指之下。他定了定神，說道：「六叔不須煩心，這件事交給了姪兒，定教奸人難逃公道。那是少林派中何人所為，六叔可知道麼？」

殷梨亭搖了搖頭，他數日來苦苦掙命，早已筋疲力盡，此刻心頭一鬆，再也支持不住，便此昏暈了過去。

張無忌想起自己身世，父母所以自刎而死，全是為了對不起三師伯，今日六師叔又遭此難，再不勒逼少林派交出這罪魁禍首，如何對得起俞殷二位？又如何對得起死去的父母？眼見殷梨亭雖然昏暈，性命該當無礙，只是斷肢難續，多半也要和俞岱巖同一命運。

他經歷有限，見事不快，須得靜下來細細思量，當下負着雙手，遠遠走開，走上一個小丘坐了下來，心中兩個念頭不住交戰：「要不要上少林寺去，找到那罪魁禍首，跟爹爹、媽媽、三師伯、六師叔報此大仇？若是少林派肯坦率承認，交出行兇之人，自然再好不過，否則豈非明教要和武當派聯手，共同對付少林？我已和衆兄弟歃血盟誓，決不再向各門派幫會尋仇生事，但事情一鬧到自己頭上，便立時將誓言拋諸腦後，又如何能夠服衆？禍端一開，此後怨怨相報，只怕又要世世代代的流血不止，不知要傷殘多少英雄好漢的性命？」

其時天已全黑，明教衆人點起燈火，埋鍋造飯。張無忌兀自坐在小丘之上，眼見明月升起，仍是拿不定主意，直想到半夜，才這麼決定：「且到少林寺去見掌門空聞神僧，說明前因後果，要他給一個公道。」轉念又想：「但若把話說僵了，非動手不可，那便如何？」

他嘆了一口氣，站起身來，心想：「我年紀輕輕，初當大任，立即便遭逢一件極棘手的難題，一心想要止戰息爭，但兇殺血仇，卻一件件迫人而來。我擔當了明教教主的重任，推不掉、甩不脫，此後煩惱艱困，實是無窮無盡！若能不做教主，可有多好？」

他回到燈火之旁，衆人雖然肚餓，卻誰都沒有動筷吃飯，恭敬肅穆的站起。張無忌好生過意不去，忙道：「各位以後自管用飯，不必等我。」去看殷梨亭時，只見楊不悔已用熱水替他洗淨了創口，正在餵他飲湯。

殷梨亭神智仍是迷糊，突然間雙眼發直，目不轉睛的瞪着楊不悔，大聲說道：「曉芙妹子，我想得你好苦，你知道麼？」楊不悔滿臉通紅，神色極是尷尬，右手拿着匙羹，低聲道：「你再喝幾口湯。」殷梨亭道：「你答應我，永遠不離開我。」楊不悔道：「好啦，好啦！你先喝了這湯再說。」殷梨亭似乎甚為喜悅，張口把湯喝了。

次日張無忌傳下號令，各人暫且不要分散，齊到嵩山少林寺去，問明打傷殷梨亭的原委再說。韋一笑、周顛等眼見殷梨亭如此重傷，個個心中不平，聽教主說要去少林問罪，齊聲喝采。楊逍為了紀曉芙之事，一直對殷梨亭極是抱憾，口中雖然不言，心裏卻立定了主意，決意竭全力為他報仇，更命女兒好好照顧服侍，稍補自己的前過。

此後一路沒再遇上異事。殷梨亭時昏時醒，張無忌問起他受傷的情形，殷梨亭茫然難言，只說：「少林派的和尚，五個圍攻我一個。是少林派的武功，決計錯不了。」

這日衆人進了玉門關，賣了駱駝，改乘馬匹，生怕惹人耳目，買了商販的衣服換上。有的更趕着騾車，裝了皮貨藥材等物。

這日清晨動身，在甘涼大路上趕道，驕陽如火，天氣熱了起來。行了兩個多時辰，眼見前面一排二十來棵柳樹，衆人心中甚喜，催趕坐騎，奔到柳樹之下休息。

到得近處，只見柳樹下已有九個人坐着。八名大漢均作獵戶打扮，腰跨佩刀，背負弓箭，還帶着五六頭獵鷹，墨羽利爪，模樣極是神駿。另一人卻是個年輕公子，身穿寶藍綢衫，輕搖摺扇，掩不住一副雍容華貴之氣。

張無忌翻身下馬，向那年輕公子瞥了一眼，只見他相貌俊美異常，雙目黑白分明，炯炯有神，手中摺扇白玉爲柄，握着扇柄的手，白得和扇柄竟無分別。

但衆人隨即不約而同的都瞧向那公子腰間，只見黃金爲鉤、寶帶爲束，懸着一柄長劍，劍柄上赫然鏤着「倚天」兩個篆文。看這劍的形狀長短，正是滅絕師太持以大屠明教教衆、周芷若用以刺得張無忌重傷幾死的倚天劍。明教衆人大爲愕然，周顚忍不住要開口相詢。便在此時，只聽得東邊大路上馬蹄雜沓，一羣人亂糟糟的乘馬奔馳而來。

這羣人是一隊元兵，約莫五六十人，另有一百多名婦女，被元兵用繩縛了曳之而行。這些婦女大都小脚伶仃，如何跟得上馬匹，有的跌倒在地，便被繩子拉着隨地拖行。所有婦女都是漢人，顯是這羣元兵擄掠來的百姓，其中半數都已衣衫被撕得稀爛，有的更裸露了大半身，哭哭啼啼，極是悽慘。元兵有的手持酒瓶，喝得半醉，有的則揮鞭抽打衆女。這些蒙古兵一生長於馬背，鞭術精良，馬鞭抽出，回手一拖，便捲下了女子身上一大片衣衫。餘人歡呼喝采，喧聲笑嚷。

蒙古人侵入中國，將近百年，素來瞧得漢人比牲口也還不如，只是這般在光天化日之下大肆淫虐欺辱，卻也是極少見之事。明教衆人無不目眥欲裂，只待張無忌一聲令下，便即衝上殺兵救人。

忽聽得那少年公子說道：「吳六破，你去叫他們放了這干婦女，如此胡鬧，成甚麼樣子！」話聲清脆，又嬌又嫩，竟似女子。

一名大漢應道：「是！」解下繫在柳樹上的一匹黃馬，翻身上了馬背，馳將過去，大聲說道：「喂，大白天這般胡鬧，你們也沒官長管束麼？快快把衆婦女放了！」

元兵隊中一名軍官騎馬越衆而出，臂彎中摟着一個少女，斜着醉眼，哈哈大笑，說道：「你這死囚活得不耐煩了，來管老爺的閒事！」那大漢冷冷的道：「天下盜賊四起，都是你們這班不恤百姓的官兵鬧出來的，乘早給我規矩些罷。」

那軍官打量柳蔭下的衆人，心下微感詫異，暗想尋常老百姓一見官兵，遠遠躲開尚自不及，怎地這羣人吃了豹子膽、老虎心，竟敢管起官軍的事來？一眼掠過，見那少年公子頭巾上兩粒龍眼般大的明珠瑩然生光，貪心登起，大笑道：「兔兒相公，跟了老爺去罷！有得你享福的！」說着雙腿一挾，催馬向那少年公子衝來。

那公子本來和顏悅色，瞧着衆元兵的暴行似乎也不生氣，待聽得這軍官如此無禮，秀眉微微一蹙，說道：「別留一個活口。」

這「口」字剛說出，颼的一聲響，一支羽箭射出，在那軍官身上洞胸而過，乃是那公子身旁一個獵戶所發。此人發箭手法之快，勁力之強，幾乎已是武林中的一流好手，尋常獵戶豈能有此本事？

只聽得颼颼颼連珠箭發，八名獵戶一齊放箭，當眞是百步穿楊，箭無虛發，每一箭便射死一名元兵。衆元兵雖然變起倉卒，大吃一驚，但個個弓馬嫻熟，大聲吶喊，便即還箭。餘下七名獵戶也即上馬衝去，一箭一個，一箭一個，頃刻之間，射死了三十餘名元兵。其餘元兵見勢頭不對，連聲唿哨，丟下衆婦女回馬便走。那八名獵戶胯下都是駿馬，風馳電掣般追將上去，八枝箭射出，便有八名元兵倒下，追出不到一里，蒙古官兵盡數就殲。

那少年公子牽過坐騎，縱馬而去，更不回頭再望一眼。他號令部屬在瞬息間屠滅五十餘名蒙古官兵，便似家常便飯一般，竟是絲毫不以爲意。周顛叫道：「喂，喂！慢走，我有話問你！」那公子更不理會，在八名獵戶擁衞之下，遠遠的去了。

張無忌、韋一笑等若是施展輕功追趕，原也可以追及奔馬，向那少年公子問個明白，但見那八名獵戶神箭殲敵，俠義爲懷，心下均存了敬佩之意，不便貿然冒犯。衆人紛紛議論，都猜不出這九人的來歷。楊逍道：「那少年公子明明是女扮男裝，這八個獵戶打扮的高手卻對她恭謹異常。這八人箭法如此神妙，不似是中原那一個門派的人物。」

這時楊不悔和厚土旗下衆人過去慰撫一衆被擄的女子，問起情由，知是附近村鎭中的百姓，於是從元兵的屍體上搜出金銀財物，分發衆女，命她們各自從小路歸家。

此後數日之間，羣豪總是談論着那箭殲元兵的九人，心中都起了惺惺相惜之意，恨不得能與之訂交爲友。

周顛對楊逍道：「楊兄，令愛本來也算得是個美女，可是和那位男裝打扮的小姐一比，相形之下，那就比下去啦。」楊逍道：「不錯，不錯。他們若肯加入本教，那八位獵戶的排名，就該在『五散人』之上。」周顛怒道：「放你娘的臭屁！騎射功夫有甚麼了不起？你叫他們跟周顛比劃比劃。」楊逍沉吟道：「比之周兄自是稍有不如，但以武功而論，看來比冷謙兄要略勝半籌。」明教五散人中武功以冷謙為冠，這是眾所周知之事。楊逍和周顛素來不睦，雖然不再明爭，但周顛一有機會，便要和楊逍鬥幾句口，這時聽他說八獵戶的武功高於冷謙，顯是把五散人壓了下去，心頭愈怒，正待反唇相稽，彭瑩玉笑道：「周兄又上了楊左使的當，他有意想激你生氣呢！」周顛哈哈大笑，說道：「我偏不生氣，你奈何得我？」但過不多時，又指摘起楊逍騎術不佳來。羣豪相顧莞爾。

殷梨亭每日在張無忌醫療之下，神智已然清醒，說起那日從光明頂下來，心神激盪，竟在大漠中迷失了道路，越走越遠，在黃沙莽莽的戈壁中摸索了八九日。待得覓回舊路，已和武當派師兄弟們失去了聯絡。這日突然遇到了五名少林僧人，那些和尚一言不發，便即上前挑戰。五僧武功都是極強，殷梨亭雖然打倒了二僧，但寡不敵眾，終於身受重傷。他說這五個和尚的武功是少林一派，確然無疑，只是並未在光明頂上會過，想來是後援的人眾，到底何以對他忽下毒手，實是猜想不透。他曾自報姓名，那便決不是認錯了人。

一路之上，楊不悔對他服侍十分周到，她知自己父母負他良多，又見他情形如此悽慘，不禁憐惜之心大起。

這天黃昏，羣豪過了永登，加緊催馬，要趕到江城子投宿。正行之間，聽得馬蹄聲響，大路上兩騎並肩馳來，奔到十餘丈外便躍下地來，牽馬候在道旁，神態甚是恭敬。那二人獵戶打扮，正是箭殲元兵的八雄中人物。羣豪大喜，紛紛下馬迎上。

那兩人走到張無忌跟前，躬身行禮。一人朗聲說道：「敝上仰慕明教張教主仁俠高義，羣豪英雄了得，命小人邀請各位赴敝莊歇馬，以表欽敬之忱。」張無忌還禮道：「豈敢，豈敢！不知貴上名諱如何稱呼？」那人道：「敝上姓趙，閨名不敢擅稱。」衆人聽他直認那少年公子是女扮男裝，足見相待之誠，心中均喜。

張無忌道：「自見諸位弓箭神技，每日裏讚不絕口，得蒙不棄下交，幸何如之。只是叨擾不便。」那人道：「各位是當世英雄，敝上心儀已久，今日路過敝地，豈可不奉三杯水酒，聊盡地主之誼。」張無忌正想結識這幾位英雄人物，又要打聽倚天劍的來龍去脈，便道：「既是如此，卻之不恭，自當造訪寶莊。」

那二人大喜，上馬先行，在前領路。行不出一里，前面又有二人馳來，遠遠的便下馬相候，又是神箭八雄中的人物；再行里許，神箭八雄的其餘四人也並騎來迎。明教羣豪見對方禮數周到，盡皆喜慰。

順着青石板大路來到一所大莊院前，莊子周圍小河圍繞，河邊滿是綠柳，在甘涼一帶竟能見到這等江南風景，羣豪都爲之胸襟一爽。只見莊門大開，吊橋早已放下，那位姓趙的小姐仍是穿着男裝，站在門口迎接。

趙小姐上前行禮，朗聲道：「明教諸位豪俠今日駕臨綠柳山莊，當眞是蓬蓽生輝。張教主請！楊左使請！殷老前輩請！韋蝠王請……」她對明教羣豪竟個個相識，不須引見，便隨口道出名號，而且教中地位誰高誰下，也是順着次序說得一一無誤。衆人一怔。周顛忍不住便問：「大小姐，你怎地知道我們的姓名？難道你有未卜先知的本領麼？」

趙小姐微笑道：「明教羣俠名滿江湖，誰不知聞？近日光明頂一戰，張教主以絕世神功威懾六大派，更是轟傳武林。各位東赴中原，一路上不知將有多少武林朋友仰慕接待，豈獨小女子爲然？」

衆人一想不錯，心下甚喜，但口中自是連連謙遜，問起那神箭八雄的姓名師承時，一個身材高大的漢子道：「在下是趙一傷，這是錢二敗，這是孫三毀，這是李四摧。」再指着另外四人道：「這是周五輸，這是吳六破，這是鄭七滅，這是王八衰。」

明教羣豪聽了，無不啞然，心想這八人的姓氏依着「百家姓」上「趙錢孫李、周吳鄭王」排列，已是十分奇詭，所用的名字更是個個不吉，至於「王八衰」云云，直是匪夷所思了。但江湖中人避禍避仇，隨便取個假名，也是尋常得緊，當下不再多問。

趙小姐親自領路，將衆人讓進大廳。羣豪見大廳上高懸匾額，寫着「綠柳山莊」四個大字。中堂一幅趙孟頫繪的「八駿圖」，八駒姿態各不相同，匹匹神駿風發。左壁懸着一幅大字，文曰：「白虹座上飛，青蛇匣中吼，殺殺霜在鋒，團團月臨紐。劍決天外雲，劍衝日中斗，劍破妖人腹，劍拂佞臣首。潛將辟魑魅，勿但驚妾婦。留斬泓下蛟，莫試街中狗。」詩末題了一行小字：「夜試倚天寶劍，洵神物也，雜錄『說劍』詩以讚之。 汴梁趙敏。」

張無忌書法是不行的，但曾隨朱九眞練過字，別人書法的好壞倒也識得一些，見這幅字筆勢縱橫，然頗有嫵媚之致，顯是出自女子手筆，知是這位趙小姐所書。他除醫書之外沒讀過多少書，但詩句含意並不晦澀，一誦即明，心想：「原來她是汴梁人氏，單名一個『敏』

字。」便道：「趙姑娘文武全才，佩服佩服。原來姑娘是中州舊京世家。」

那趙小姐趙敏微微一笑，說道：「張教主的尊大人號稱『銀鈎鐵劃』，自是書法名家。張教主家學淵源，小女子待會尚要求懇一幅法書。」

張無忌一聽此言，臉上登時紅了，他十歲喪父，未得跟父親習練書法，此後學醫學武，於文字一道實是淺薄之至，便道：「姑娘要我寫字，那可要了我的命啦。在下不幸，先父見背甚早，未克繼承先父之學，大是慚愧。」

說話之間，莊丁已獻上茶來，只見雨過天青的瓷杯之中，飄浮着嫩綠的龍井茶葉，清香撲鼻。羣豪暗暗奇怪，此處和江南相距數千里之遙，如何能有新鮮的龍井茶葉？這位姑娘實是處處透着奇怪。趙敏端起茶杯先喝了一口，意示無他，等羣豪用過茶後，說道：「各位遠道光降，敝莊諸多簡慢，尚請恕罪。各位旅途勞頓，請到這邊先用些酒飯。」說着站起身來，引着羣豪穿廊過院，到了一座大花園中。

園中山石古拙，溪池清澈，花卉不多，卻甚是雅緻。張無忌不能領略園子的勝妙之處，楊逍卻已暗暗點頭，心想這花園的主人實非庸夫俗流，胸中大有丘壑。水閣中已安排了兩桌酒席。趙敏請張無忌等入座。趙一傷、錢二敗等神箭八雄則在邊廳陪伴明教其餘教衆。殷梨亭無法起身，由楊不悔在廂房裏餵他飲食。

趙敏斟了一大杯酒，一口乾了，說道：「這是紹興女貞陳酒，已有一十八年功力，各位請嘗嘗酒味如何？」

楊逍、韋一笑、殷天正等雖深信這位趙小姐乃俠義之輩，但仍處處小心，細看酒壺、酒杯均無異狀，趙小姐又喝了第一杯酒，便去了疑忌之心，放懷飲食。明教教規本來所謂「食菜事魔」，禁酒忌葷，自總壇遷入崑崙山中之後，已革除了這些飲食上的禁忌。西域蔬菜難得，貴於肉食，兼之氣候嚴寒，倘不食牛羊油脂，內力稍差者便抵受不住。

水閣四周池中種着七八株水仙一般的花卉，似水仙而大，花作白色，香氣幽雅。羣豪臨清芬，飲美酒，和風送香，甚是暢快。

那趙小姐談吐甚健，說起中原各派的武林軼事，竟有許多連殷天正父子也不知道的。她於少林、峨嵋、崑崙諸派武功頗少許可，但提到張三丰和武當七俠時卻推崇備至，對明教諸大豪的武功門派也極盡稱譽，出言似乎漫不經意，但一褒一讚，無不詞中竅要。羣豪又是歡喜，又是佩服，但問到她自己的武功師承時，趙敏卻笑而不答，將話題岔了開去。

酒過數巡，趙敏酒到杯乾，極是豪邁，每一道菜上來，她總是搶先挾一筷吃了，眼見她臉泛紅霞，微帶酒暈，容光更增麗色。自來美人，不是溫雅秀美，便是嬌艷姿媚，這位趙小姐卻是十分美麗之中，更帶着三分英氣，三分豪態，同時雍容華貴，自有一副端嚴之致，令人肅然起敬，不敢逼視。

張無忌道：「趙姑娘，承蒙厚待，敝教上下無不感激。在下有一句言語想要動問，只是不敢出口。」趙敏道：「張教主何必見外？我輩行走江湖，所謂『四海之內，皆兄弟也』，各位倘若不棄，便交交小妹這個朋友。有何吩咐垂詢，自當竭誠奉告。」張無忌道：「既是如此，在下想要請問，姑娘這柄倚天劍從何處得來？」

趙敏微微一笑，解下腰間倚天劍，放在桌上，說道：「小妹自和各位相遇，各位目光灼灼，不離此劍，不知是何緣故，可否見告？」張無忌道：「實不相瞞，此劍原爲峨嵋派掌門滅絕師太所有，敝教弟兄喪身在此劍之下者實不在少。在下自己，也曾被此劍穿胸而過，險喪性命，是以人人關注。」

趙敏道：「張教主神功無敵，聽說曾以乾坤大挪移法從滅絕師太手中奪得此劍，何以反爲此劍所傷？又聽說劍傷張教主者，乃是峨嵋派中一個青年女弟子，武功也只平平，小妹對此殊爲不解。」說話時盈盈妙目凝視張無忌臉上，絕不稍瞬，口角之間，似笑非笑。

張無忌臉上一紅，心道：「她怎知道得這般清楚？」便道：「對方來得過於突兀，在下未及留神，至有失手。」趙敏微笑道：「那位周芷若周姊姊定是太美麗了，是不是？」張無忌更是滿臉通紅，道：「姑娘取笑了。」端起酒杯，想要飲一口掩飾窘態，那知左手微顫，竟潑出了幾滴酒來，濺在衣襟之上。

趙敏微笑道：「小妹不勝酒力，再飲恐有失儀，現下說話已不知輕重了。我進去換一件衣服，片刻即回，諸位請各自便，不必客氣。」說着站起身來，學着男子模樣，團團一揖，走出水閣，穿花拂柳的去了。那柄倚天劍仍平放桌上，並不取去。

侍候的家丁繼續不斷送上菜肴。羣豪便不再食，等了良久，不見趙敏回轉。周顛道：「她把寶劍留在這裏，倒放心咱們。」說着便拿起劍來，托在手中，突然「噫」的一聲，說道：「怎地這般輕？」抓住劍柄抽了出來，劍一出鞘，羣豪一齊站起身，無不驚愕。這那裏是斷金切玉、鋒銳絕倫的倚天寶劍？竟是一把木製的長劍。各人隨即聞到一股淡淡的香氣，但見劍刃色作淡黃，竟是檀香木所製。

周顛一時不知所措，將木劍又還入劍鞘，喃喃的道：「楊……楊左使，這……這是甚麼玩意兒？」他雖和楊逍成日鬥口，但心中實是佩服他見識卓超，此刻遇上了疑難，不自禁脫口便向他詢問。

楊逍臉色鄭重，低聲道：「教主，這趙小姐十九不懷好意。此刻咱們身處危境，急速離開爲是。」周顛道：「怕她何來？她敢有甚舉動，憑着咱們這許多人，還不殺他個落花流水？」楊逍道：「自進這綠柳山莊，只覺處處透着詭異，似正非正，似邪非邪，實捉摸不到是何門道。咱們何必留在此地，事事爲人所制？」張無忌點頭道：「楊左使所言不錯。咱們已用過酒菜，如此告辭便去。」說着便即離座。

鐵冠道人道：「那倚天劍的下落，教主便不尋訪了麼？」彭瑩玉道：「依屬下之見，這趙小姐故布疑陣，必是有所爲而來。咱們便不去尋她，她自會再找上來。」張無忌道：「不錯，咱們此刻有事在身，不必多生枝節。日後以逸待勞，一切看明白了再說。」

當下各人出了水閣，回到大廳，命家丁通報小姐，說多謝盛宴，便此告辭。

趙敏匆匆出來，身上已換了一件淡黃綢衫，更顯得瀟洒飄逸，容光照人，說道：「才得相會，如何便去？莫是嫌小女子接待太過簡慢麼？」張無忌道：「多謝姑娘厚賜，怎說得上『簡慢』二字。我們俗務纏身，未克多待。日後相會，當再討教。」趙敏嘴角邊似笑非笑，直送出莊來。神箭八雄恭恭敬敬的站在道旁，躬身送客。

羣豪抱拳而別，一言不發的縱馬疾馳，眼見離綠柳山莊已遠，四下裏一片平野，更無旁人。周顛大聲說道：「這位趙大小姐未必安着甚麼壞心眼兒，她拿一柄木劍跟教主開個玩笑，那是女孩兒家胡鬧，當得甚麼眞？楊左使，這一次你可走了眼啦！」楊逍沉吟道：「到底是甚麼道理，我也說不上來，只是覺得不對勁。」周顛笑道：「大名鼎鼎的楊左使在光明頂一戰之後，變成了驚弓之……啊喲！」身子一幌，倒撞下馬。

說不得和他相距最近，忙躍下馬背，搶上扶起，說道：「周兄，怎麼啦？」周顛笑道：「沒……沒甚麼，想是多喝了幾杯，有些兒頭暈。」他一說起「頭暈」兩字，羣豪相顧失色，原來自離綠柳莊後，一陣奔馳，各人都微微有些頭暈，只是以為酒意發作，誰也沒加在意，但以周顛武功之強，酒量之宏，喝幾杯酒怎能倒撞下馬？其中定有蹊蹺。

張無忌仰起了頭，思索王難姑「毒經」中所載，有那一種無色、無味、無臭的毒藥，能使人服後頭暈；遍思諸般毒藥皆不相符，而且自己飲酒食菜與羣豪絕無分別，何以絲毫不覺有異？突然之間，腦海中猶如電光般一閃，猛地裏想起一事，不由得大吃一驚，叫道：「在水閣中飲酒的各位一齊下馬，就地盤膝坐下，千萬不可運氣調息，一任自然。」又下令道：「五行旗和天鷹旗下弟兄，分布四方，嚴密保護諸位首領，不論有誰走近，一概格殺！」

衆人聽得教主頒下嚴令，轟然答應，立時抽出兵刃，分布散開。

張無忌叫道：「不等我回來，不得離散。」

羣豪一時不明所以，只感微微頭暈，絕無其他異狀，何以教主如此驚慌？張無忌又再叮囑：「不論心頭如何煩惡難受，總之是不可調運內息，否則毒發無救。」羣豪吃了一驚：「怎地中了毒啦？」

張無忌身形微幌，已竄出十餘丈外，他嫌騎馬太慢，當下施展輕功，疾奔綠柳莊而去。

他焦急異常，知道這次楊逍、殷天正等人所中劇毒，一發作起來只不過一時三刻之命，決不似中了「幻陰指」後那麼可以遷延時日，倘若不及時搶到解藥，衆人性命休矣。這二十餘里途程片刻即至，到得莊前，一個起落，身子已如一枝箭般射了進去。守在莊門前的衆莊丁眼睛一花，似見有個影子閃過，竟沒看清有人闖進莊門。

張無忌直衝後園，搶到水閣，只見一個身穿嫩綠綢衫的少女左手持杯，右手執書，坐着飲茶看書，正是趙敏。這時她已換了女裝。

她聽得張無忌脚步之聲，回過頭來，微微一笑。張無忌道：「趙姑娘，在下向你討幾棵花草。」也不等她答話，左足一點，從池塘岸畔躍向水閣，身子平平飛渡，猶如點水蜻蜓一般，雙手已將水中七八株像水仙般的花草盡數拔起。正要踏上水閣，只聽得嗤嗤聲響，幾枚細微的暗器迎面射到，張無忌右手袍袖一拂，將暗器捲入衣袖，左袖拂出，攻向趙敏。

趙敏斜身相避，只聽得呼呼風響，桌上茶壺、茶杯、果碟等物齊被袖風帶出，越過池塘，摔入花木，片片粉碎。張無忌身子站定，看手中花草時，見每棵花的根部都是深紫色的長鬚，一條條鬚上生滿了珍珠般的小球，碧綠如翡翠，心中大喜，知解藥已得，當即揣入懷內，說道：「多謝解藥，告辭！」

趙敏笑道：「來時容易去時難！」擲去書卷，雙手順勢從書中抽出兩柄薄如紙、白如霜的短劍，直搶上來。

張無忌掛念殷天正衆人的傷勢，不願戀戰，右袖拂出，釘在袖上的十多枚金針齊向她射去。趙敏斜身閃出水閣，右足在台階上一點，重行回入，就這麼一出一進，十餘枚金針都落入了池塘。張無忌讚道：「好身法！」眼見她左手前，右手後，兩柄短劍斜刺而至，心想：「這丫頭心腸如此毒辣，倘若我不是練過九陽神功，讀過王難姑的『毒經』，今日明教已不明不白的傾覆在她手中。」雙手探出，挾手便去奪她短劍。

趙敏皓腕倏翻，雙劍便如閃電般削他手指。張無忌這一奪竟然無功，心下暗奇，但他神功變幻，何等奧妙，雖沒奪下短劍，手指拂處，已拂中了她雙腕穴道。她雙劍再也拿揑不住，乘勢擲出，張無忌頭一側，登登兩響，兩柄短劍都釘在水閣的木柱之上，餘勁不衰，兀自顫動。張無忌心頭微驚，以武功而論，她還遠不到楊逍、殷天正、韋一笑等人的地步，但機警靈敏，變招既快且狠，雙劍雖然把揑不住，仍要脫手傷人，若以為她兵刃非脫手不可，已不足為患，躲避遲得一瞬，不免命喪劍底。

趙敏雙劍出手，右腕翻處，抓住套着倚天劍劍鞘的木劍，卻不拔劍出鞘，揮鞘往張無忌腰間砸來。張無忌左手食中兩指疾點她左肩「肩貞穴」，待她側身相避，右手探出，乾坤大挪移心法豈能再度無功，已將木劍挾手奪過。

趙敏站穩脚步，笑吟吟的道：「張公子，你這是甚麼功夫？便是乾坤大挪移神功麼？我瞧也平平無奇。」張無忌左掌攤開，掌中一朵珠花輕輕顫動，正是她插在鬢邊之物。

趙敏臉色微變，張無忌摘去鬢邊珠花，她竟絲毫不覺，倘若他當摘下珠花之時，順手在她左邊太陽穴上一戳，這條小命兒早已不在了。她隨即寧定，淡然一笑，說道：「你喜歡我這朵珠花，送了給你便是，也不須動手強搶。」

張無忌倒給她說得有些不好意思，左手一揚，將珠花擲了過去，說道：「還你！」轉身便出水閣。

趙敏伸手接住珠花，叫道：「且慢！」張無忌轉過身來，只聽她笑道：「你何以偷了我珠花上兩粒最大的珍珠？」張無忌道：「胡說八道，我沒功夫跟你說笑。」趙敏將珠花高高舉起，正色道：「你瞧，可不是少了兩粒珍珠麼？」

張無忌一瞥之下，果見珠花中有兩根金絲的頂上沒了珍珠，料知她是故意摘去，想引得自己走近身去，又施詭計，只哼了一聲，不加理會。

趙敏手按桌邊，厲聲說道：「張無忌，你有種就走到我身前三步之地。」

張無忌不受她激，說道：「你說我膽小怕死，也由得你。」說着又跨下了兩步台階。

趙敏見激將之計無效，花容變色，慘然道：「罷啦，罷啦。今日我栽到了家，有何面目去見我師父？」反手拔下釘在柱上的一柄短劍，叫道：「張教主，多謝你成全！」

張無忌回過頭來，只見白光一閃，她已挺短劍往自己胸口插落。張無忌冷笑道：「我才不上你……」下面那「當」字還沒說出，只見短劍當眞插入了她胸口，她慘呼一聲，倒在桌邊。張無忌這一驚着實不小，那料到她居然會如此烈性，數招不勝，便即揮劍自戕，心想這一劍若非正中心臟，或有可救，當即轉身，回來看她傷勢。

他走到離桌三步之處，正要伸手去扳她肩頭，突然間脚底一軟，登時空了，身子直墮下去。他暗叫不好，雙手袍袖運氣下拂，身子在空中微微一停，伸掌往桌邊擊去，這掌只要擊中了，便能借力躍起，不致落入脚底的陷阱。那知趙敏自殺固然是假，這着也早已料到，右掌運勁揮出，不讓他手掌碰到桌子。

這幾下兔起鶻落，直是瞬息間之事，雙掌一交，張無忌身子已落下了半截，百忙中手腕疾翻，抓住了趙敏右手的四根手指。她手指滑膩，立時便要溜脫，但張無忌只須有半分可資着力之處，便有騰挪餘地，手臂暴長，已抓住了她上臂，只是他下墮之勢甚勁，一拉之下，兩人一齊跌落。眼前一團漆黑，身子不住下墮，但聽得拍的一響，頭頂翻板已然合上。

這一跌下，直有四五丈深，張無忌雙足着地，立即躍起，施展「壁虎游牆功」游到陷阱頂上，伸手去推翻板。觸手堅硬冰涼，竟是一塊巨大的鐵板，被機括扣得牢牢地。他雖具乾坤大挪移神功，但身懸半空，不似站在地下那樣可將力道挪來移去，一推之下，鐵板紋絲不動，身子已落了下來。

趙敏格格笑道：「上邊八根粗鋼條扣住了，你人在下面，力氣再大，又怎推得開？」

張無忌惱她狡獪奸詐，不去理她，在陷阱四壁摸索，尋找脫身之計。四壁摸上去都是冷冰冰的十分光滑，堅硬異常。

趙敏笑道：「張公子，你的『壁虎游牆功』當眞了得。這陷阱是純鋼所鑄，打磨得滑不留手，連細縫也沒一條，你居然游得上去，嘻嘻，嘿嘿！」

張無忌怒道：「你也陪我陷身在這裏，有甚麼好笑？」突然想起：「這丫頭奸滑得緊，這陷阱中必有出路，別要讓她獨自逃了出去。」當即上前兩步，抓住了她手腕。趙敏驚道：「你幹甚麼？」張無忌道：「你別想獨個兒出去，你要活命，乘早開了翻板。」

趙敏笑道：「你慌甚麼？咱們總不會餓死在這裏。待會他們尋我不見，自會放咱們出去。

最擔心的是，我手下人若以爲我出莊去了，那就糟糕。」

張無忌道：「這陷阱之中，沒有出路的機括麼？」趙敏笑道：「瞧你生就一張聰明面孔，怎地問出這等笨話來？這陷阱又不是造來自己住着好玩的。那是用以捕捉敵人的，難道故意在裏面留下開啓的機括，好讓敵人脫身而出麼？」

張無忌心想倒也不錯，說道：「有人落入陷阱，外面豈能不知？你快叫人來打開翻板。」趙敏道：「我的手下人都派出去啦，你剛才見到水閣中另有旁人沒有？明天這時候，他們便回來了。你不用心急，好好休息一會，剛才吃過喝過，也不會就餓了。」

張無忌大怒，心想：「我多待一會兒不要緊，可是外公他們還有救麼？」五指一緊，使上了二成力，喝道：「你不立即放我出去，我先殺了你再說。」趙敏笑道：「你殺了我，那你就永遠別想出這鋼牢了。喂，男女授受不親，你握着我手幹麼？」

張無忌被她一說，不自禁的放脫了她手腕，退後兩步，靠壁坐下。這鋼牢方圓不過數尺，兩人最遠也只能相距一步，他又是憂急，又是氣惱，聞到她身上的少女氣息，加上懷中的花香，不禁心神一蕩，站起身來，怒道：「我明教衆人和你素不相識，無怨無仇，你何故處心積慮，要置我們個個於死地？」

趙敏道：「你不明白的事情太多，既然問起，待我從頭說來。你可知我是誰？」

張無忌一想不對，雖然頗想知道這少女的來歷和用意，但若等她從頭至尾的慢慢說來，殷天正等人已然毒發斃命，何況怎知她說的是眞是假，倘若她揑造一套謊話來胡說八道一番，枉然耗費時刻，眼前更無別法，只有逼她叫人開啓翻板，便道：「我不知道你是誰，這當兒也沒功夫聽你說。你到底叫不叫人來放我？」趙敏道：「我無人可叫。再說，在這裏大喊大叫，上面也聽不見。你若不信，不妨喊上幾聲試試。」

張無忌怒極，伸左手去抓她手臂。趙敏驚叫一聲，出手撐拒，早被點中了脅下穴道，動彈不得。張無忌左手扠住她咽喉，道：「我只須輕輕使力，你這條性命便沒了。」這時兩人相距極近，只覺她呼吸急促，吐氣如蘭，張無忌將頭仰起，和她臉孔離開得遠些。

趙敏突然嗚嗚咽咽的哭了起來，泣道：「你欺侮我，你欺侮我！」

這一着又是大出他意料之外，一愕之下，放開了左手，說道：「我又不是想欺侮你，只是要你放我出去。」趙敏哭道：「我又不是不肯，好，我叫人啦！」提高嗓子，叫道：「喂，喂！來人哪！把翻板開了，我落在鋼牢中啦。」她不斷叫喊，外面卻毫無動靜。趙敏笑道：「你瞧，有甚麼用？」

張無忌氣惱之極，說道：「也不羞！又哭又笑的，成甚麼樣子？」趙敏道：「你自己才不羞！一個大男人家，卻來欺侮弱女子？」張無忌道：「你是弱女子麼？你詭計多端，比十個男子漢還要厲害。」趙敏笑道：「多承張大教主誇讚，小女子愧不敢當。」

張無忌心想事勢緊急，倘若不施辣手，明教便要全軍覆沒，一咬牙，伸過手去，嗤的一聲，將她裙子撕下了一片。趙敏以爲他忽起歹念，這才眞的驚惶起來，叫道：「你……你做甚麼？」張無忌道：「你若決定要放我出去，那便點頭。」趙敏道：「爲甚麼？」

張無忌不去理她，吐些唾液將那片綢子浸濕了，說道：「得罪了，我這是迫不得已。」當下將濕綢封住了她口鼻。趙敏立時呼吸不得，片刻之間，胸口氣息窒塞，說不出的難過。

她卻也眞硬氣，竟是不肯點頭，熬到後來，身子扭了幾下，暈了過去。

張無忌一搭她手腕，只覺脈息漸漸微弱，當下揭開封住她口鼻的濕綢。過了半晌，趙敏悠悠醒轉，呻吟了幾聲。張無忌道：「這滋味不大好受罷？你放不放我出去？」趙敏恨恨的道：「我便再昏暈一百次，也是不放，要麼你就乾脆殺了我。」伸手抹抹口鼻，呸了幾聲，說道：「你的唾沫，呸！臭也臭死了！」

張無忌見她如此硬挺，一時倒是束手無策，又僵持片刻，心下焦急，說道：「我爲了救衆人性命，只好動粗了，無禮莫怪。」抓起她左脚，扯脫了她的鞋襪。趙敏又驚又怒，叫道：「臭小子，你幹甚麼？」張無忌不答，又扯脫了她右脚鞋襪，伸雙手食指點在她兩足掌心的「湧泉穴」上，運起九陽神功，一股暖氣便即在「湧泉穴」上來回遊走。

「湧泉穴」在足心陷中，乃「足少陰腎經」的起端，感覺最是敏銳，張無忌精通醫理，自是明曉。平時兒童嬉戲，以手指爬搔遊伴足底，即令對方周身酸麻，此刻他以九陽神功的暖氣擦動她「湧泉穴」，比之用羽毛絲髮搔癢更加難當百倍。只擦動數下，趙敏忍不住格格嬌笑，想要縮脚閃避，苦於穴道被點，怎動彈得半分？這份難受遠甚於刀割鞭打，便如幾千萬隻跳蚤同時在五臟六腑、骨髓血管中爬動咬嚙一般，只笑了幾聲，便難過得哭了出來。

張無忌忍心不理，繼續施爲。趙敏一顆心幾乎從胸腔中跳了出來，連週身毛髮也癢得似要根根脫落，罵道：「臭小子……賊……小子，總有一天，我……我將你千刀……千刀萬剮……好啦，好啦，饒……饒了我罷……張……張公子……張教……教主……嗚嗚……嗚嗚……」張無忌道：「你放不放我？」趙敏哭道：「我……放……快……停手……」

張無忌這才放手，說道：「得罪了！」在她背上推拿數下，解開了她穴道。

趙敏喘了一口長氣，罵道：「賊小子，給我着好鞋襪！」張無忌拿起羅襪，一手便握住她左足，剛才一心脫困，意無別念，這時一碰到她溫膩柔軟的足踝，心中不禁一蕩。趙敏將脚一縮，羞得滿面通紅，幸好黑暗中張無忌也沒瞧見，她一聲不響的自行穿好鞋襪，在這一霎時之間，心中起了異樣的感覺，似乎只想他再來摸一摸自己的脚。卻聽張無忌厲聲喝道：「快些，快些！快放我出去。」

趙敏一言不發，伸手摸到鋼壁上刻着的一個圓圈，倒轉短劍劍柄，在圓圈中忽快忽慢、忽長忽短的敲擊七八下，敲擊之聲甫停，豁喇一響，一道亮光從頭頂照射下來，那翻板登時開了。這鋼壁的圓圈之處有細管和外邊相連，她以約定的訊號敲擊，管機關的人便立即打開翻板。

張無忌沒料到說開便開，竟是如此直捷了當，不由得一愣，說道：「咱們走罷！」趙敏低下了頭，站在一邊，默不作聲。張無忌想起她是一個女孩兒家，自己一再折磨於她，好生過意不去，躬身一揖，說道：「趙姑娘，適才在下實是迫於無奈，這裏跟你謝罪了。」趙敏索性將頭轉了過去，向着牆壁，肩頭微微聳動，似在哭泣。

她奸詐毒辣之時，張無忌跟她鬥智鬥力，殊無雜念，這時內愧於心，又見她背影婀娜苗條，後頸中肌膚瑩白勝玉，秀髮蓬鬆，不由得微起憐惜之意，說道：「趙姑娘，我走了，張某多多得罪。」趙敏的背脊微微扭了一下，仍是不肯回過頭來。

張無忌不敢再行耽擱，又即施展「壁虎游牆功」一路游上，待到離那陷阱之口尚有丈餘，右足在鋼壁上一點，沖天竄出，袍袖一拂，護住頭臉，生怕有人伏在阱口突加偷襲。身子尙未落下，遊目四望，水閣中不見有人。他不願多生事端，越過圍牆，抄小徑奔回明教羣豪停歇之處。眼見夕陽在山，剛才在陷阱中已耽了大半個時辰，不知殷天正等性命如何，心中憂急，奔得更快，不多時已離原處不遠，不由得大吃一驚。

只見大隊蒙古騎兵奔馳來去，將明教羣豪圍在中間，衆元兵彎弓搭箭，一箭箭向人圈中射去。張無忌心想：「本教首領人物一齊中毒，無人發號施令，如何抵擋得住大隊敵兵的圍攻？」腳下加快，搶上前去。

剛奔到近處，只聽得人叢中一個淸脆的女子聲音叫道：「銳金旗攻東北方，洪水旗至西南方包抄。」正是小昭的聲音。她呼喝之聲甫歇，明教中一隊白旗教衆向東北方衝殺過去，一隊黑旗教衆兜至西南包抄。元兵分隊抵敵，突然間黃旗的厚土旗、靑旗的巨木旗教衆從中間並肩殺出，猶似一條黃龍、一條靑龍捲將出來。元兵陣腳被衝，一陣大亂，當即退後。

張無忌幾個起落，已奔到教衆身前，衆人見教主回轉，齊聲吶喊，精神大振。張無忌見殷天正、楊逍、周顛等人以及五行旗的正副掌旗使都團團坐在地下，小昭卻手執小旗，站在土丘上指揮教衆禦敵。五行旗、天鷹旗各路教衆都是武藝高強之士，只是首領中毒，登時亂了，但一經小昭以八卦之術布置守禦，元兵竟久攻不進。

小昭喜叫：「張公子，你來指揮。」張無忌道：「我不成。還是你指揮得好。待我去衝殺一陣，殺他幾個帶兵的軍官。」只聽得颼颼數聲，幾枝箭向他射了過來，張無忌從教衆手裏接過一枝長矛，將來箭一一撥落，手臂一振，那長矛便如一枝箭飛了出去，在一名元兵百夫長身上穿胸而過，將他釘在地下。衆元兵大聲叫喊，又退出了數十步。

突聽得號角嗚嗚響動，十餘騎奔馳而至。張無忌見當先是趙敏手下的「神箭八雄」，不禁眉頭微蹙，暗想：「這八人箭法太強，若任得他們發箭，只怕衆弟兄損傷非小，須得先下手爲強！」

卻見那「神箭八雄」中爲首的趙一傷搖動一根金色龍頭短杖，叫道：「主人有令，立即收兵。」帶兵的元兵千夫長大聲叫了幾句蒙古話，衆元兵撥轉馬頭，疾馳而去。

錢二敗端着一隻托盤，下馬走到張無忌身前，躬身道：「我家主人請教主收下留念。」張無忌一看，只見托盤中鋪着一塊黃色錦緞，緞上放着一隻黃金盒子，鏤刻得極是精緻。張無忌也不怕他弄甚麼鬼，伸手拿了。錢二敗躬身行禮，倒退三步，轉身上馬而去。

張無忌將黃金盒子順手交給了小昭，他掛念着衆人病勢，也無暇去看盒中是何物事，當即從懷中取出花來，命人取過清水，捏碎深紫色的根鬚和碧綠小球莖，調入清水，分別給殷天正、楊逍以及五行旗各正副掌旗使等人服下。這一役中，凡是赴水閣飲宴之人，除了張無忌因有九陽神功護體、諸毒不侵之外，所有明教首腦，無不中毒。只是楊不悔陪着殷梨亭在外，小昭及諸教衆在廂廳中飲食，各人遵從教主號令，於各物沾口之前均悄悄以銀針試過，倒是沒有中毒。

解毒之物甚是對症，不到個半時辰，羣豪體內毒性消解，不再頭暈眼花，只是周身乏力而已，當即問起中毒和解藥的原委。

張無忌嘆道：「咱們已然處處提防，酒水食物之中有無毒藥，我當可瞧得出來。豈知那趙姑娘下毒的心機直是匪夷所思。這種水仙模樣的花叫作『醉仙靈芙』，雖然極是難得，本身卻無毒性。這柄假倚天劍乃是用海底的『奇鯪香木』所製，本身也是無毒，可是這兩股香氣混在一起，便成劇毒之物了。」

周顛拍腿叫道：「都是我不好，誰叫我手癢，去拔出這倚天劍來瞧他媽的勞什子。」張無忌道：「她既處心積慮的設法陷害，周兄便不去動劍，她也會差人前來拔劍下毒，那是防不了的。」周顛道：「走！咱們一把火去把那綠柳山莊燒了！」

他剛說了那句話，只見來路上黑烟衝天而起，紅燄閃動，正是綠柳山莊起火。

羣豪面面相覷，說不出話來，心中同時轉着一個念頭：「這趙姑娘事事料敵機先，早就算到咱們毒解之後，定會前去燒莊，她便先行放火將莊子燒了。此人年紀雖輕，又是個女流之輩，卻實是勁敵。」

周顛拍腿叫道：「她燒了莊子便怎地？咱們還是趕去，追殺她個落花流水。」楊逍道：「她既連莊子都燒了，自是事事有備，料想未必能追趕得上。」周顛道：「楊兄，你的武功也還罷了，講到計謀，總算比周顛稍勝半籌。」楊逍笑道：「豈敢，豈敢！周兄神機妙算，小弟如何能及？」張無忌笑道：「兩位不必太謙。咱們這次沒受多大損傷，只十三四位弟兄受了箭傷，也算是天幸，這就趕路罷。」

羣豪在道上請問張無忌，如何能想到各人中毒的原因。張無忌道：「我記得『毒經』中有一條說道：『奇鯪香木』如與芙蓉一類花香相遇，往往能使人沉醉數日，以該花之球莖和水而飲可解。如不即行消解，毒性大損心肺。這『醉仙靈芙』的性子比之尋常芙蓉更是厲害。因此我要叫各位不可運息用功。否則花香侵入各處經脈，實有性命之憂。」

韋一笑道：「想不到小昭這小丫頭居然建此奇功，若不是她在危急之際挺身而出，大夥兒死傷必重。」楊逍本來認定小昭乃敵人派來臥底，但今日一役，她卻成了明教的功臣，實令他大出意料之外，一時也想不出其中原由。

衆人沿途談論趙敏的來歷，誰都摸不着端倪。張無忌將雙雙跌入陷阱、自己搔她脚底脫困等情隱去不說，雖然心中無愧，但當衆談論，總覺難以啓齒。

當晚衆人一早投客店歇宿，大隊人衆分別在廟宇祠堂等處借宿。小昭倒了臉水，端到張無忌房中。張無忌道：「小昭，你今日建此奇功，以後不用再做這些丫頭的賤役了。」小昭嫣然一笑，道：「我服侍你很是高興，那又是甚麼賤役不賤役了？」待他盥洗已畢，將那隻黃金盒子取了出來，道：「不知盒中有沒藏着毒蟲毒藥、毒箭暗器之類？」

張無忌道：「不錯，該當小心才是。」將盒子放在桌上，拉着她走得遠遠地，取出一枚銅錢，揮手擲出，叮的一聲響，打在金盒子的邊緣，那盒蓋彈了開來，並無異狀。他走近看時，只見盒中裝的是一朶珠花，兀自微微顫動，正是他從趙敏鬢邊摘下來過的，趙敏所除去的兩粒大珠已重行穿在金絲之上。他不由得呆了，想不出她此舉是何用意。

小昭笑道：「公子，這位趙姑娘可對你好得很啊，巴巴的派人來送你這麼貴重的一朶珠花。」張無忌道：「我是男子漢，要這種姑娘們的首飾何用？小昭，你拿去戴罷。」小昭連連搖手，笑道：「那怎麼成？人家對你一片情意，我怎麼敢收？」

張無忌左手三指拿着珠花，笑道：「着！」珠花擲出，手勢不輕不重，剛好揷在小昭的頭髮上，珠花下的金針卻沒碰到她肌膚。小昭伸手想去摘下來，張無忌搖手道：「難道我送你一點玩物也不成麼？」小昭雙頰紅暈，低聲道：「那可多謝啦。就怕小姐見了生氣。」

張無忌道：「今日你幹了這番大事，楊左使父女那能對你再存甚麼疑心？」小昭滿心歡喜，說道：「我見你去了很久不回來，心中急得甚麼似的，又見韃子來攻，不知怎樣，忽然大着膽子呼喝起來。這時候自己想想，當眞害怕。公子，請你跟五行旗和天鷹旗的各位爺們說說，小昭大膽妄爲，請他們不可見怪。」張無忌微笑道：「他們多謝你還來不及呢，怎會見怪？」

不一日來到河南境內。其時天下大亂，四方羣雄並起，蒙古官兵的盤查更加嚴緊。明教大隊人馬，成羣結隊的行走不便，分批到嵩山脚下會齊，這才同上少室山。由巨木旗掌旗使聞蒼松持了張無忌等人的名帖，投向少林寺去。

張無忌知道此次來少林問罪，雖然不欲再動干戈，但結果如何，殊難逆料，倘若少林僧人竟蠻不講理的要動武，明教卻也不得不起而應戰，當下傳了號令，各首領先行入寺，五行旗和天鷹旗下各路教衆，分批絡繹而來，在寺外四下守候，若聽得自己三聲淸嘯，便即攻入接應。諸教衆接令，分頭而去。

過不多時，寺中一名老年的知客僧隨同聞蒼松迎下山來，說道：「本寺方丈和諸長老閉關靜修，恕不見客。」羣豪一聽，盡皆變色。

周顛怒道：「這位是明教教主，親自來少林寺拜山，老和尚們居然不見，未免忒也托大。」那知客僧低首垂眉，滿臉愁苦之色，說道：「不見！」

周顛大怒，伸手去抓他胸口衣服，說不得舉手擋開，說道：「周兄不可莽撞。」彭瑩玉道：「方丈既是坐關，那麼我們見見空智、空性兩位神僧，也是一樣。」那知客僧雙手合十，冷冰冰的道：「不見。」彭瑩玉道：「那麼達摩堂首座呢？羅漢堂首座呢？」那知客僧仍是愛理不理的道：「不見！」

殷天正猶如霹靂般一聲大喝：「到底見是不見？」雙掌排山倒海般推出，轟隆一聲，將道旁的一株大松樹推爲兩截，上半截連枝帶葉，再帶着三個烏鴉巢，垮喇喇的倒將下來。那知客僧至此始有懼色，說道：「各位遠道來此，本當禮接，只是諸位長老盡在坐關，各位下次再來罷！」說着合十躬身，轉身去了。

韋一笑身形一幌，已攔在他身前，說道：「大師上下如何稱呼？」那知客僧道：「小僧法名，不說也罷。」韋一笑伸手在他肩頭輕拍兩下，笑道：「很好，很好！你擅說『不見』兩字，原來是不見大師，是空見神僧的師兄。只不知閻羅王招請佛駕，你『不見神僧』見是不見？」那知客僧被他這麼一拍，一股冷氣從肩頭直傳到心口，全身立時寒戰，牙齒互擊，格格作響。他強自忍耐，側身從韋一笑身旁走過，一路不停的抖索，踉蹌上山。韋一笑道：「這傢伙帶藝投師，身上內功不是少林派的。」

張無忌當即想起了圓眞，心想帶藝投師之事，少林派中甚是尋常，說道：「韋蝠王拍了他這兩下寒冰綿掌，他師祖、師父焉能置之不理？咱們上去，瞧大和尚們是否當眞不見？」

眾人料想一場惡鬥已然難免，少林派素來是武林中的泰山北斗，千年來江湖上號稱「長勝不敗門派」，今日這一場大戰，且看明教和少林派到底誰強誰弱。各人精神百倍，快步上山，想到少林寺中高手如雲，眼前這一大戰，激烈處自是非同小可。

不到一盞茶時分，已到了寺前的石亭。張無忌想起昔年隨太師父上山，在這亭中和少林派三大神僧相見，今日重來，雖然前後不過數年，但昔年是個瘦骨伶仃的病童，今日卻是明教教主之尊，緬懷舊事，當眞是恍若隔世。

只見那石亭有兩根柱子斷折了，亭中的石桌也掀倒在地。說不得笑道：「少林和尚好勇鬥狠，這兩根柱子是新斷的，多半前幾天剛跟人打過了一場大架，還來不及修理。」周顚道：「待會大戰得勝之後，咱們將這亭子一古腦兒的拆了。」

羣豪在亭中等候，料想寺中必有大批高手出來，決當先禮後兵，責問何以對殷梨亭如此痛下毒手，衆僧若是蠻不講理，那時只好動武。豈知等了半天，寺中竟全無動靜。

又過一會，遙見一行人從寺後奔向後山，遠遠望去，約有四五十人。彭瑩玉道：「哼，他們在調兵遣將，四下埋伏。」

張無忌道：「進寺去！」當下楊逍、韋一笑在左，殷天正、殷野王在右，鐵冠道人、彭瑩玉、周顚、說不得四散人在後，擁着張無忌進了寺門。來到大雄寶殿，但見佛像前的供桌倒在一旁，香爐也掉在地下，滿地都是香灰，卻不見人。說不得冷笑道：「少林派一見咱們到來，竟然心慌意亂，手足無措，連香爐也打翻了，可笑啊可笑！」

張無忌朗聲說道：「明教張無忌，會同敝教楊逍、殷天正、韋一笑諸人前來拜山，求見方丈大師。」他話聲並不甚響，但內力渾厚，殿旁高懸的銅鐘大鼓受到話聲激盪，同時嗡嗡嗡的響了起來。

楊逍、韋一笑等相互對望一眼，均想：「教主內力之深，實是駭人聽聞，當年陽教主在世，也是遠有不及。看來今日之戰，本教可操必勝。」

張無忌這幾句話，少林寺前院後院，到處都可聽見，但等了半晌，寺內竟無一人出來。

周顛喝道：「喂，少林寺的和尚老哥老弟們，這般躲起來成甚麼樣子？扮新娘子麼？」他話聲可比張無忌響得多了，但殿上鐘鼓卻無應聲。

羣豪又等片刻，仍不見有人出來。

彭瑩玉道：「我心中忽有異感，只覺這寺中陰氣沉沉，大大不祥。」周顛笑道：「和尚進廟，得其所哉，有甚麼異感？」鐵冠道人忽道：「咦，這裏有柄斷頭禪杖。」說不得道：「啊！這裏好大一灘血漬！」周顛笑道：「想必光明頂一戰，教主威名遠揚，少林寺高掛免戰牌啦！你瞧他們逃得慌慌張張的，連兵器都拋下了。」鐵冠道人搖頭道：「不是的。」周顛道：「為甚麼不是？」鐵冠道人道：「那麼這灘血是甚麼意思？」周顛道：「多半是他們嚇得連手也割……」說到這裏便住了口，自知太也難以自圓其說。

便在此時，一陣疾風颳過，只吹得衆人袍袖飛揚。周顛喜道：「好涼快！」猛聽得西邊喀喇喇一聲響，數十丈外的一株大松樹倒了下來。羣豪吃了一驚，同時躍起，奔到斷樹之處，只見那株松樹生於一座大院子的東南角上，院子中並無一人，卻不知如何，偌大一株松樹竟會給風一吹便即折斷，壓塌了半堵圍牆。衆人走近松樹斷截處看時，只見脈絡交錯斷裂，顯是被人以重手法震碎，只是樹絡斷裂處畧現乾枯，並非適才所爲。

羣豪細察周遭，紛紛說道：「咦，不對！」「啊，這裏動過手。」「好厲害，傷了不少人啊！」大院子中到處都有激烈戰鬥的遺迹，地下青石板上、旁邊樹枝幹上、圍牆石壁上，留着不少兵刃砍斬、拳掌劈擊的印記。到處濺滿了血漬，可見那一場拚鬥實是慘烈異常。地下還有許多深淺的脚印，乃是高手比拚內力時所留下。

張無忌叫道：「快抓那個知客僧來問個明白。」韋一笑、說不得等人分頭去找，那知客僧卻已躲得不知去向。五行旗四下搜索。過得小半個時辰，各旗掌旗使先後來報，說道寺中無人，但到處都有激鬥過的痕迹。許多殿堂中都有血漬，也有斷折的兵刃，卻沒發見屍首。

張無忌道：「楊左使，你說如何？」楊逍道：「這場激鬥，當是在兩三日之前。難道少林派全軍覆沒，竟被殺得一個不存？」說不得道：「剛才不是有幾十人奔向後山嗎？」楊逍道：「那多半是少林派的對頭，留守在這裏的，見到咱們大隊人馬來到，便溜之大吉了。」

彭瑩玉道：「依事勢推斷，必當如此。剛才那個知客僧就是冒充的，只可惜沒能截他下來。可是少林派的對頭之中，那有這樣厲害的一個幫會門派？莫非是丐幫？」周顛道：「丐幫勢力雖大，高手雖多，總也不能一舉便把少林寺的衆光頭殺得一個不剩。除非是咱們明教才有這等本事，可是本教明明沒幹這件事啊？」鐵冠道人道：「周顛，你少說幾句廢話成不成？本教有沒有幹這事，難道咱們自己不知？」

厚土旗掌旗使顏垣來報：「啓稟教主，羅漢堂中的十八尊羅漢像曾經給人移動過，不知其中有無蹊蹺。」

羣豪知顏垣精於土木構築之學，他既生疑心，必有所見，都道：「咱們瞧瞧去。」來到羅漢堂中，只見牆上濺了不少血漬，戒刀禪杖丟滿了一地。

周顛道：「顏兄，這十八羅漢有甚麼古怪？」顏垣道：「每一尊羅漢像都給人推動過，本來兄弟疑心後面另有門戶道路，但查察牆壁，卻無密門秘道。」

楊逍沉吟半晌，道：「咱們再把羅漢像推開來瞧瞧。」顏垣跳上神座，將長眉羅漢推在一旁，露出牆壁，果然並無異狀。楊逍也躍上神像，細看那長眉羅漢，突然「咦」的一聲，道：「羅漢背後寫得有字。」將那尊羅漢像扳轉身來。

羣豪赫然見到一個斗大的「滅」字。羅漢像本是金身，這時金光燦爛的背心上給人用利器劃出了一個大大的「滅」字，深入逾寸，筆劃中露出了泥土。印痕甚新，顯是刻劃不久。

周顛道：「這個『滅』字，是甚麼意思？啊，是了，是峨嵋派挑了少林寺，滅絕師太留字示威。」羣豪都覺此話太也匪夷所思，盡皆搖頭。

說話之間，羣豪已將十八尊羅漢像都扳轉身來，除了極右首的降龍羅漢，極左首的伏虎羅漢之外，餘下十六尊羅漢背後各劃了一字，自右至左的排去，十六個大字赫然是：

「先誅少林，再滅武當，惟我明教，武林稱王！」

殷天正、鐵冠道人、說不得等人不約而同的一齊叫了出來：「這是移禍江東的毒計！」

羣豪見這十六個大字張牙舞爪，形狀可怖，想到少林寺羣僧慘遭橫禍，這筆帳卻要算到明教頭上，無不戚然有憂。

周顛叫道：「咱們快把這些字刮去了，免得做冤大頭。」楊逍道：「敵人用心惡毒，單是刮去這十六個字，未必有用。」這次周顛覺他說得有理，不再跟他鬥口，只問：「那怎麼辦？」說不得道：「這其實是個證據。咱們找到了使這移禍毒計之人，拿他來與這十六個字對質。」楊逍點頭稱是。

彭瑩玉道：「小僧尚有一事不明，要請楊左使指教。刻下這十六字之人，既是存心嫁禍本教，使本教承擔毀滅少林派的大罪名，好讓天下武林羣起而攻，然則他何以仍使羅漢佛像背向牆壁？不將這十六個大字向着外面？若不是顏旗使細心，那不是誰也不會知道羅漢像背上有字麼？」

楊逍臉色凝重，說道：「猜想起來，這些羅漢像是另外有人給轉過去的，多半暗中有人在相助本教。咱們已領了人家極大的情。」羣豪齊聲問道：「此人是誰？楊左使從何得知？」楊逍嘆道：「這其中的原委曲折，我也猜想不透……」

他這句話尚未說完，張無忌突然「啊」的一聲，大叫起來，說道：「『先誅少林、再滅武當』，只怕……只怕武當派即將遭難。」

韋一笑道：「咱們義不容辭，立即赴援，且看到底是那一批狗奴才幹的好事。」殷天正也道：「事不宜遲，大夥立即出發。這批奸賊已先走了一兩天。」

張三丰接過木劍，左手持劍，右手捏劍訣，雙手成環，緩緩抬起，這起手式一展，跟着三環套月、大魁星、燕子抄水、左攔掃、右攔掃……一招招的演將下來。

二十四　太極初傳柔克剛

張無忌心想宋大師伯等不知是否已從西域回山，這一路上始終沒聽到他們的音訊，倘若途中有甚麼耽擱變故，留守本山的只有太師父和若干第三代弟子，三師伯俞岱巖殘廢在床，強敵猝至，卻如何抵擋？想到此處，不由得憂心如焚，朗聲道：「各位前輩、兄長，武當派乃先父出身之所，太師父對我恩重如山。今當大難，救兵如救火，早到一刻好一刻。現請韋蝠王陪同本人，先行赴援，各位陸續分批趕來，一切請楊左使和外公指揮安排。」說着雙手一拱，閃身出了山門。

韋一笑展開輕功，和他並肩而行。羣豪答應之聲未出，兩人已到了少林寺外。這兩人輕功之佳、奔馳之速，當世再無第三人及得上。

兩人那裏敢有片刻耽擱，足不停步，急奔了數十里。韋一笑初時毫不落後，但時刻一長，內力漸漸不繼。張無忌心想：「到武當山路程尚遠，終不能如這般奔跑不休，何況強敵在前，尚須留下精力大戰。」對韋一笑道：「咱們到前面市鎮上去買兩匹坐騎，歇一歇力。」韋一笑早有此意，只是不便出口，便道：「教主，買賣坐騎，太耗辰光。」

過不多時，見迎面五六乘馬馳來，韋一笑縱身而起，將兩個乘者提起，輕輕放在地下，叫道：「教主，上罷！」張無忌遲疑停步，心想如此攔路刦馬，豈非和強盜無異？韋一笑叫道：「處大事者不拘小節，那顧得這許多？」呼喝聲中又將兩名乘者提下馬來。

那幾人也會一點武功，紛紛喝罵，抽出兵刃便欲動手。韋一笑雙手勒住四匹馬，將那些人的兵刃踢得亂飛。只聽一個喝道：「逞兇行刦的是那一路好漢，快留下萬兒來！」張無忌心想糾纏下去，只有更得罪人，縱身躍上馬背，和韋一笑各牽一馬，絕塵而去。那些人破口大罵，卻不敢追趕。

張無忌道：「咱們雖然迫於無奈，但焉知人家不是身有急事，此舉究屬於心不安。」韋一笑笑道：「教主，這些小事，何足道哉？昔年明教行事，那才稱得上『肆無忌憚、橫行不法』呢！」說着哈哈大笑。

張無忌心想：「明教被人目爲邪魔異端，其來有由。可是到底何者爲正，何者爲邪，卻也難下確論。」想起身負教主重任，但見識膚淺，很多事都拿不定主意，單是眼前奪馬這件小事，便猶豫不決，雖然武功高強，可是天下事豈能盡數訴諸武力？言念及此，心下茫然，只盼早日接得謝遜歸來，便可卸卻肩頭這副自己既挑不起、又實在不想挑的重擔。

便在此時，突見人影幌動，兩個人攔在當路，手中均執鋼杖。

韋一笑喝道：「讓開！」馬鞭攔腰捲去，縱馬便衝。一人舉杖擋開馬鞭，另一名漢子唿哨一聲，左手一揚。韋一笑的坐騎受驚，人立起來。便在此時，樹叢中又竄出四個黑衣漢子，看各人身法竟都是硬手。韋一笑叫道：「教主只管趕路，待屬下跟鼠輩糾纏。」

張無忌見這些人意在阻截武當派的救兵，用心惡毒，可想而知，武當派處境實是極險，心知韋一笑的輕功武技並臻佳妙，與這一干人周旋，縱然不勝，至少也足以自保，當下雙腿一挾，催馬前衝。兩名黑衣人橫過鋼杖，攔在馬前，張無忌俯身向外，挾手便將兩根鋼杖奪過，順手擲出，只聽得啊啊兩聲慘呼，兩名黑衣漢子已被鋼杖分別打斷了大腿骨，倒在地下。他見纏住韋一笑的那四人武功着實不弱，只怕自己走後，韋一笑更增強敵，於是幫他料理了兩個。

嵩山和武當山雖然分處豫鄂兩省，但一在豫西，一在鄂北，相距並不甚遠。一過馬山口後，向南一路都是平野，馬匹奔跑更是迅速，中午時分，過了內鄉。張無忌腹中饑餓，便在一處市集上買些麵餅充饑，忽聽得背後牽着的坐騎一聲悲嘶，回過頭來，只見馬肚子已插了一柄明晃晃的尖刀，一個人影在街口一幌，立即隱去。

張無忌飛身過去，一把抓起那人，只見又是一名黑衣漢子，前襟上兀自濺滿了馬血。張無忌喝問：「你是何人的手下？那一個幫會門派？你們大隊人馬已去了武當山沒有？」連問數聲，那人只是閉目不答。張無忌不敢多有耽擱，心想一切到了武當山上自能明白，當即伸手閉了他的「大椎穴」，叫他周身酸痛難當，苦挨三日三夜方罷。

當下縱馬便行。一口氣奔到三官殿，渡漢水而南。船至中流，望着滔滔江水，想起那日太師父携同自己在少林寺求醫不得而歸，在漢水上遇到常遇春、又救了周芷若的事來。腦海中現出她的麗容俏影，光明頂上脈脈關注的眼波，不由得出神。

過漢水後，催馬續向南行。此時天色早黑，望出來一片朦朧，再行得一個時辰，更是星月無光，那坐騎疲累已極，再也無法支持，跪倒在地。他拍拍馬背，說道：「馬兒，馬兒，你在這兒歇歇，自行去罷！」展開輕功疾奔。

行到四更時分，忽聽得前面隱隱有馬蹄之聲，顯是有大幫人衆，他加快腳步，從這羣人身旁掠過。他身法既快且輕，又在黑夜之中，竟然無人知覺。瞧這羣人的行向，正是往武當山而去，二十餘人不發一言，無法探知是甚麼來頭，但隱約可見均携有兵刃，此去是和武當派爲敵，決無可疑。他心中反寬：「畢竟將他們追上了，武當派該當尙未受攻。」

再行不到半個時辰，前面又有一羣人往武當山而去。如此前後一共遇見了五批，每批多則三十幾人，少則十餘人。待看到第五批人後，他忽又憂急：「卻不知已有幾批人上了山去？是否已有人和本派中人動上了手？」他雖非武當派弟子，但因父親的淵源，向來便將武當派當作是自己的門派。這麼一想，奔得更加快了。

不久便即上山，幸好沒再遇到敵人。將到半山，忽見前面有一人發足急奔，光頭大袖，是個僧人，腳下輕功甚是了得。張無忌遠遠跟隨，察看他的動靜。

見那僧人一路上山，將到山頂時，只聽得一人喝道：「是那一路的朋友，深夜光降武當？」喝聲甫畢，山石後閃出四個人來，兩道兩俗，當是武當派的第三四代弟子。

那僧人合十說道：「少林僧人空相，有急事求見武當張眞人。」

張無忌微微一怔：「原來他是少林派『空』字輩的前輩大師，和空聞方丈、空智、空性三大神僧是師兄弟輩。他不辭艱辛的上武當山來，自是前來報訊。」

武當派的一名道人說道：「大師遠來辛苦，請移步敝觀奉茶。」說着在前引路。空相除下腰間戒刀，交給了另一名道人，以示不敢携帶兵刃進觀。

張無忌見那道人將空相引入紫霄宮三清殿，便蹲在長窗之外。只聽空相大聲道：「請道長立即稟報張眞人，事在緊急，片刻延緩不得！」那道人道：「大師來得不巧，敝師祖自去歲坐關，至今一年有餘，本派弟子亦已久不見他老人家慈範。」空相道：「如此則便請通報宋大俠。」那道人道：「大師伯率同家師及諸位師叔，和貴派聯盟，遠征明教未返。」

張無忌聽得「遠征明教未返」六字，暗暗吃驚，果然宋遠橋等在歸途中也遇上了阻難。只聽空相長嘆一聲，道：「如此說來，武當派也和我少林派一般，今日難逃此刦了。」那道人不明其意，說道：「敝派事務，現由谷虛子師兄主持，小道即去通報，請他出來參見大師。」空相道：「谷虛道長是那一位的弟子？」那道人道：「是俞三師叔門下。」空相長眉一軒，道：「俞三俠手足有傷，心下卻是明白，老僧這幾句話跟俞三俠說了罷。」那道人道：「是，謹遵大師吩咐。」轉身入內。

那空相在廳上踱來踱去，顯得極是不耐，時時側耳傾聽，當是擔心敵人攻上山來。過不多時，那道人快步出來，躬身說道：「俞三師叔有請。俞三師叔言道，請大師恕他不能出迎之罪。」這時那道人的神態舉止比先前更加恭謹，想是俞岱巖聽得「空」字輩的少林僧駕臨，已囑咐他必須禮貌十分周到。空相點了點頭，隨着他走向俞岱巖的臥房。

張無忌尋思：「三師伯四肢殘廢，耳目只有加倍靈敏，我若到他窗外竊聽，只怕被他發覺。」走到離俞岱巖臥房數丈之處，便停住了脚步。

過了約莫一盞茶時分，那道人匆匆從俞岱巖房中出來，低聲叫道：「清風、明月！到這邊來。」便有兩個道僮走到他身前，叫了聲：「師叔！」那道人道：「預備軟椅，三師叔要出來。」兩名道僮答應了。

張無忌在武當山上住過數年，那知客道人是俞蓮舟新收的弟子，他不相識，卻識得清風、明月兩個道僮，知道俞岱巖有時出來，便坐了軟椅由道僮抬着行走。見二僮走向放軟椅的廂房，悄悄跟隨在後，一等二僮進房，突然叫道：「清風、明月，認得我麼？」

二僮嚇了一跳，凝目瞧張無忌時，依稀有些面熟，一時卻認不出來。張無忌笑道：「我是無忌小師叔啊，你們忘了麼？」二僮登時憶起舊事，心中大喜，叫道：「啊，小師叔，你回來啦！你的病好了？」三個人年紀相若，當年常在一處玩耍。

張無忌道：「清風，讓我來假扮你，去抬三師伯，瞧他知不知道。」清風躊躇道：「這個……不大好罷！」張無忌道：「三師伯見我病愈歸來，自是喜出望外，高興還來不及，那裏會責罵於你？」二僮素知自張三丰祖師以下，武當六俠個個對這位小師叔極其寵愛，他病愈歸山，那是天大的喜事，他要開這個小小的玩笑，逗俞岱巖病中一樂，自是無傷大雅。明月笑道：「小師叔怎麼說，就怎麼辦罷！」清風當下笑嘻嘻的脫下道袍、鞋襪，給他換上了。明月替他挽起了道髻。片刻之間，已宛然便是個小道僮。

明月道：「你要冒充清風，相貌不像，就說是觀中新收的小道僮，清風跌破了腿，由你去替他。」張無忌笑道：「好極了……」那道人在房外喝罵：「兩個小傢伙，嘻嘻哈哈的搗甚麼鬼，半天不見人過來。」張無忌和明月伸了伸舌頭，抬起軟椅，逕往俞岱巖房中。

兩人扶起俞岱巖坐入軟椅。俞岱巖臉色極是鄭重，也沒留神抬他的道僮是誰，說道：「到後山小院，見祖師爺爺去！」明月應道：「是！」轉過身去，抬着軟椅前端，張無忌抬了後端。俞岱巖只瞧見明月的背影，更瞧不見張無忌。空相隨在軟椅之側，同到後山。那知客道人不得俞岱巖召喚，便不敢同去。

張三丰閉關靜修的小院在後山竹林深處，修篁森森，綠蔭遍地，除了偶聞鳥語之外，竟是半點聲息也無。明月和張無忌抬着俞岱巖來到小院之前，停下軟椅。俞岱巖正要開聲求見，忽聽得隔門傳出張三丰蒼老的聲音道：「少林派那一位高僧光臨寒居，老道未克遠迎，還請恕罪。」「呀的一聲，竹門推開，張三丰緩步而出。空相臉露訝色，他聽張三丰竟知來訪的是少林僧人，大感詫異，但隨即料想必是那知客道人已遣人先行稟報。俞岱巖卻知師父武功越來越是精深，從空相的脚步聲中，已可測知他的武學門派、修爲深淺。

張無忌的內功遠在空相之上，由實返虛，自眞歸樸，不論舉止、眼光、脚步、語聲，處處深藏不露，張三丰反聽不出來。他見太師父雖然紅光滿面，但鬚眉俱白，比之當年前分手之時，着實已蒼老了幾分，心中又是歡喜，又是悲傷，忍不住眼淚便要奪眶而出，急忙轉過頭去。

空相合十說道：「小僧少林空相，參見武當前輩張眞人。」張三丰合十還禮，道：「不敢，大師不必多禮，請進說話。」五個人一起進了小院。但見板桌上一把茶壺，一隻茶杯，地下一個蒲團，壁上掛着一柄木劍，此外一無所有。桌上地下，積滿灰塵。

空相道：「張眞人，少林派慘遭千年未遇之浩刦，魔教突施偷襲，本派自方丈空聞師兄以下，或殉寺戰死，或力屈被擒，僅小僧一個拚死逃脫。魔教大隊人衆已向武當而來，今日中原武林存亡榮辱，全繫於張眞人一人之手。」說着放聲大哭。

張無忌心頭大震，他明知少林派已遇上災刦，卻也萬萬想不到竟會如此全派覆沒。饒他張三丰百年修爲，猛地裏聽到這個噩耗，也是大吃一驚，半晌說不出話來，定了定神，才道：「魔教竟然如此猖獗，少林寺高手如雲，不知如何竟會遭了魔敎的毒手？」

空相道：「空智、空性兩位師兄率同門下弟子，和中原五大派結盟西征，圍攻光明頂。留寺僧衆，日日靜候好音。這日山下報道，遠征人衆大勝而歸。方丈空聞師兄得訊大喜，率同合寺弟子，迎出山門，果見空智、空性兩位師兄帶領西征弟子，回進寺來，另外還押着數百名俘虜。衆人到得大院之中，方丈問起得勝情由。空智師兄唯唯否否。空性師兄忽地叫道：『師兄留神，我等落入人手，衆俘虜盡是敵人……』方丈驚愕之間，衆俘虜抽出兵刃，突然動手。本派人衆一來措手不及，二來多數好手西征陷敵，留守本寺的力道弱了，大院子的前後出路均已被敵人堵死，一場激鬥，終於落了個一敗塗地，空性師兄當場殉難……」說到這裏，已是泣不成聲。

張三丰心下黯然，說道：「這魔敎如此歹毒，行此惡計，又有誰能提防？」

只見空相伸手解下背上的黃布包袱，打開包袱，裏面是一層油布，再打開油布，赫然露出一顆首級，環眼圓睜，臉露憤怒之色，正是少林三大神僧之一的空性大師。張三丰和張無忌都識得空性面目，一見之下，不禁「啊」的一聲，一齊叫了出來。

空相泣道：「我捨命搶得空性師兄的法體。張眞人，你說這大仇如何得報？」說着將空性的首級恭恭敬敬放在桌上，伏地拜倒。張三丰凄然躬身，合十行禮。

張無忌想起光明頂上比武較量之際，空性神僧慷慨磊落，豪氣過人，實不愧爲堂堂少林的一代宗師，不意慘遭奸人戕害，落得身首分離，心下甚是難過。

張三丰見空相伏地久久不起，哭泣甚哀，便伸手相扶，說道：「空相師兄，少林武當本是一家，此仇非報不可……」他剛說到這個「可」字，冷不防砰的一聲，空相雙掌一齊擊在他小腹之上。

這一下變故突如其來，張三丰武功之深，雖已到了從心所欲、無不如意的最高境界，但那能料到這位身負血仇、遠來報訊的少林高僧，竟會對自己忽施襲擊？在一瞬之間，他還道空相悲傷過度，以致心智迷糊，昏亂之中將自己當作了敵人，但隨即知道不對，小腹中所中掌力，竟是少林派外門神功「金剛般若掌」，但覺空相竭盡全身之勁，將掌力不絕的催送過來，臉白如紙，嘴角卻帶獰笑。

張無忌、俞岱巖、明月三人驀地見此變故，也都驚得呆了。俞岱巖苦在身子殘廢，不能上前相助師父一臂之力。張無忌年輕識淺，在這一剎那間，還沒領會到空相竟是意欲立斃太師父於掌底。兩人只驚呼了一聲，便見張三丰左掌揮出，拍的一聲輕響，擊在空相的天靈蓋上。這一掌其軟如綿，其堅勝鐵，空相登時腦骨粉碎，如一堆濕泥般癱了下來，一聲也沒哼出，便即斃命。

俞岱巖忙道：「師父，你……」只說了一個「你」，便即住口。只見張三丰閉目坐下，片刻之間，頭頂升出絲絲白氣，猛地裏口一張，噴出幾口鮮血。

張無忌心下大驚，知道太師父受傷着實不輕，倘若他吐出的是紫黑瘀血，憑他深厚無比的內功，三數日即可平復，但他所吐的卻是鮮血，又是狂噴而出，那麼臟腑已受重傷。在這霎時之間，他心中遲疑難決：「是否立即表明身分，相救太師父？還是怎地？」

便在此時，只聽得脚步聲響，有人到了門外，聽他步聲急促，顯是十分慌亂，卻不敢貿然進來，也不敢出聲。俞岱巖道：「是靈虛麼？甚麼事？」那知客道人靈虛道：「稟報三師叔，魔教大隊到了宮外，要見祖師爺爺，口出汚言穢語，說要踏平武當派……」

俞岱巖喝道：「住口！」他生怕張三丰分心，激動傷勢。

張三丰緩緩睜開眼來，說道：「少林派金剛般若掌的威力果是非同小可，看來非得靜養三月，傷勢難愈。」張無忌心想：「原來太師父所受之傷，比我所料的更重。」只聽張三丰又道：「明教大舉上山。唉，不知遠橋、蓮舟他們平安否？岱巖，你說該當如何？」

俞岱巖默然不答，心知山上除了師父和自己之外，其餘三四代弟子的武功都不足道，出而禦敵，只有徒然送死，今日之事，惟有自己捨卻一命，和敵人敷衍周旋，讓師父避地養傷，日後再復大仇，於是朗聲道：「靈虛，你去跟那些人說，我便出來相見，讓他們在三清殿上等着。」靈虛答應着去了。

張三丰和俞岱巖師徒相處日久，心意相通，聽他這麼說，已知其意，說道：「岱巖，生死勝負，無足介懷，武當派的絕學卻不可因此中斷。我坐關十八月，得悟武學精要，一套太極拳和太極劍，此刻便傳了你罷。」

俞岱巖一呆，心想自己殘廢已久，那還能學甚麼拳法劍術？何況此時強敵已經入觀，怎有餘暇傳習武功，只叫了聲：「師父！」便說不下去了。

張三丰淡淡一笑，說道：「我武當開派以來，行俠江湖，多行仁義之事，以大數而言，決不該自此而絕。我這套太極拳和太極劍，跟自來武學之道全然不同，講究以靜制動、後發制人。你師父年過百齡，縱使不遇強敵，又能有幾年好活？所喜者能於垂暮之年，創制這套武功出來。遠橋、蓮舟、松溪、梨亭、聲谷都不在身邊，第三四代弟子之中，除青書外並無傑出人材，何況他也不在山上。岱巖，你身負傳我生平絕藝的重任。武當派一日的榮辱，有何足道？只須這套太極拳能傳至後代，我武當派大名必能垂之千古。」說到這裏，神采飛揚，豪氣彌增，竟似渾沒將壓境的強敵放在心上。

俞岱巖唯唯答應，已明白師父要自己忍辱負重，以接傳本派絕技為第一要義。

張三丰緩緩站起身來，雙手下垂，手背向外，手指微舒，兩足分開平行，接着兩臂慢慢提起至胸前，左臂半環，掌與面對成陰掌，右掌翻過成陽掌，說道：「這是太極拳的起手式。」跟着一招一式的演了下去，口中叫出招式的名稱：攬雀尾、單鞭、提手上勢、白鶴亮翅、摟膝拗步、手揮琵琶、進步搬攔錘、如封似閉、十字手、抱虎歸山……

張無忌目不轉睛的凝神觀看，初時還道太師父故意將姿式演得特別緩慢，使俞岱巖可以看得清楚，但看到第七招「手揮琵琶」之時，只見他左掌陽、右掌陰，目光凝視左手手臂，雙掌慢慢合攏，竟是凝重如山，卻又輕靈似羽。張無忌突然之間省悟：「這是以慢打快、以靜制動的上乘武學，想不到世間竟會有如此高明的功夫。」他武功本就極高，一經領會，越看越是入神，但見張三丰雙手圓轉，每一招都含着太極式的陰陽變化，精微奧妙，實是開闢了武學中從所未有的新天地。

約莫一頓飯時分，張三丰使到上步高探馬，上步攬雀尾，單鞭而合太極，神定氣閒的站在當地，雖在重傷之後，但一套拳法練完，精神反見健旺。他雙手抱了個太極式的圓圈，說道：「這套拳術的訣竅是『虛靈頂勁、涵胸拔背、鬆腰垂臀、沉肩墜肘』十六個字，純以意行，最忌用力。形神合一，是這路拳法的要旨。」當下細細的解釋了一遍。

俞岱巖一言不發的傾聽，知道時勢緊迫，無暇發問，雖然中間不明白之處極多，但只有硬生生的記住，倘若師父有甚不測，這些口訣招式總是由自己傳了下去，日後再由聰明才智之士去推究其中精奧。張無忌所領略的可就多了，張三丰的每一句口訣、每一記招式，都令他有初聞大道、喜不自勝之感。

張三丰見俞岱巖臉有迷惘之色，問道：「你懂了幾成？」俞岱巖道：「弟子愚魯，只懂得三四成，但招式和口訣都記住了。」張三丰道：「那也難爲你了。倘若蓮舟在此，當能懂得五成。唉，你五師弟悟性最高，可惜不幸早亡，我若有三年功夫，好好點撥於他，當可傳我這門絕技。」張無忌聽他提到自己父親，心中不禁一酸。

張三丰道：「這拳勁首要在似鬆非鬆，將展未展，勁斷意不斷……」正要往下解說，只聽得前面三清殿上遠遠傳來一個蒼老悠長的聲音：「張三丰老道既然縮頭不出，咱們把他徒子徒孫先行宰了。」另一個粗豪的聲音道：「好啊！先一把火燒了這道觀再說。」又有一個尖銳的聲音道：「燒死老道，那是便宜了他。咱們擒住了他，綁到各處門派中遊行示衆，讓大家瞧瞧這武學泰斗老而不死的模樣。」

後山小院和前殿相距二里有餘，但這幾個人的語聲都淸楚傳至，足見敵人有意炫示功力，而功力確亦不凡。

俞岱巖聽到這等侮辱師尊的言語，心下大怒，眼中如要噴出火來。張三丰道：「岱巖，我叮囑過你的言語，怎麼轉眼便即忘了？不能忍辱，豈能負重？」俞岱巖道：「是，謹奉師父教誨。」張三丰道：「你全身殘廢，敵人不會對你提防，千萬戒急戒躁。倘若我苦心創制的絕藝不能傳之後世，那你便是我武當派的罪人了。」俞岱巖只聽得全身出了一陣冷汗，知道師父此言的用意，不論敵人對他師徒如何凌辱欺侮，總之是要苟免求生，忍辱傳藝。

張三丰從身邊摸出一對鐵鑄的羅漢來，交給俞岱巖道：「這空相說道少林派已經滅絕，也不知是眞是假，此人是少林派中高手，連他也投降敵人，前來暗算於我，那麼少林派必遭大難無疑。這對鐵羅漢是百年前郭襄郭女俠贈送於我。你日後送還少林傳人。就盼從這對鐵羅漢身上，留傳少林派的一項絕藝！」說着大袖一揮，走出門去。

俞岱巖道：「抬我跟着師父。」明月和張無忌二人抬起軟椅，跟在張三丰的後面。

四人來到三淸殿上，只見殿中或坐或站，黑壓壓的都是人頭，總有三四百人之衆。

張三丰居中一站，打個問訊爲禮，卻不說話。俞岱巖大聲道：「這位是我師尊張眞人。各位來到武當山，不知有何見敎？」

張三丰大名威震武林，一時人人目光盡皆集於其身，但見他身穿一襲汚穢的灰布道袍，鬢眉如銀，身材十分高大，此外也無特異情狀。

張無忌看這干人時，只見半數穿着明教教衆的服色，爲首的十餘人卻各穿本服，想是自高身分，不願冒充旁人。高矮僧俗，數百人擁在殿中，一時也難以細看各人面目。

便在此時，忽聽得門外有人傳呼：「教主到！」殿中衆人一聽，立時肅然無聲，爲首的十多人搶先出殿迎接，餘人也跟着快步出殿。霎時之間，大殿中數百人走了個乾乾淨淨。

只聽得十餘人的脚步聲自遠而近，走到殿外停住。張無忌從殿門中望去，不禁一驚，只見八個人抬着一座黃緞大轎，另有七八人前後擁衛，停在門口，那抬轎的八個轎夫，正是綠柳莊的「神箭八雄」。

張無忌心中一動，雙手在地下抹滿灰土，跟着便胡亂塗在臉上。明月只道他眼見大敵到來，害怕得狠了，扮成了這副模樣，一時驚惶失措，便依樣葫蘆的以灰土抹臉。兩個小道僮登時變成了灶君菩薩一般，再也瞧不出本來面目。

轎門掀起，轎中走出一個少年公子，一身白袍，袍上繡着個血紅的火燄，輕搖摺扇，正是女扮男裝的趙敏。張無忌心道：「原來一切都是她在搗鬼，難怪少林派一敗塗地。」

只見她走進殿中，有十餘人跟進殿來。一個身材魁梧的漢子踏上一步，躬身說道：「啓稟教主，這個就是武當派的張三丰老道，那個殘廢人想必是他的第三弟子俞岱巖。」

趙敏點點頭，上前幾步，收攏摺扇，向張三丰長揖到地，說道：「晚生執掌明教張無忌，今日得見武林中北斗之望，幸也何如！」

張無忌大怒，心中罵道：「你這賊丫頭冒充明教教主，那也罷了，居然還冒用我姓名，來欺騙我太師父。」

張三丰聽到「張無忌」三字，大感奇怪：「怎地魔教教主是如此年輕俊美的一個少女，名字偏又和我那無忌孩兒相同？」當下合十還禮，說道：「不知教主大駕光臨，未克遠迎，還請恕罪！」趙敏道：「好說，好說！」

知客道人靈虛率領火工道僮，獻上茶來。趙敏一人坐在椅中，她手下衆人遠遠的垂手站在其後，不敢走近她身旁五尺之內，似乎生怕不敬，冒瀆於她。

張三丰百載的修爲，謙沖恬退，早已萬事不縈於懷，但師徒情深，對宋遠橋等人的生死安危，卻是十分牽掛，當即說道：「老道的幾個徒兒不自量力，曾赴貴教討教高招，迄今未歸，不知彼等下落如何，還請張教主明示。」

趙敏嘻嘻一笑，說道：「宋大俠、俞二俠、張四俠、莫七俠四位，目下是在本教手中。每個人受了點兒傷，性命卻是無礙。」張三丰道：「受了點兒傷？多半是中了點兒毒。」趙敏笑道：「張眞人對武當絕學可也當眞自負得緊。你既說他們中毒，就算是中毒罷。」張三丰深知幾個徒兒盡是當世一流好手，就算衆寡不敵，總能有幾人脫身回報，倘眞一鼓遭擒，定是中了敵人無影無蹤、難以防避的毒藥。趙敏見他猜中，也就坦然承認。

張三丰又問：「我那姓殷的小徒呢？」趙敏嘆道：「殷六俠中了少林派的埋伏，便和這位俞三俠一模一樣，四肢爲大力金剛指折斷。死是死不了，要動可也動不得了！」張三丰鑒貌辨色，情知她此言非虛，心頭一痛，哇的一聲，噴了一口鮮血出來。

趙敏背後衆人相顧色喜，知道空相偷襲得手，這位武當高人已受重傷，他們所懼者本來只張三丰一人，此時更是無所忌憚了。

趙敏說道：「晚生有一句良言相勸，不知張眞人肯俯聽否？」張三丰道：「請說。」趙敏道：「普天之下，莫非王土，率土之濱，莫非王臣。我蒙古皇帝威加四海，張眞人若能効順，皇上立頒殊封，武當派自當大蒙榮寵，宋大俠等人人無恙，更是不在話下。」

張三丰抬頭望着屋樑，冷冷的道：「明教雖然多行不義，胡作非爲，卻向來和蒙古人作對。是幾時投効了朝廷啦？老道倒孤陋寡聞得緊。」

趙敏道：「棄暗投明，自來識時務者爲俊傑。少林派自空聞、空智神僧以下，個個投効，盡忠朝廷。本教也不過見大勢所趨，追隨天下賢豪之後而已，何足奇哉？」

張三丰雙目如電，直視趙敏，說道：「元人殘暴，多害百姓，方今天下羣雄並起，正是爲了驅逐胡虜，還我河山。凡我黃帝子孫，無不存着個驅除韃子之心，這才是大勢所趨。老道雖是方外的出家人，卻也知大義所在。空聞、空智乃當世神僧，豈能爲勢力所屈？你這位姑娘何以說話如此顚三倒四？」

趙敏身後突然閃出一條大漢，大聲喝道：「兀那老道，言語不知輕重！武當派轉眼全滅。你不怕死，難道這山上百餘名道人弟子，個個都不怕死麼？」這人說話中氣充沛，身高膀闊，形相極是威武。

張三丰長聲吟道：「人生自古誰無死，留取丹心照汗靑！」這是文天祥的兩句詩，文天祥慷慨就義之時，張三丰年紀尙輕，對這位英雄丞相極是欽仰，後來常嘆其時武功未成，否則必當捨命去救他出難，此刻面臨生死關頭，自然而然的吟了出來。他頓了一頓，又道：「說來文丞相也不免有所拘執，但求我自丹心一片，管他日後史書如何書寫！」望了俞岱巖一眼，心道：「我卻盼這套太極拳劍得能流傳後世，又何嘗不是和文丞相一般，顧全身後之名？其實但教行事無愧天地，何必管他太極拳能不能傳，武當派能不能存！」

趙敏白玉般的左手輕輕一揮，那大漢躬身退開。她微微一笑，說道：「張眞人既如此固執，暫且不必說了。就請各位一起跟我走罷！」說着站起身來，她身後四個人身形幌動，團團將張三丰圍住。這四人一個便是那魁梧大漢，一個鶉衣百結，一個是身形瘦削的和尚，另一個虬髯碧眼，乃西域胡人。

張無忌見這四人的身法或凝重、或飄逸，個個非同小可，心頭一驚：「這趙姑娘手下，怎地竟有如許高手？」眼見張三丰若不隨她而去，那四人便要出手，張無忌心想：「敵方高手甚衆，這一班人又盡是奸詐無恥、不顧信義之輩，非圍攻光明頂的六大派可比。我實不易保護太師父和三師伯的平安。就算擊敗了其中數人，他們也決計不肯服輸，勢必一擁而上。但事已至此，也只有竭力一拚，最好是能將趙姑娘擒了過來，脅迫對方。」

他正要挺身而出，喝阻四人，忽聽得門外陰惻惻一聲長笑，一個青色人影閃進殿來，這人身法如鬼如魅，如風如電，倏忽欺身到那魁梧漢子的身後，揮掌拍出。那大漢更不轉身，反手便是一掌，意欲和他互拚硬功。那人不待此招打老，左手已拍到那西域胡人的肩頭。那胡人閃身躲避，飛腿踢他小腹。那人早已攻向那瘦和尚，跟着斜身倒退，左掌拍向那身穿破爛衣衫之人。瞬息之間，他連出四掌，攻擊了四名高手，雖然每一掌都沒打中，但手法之快直是匪夷所思。這四人知道遇到了勁敵，各自躍開數步，凝神接戰。

那青衣人並不理會敵人，躬身向張三丰拜了下去，說道：「明教張教主座下晚輩韋一笑，參見張眞人！」這人正是韋一笑。他擺脫了途中敵人的糾纏，兼程趕至。

張三丰聽他自稱是「明教張教主座下」，還道他也是趙敏一黨，伸手擊退四人，多半另有陰謀，當下冷冷的道：「韋先生不必多禮，久仰青翼蝠王輕功絕頂，世所罕有，今日一見，果是名不虛傳。」

韋一笑大喜，他少到中原，素來聲名不響，豈知張三丰居然也知道自己輕功了得的名頭，躬身說道：「張眞人武林北斗，晚輩得蒙眞人稱讚一句，當眞是榮於華袞。」他轉過身來，指着趙敏道：「趙姑娘，你鬼鬼祟祟的冒充明教，敗壞本教聲名，到底是何用意？是男子漢大丈夫，何必如此陰險毒辣？」

趙敏格格一笑，說道：「我本來不是男子漢大丈夫，陰險毒辣了，你便怎樣？」

韋一笑第一句便說錯了，給她駁得無言可對，一怔之下，說道：「各位先攻少林，再擾武當，到底是何來歷？各位倘若和少林、武當有怨有仇，明教原本不該多管閒事，但各位冒我明教之名，喬扮本教教衆，我韋一笑可不能不理！」

張三丰原本不信百年來爲朝廷死敵的明教竟會投降蒙古，聽了韋一笑這幾句話，這才明白，心想：「原來這女子是冒充的。魔教雖然聲名不佳，遇上這等大事，畢竟毫不含糊。」

趙敏向那魁梧大漢說道：「聽他吹這等大氣！你去試試，瞧他有甚麼眞才實學。」

那大漢躬身道：「是！」收了收腰間的鸞帶，穩步走到大殿中間，說道：「韋蝠王，在下頷教你的寒冰綿掌功夫！」韋一笑不禁一驚：「這人怎地知道我的寒冰綿掌？他明知我有此技，仍上來挑戰，倒是不可輕敵。」雙掌一拍，說道：「請教閣下的萬兒？」那人道：「我們既是冒充明教而來，難道還能以眞名示人？蝠王這一問，未免太笨。」趙敏身後的十餘人一齊大笑起來。

韋一笑冷冷的道：「不錯，是我問得笨了。閣下甘作朝廷鷹犬，做異族奴才，還是不說姓名的好，沒的辱沒了祖宗。」那大漢臉上一紅，怒氣上升，呼的一掌，便往韋一笑胸口拍去，竟是中宮直進，逕取要害。

韋一笑脚步錯動，早已避過，身形閃處，伸指戳向他背心，他不先出寒冰綿掌，要先探一探這大漢的深淺虛實。那大漢左臂後揮，守中含攻。數招一過，大漢掌勢漸快，掌力凌厲。韋一笑的內傷雖經張無忌治好，不必再像從前那樣，運功一久，便須飲熱血抑制體內陰毒，但傷愈未久，即逢強敵，又是在張三丰這等大宗師面前出手，實是絲毫不敢怠慢，當即使動寒冰綿掌功夫。兩人掌勢漸緩，逐步到了互較內力的境地。

突然間呼的一聲，大門中擲進一團黑黝黝的巨物，猛向那大漢撞去。這團物事比一大袋米還大，天下居然有這等龐大的暗器，當眞奇了。那大漢左掌運勁拍出，將這物事擊出丈許，着手之處，只覺軟綿綿地，也不知是甚麼東西。但聽得「啊」的一聲慘呼，原來有人藏在袋中。此人中了那大漢勁力凌厲無儔的一掌，焉有不筋折骨斷之理？

那大漢一愕之下，一時手足無措。韋一笑無聲無息的欺到身後，在他背心「大椎穴」上拍了一記「寒冰綿掌」。那大漢驚怒交集，急轉身軀，奮力發掌往韋一笑頭頂擊落。

韋一笑哈哈一笑，竟然不避不讓。那大漢掌到中途，手臂已然酸軟無力，這掌雖然擊在對方天靈蓋上，卻那裏有半點勁力，不過有如輕輕一抹。韋一笑知道寒冰綿掌一經着身，對方勁力立卸，但高手對戰，竟敢任由強敵掌擊腦門，膽氣之豪，實是從所未聞，旁觀衆人無不駭然。倘若那大漢竟有抵禦寒冰綿掌之術，勁力一時不去，這掌打在頭頂，豈不腦漿迸裂？韋一笑一生行事希奇古怪，愈是旁人不敢爲、不肯爲、不屑爲之事，他愈是幹得興高采烈，他乘那大漢分心之際出掌偷襲，本有點不夠光明正大，可是跟着便以腦門坦然受對方一掌，卻又是光明正大過了火，實是膽大妄爲、視生死有如兒戲。

那身穿破爛衣衫之人扯破布袋，拉出一個人來，只見他滿臉血紅，早在那大漢一擊之下斃命。此人身穿黑衣，正是他們一夥，不知如何，卻被人裝在布袋中擲了進來。那人大怒，喝道：「是誰鬼鬼祟祟……」一語未畢，一隻白茫茫的袋子已兜頭罩到。他提氣後躍，避開了這一罩，只見一個胖大和尚笑嘻嘻的站在身前，正是布袋和尚說不得到了。

說不得的乾坤一氣袋被張無忌在光明頂上迸破後，沒了趁手的兵器，只得胡亂做幾隻布袋應用，畢竟不如原來那隻刀劍不破的乾坤寶袋厲害。他輕功雖然不及韋一笑，但造詣也是極高，加之中途沒受阻撓，前脚後脚的便趕到了。

說不得也躬身向張三丰行禮，說道：「明教張教主座下，遊行散人布袋和尚說不得，參見武當掌教祖師張眞人。」張三丰還禮道：「大師遠來辛苦。」說不得道：「敝教教主座下光明使者、白眉鷹王、以及四散人、五旗使，各路人馬，都已上了武當。張眞人你且袖手旁觀，瞧明教上下，和這批冒名作惡的無恥之徒一較高低。」

他這番話只是虛張聲勢，明教大批人衆未能這麼快便都趕到。但趙敏聽在耳裏，不禁秀眉微蹙，心想：「他們居然來得這麼快，是誰洩漏了機密？」忍不住問道：「你們張教主呢？叫他來見我。」一說着向韋一笑望了一眼，目光中有疑問之色，顯是問他教主到了何處。

韋一笑哈哈一笑，說道：「這會兒你不再冒充了嗎？」心下卻也在想：「教主必已到來，卻不知此刻在那裏。」

張無忌一直隱身在明月之後，知道韋一笑和說不得迄未認出自己，眼見到了這兩個得力幫手，極是喜慰。

趙敏冷笑道：「一隻毒蝙蝠，一個臭和尚，成得甚麼氣候？」

一言甫畢，忽聽得東邊屋角上一人長笑問道：「說不得大師，楊左使到了沒有？」這人聲音響亮，蒼勁豪邁，正是白眉鷹王殷天正到了。說不得尚未回答，楊逍的笑聲已在西邊屋角上響起。只聽他笑道：「鷹王，畢竟是你老當益壯，先到了一步。」殷天正笑道：「楊左使不必客氣，咱二人同時到達，仍是分不了高下。只怕你還是瞧在張教主份上，讓了我三分。」楊逍道：「當仁不讓！在下已竭盡全力，仍是不能快得鷹王一步。」

他二人途中較勁，比賽脚力，殷天正內功較深，楊逍步履輕快，竟是並肩出發，平頭齊到。長笑聲中，兩人一齊從屋角縱落。

張三丰久聞殷天正的名頭，何況他又是張翠山的岳父，楊逍在江湖上也是個大有來頭的人物，當下走上三步，拱手道：「張三丰恭迎殷兄、楊兄的大駕。」心中卻頗為不解：「殷天正明明是天鷹教的教主，又說甚麼『瞧在張教主份上』？」

殷楊二人躬身行禮。殷天正道：「久仰張眞人淸名，無緣拜見，今日得覩芝顏，三生有幸。」張三丰道：「兩位均是一代宗師，大駕同臨，洵是盛會。」

趙敏心中愈益惱怒，眼見明教的高手越來越多，張無忌雖然尚未現身，只怕說不得所言不虛，確是在暗中策劃，布置下甚麼厲害的陣勢，自己安排得妥妥貼貼的計謀，看來今日已難成功，但好容易將張三丰打得重傷，這是千載難逢、決無第二次的良機，今日若不乘此機會收拾了武當派，日後待他養好了傷，那便棘手之極了，一雙漆黑溜圓的眼珠轉了兩轉，冷笑道：「江湖上傳言武當乃正大門派，豈知耳聞爭如目見？原來武當派暗中和魔教勾勾搭搭，全仗魔教撐腰，本門武功可說不值一哂。」

說不得道：「趙姑娘，你這可是婦人之見、小兒之識了。張眞人威震武林之時，只怕你祖父都尚未出世，小孩兒懂得甚麼？」

趙敏身後的十餘人一齊踏上一步，向他怒目而視。說不得洋洋自若，笑道：「你們說我這句話說不得麼？我名字叫作『說不得』，說話卻向來是說得又說得，諒你們也奈何我不得。」趙敏手下那瘦削僧人怒道：「主人，待屬下將這多嘴多舌的和尚料理了！」說不得叫道：「妙極！妙極！你是野和尚，我也是野和尚，咱們來比拚比拚，請武當宗師張眞人指點一下不到之處，勝過咱們苦練十年。」說着雙手一揮，從懷中又抖了一隻布袋出來。旁人見他布袋一隻又是一隻，取之不盡，不知他僧袍底下到底還有多少隻布袋。

趙敏微微搖頭，道：「今日我們是來討教武當絕學，武當派不論那一位下場，我們都樂於奉陪。武當派到底確有眞才實學，還是浪得虛名，今日一戰便可天下盡知。至於明教和我們的過節，日後再慢慢算帳不遲。張無忌那小鬼奸詐狡猾，我不抽他的筋、剝他的皮，難消心頭之恨，可也不忙在一時。」

張三丰聽到「張無忌那小鬼」六個字時，心中大奇：「明教的教主難道眞的也叫做張無忌？怎地又是『小鬼』了？」

說不得笑嘻嘻的道：「本教張教主少年英雄，你趙姑娘只怕比我們張教主還小着幾歲，不如嫁了我們教主，我和尙看來倒也相配……」他話未說完，趙敏身後衆人已轟雷般怒喝起來：「胡說八道！」「住嘴！」「野和尙放狗屁！」

趙敏紅暈雙頰，容貌嬌艷無倫，神色之中只有三分薄怒，倒有七分靦覥，一個呼叱羣豪的大首領，霎時之間變成了忸怩作態的小姑娘。但這神氣也只是瞬息間的事，她微一凝神，臉上便如罩了一層寒霜，向張三丰道：「張眞人，你若不肯露一手，那便留一句話下來，只說武當派乃欺世盜名之輩，我們大夥兒拍手便走。便是將宋遠橋、兪蓮舟這批小子們放還給你，又有何妨？」

便在此時，鐵冠道人張中和殷野王先後趕到，不久周顚和彭瑩玉也到了山上，明教這邊又增了四個好手。

趙敏估量形勢，雙方決戰，未必能操勝算，最擔心的還是張無忌在暗中作甚麼手脚。她眼光在明教諸人臉上掃了轉，心想：「張三丰所以成爲朝廷心腹之患，乃因他威名太盛，給武林中人奉爲泰山北斗，他既與朝廷爲敵，中原武人便也都不肯歸附。若憑他這等風燭殘年，還能活得多少時候？今日也不須取他性命，只要折辱他一番，令武當派聲名墮地，此行便算大功告成。」於是冷冷的道：「我們造訪武當，只是想領教張眞人的武功到底是眞是假，若要去剿滅明教，難道我們不認得光明頂的道路麼？又何必在武當山上比武，莫非天下只有你張眞人一人，方能品評高下勝負？這樣罷，我這裏有三個家人，一個練過幾天殺豬屠狗的劍法，一個會得一點粗淺內功，還有一個學過幾招三脚貓的拳脚。阿大、阿二、阿三，你們站出來，張眞人只須將我這三個不中用的家人打發了，我們佩服武當派的武功確是名下無虛。要不然嘛，江湖上自有公論，也不用我多說。」說着雙手一拍。

她身後緩步走出三個人來。

只見那阿大是個精乾枯瘦的老者，雙手捧着一柄長劍，赫然便是那柄倚天寶劍。這人身材瘦長，滿臉皺紋，愁眉苦臉，似乎剛才給人痛毆了一頓，要不然便是新死了妻子兒女，旁人只要瞧他臉上神情，幾乎便要代他傷心落淚。那阿二同樣的枯瘦，身材略矮，頭頂心滑油油地，禿得不剩半根頭髮，兩邊太陽穴凹了進去，深陷半寸。那阿三卻是精壯結實，虎虎有威，臉上、手上、項頸之中，凡是可見到肌肉處，盡皆盤根虬結，似乎周身都是精力，脹得要爆炸出來，他左頰上有顆黑痣，黑痣上生着一叢長毛。張三丰、殷天正、楊逍等人看了這三人情狀，心下都是一驚。

周顚說道：「趙姑娘，這三位都是武林中頂兒尖兒的高手，我周顚便一個也鬥不過，怎地不識羞的喬裝了家人，來跟張眞人開玩笑麼？」趙敏道：「他們是武林中頂兒尖兒的高手？我倒也不知道。他們叫甚麼名字啊？」周顚登時語塞，隨即打個哈哈，說道：「這位是『一劍震天下』皺眉神君，這位是『丹氣霸八方』禿頭天王。至於這一位嘛，天下無人不知，那個不曉，嘿嘿，乃是……那個……『神拳蓋世』大力尊者。」

趙敏聽他瞎說八道的胡謅，不禁噗哧一笑，說道：「我家裏三個煮飯烹茶、抹桌掃地的家人，甚麼神君、天王、尊者的？張眞人，你先跟我家的阿三比比拳脚罷。」

那阿三踏上一步，抱拳道：「張眞人請！」左足一蹬，喀喇一聲響，蹬碎了地下三塊方磚。着脚處的青磚被他蹬碎並不希奇，難在鄰近的兩塊方磚竟也被這一脚之力蹬得粉碎。

楊逍和韋一笑對望一眼，心中都道：「好傢伙！」

那阿大、阿二兩人緩緩退開，低下了頭，向衆人一眼也不瞧。這三人自進殿後，一直跟在趙敏身後，只是始終垂目低頭，神情猥瑣，誰也沒加留神，不料就這麼向前一站，登時如淵停嶽峙，儼然大宗匠的氣派，但退了回去時，卻又是一副畏畏縮縮、傭僕廝養的模樣。

武當派的知客道人靈虛一直在爲太師父的傷勢憂心，這時忍不住喝道：「我太師父剛才受傷嘔血，你們沒瞧見麼？你們怎麼……怎麼……」說到這裏，語聲中已帶哭音。

殷天正心想：「原來張眞人曾受傷嘔血，卻不知是爲何人所傷。他就算不傷，這麼大的年紀，怎麼跟這等人比拚拳脚？瞧此人武功，純是剛猛一路，讓我來接他的。」當下朗聲說道：「張眞人何等身分，豈能和低三下四之輩動手過招？這不是天大的笑話麼？別說是張眞人，就算我姓殷的，哼哼，諒這些奴才也不配受我一拳一脚。」他明知阿大、阿二、阿三決非庸流，但偏要將他們說得十分不堪，好將事情攬到自己身上。

趙敏道：「阿三，你最近做過甚麼事？說給他們聽聽，且看配不配和武當高人動手過招。」

她言語之中，始終緊緊的扣住了「武當」二字。

那阿三道：「小人最近也沒做過甚麼事，只是在西北道上曾跟少林派一個名叫空性的和尚過招，指力對指力，破了他的龍爪手，隨即割下了他的首級。」

此言一出，大廳上盡皆聳動。空性神僧在光明頂上以龍爪手與張無忌拆招，一度曾大佔上風，明教衆高手人人親覩，想不到竟命喪此人之手。以他擊斃少林神僧的身分，自己足可和張三丰一較高下。

殷天正大聲道：「好！你連少林派的空性神僧也打死了，讓姓殷的來鬥上一鬥，倒是一件快事。」說着搶上兩步，拉開了架子，白眉上豎，神威凜凜。

阿三道：「白眉鷹王，你是邪魔外道，我阿三是外道邪魔。咱倆一鼻孔出氣，自己人不打自己人。你要打，咱們另揀日子來比過。今日主人有命，只令小人試試武當派武功的虛實。」轉頭向張三丰道：「張眞人，你要是不想下場，只須說一句話便可交代，我們也不會動蠻硬逼。武當派只須服輸，難道還眞要了你的老命不成？」

張三丰微微一笑，心想自己雖然身受重傷，但若施出新創太極拳中「以虛御實」的上乘武學法門，未必便輸於他，所難對付者，倒是擊敗阿三之後，那阿二便要上前比拚內力，這卻絲毫取巧不得，這一關決計無法過去，但火燒眉毛，且顧眼下，只有打發了這阿三再說。當下緩步走到殿心，向殷天正道：「殷兄美意，貧道心領。貧道近年來創了一套拳術，叫作『太極拳』，自覺和一般武學頗有不同處。這位施主定要印證武當派功夫，殷兄若是將他打敗，諒他心有不甘。貧道就以太極拳中的招數和他拆幾手，正好乘機將貧道的多年心血就正於各位方家。」

殷天正聽了又是歡喜，又是擔憂，聽他言語中對這套「太極拳」頗具自信，張三丰是何等樣人，既出此言，自有把握，否則豈能輕墮一世的威名？但他適才曾重傷嘔血，只怕拳技雖精，終究內力難支，當下不便多言，只得抱拳道：「晚輩恭覩張眞人神技。」

阿三見張三丰居然飄然下場，心下倒生了三分怯意，但轉念又道：「今日我便和這老道拚個兩敗俱傷，那也是聳動武林的盛舉了。」當下屏息凝神，雙目盯住在張三丰臉上，內息暗暗轉動，周身骨骼劈劈拍拍，不絕發出輕微的爆響之聲。衆人又均相顧一愕，知道這是佛門正宗的最上乘武功，自外而內，不帶半分邪氣，乃是金剛伏魔神通。

張三丰見到他這等神情，也是悚然一驚：「此人來歷不小啊！不知我這太極拳是否對付得了？」當下雙手緩緩舉起，要讓那阿三進招。

忽然俞岱巖身後走出一個蓬頭垢面的小道僮來，說道：「太師父，這位施主要見識我武當派的拳技，又何必勞動太師父大駕？待弟子演幾招給他瞧瞧，也就夠了。」

這個滿臉塵垢的小道僮正是張無忌。殷天正、楊逍等人和他分手不久，雖然他此刻衣服形貌全都改變，但一聽聲音，立即認了出來。明教羣豪見教主早已在此，盡皆大喜。

張三丰和俞岱巖卻怎能想得到？張三丰一時瞧不清他的面目，見到他身上衣着，只道便是清風，說道：「這位施主身具少林派金剛伏魔的外門神通，想是西域少林一支的高手。你小孩兒一招之間便被他打得筋折骨裂，豈同兒戲？」

張無忌左手牽住張三丰衣角，右手拉着他左手輕輕搖幌，說道：「太師父，你教我的太極拳法從未用過，也不知成是不成。難得這位施主是外家高手，讓弟子來試試以柔克剛、運虛御實的法門，那不是很好麼？」說話之間，將一股極渾厚、極柔和的九陽神功，從手掌上向張三丰體內傳了過去。

張三丰於剎那之間，只覺掌心中傳來這股力道雄強無比，雖然遠不及自己內力的精純醇正，但泊泊然、綿綿然，直是無止無歇、無窮無盡，一驚之下，定睛往張無忌臉上瞧去，只見他目光中不露光華，卻隱隱然有一層溫潤晶瑩之意，顯得內功已到絕頂之境，生平所遇人物，只有本師覺遠大師、大俠郭靖等寥寥數人，才有這等修爲，至於當世高人，除了自己之外，實想不起再有第二人能臻此境界。霎時之間，他心中轉過了無數疑端，然而這少年的內力沛然而至，顯是在助自己療傷，決無歹意，乃可斷定，於是微笑道：「我衰邁昏庸，能有甚麼好功夫教你？你要領教這位施主的絕頂外家功夫，那也是好的，務須小心在意。」他總道這小道僮是那一派的高手少年趕來赴援，因此言語中極是謙沖客氣。

張無忌道：「太師父，你待孩兒恩重如山，孩兒便粉身碎骨，也不足以報太師父和衆位師伯叔的大恩。我武當派功夫雖不敢說天下無敵，但也不致輸於西域少林的手下。太師父儘管放心。」他這幾句話說得懇摯無比，幾句「太師父」純出自然，決計做作不來，連張三丰也是大爲奇怪：「難道他竟是本門弟子，暗中潛心修爲，就如昔年本師覺遠大師一般？」緩緩放下張無忌的手，退了回去，坐在椅中，斜目瞧俞岱巖時，只見他也是一臉迷惘之色。

那阿三見張三丰居然遣這小道僮出戰，對自己之輕蔑藐視可說已到了極處，但想我一拳先將這小道僮打死，激得老道心浮氣粗，再和他動手，當更有制勝把握，當下也不多言，只說：「小孩兒，發招罷！」

張無忌道：「我新學的這套拳術，乃我太師父張真人多年心血所創，叫作『太極拳』。晚輩初學乍練，未必即能領悟拳法中的精要，三十招之內，恐怕不能將你擊倒。但那是我學藝未精，並非這套拳術不行，這一節你須得明白。」

阿三不怒反笑，轉頭向阿大、阿二道：「大哥、二哥，天下竟有這等狂妄的小子。」阿二縱聲大笑。阿大卻已瞧出這小道僮不是易與之輩，說道：「三弟，不可輕敵。」

阿三踏上一步，呼的一拳，便往張無忌胸口打到，這一招神速如電，拳到中途，左手拳更加迅捷的搶上，後發先至，撞擊張無忌面門，招術之詭異，實是罕見。

張無忌自聽張三丰演說「太極拳」之後，一個多時辰中，始終在默想這套拳術的拳理，眼見阿三左拳擊到，當即使出太極拳中一招「攬雀尾」，右脚實，左脚虛，運起「擠」字訣，黏連黏隨，右掌已搭住他左腕，橫勁發出。阿三身不由主的向前一衝，跨出兩步，方始站定。旁觀眾人見此情景，齊聲驚噫。

這一招「攬雀尾」，乃天地間自有太極拳以來首次和人過招動手。張無忌身具九陽神功，精擅乾坤大挪移之術，突然使出太極拳中的「黏」法，雖然所學還不到兩個時辰，卻已如畢生研習一般。阿三給他這麼一擠，自己這一拳中千百斤的力氣猶似打入了汪洋大海，無影無蹤，無聲無息，身子卻被自己的拳力帶得斜移兩步。他一驚之下，怒氣填膺，快拳連攻，臂影幌動，便似有數十條手臂、數十個拳頭同時擊出一般。

眾人見了他這等狂風驟雨般的攻勢，盡皆心驚：「無怪以空性大師這等高強的武功，也喪身於他手下。」除了趙敏攜來的眾人之外，無不為張無忌擔心。

張無忌有意要顯揚武當派的威名，自己本身武功一概不用，招招都使張三丰所創太極拳的拳招，單鞭、提手上勢、白鶴亮翅、摟膝拗步，待使到一招「手揮琵琶」時，右捺左收，剎時間悟到了太極拳旨中的精微奧妙之處，這一招使得猶如行雲流水，瀟洒無比。

阿三只覺上盤各路已全處在他雙掌的籠罩之下，無可閃避，無可抵禦，只得運勁於背，硬接他這一掌，同時右拳猛揮，只盼兩人各受一招，成個兩敗俱傷之局。不料張無忌雙手一圈，如抱太極，一股雄渾無比的力道組成了一個旋渦，只帶得他在原地急轉七八下，如轉陀螺，如旋紡錘，好容易使出「千斤墜」之力定住身形，卻已滿臉脹得通紅，狼狽萬狀。

明教羣豪大聲喝采。楊逍叫道：「武當派太極拳功夫如此神妙，眞是令人大開眼界。」周顚笑道：「阿三老兒，我勸你改個名兒，叫做『阿轉』！」殷野王道：「多轉幾個圈兒也不算丟臉，古人不是說『三十六着，轉爲上着』麼？」說不得道：「當年梁山泊好漢中有個黑旋風，那旋風嘛，原是要轉的！」

阿三只氣得臉色自紅轉青，怒吼一聲，縱身撲上，左手或拳或掌，變幻莫測，右手卻純是手指的功夫，拿抓點戳，勾挖拂挑，五根手指如判官筆，如點穴橛，如刀如劍，如槍如戟，攻勢凌厲之極。張無忌太極拳拳招未熟，登時手忙脚亂，應付不來，突然間嗤的一聲，衣袖被撕下了一截，只得展開輕功，急奔閃避，暫且避讓這從所未見的五指功夫。阿三吆喝追趕，卻那裏及得上對手輕功的飄逸，接連十餘抓，盡數落空。

張無忌一面躲閃，心下轉念：「我只逃不鬥，豈不是輸了？這太極拳我還不大會使，且以挪移乾坤的功夫，跟他鬥上一鬥。」一個迴身，雙手攏一招太極拳中「野馬分鬃」的架式，左手卻已使出乾坤大挪移的手法。阿三右手一指戳向對方肩頭，卻不知如何被他一帶，噗的一響，竟戳到了自己左手上臂，只痛得眼前金星直冒，一條左臂幾乎提不起來。

楊逍瞧出這不是太極拳功夫，卻搶先叫道：「太極拳當眞了得！」

阿三又痛又怒，喝道：「這是妖法邪術，甚麼太極拳了？」刷刷刷連攻三指。張無忌縱身避開，眼見阿三又是長臂疾伸，雙指戳到，他再使挪移乾坤心法，一牽一引，托的一響，阿三的兩根手指直插進了殿上一根大木柱之中，深至指根。衆人又是吃驚，又是好笑。

衆人轟笑聲中，俞岱巖厲聲喝道：「且住！你這是少林派金剛指力？」

張無忌縱身躍開，一聽到「少林派金剛指力」七個字，立時想起，俞岱巖爲少林派金剛指力所傷，二十年來，武當派上下都爲此深怨少林，看來眞兇卻是眼前此人。

只聽阿三冷冷的道：「是金剛指力便怎樣？誰教你硬充好漢，不肯說出屠龍刀的所在？這二十年殘廢的滋味可好受麼？」

俞岱巖厲聲道：「多謝你今日言明眞相，原來我一身殘廢，是你西域少林派下的毒手。只可惜……只可惜了我的好五弟。」說到最後一句，不禁哽咽。要知當年張翠山自刎而死，乃是爲了俞岱巖傷於殷素素的銀針之下、無顏以對師兄之故。其實俞岱巖中了銀針之後，殷素素託龍門鏢局運回武當，醫治月餘，自會痊愈，他四肢被人折斷，實出於大力金剛指的毒手，倘若當日找到了這罪魁禍首，張翠山夫婦也不致慘死了。俞岱巖既悲師弟無辜喪命，又恨自己成為廢人，滿腔怨毒，眼中如要噴出火來。

張無忌聽了兩人之言，立即明白了一切前因後果。他幼時曾聽父親說過，少林寺火工頭陀偷學武藝，擊死少林寺達摩堂首座苦智禪師，少林派中各高手大起爭執，以致苦慧禪師遠走西域，開創了西域少林一派，看來這人是當年苦慧的傳人。

果然聽得張三丰道：「施主心腸忒也歹毒，我們可沒想到當年苦慧禪師的傳人之中，竟有施主這等人物。」阿三獰笑道：「苦慧是甚麼東西？」

張三丰一聽，恍然大悟。當年俞岱巖為大力金剛指所傷後，武當派遣人前往質問少林，少林派掌門方丈堅決不認，便疑心到西域少林一派，但多年打聽，得知西域少林已然式微之極，所傳弟子只精研佛學，不通武功，此刻聽了阿三這句「苦慧是甚麼東西」，心知他若是西域少林傳人，決無辱罵開派師祖之理，便朗聲說道：「怪不得，怪不得！施主是火工頭陀的傳人，不但學了他的武功，也盡數傳了他狠戾陰毒的性兒！那個空相甚麼的，是施主的師兄弟罷？」

阿三道：「不錯！他是我師弟，他可不叫空相，法名剛相。張眞人，我『金剛門』的般若金剛掌，跟你武當派的掌法比起來怎樣？」

俞岱巖厲聲道：「遠遠不如！他頭頂挨了我師一掌，早已腦漿迸裂。班門弄斧，死有餘辜！」

阿三大吼一聲，撲將上來。張無忌一招太極拳「如封似閉」，將他擋住，說道：「阿三，拿『黑玉斷續膏』來！」說着伸出了右掌。

阿三大吃一驚：「本門的續骨妙藥秘密之極，連本門尋常弟子也不知其名，這小道僮卻從何處聽來？」

他那知蝶谷醫仙胡青牛的「醫經」之中，有言說道，西域有一路外家武功，疑是少林旁支，手法極其怪異，斷人肢骨，無藥可治，僅其本門秘藥「黑玉斷續膏」可救，然此膏如何配製，卻其方不傳。張無忌想到此節，順口說了出來，本來也只試他一試，待見他臉色陡變，即知所料無誤，朗聲說道：「拿來！」他想起了父母之死，以及俞殷兩位師伯叔的慘遭荼毒，恨不得立時置之於死地，實不願跟他多說一句。

阿三適才和他交手，雖然吃了一點小虧，但見自己的大力金剛指使將出來之時，他只有躲閃逃避，並無還手之力，只須留神他古裏古怪的牽引手法，鬥下去可操必勝，當下踏上一步，喝道：「小傢伙，你跪下來磕三個響頭，那就饒你，否則這姓俞的便是榜樣。」

張無忌決意要取他的「黑玉斷續膏」，然而如何對付他的金剛指，一時卻無善策，乾坤大挪移之法雖可傷他，卻不能逼得他取出藥來，正自沉吟，張三丰道：「孩子，你過來！」張無忌道：「是！太師父。」一走到他身前。

張三丰道：「用意不用力，太極圓轉，無使斷絕。當得機得勢，令對手其根自斷。一招一式，務須節節貫串，如長江大河，滔滔不絕。」他適才見張無忌臨敵使招，已頗得太極三昧，只是他原來武功太強，拳招中稜角分明，未能體會太極拳那「圓轉不斷」之意。

張無忌武功已高，關鍵處一點便透，聽了張三丰這幾句話，登時便有領悟，心中虛想着那太極圖圓轉不斷、陰陽變化之意。

阿三冷笑道：「臨陣學武，未免遲了罷？」張無忌雙眉上揚，說道：「剛來得及，正好叫閣下試招。」說着轉過身來，右手圓轉向前，朝阿三面門揮去，正是太極拳中一招「高探馬」。阿三右手五指併攏，成刀形斬落，張無忌「雙風貫耳」，連消帶打，雙手成圓形擊出，這一下變招，果然體會了太師父所教「圓轉不斷」四字的精義，隨即左圈右圈，一個圓圈跟着一個圓圈，大圈、小圈、平圈、立圈、正圈、斜圈，一個個太極圓圈發出，登時便套得阿三跌跌撞撞，身不由主的立足不穩，猶如中酒昏迷。

突然之間，阿三五指猛力戳出，張無忌使出一招「雲手」，左手高，右手低，一個圓圈已將他手臂套住，九陽神功的剛勁使出，喀喇一聲，阿三的右臂上下臂骨齊斷。這九陽神功的剛勁好不厲害，阿三一條手臂的臂骨立時斷成了六七截，骨骼碎裂，不成模樣。以這份勁力而論，卻遠非以柔勁為主的太極拳所及。

張無忌恨他歹毒，「雲手」使出時連綿不斷，有如白雲行空，一個圓圈未完，第二個圓圈已生，又是喀喇一響，阿三的左臂亦斷，跟着喀喀喀幾聲，他左腿右腿也被一一絞斷。張無忌生平和人動手，從未下過如此辣手，但此人是害死父母、害苦三師伯、六師叔的大兇手，若非要着落在他身上取到「黑玉斷續膏」，早已取了他性命。

阿三一聲悶哼，已然摔倒。趙敏手下早有一人搶出，將他抱起退開。

旁觀眾人見到張無忌如此神功，盡皆駭然，連明教眾高手也忘了喝采。

那禿頭阿二閃身而出，右掌疾向張無忌胸口劈來，掌尖未至，張無忌已覺氣息微窒，當下一招「斜飛勢」，將他掌力引偏。這禿頭老者一聲不出，下盤凝穩，如牢釘在地，專心致志，一掌一掌的劈出，內力雄渾無比。

張無忌見他掌路和阿三乃是一派，看年紀當是阿三的師兄，武功輕捷不及，卻是遠爲沉穩，當下運起太極拳中黏、引、擠、按等招式，想將他身子帶歪，不料這人內力太強，反而黏得自己跌出了一步。張無忌雄心陡起，心想：「我倒跟你比拚比拚，瞧是你的西域少林內功厲害，還是我的九陽神功厲害。」一見他一掌劈到，便也一掌劈出，那是硬碰硬的蠻打，絲毫沒取巧的餘地，雙掌相交，砰的一聲巨響，兩人身子都幌了一幌。

張三丰「噫」的一聲，心中叫道：「不好！這等蠻打，力強者勝，正和太極拳的拳理全然相反。這禿頭老者內力渾厚，武林中甚是罕見，只怕這一掌之下，小孩兒便受重傷。」便在此時，兩人第二掌再度相交，砰的一聲，那阿二身子一幌，退了一步，張無忌卻是神定氣閒的站在當地。

九陽神功和少林派內功練到最高境界，可說難分高下。但西域「金剛門」的創派祖師火工頭陀是從少林寺中偷學的武藝。拳脚兵刃固可偷學，內功一道卻講究體內氣息運行，便是眼睜睜的瞧着旁人打坐靜修，瞧上十年八年，又怎知他內息如何調勻、周天如何搬運？因此外功可偷學，內功卻是偷學不來的。「金剛門」外功極強，不輸於少林正宗，內功卻遠遠不及了。這阿二是「金剛門」中的異人，天生神力，由外而內，居然另闢蹊徑，練成了一身深厚內功，造詣早已遠遠超過了當年的師祖火工頭陀，可說乃是天授。在他雙掌之下，極少有人接得住三招，此時蠻打硬拚，卻被張無忌的掌力震得退出了一步，不由得又驚又怒，深深吸一口氣，雙掌齊出，同時向張無忌劈去。

張無忌叫道：「殷六叔，你瞧我給你出這口惡氣。」原來這時殷梨亭已在楊不悔、小昭等人陪同之下，由兩名明教教衆用軟兜抬着，到了武當山上。

張無忌一聲喝處，右拳揮出，砰的一聲大響，那禿頭阿二連退三步，雙目鼓起，胸口氣血翻湧，張無忌叫道：「殷六叔，圍攻你的衆人之中，可有這禿頭在內麼？」殷梨亭道：「不錯！此人正是首惡。」

只聽那禿頭阿二周身骨節劈劈拍拍的發出響聲，正自運勁。俞岱巖知道這阿二內力強猛，這一運功勁，掌力非同小可，實是難擋，叫道：「渡河未濟，擊其中流！」意思是叫張無忌不等阿二運功完成，便上前攻他個措手不及。

張無忌應道：「是！」踏上一步，卻不出擊。阿二雙臂一振，一股力道排山倒海般推了過來。張無忌吸一口氣，體內眞氣流轉，右掌揮出，一拒一迎，將對方掌力盡行碰了回去。這兩股巨力加在一起，那阿二大叫一聲，身子猶似發石機射出的一塊大石，喀喇喇一聲響，撞破牆壁，衝了出去。

衆人駭然失色之際，忽見牆壁破洞中閃進一個人來，提着阿二的身子放在地下。此人矮矮胖胖，圓如石鼓，模樣甚是可笑，身法卻極靈活，正是明教厚土旗掌旗使顏垣。那禿頭阿二雙臂臂骨、胸前肋骨、肩頭鎖骨，已盡數被他自己剛猛雄渾的掌力震斷。顏垣放下阿二，向張無忌一躬身，又從牆洞中鑽了出去，倏來倏去，便如是一頭肥肥胖胖的土鼠。

趙敏見這小道僮連敗自己手下兩個一流高手，早已起疑，見顏垣向他行禮，妙目流盼，立時認出，暗罵自己：「該死，該死！我先入爲主，一心以爲小鬼在外布置，沒想到他竟假裝道僮，在此搗鬼，壞我大事。」當下細聲細氣的道：「張教主，怎地如此沒出息，假扮起小道僮來？滿口太師父長、太師父短，也不害羞。」

張無忌見她認出了自己，便朗聲道：「先父翠山公正是太師父座下的第五弟子，我不叫『太師父』卻叫甚麼？有甚麼害羞不害羞？」說着轉身向張三丰跪下磕頭，說道：「孩兒張無忌，叩見太師父和三師伯。事出倉卒，未及稟明，還請恕孩兒欺瞞之罪。」

張三丰和俞岱巖驚喜交集，說甚麼也想不到這個力敗西域少林二大高手的少年，竟是當年那個病得死去活來的孩童。張三丰呵呵大笑，伸手扶起，說道：「好孩子，你沒有死，翠山可有後了。」張無忌武功卓絕，猶在其次，張三丰最歡喜的是，只道他早已身亡，卻原來尙在人世，一時當眞是喜從天降，心花怒放，轉頭向殷天正道：「殷兄，恭喜你生了這麼個好外孫。」殷天正笑道：「張眞人，恭喜你教出來這麼一位好徒孫。」

趙敏罵道：「甚麼好外孫、好徒孫！兩個老不死，養了一個奸詐狡獪的小鬼出來。阿大，你去試試他的劍法。」

那滿臉愁苦之色的阿大應道：「是！」刷的一聲，拔出倚天劍來，各人眼前青光閃閃，隱隱只覺寒氣侵人，端的是口好劍。

張無忌道：「此劍是峨嵋派所有，何以到了你的手中？」趙敏啐道：「小鬼，你懂得甚麼？滅絕老尼從我家中盜得此劍，此刻物歸原主，倚天劍跟峨嵋派有甚麼干係？」

張無忌原不知倚天劍的來歷，給她反口一問，竟是答不上來，當下岔開話題，說道：「趙姑娘，請你取『黑玉斷續膏』給我，治好了我三師伯、六師叔的斷肢，大家便既往不咎。」趙敏道：「哼！既往不咎？說來倒容易。你可知少林派空聞、空智，武當派的宋遠橋、俞蓮舟他們，此刻都在何處？」張無忌搖頭道：「我不知道。還請姑娘見示。」

趙敏冷笑道：「我幹麼要跟你說？不將你碎屍萬段，難抵當日綠柳莊鐵牢中，對我輕薄羞辱之罪！」說到「輕薄羞辱」四字，想起當日情景，不由得滿臉飛紅，又惱又羞。

張無忌聽到她說及「輕薄羞辱」四字，臉上也是一紅，心想那日為了解救明教羣豪身上所中之毒，事在緊急，才不得不出此下策，用手搔她脚底，其實並無絲毫輕薄之意，不過男女授受不親，雖說從權，此事並未和旁人說過，倘若衆人當真以爲自己調戲少女，那可糟了，眼下無可辯白，只得說道：「趙姑娘，這『黑玉斷續膏』你到底給是不給？」

趙敏俏目一轉，笑吟吟的道：「你要黑玉斷續膏，那也不難，只須你依我三件事，我便雙手奉上。」張無忌道：「那三件事？」趙敏道：「眼下我可還沒想起。日後待我想到了，我說一件，你便跟着做一件。」張無忌道：「那怎麼成？難道你要我自殺，要我做豬做狗，也須依你？」趙敏笑道：「我不會要你自殺，更不會叫你做豬做狗，嘻嘻，就是你肯做，也做不來呢。」張無忌道：「你先說將出來，倘是不違俠義之道，而我又做得到的，那麼依你自也不妨。」

趙敏正待接口，轉眼看到小昭鬢邊揷着一朵珠花，正是自己送給張無忌的那朵，不禁大惱，又見小昭明展眸皓齒，桃笑李妍，年紀雖稚，卻出落得猶如曉露芙蓉，甚是惹人憐愛，心下更恨，一咬牙，對阿大道：「去把這姓張的小子兩條臂膀斬了下來！」

阿大應道：「是！」一振倚天劍，走上一步，說道：「張教主，主人有命，叫我斬下你的兩條臂膀。」

周顛心中已鱉了很久，這時再也忍不住了，破口罵道：「放你娘的狗臭屁！你不如斬下自己的雙臂。」阿大滿臉愁容，苦口苦面的道：「那也說得有理。」周顛這下子可就樂了，大聲道：「那你快斬啊。」阿大道：「也不必忙。」

張無忌暗暗發愁，這口倚天寶劍鋒銳無匹，任何兵刃碰上即斷，惟一對策，只有以乾坤大挪移法空手奪他兵刃，然而伸手到這等鋒利的寶劍之旁，只要對方的劍招稍奇，變化畧有不測，自己一條手臂自指尖以至肩頭，不論那一處給劍鋒一帶，立時削斷，如何對敵，倒是頗費躊躇。忽聽張三丰道：「無忌，我創的太極拳，你已學會了，另有一套太極劍，不妨現下傳了你，可以用來跟這位施主過過招。」張無忌喜道：「多謝太師父。」轉頭向阿大道：「這位前輩，我劍術不精，須得請太師父指點一番，再來跟你過招。」

那阿大對張無忌原本暗自忌憚，自己雖有寶劍在手，佔了便宜，究屬勝負難知，聽說他要新學劍招，那是再好不過，心想新學的劍招儘管精妙，總是不免生疏。劍術之道，講究輕翔靈動，至少也得練上一二十年，臨敵時方能得心應手，熟極而流。他點了點頭，說道：「你去學招罷，我在這裏等你。學兩個時辰夠了嗎？」

張三丰道：「不用到旁的地方，我在這兒教，無忌在這兒學，即炒即賣，新鮮熱辣。不用半個時辰，一套太極劍法便能教完。」

他此言一出，除了張無忌外，人人驚駭，幾乎不相信自己的耳朵，均想：就算武當派的太極劍法再奧妙神奇，但在這裏公然教招，敵人瞧得明明白白，還有甚麼秘奧可言？

阿大道：「那也好。我在外殿等候便是。」他竟是不欲佔這個便宜，以傭僕身分，卻行武林宗師之事。張三丰道：「那也不必。我這套劍法初創，也不知管用不管用。閣下是劍術名家，正要請你瞧瞧，指出其中的缺陷破綻。」

這時楊逍心念一動，突然想起，朗聲道：「閣下原來是『八臂神劍』方長老，閣下以堂堂丐幫長老之尊，何以甘爲旁人廝僕？」明教羣豪一聽，都吃了一驚。周顛道：「你不是死了麼？怎麼又活轉了，這……這怎麼可以？」

那阿大悠悠歎了口氣，低頭說道：「老朽百死餘生，過去的事說他作甚？我早不是丐幫的長老了。」老一輩的人都知八臂神劍方東白是丐幫四大長老之首，劍術之精，名動江湖，只因他出劍奇快，有如生了七八條手臂一般，因此上得了這個外號。十多年前聽說他身染重病身亡，當時人人都感惋惜，不意他竟尚在人世。

張三丰道：「老道這路太極劍法能得八臂神劍指點幾招，榮寵無量。無忌，你有佩劍麼？」小昭上前幾步，呈上張無忌從趙敏處取來的那柄木製假倚天劍。張三丰接在手裏，笑道：「是木劍？老道這不是用來畫符揑訣、作法驅邪麼？」當下站起身來，左手持劍，右手揑個劍訣，雙手成環，緩緩抬起，這起手式一展，跟着三環套月、大魁星、燕子抄水、左攔掃、右攔掃……一招招的演將下來，使到五十三式「指南針」，雙手同時畫圓，復成第五十四式「持劍歸原」。張無忌不記招式，只是細看他劍招中「神在劍先、綿綿不絕」之意。

張三丰一路劍法使完，竟無一人喝采，各人盡皆詫異：「這等慢吞吞、軟綿綿的劍法，如何能用來對敵過招？」轉念又想：「料來張眞人有意放慢了招數，好讓他瞧得明白。」

只聽張三丰問道：「孩兒，你看清楚了沒有？」張無忌道：「看清楚了。」張三丰道：「都記得了沒有？」張無忌道：「已忘記了一小半。」張三丰道：「好，那也難爲了你。你自己去想想罷。」張無忌低頭默想。過了一會，張三丰問道：「現下怎樣了？」張無忌道：「已忘記了一大半。」

周顚失聲叫道：「糟糕！越來越忘記得多了。張眞人，你這路劍法是很深奧，看一遍怎能記得？請你再使一遍給我們教主瞧瞧罷。」

張三丰微笑道：「好，我再使一遍。」提劍出招，演將起來。衆人只看了數招，心下大奇，原來第二次所使，和第一次使的竟然沒一招相同。周顚叫道：「糟糕，糟糕！這可更加叫人胡塗啦。」張三丰畫劍成圈，問道：「孩兒，怎樣啦？」張無忌道：「還有三招沒忘記。」張三丰點點頭，收劍歸座。

張無忌在殿上緩緩踱了一個圈子，沉思半晌，又緩緩踱了半個圈子，抬起頭來，滿臉喜色，叫道：「這我可全忘了，忘得乾乾淨淨的了。」張三丰道：「不壞，不壞！忘得眞快，你這就請八臂神劍指教罷！」說着將手中木劍遞了給他。張無忌躬身接過，轉身向方東白道：「方前輩請。」周顚抓耳搔頭，滿心擔憂。

方東白猱身進劍，說道：「有僭了！」一劍刺到，青光閃閃，發出嗤嗤聲響，內力之強，實不下於那個禿頭阿二。衆人凜然而驚，心想他手中所持莫說是砍金斷玉的倚天寶劍，便是一根廢銅爛鐵，在這等內力運使之下也必威不可當，「神劍」兩字，果然名不虛傳。

張無忌左手劍訣斜引，木劍橫過，畫個半圓，平搭在倚天劍的劍脊之上，勁力傳出，倚天劍登時一沉。方東白讚道：「好劍法！」抖腕翻劍，劍尖向他左臂刺到。張無忌迴劍圈轉，拍的一聲，雙劍相交，各自飛身而起。方東白手中的倚天寶劍這麼一震，不住顫動，發出嗡嗡之聲，良久不絕。

這兩把兵刃一是寶劍，一是木劍，但平面相交，寶劍和木劍實無分別，張無忌這一招乃是以己之鈍，擋敵之無鋒，實已得了太極劍法的精奧。要知張三丰傳給他的乃是「劍意」，而非「劍招」，要他將所見到的劍招忘得半點不賸，才能得其神髓，臨敵時以意馭劍，千變萬化，無窮無盡。倘若尚有一兩招劍法忘不乾淨，心有拘囿，劍法便不能純。這意思楊逍、殷天正等高手已隱約懂得，周顛卻終於遜了一籌，這才空自憂急了半天。

這時只聽得殿中嗤嗤之聲大盛，方東白劍招凌厲狠辣，以極渾厚內力，使極鋒銳利劍，出極精妙招術，青光盪漾，劍氣瀰漫，殿上眾人便覺有一個大雪團在身前轉動，發出蝕骨寒氣。張無忌的一柄木劍在這團寒光中畫着一個個圓圈，每一招均是以弧形刺出，以弧形收回，他心中竟無半點渣滓，以意運劍，木劍每發一招，便似放出一條細絲，要去纏在倚天寶劍之上，這些細絲越積越多，似是積成了一團團絲綿，將倚天劍裹了起來。兩人拆到二百餘招之後，方東白的劍招漸見澀滯，手中寶劍倒似不斷的在增加重量，五斤、六斤、七斤……十斤、二十斤……偶爾一劍刺出，真力運得不足，便被木劍帶着連轉幾個圈子。

方東白越鬥越是害怕，激鬥三百餘招而雙方居然劍鋒不交，那是他生平使劍以來從所未遇之事。對方便如撒出了一張大網，逐步向中央收緊。方東白連換六七套劍術，縱橫變化，奇幻無方，旁觀衆人只瞧得眼都花了。張無忌卻始終持劍畫圓，旁人除了張三丰外，沒一個瞧得出他每一招到底是攻是守。這路太極劍法只是大大小小、正反斜直各種各樣的圓圈，要說招數，可說只有一招，然而這一招卻永是應付不窮。猛聽得方東白朗聲長嘯，鬚眉皆豎，倚天劍中宮疾進，那是竭盡全身之力的孤注一擲，乾坤一擊！

張無忌見來勢猛惡，迴劍擋路，方東白手腕微轉，倚天劍側了過來，擦的一聲輕響，木劍的劍頭已削斷六寸，倚天劍不受絲毫阻撓，直刺到張無忌胸口而來。

張無忌一驚，左手翻轉，本來揑着劍訣的食中兩指一張，已挾住倚天劍的劍身，右手半截劍向他右臂斫落。劍雖木製，但在他九陽神功運使之下無殊鋼刃。方東白右手運力回奪，倚天劍被對方兩根手指挾住了，猶如鐵鑄，竟是不動分毫，當此情景之下，他除了撒手鬆劍，向後躍開，再無他途可循。

只聽張無忌喝道：「快撒手！」方東白一咬牙，竟不鬆手，便在這電光石火的一瞬之間，拍的一聲響，他一條手臂已被木劍打落，便和以利劍削斷一般無異。方東白不肯鬆手，原已存了捨臂護劍之心，左手伸出，不等斷臂落地，已搶着抓住，斷臂雖已離手，五根手指仍是牢牢的握着倚天劍。張無忌見他如此勇悍，旣感驚懼，且復歉仄，竟沒再去跟他爭劍。

方東白走到趙敏身前，躬身說道：「主人，小人無能，甘領罪責。」

趙敏對他全不理睬，說道：「今日瞧在明教張教主的臉上，放過了武當派。」左手一揮，道：「走罷！」她手下部屬抱起方東白、禿頭阿二、阿三的身子，向殿外便走。

張無忌叫道：「且慢！不留下黑玉斷續膏，休想走下武當山。」縱身而上，伸手往趙敏肩頭抓去。

手掌離她肩頭尚有尺許，突覺兩股無聲無息的掌風分自左右襲到，事先竟沒半點朕兆，張無忌一驚之下，雙掌翻出，右手接了從右邊擊來的一掌，左手接了從左邊來的一掌，四掌同時相碰，只覺來勁奇強，掌力中竟挾着一股陰冷無比的寒氣。這股寒氣自己熟悉之至，正是幼時纏得他死去活來的「玄冥神掌」掌力。

張無忌一驚之下，九陽神功隨念而生，陡然間左脅右脅之上同時被兩敵拍上一掌。張無忌一聲悶哼，向後摔出，但見襲擊自己的乃是兩個身形高瘦的老者。這兩個老者各出一掌和張無忌雙掌比拚，餘下一掌卻無影無蹤的拍到了他身上。

楊逍和韋一笑齊聲怒喝，撲上前去。那兩個老者又是揮出一掌，砰砰兩聲，楊逍和韋一笑騰騰退出數步，只感胸口氣血翻湧，寒冷徹骨。兩個老者身子都幌了一幌，右邊那人冷笑道：「明教好大的名頭，卻也不過如此！」轉過身子，護着趙敏走了。

這日八月十五，蝴蝶谷高壇前燒起熊熊大火。張無忌登壇宣示反元抗胡，重申行善去惡、除暴安良的教旨。是日壇前火光燭天，香播四野，明教之盛，遠邁前代。

二十五　舉火燎天何煌煌

眾人擔心張無忌受傷，顧不得追趕，紛紛圍攏。張無忌微微一笑，右手輕輕擺了一下，意示並不妨事，體內九陽神功發動，將玄冥神掌的陰寒之氣逼了出來，頭頂便如蒸籠一般不絕有絲絲白氣冒出。他解開上衣，兩脅各有一個深深的黑色手掌印。在九陽神功運轉之下，兩個掌印自黑轉紫，自紫而灰，終於消失不見。前後不到半個時辰，昔日數年不能驅退的玄冥掌毒，此時頃刻間便消除淨盡。他站起身來，說道：「這一下雖然凶險，可是終究讓咱們認出了對頭的面目。」

玄冥二老和楊逍、韋一笑對掌之時，已先受到張無忌九陽神功的衝擊，掌力中陰毒已不到平時二成，但楊韋二人兀自打坐運氣，過了半天才驅盡陰毒。張無忌關心太師父傷勢，張三丰道：「火工頭陀內功不行，外功雖然剛猛，可還及不上玄冥神掌，我的傷不礙事。」

這時銳金旗掌旗使吳勁草進來稟報，來犯敵人已掃數下山。俞岱巖命知客道人安排素席，宴請明教諸人。筵席之上，張無忌才向張三丰及俞岱巖稟告別來情由。眾人盡皆驚歎。

張三丰道：「那一年也是在這三清殿上，我和這老人對過一掌，只是當年他假扮蒙古軍官，不知到底是二老中的那一老。說來慚愧，直到今日，咱們還是摸不清對頭的底細。」楊逍道：「那姓趙的少女不知是甚麼來歷，連玄冥二老如此高手，竟也甘心供她驅使。」

衆人紛紛猜測，難有定論。

張無忌道：「眼下有兩件大事。第一件是去搶奪黑玉斷續膏，好治療俞三伯和殷六叔的傷。第二件是打聽宋大師伯他們的下落。這兩件大事，都要着落在那姓趙的姑娘身上。」

俞岱巖苦笑道：「我殘廢了二十年，便眞有仙丹神藥，那也是治不好的了，倒是救大哥、六弟他們要緊。」

張無忌道：「事不宜遲，請楊左使、韋蝠王、說不得大師三位，和我一同下山追蹤敵人。五行旗各派掌旗副使，分赴峨嵋、華山、崑崙、崆峒、及福建南少林五處，和各派聯絡，打探消息。請外公和舅舅前赴江南，整頓天鷹旗下教衆。鐵冠道長、周先生、彭大師及五行旗掌旗使暫駐武當，稟承我太師父張眞人之命，居中策應。」

他在席上隨口吩咐。殷天正、楊逍、韋一笑等逐一站起，躬身接令。

張三丰初時還疑心他小小年紀，如何能統率羣豪，此刻見他發號施令，殷天正等武林大豪居然一一凜遵，心下甚喜，暗想：「他能學到我的太極拳、太極劍，只不過是內功底子好、悟性強，雖屬難能，還不算是如何可貴。但他能管束明教、天鷹教這些大魔頭，引得他們走上正途，那才是了不起的大事呢。嘿，翠山有後，翠山有後。」想到這裏，忍不住捋鬚微笑。

張無忌和楊逍、韋一笑、說不得等四人草草一飽，便即辭別張三丰，下山去探聽趙敏的行蹤。殷天正等送到山前作別。楊不悔卻依依不捨的跟着父親，又送出里許。楊逍道：「不悔，你回去罷，好好照看著殷六叔。」楊不悔應道：「是。」眼望著張無忌，突然臉上一紅，低聲道：「無忌哥哥，我有幾句話要跟你說。」楊逍和韋一笑等三人心下暗笑：「他二人是青梅竹馬之交，少不得有幾句體己的話兒要說。」當下加快脚步，遠遠的去了。

楊不悔道：「無忌哥哥，你到這裏來。」牽着他的手，到山邊的一塊大石上坐下。

張無忌心中疑惑不定：「我和她從小相識，交情非比尋常，但這次久別重逢，她一直對我冷冷的愛理不理。此刻不知有何話說？」只見她未開言臉上先紅，低下頭半晌不語，過了良久，才道：「無忌哥哥，我媽去世之時，託你照顧我，是不是？」張無忌道：「是啊。」楊不悔道：「你萬里迢迢的，將我從淮河之畔送到西域我爹爹手裏，這中間出生入死，經盡千辛萬苦。大恩不言謝，此番恩德，我只深深記在心裏，從來沒跟你提過一句。」

張無忌道：「那有甚麼好提的？倘若我不是陪你到西域，我自己也就沒這番遇合，只怕此刻早已毒發而死了。」

楊不悔道：「不，不！你仁俠厚道，自能事事逢凶化吉。無忌哥哥，我從小沒了媽媽，爹爹雖親，可是有些話我不敢對他說。你是我們教主，但在我心裏，我仍是當你親哥哥一般，那日在光明頂上，我乍見你無恙歸來，心中眞是說不出的歡喜，只是我不好意思當面跟你說，你不怪我罷？」張無忌道：「不怪！當然不怪。」

楊不悔又道：「我待小昭很兇，很殘忍，或許你瞧着不順眼。可是我媽媽死得這麼慘，對於惡人，我從此便心腸很硬。後來見小昭待你好，我便不恨她了。」張無忌微笑道：「小昭這小丫頭很有點兒古怪，不過我看她不是壞人。」

其時紅日西斜，秋風拂面，微有涼意。楊不悔臉上柔情無限，眼波盈盈，低聲道：「無忌哥哥，你說我爹爹和媽媽是不是對不起殷……殷……六叔？」張無忌道：「這些過去的事，那也不用說了。」楊不悔道：「不，在旁人看來，那是很久以前的事啦，連我都十七歲了。不過殷六叔始終沒忘記媽媽。這次他身受重傷，日夜昏迷，時時拉着我的手，不斷的叫我：『曉芙！曉芙！曉芙！』他說：『曉芙！你別離開我。我手足都斷了，成了廢人，求求你，別離開我，可別拋下我不理。』」她說到這裏，淚水盈眶，甚是激動。

張無忌道：「那是六叔神智胡塗中的言語，作不得準。」

楊不悔道：「不是的。你不明白，我可知道。他後來清醒了，瞧着我的時候，眼光和神氣一模一樣，仍是在求我別離開他，只是不說出口來而已。」

張無忌歎了口氣，深知這位六叔武功雖強，性情卻極軟弱，自己幼時便曾見他往往為了一件小事而哭泣一場，紀曉芙之死對他打擊尤大，眼下更是四肢斷折，也難怪他惶懼不安，說道：「我當竭盡全力，設法去奪得黑玉斷續膏來，醫治三師伯和六師叔之傷。」

楊不悔道：「殷六叔這麼瞧着我，我越想越覺爹爹和媽媽對他不起，越想越覺得他可憐。無忌哥哥，我已親口答應了殷……殷六叔，他手足痊愈也好，終身殘廢也好，我總是陪他一輩子，永遠不離開他了。」說到這裏，眼淚流了下來，可是臉上神采飛揚，又是害羞，又是歡喜。

張無忌吃了一驚，那料到她竟會對殷梨亭付託終身，一時說不出話來，只道：「你……你……」楊不悔道：「我已斬釘截鐵的跟他說了，這輩子跟定了他。他要是一生一世動彈不得，我就一生一世陪在他床邊，侍奉他飲食，跟他說笑話兒解悶。」

張無忌道：「可是你……」楊不悔搶着道：「我不是驀地動念，便答應了他，我一路上已想了很久很久。不但他離不開我，我也離不開他，要是他傷重不治，我也活不成了。跟他在一起的時候，他這麼怔怔的瞧着我，我比甚麼都喜歡。無忌哥哥，我小時候甚麼事都跟你說，我要吃個燒餅，便跟你說；在路上見到個糖人兒好玩，也跟你說。那時候咱們沒錢買不起，你半夜裏去偷了來給我，你還記得麼？」

張無忌想起當日和她携手西行的情景，兩小相依爲命，不禁有些心酸，低聲道：「我記得。」

楊不悔按着他手背，說道：「你給了我那個糖人兒，我捨不得吃，可是拿在手裏走路，太陽晒着晒着，糖人兒融啦，我傷心得甚麼似的，哭着不肯停。你說再給我找一個，可是從此再也找不到那樣的糖人兒了。你雖然後來買了更大更好的糖人兒給我，我也不要了，反而惹得我又大哭了一場。那時你很着惱，罵我不聽話，是不是？」

張無忌微笑道：「我罵了你麼，我可不記得了。」

楊不悔道：「我的脾氣很執拗，殷六叔是我第一個喜歡的糖人兒，我再也不喜歡第二個了。無忌哥哥，有時我自己一個兒想想，你待我這麼好，幾次救了我的性命，我……我該當侍奉你一輩子才是。然而我總當你是我的親哥哥一樣，我心底裏親你敬你，可是對他啊，我是說不出的可憐，說不出的喜歡。他年紀大了我一倍還多，又是我的長輩，多半人家會笑話我，爹爹又是他的死對頭，我……我知道不成的……可是不管怎樣，我總是跟你說了。」她說到這裏，再也不敢向張無忌多望一眼，站起身來，飛奔而去。

張無忌望着她的背影在山坳邊消失，心中悵悵的，也不知道甚麼滋味，悄立良久，才追上韋一笑等三人。說不得和韋一笑見他眼邊隱隱猶有淚痕，不禁向着楊逍一笑，意思是說：「恭喜你啦，不久楊左使便是教主的岳丈大人了。」

四人下得武當山來。楊逍道：「這趙姑娘前後擁衞，不會單身而行，要查她的蹤迹並不爲難。咱們分從東西南北四方搜尋，明日正午在穀城會齊。教主尊意若何？」張無忌道：「甚好，便是如此，我查西方一路罷。」穀城在武當山之東，他向西搜查，那是比旁人多走些路，又囑咐道：「玄冥二老武功極是厲害，三位倘若遇上了，能避則避，不必孤身與之動手。」三人答應了，當即行禮作別，分赴東南北三方查察。

向西都是山路，張無忌展開輕功，行走迅速，只一個多時辰，已到了十偃鎮。在鎮上麵店裏要了一碗麵，向店伴問起是否有一乘黃緞軟轎經過。那店伴道：「有啊！還有三個重病之人，睡在軟兜裏抬着，往西朝黃龍鎮去了，走了還不到一個時辰。」張無忌大喜，心想這些人行走不快，不如等到天黑再追趕不遲，以免洩露了自己行藏。當下行到僻靜之處，睡了一覺，待到初更時分，才向黃龍鎮來。

到了鎮上，未交二鼓天時，他閃身牆角之後，見街上靜悄悄的並無人聲，一間大客店中卻燈燭輝煌。他縱身上了屋頂，幾個起伏，已到了客店旁一座小屋的屋頂，凝目前望，只見鎮甸外河邊空地上豎着一座氈帳，帳前帳後人影綽綽，守衛嚴密，心想：「趙姑娘莫非是住在這氈帳之中？她相貌說話和漢人無異，行事驕橫豪奢，卻帶着幾分蒙古之風。」其時元人佔治中土已久，漢人的豪紳大賈以競學蒙古風尚爲榮，那也不足爲異。

他正自籌思如何走近帳篷，忽聽得客店的一扇窗中傳出幾下呻吟聲。他心念一動，輕輕縱下地來，走到窗下，向屋裏張去。

只見房中三張床上躺着三人，其餘兩人瞧不見面貌，對窗那人正是那個阿三，他低聲哼唧，顯是傷處十分痛楚，雙臂雙腿上都纏着白布。張無忌猛地想起：「他四肢被我震碎，定用他本門靈藥黑玉斷續膏敷治。此刻不搶，更待何時？」打開窗子，縱身而進，房中站着的一人驚呼一聲，揮拳打來。張無忌左手抓住他拳頭，右手伸指點了他軟麻穴，回頭一看，見躺着的其餘二人正是禿頂阿二和八臂神劍方東白，被他點倒的那人身穿青布長袍，手中兀自拿着兩枝金針，想是在給三人針灸治痛。桌上放着一個黑色瓶子，瓶旁則是幾塊艾絨。

張無忌拿起黑瓶，拔開瓶塞一聞，只覺一股辛辣之氣，甚是刺鼻。阿三叫道：「來人哪，搶藥……」張無忌運指如風，連點躺着三人的啞穴，撕開阿三手臂的綳帶，果見他一條手臂全成黑色，薄薄的敷着一層膏藥。他生怕趙敏詭計多端，故意在黑瓶中放了假藥，引誘自己上當，當下在阿三及禿頂阿二的傷處刮下藥膏，包在綳帶之中，心想瓶中縱是假藥，從他們傷處刮下的決計不假。外面守護之人聽得聲音，踢開房門搶了進來。張無忌望也不望，抬腿一一踢出，霎時間客店中人聲鼎沸，亂成一片。張無忌接連踢出六人，已將阿三和禿頂阿二傷處的藥膏刮了大半，心想若再躭擱，惹得玄冥二老趕到那可大大不妙，當即將黑瓶和刮下的藥膏在懷中一揣，提起那個醫生，向窗外擲了出去。

只聽得砰的一聲響，那醫生重重中了一掌，摔在地上，不出所料，窗外正是有高手埋伏襲擊。張無忌乘着這一空隙，飛身而出，黑暗中白光閃動，兩柄利刃疾刺而至。他左手牽，右手引，乾坤大挪移心法牛刀小試，左邊一劍刺中了右邊那人，右邊一槍戳中了左邊那人，混亂聲中，他早已去得遠了。

一路上好不歡喜，心想此行雖然查不到趙敏的眞相，但奪得了黑玉斷續膏，可比甚麼都強。此時等不及到穀城去和楊逍等人會面，逕回武當，命洪水旗遣人前赴穀城，通知楊逍等回山。張三丰等聽說奪得黑玉斷續膏，無不大喜。

張無忌細看從阿三傷處刮下來的藥膏，再從黑瓶中挑了些藥膏來詳加比較，確是一般無異。那黑瓶乃是一塊大玉彫成，深黑如漆，觸手生溫，盎有古意，單是這個瓶子，便是一件極珍貴的寶物。當下更無懷疑，命人將殷梨亭抬到俞岱巖房中，兩床並列放好。

楊不悔跟了進來。她不敢和張無忌的眼光相對，臉上容光煥發，心中感激無量，顯然張無忌送她到西域、在何太冲家代她喝毒酒這許多恩情，都還比不上治好殷梨亭這麼要緊。

張無忌道：「三師伯，你的舊傷都已愈合，此刻醫治，姪兒須將你手脚骨骼重行折斷，再加接續，望你忍得一時之痛。」

俞岱巖實不信自己二十年的殘廢能重行痊愈，但想最壞也不過是治療無望，二十年來，早已甚麼都不在乎了，只想：「無忌是盡心竭力，要補父母之過，否則他必定終身不安。我一時之痛，又算得甚麼？」當下也不多說，只微微一笑，道：「你放膽幹去便是。」

張無忌命楊不悔出房，解去俞岱巖全身衣服，將他斷骨處盡數摸得清楚，然後點了他的昏睡穴，十指運勁，喀喀喀聲響不絕，將他斷骨已合之處重行一一折斷。俞岱巖雖然穴道被點，仍是痛得醒了過來。張無忌手法如風，大骨小骨一加折斷，立即拼到準確部位，敷上黑玉斷續膏，纏了綳帶，夾上木板，然後再施金針減痛。

醫治殷梨亭那便容易得多，斷骨部位早就在西域時已予扶正，這時只須敷上黑玉斷續膏便成。治完殷梨亭後，張無忌派五行旗正副旗使輪流守衛，以防敵人前來擾亂。

當日下午，張無忌用過午膳，正在雲房中小睡，以蘇一晚奔波的疲勞，睡夢中忽聽得脚步輕響走近門口，便即醒轉。小昭守在門外低聲問：「甚麼事？教主睡着啦。」厚土旗掌旗使顏垣輕聲道：「殷六俠痛得已暈去三次，不知教主……」

張無忌不等他話說完，翻身奔出，快步來到俞岱巖房中，只見殷梨亭雙眼翻白，已暈了過去。楊不悔急得滿臉都是眼淚，不知如何是好。那邊俞岱巖咬得牙齒格格直響，顯是在硬忍痛楚，只是他性子堅強，不肯發出一下呻吟之聲。

張無忌見了這等情景，大是驚異，在殷梨亭「承泣」「太陽」「膻中」等穴上推拿數下，將他救醒過來，問俞岱巖道：「三師伯，是斷骨處痛得厲害麼？」俞岱巖道：「斷骨處疼痛，那也罷了，只覺得五臟六腑中到處痲癢難當……好像，好像有千萬條小蟲在亂鑽亂爬。」張無忌這一驚非同小可，聽俞岱巖所說，明明是身中劇毒之象，忙問殷梨亭道：「六叔，你覺得怎樣？」殷梨亭迷迷糊糊的道：「紅的、紫的、青的、綠的、黃的、白的、藍的……鮮艷得緊，許許多多小球兒在飛舞，轉來轉去……眞是好看……你瞧，你瞧……」

張無忌「啊喲」一聲大叫，險些當場便暈了過去，一時所想到的只是王難姑所遺「毒經」中的一段話：「七蟲七花膏，以毒蟲七種、毒花七種，搗爛煎熬而成，中毒者先感內臟痲癢，如七蟲咬嚙，然後眼前現斑斕彩色，奇麗變幻，如七花飛散。七蟲七花膏所用七蟲七花，依人而異，南北不同，大凡最具靈驗神效者，共四十九種配法，變化異方復六十三種。須施毒者自解。」

張無忌額頭冷汗涔涔而下，知道終於是上了趙敏的惡當，她在黑玉瓶中所盛的固是七蟲七花膏，而在阿三和禿頂阿二身上所敷的，竟也是這劇毒的藥物，不惜捨卻兩名高手的性命，要引得自己入彀，這等毒辣心腸，當眞是匪夷所思。

他大悔大恨之下，立即行動如風，拆除兩人身上的夾板綳帶，用燒酒洗淨兩人四肢所敷的劇毒藥膏。楊不悔見他臉色鄭重，心知大事不妙，再也顧不得嫌忌，幫着用酒洗滌殷梨亭四肢。但見黑色透入肌理，洗之不去，猶如染匠漆匠手上所染顏色，非一旦可除。

張無忌不敢亂用藥物，只取了些鎭痛安神的丹藥給二人服下，走到外室，又是驚懼，又是慚愧，心力交瘁，不由得雙膝一軟，驀然倒下，伏在地上便哭了起來。

楊不悔大驚，只叫：「無忌哥哥，無忌哥哥！」張無忌嗚咽道：「是我殺了三伯六叔。」他心中只想：「這七蟲七花膏至少也有一百多種配製之法，誰又知道她用的那七種毒蟲，那七種毒花？化解此種劇毒，全仗以毒攻毒之法，只要看不準一種毒蟲毒花，用藥稍誤，立時便送了三伯六叔的性命。」突然之間，他清清楚楚的明白了父親自刎時心情，大錯已然鑄成，除了自刎以謝之外，確是再無別的道路。

他緩緩站起身來，楊不悔問道：「當眞無藥可救了麼？連勉強一試也不成麼？」張無忌搖了搖頭。楊不悔應道：「嗽！」神色泰然，並不如何驚慌。

張無忌心中一動，想起她所說的那一句話來：「他要是死了，我也不能活着。」心想：「那麼我害死的不止是兩個人，而是三個。」

心中正自一片茫然，只見吳勁草走到門外，稟道：「教主，那個趙姑娘在觀外求見。」張無忌一聽，悲憤不能自已，叫道：「我正要找她！」從楊不悔腰間拔出長劍，執在手中，大踏步走出。

小昭取下鬢邊的珠花，交給張無忌，道：「公子，你去還了給趙姑娘。」張無忌向她望了一眼，心想：「你倒懂得我的意思。我和這姓趙的姑娘仇深如海，我們身上不能留下她任何物事。」當下一手杖劍，一手持花，走到觀門之外。

只見趙敏一人站在當地，臉帶微笑，其時夕陽如血，斜映雙頰，艷麗不可方物。她身後十多丈處站着玄冥二老。兩人牽着三匹駿馬，眼光卻瞧着別處。

張無忌身形閃動，欺到趙敏身前，左手探出，抓住了她雙手手腕，右手長劍的劍尖抵住她胸口，喝道：「快取解藥來！」趙敏微笑道：「你脅迫過我一次，這次又想來脅迫我麼？我上門來看你，這般兇霸霸的，豈是待客之道？」張無忌道：「我要解藥！你不給，我……我是不想活了，你也不用想活了。」

趙敏臉上微微一紅，輕聲啐道：「呸！臭美麼？你死你的，關我甚麼事，要我陪你一塊兒死？」張無忌正色道：「誰給你說笑話？你不給解藥，今日便是你我同時畢命之日。」

趙敏雙手被他握住，只覺得他全身顫抖，激動已極，又覺到他掌心中有件堅硬之物，問道：「你手裏拿着甚麼？」張無忌道：「你的珠花，還你！」左手一抬，已將珠花揷在她的鬢上，隨即又垂手抓住她的手腕，這兩下一放一握，手法快如閃電。趙敏道：「那是我送你的，你為甚麼不要？」張無忌恨恨的道：「你作弄得我好苦！我不要你的東西。」趙敏道：「你不要我的東西？這句話是眞是假？為甚麼你一開口就向我討解藥？」

張無忌每次跟她鬥口，總是落於下風，一時語塞，想起俞岱巖、殷梨亭不久人世，心中一痛，眼圈兒不禁紅了，幾乎便要流下淚來，忍不住想出口哀告，但想起趙敏的種種惡毒之處，卻又不肯在她面前示弱。

這時楊逍等都已得知訊息，擁出觀門，見趙敏已被張無忌擒住，玄冥二老卻站在遠處，似乎漠不關心，又似是有恃無恐。各人便站在一旁，靜以觀變。

趙敏微笑道：「你是明教教主，武功震動天下，怎地遇上了一點兒難題，便像小孩子一樣哇哇哭泣，剛才你已哭過了，是不是？眞是好不害羞。我跟你說，你中了我玄冥二老的兩掌玄冥神掌，我是來瞧瞧你傷得怎樣。不料你一見人家的面，就是死啊活啊的纏個不清。你到底放不放手？」

張無忌心想，她若想乘機逃走，那是萬萬不能，只要她脚步一動，立時便又可抓住她，於是放開了她手腕。

趙敏伸手摸了摸鬢邊的珠花，嫣然一笑，說道：「怎麼你自己倒像沒受甚麼傷。」張無忌冷冷的道：「區區玄冥神掌，未必便傷得了人。」

趙敏道：「那麼大力金剛指呢？七蟲七花膏呢？」這兩句話便似兩個大鐵錘，重重錘在張無忌胸口。他恨恨的道：「果眞就是七蟲七花膏。」

趙敏正色道：「張教主，你要黑玉斷續膏，我可給你。你要七蟲七花膏的解藥，我也可給你。只是你須得答應我做三件事。那我便心甘情願的奉上。倘若你用強威逼，那麼你殺我容易，要得解藥，卻是難上加難。你再對我濫施惡刑，我給你的也只是假藥、毒藥。」

張無忌大喜，正自淚眼盈盈，忍不住笑逐顏開，忙道：「那三件事？快說，快說。」

趙敏微笑道：「又哭又笑，也不怕醜！我早跟你說過，我一時想不起來，甚麼時候想到了，隨時會跟你說，只須你金口一諾，決不違約，那便成了。我不會要你去捉天上的月亮，不會叫你去做違背俠義之道的惡事，更不會叫你去死。自然也不會叫你去做豬做狗。」

張無忌尋思：「只要不背俠義之道，那麼不論多大的難題，我也當竭力以赴。」當下慨然道：「趙姑娘，倘若你惠賜靈藥，治好了我俞三伯和殷六叔，但教你有所命，張無忌決不敢辭。赴湯蹈火，唯君所使。」

趙敏伸出手掌，道：「好，咱們擊掌爲誓。我給解藥於你，治好了你三師伯和六師叔之傷，日後我求你做三件事，只須不違俠義之道，你務當竭力以赴，決不推辭。」張無忌道：「謹如尊言。」和她手掌輕輕相擊三下。

趙敏取下鬢邊珠花，道：「現下你肯要我的物事罷？」張無忌生怕她不給解藥，不敢拂逆其意，將珠花接了過來。趙敏道：「我可不許你再去送給那個俏丫鬟。」張無忌道：「是。」

趙敏笑着退開三步，說道：「解藥立時送到，張教主請了！」長袖一拂，轉身便去。玄冥二老牽過馬來，侍候她上馬先行。三乘馬蹄聲得得，下山去了。

趙敏等三人剛轉過山坡，左首大樹後閃出一條漢子，正是神箭八雄中的錢二敗，挽鐵弓，搭長箭，朗聲說道：「我家主人拜上張教主，書信一封，敬請收閱。」說着颼的一聲，將箭射了過來。

張無忌左手一抄，將箭接在手中，只見那箭並無箭鏃，箭桿上卻綁着一封信。張無忌解下一看，信封上寫的是「張教主親啓」，拆開信來，一張素箋上寫着幾行簪花小楷，文曰：「金盒夾層，靈膏久藏。珠花中空，內有藥方。二物早呈君子左右，何勞憂之深也？唯以微物不足一顧，賜之婢僕，委諸塵土，豈賤妾之所望耶？」

張無忌將這張素箋連讀了三遍，又驚又喜，又是慚愧，忙看那朵珠花，逐顆珍珠試行旋轉，果有一顆能夠轉動，於是將珠子旋下，金鑄花幹中空，藏着一捲白色之物。張無忌從懷中取出針刺穴道所用的金針，將那捲物事挑了出來，乃是一張薄紙，上面寫着七蟲爲那七種毒蟲，七花是那七種毒花，中毒後如何解救，一一書明。

其實他只須得知七蟲七花之名，如何解毒，卻不須旁人指點。他看解法全無錯誤，心知並非趙敏弄鬼，大喜之下，奔進內院，依法配藥救治。果然只一個多時辰，俞殷二人毒勢便大爲減輕，體內痲癢漸止，眼前彩暈消失。

他再去取出趙敏盛珠花送他的那隻金盒，仔細察看，終於發見了夾層所在，其中滿滿的裝了黑色藥膏，氣息卻是芬芳清涼。

這一次他不敢再魯莽了，找了一隻狗來，折斷了牠一條後腿，挑些藥膏敷在傷處，等到第二日早晨，那狗精神奕奕，絕無中毒象徵，傷處更是大見好轉。

過了三日，俞殷二人體內毒性盡去，於是張無忌將眞正的黑玉斷續膏再在兩人四肢上敷塗。

這一次全無意外。那黑玉斷續膏果然功效如神，兩個多月後，殷梨亭雙手已能活動，看來日後不但手足可行動自如，武功也不致大損。只是俞岱巖殘廢已久，要盡復舊觀，勢所難能，但瞧他傷勢復元的情勢，半載之後，當可在腋下撐兩根拐杖，以杖代足，緩緩行走，雖然仍是殘廢，卻不復是絲毫動彈不得的廢人了。

張無忌在武當山上這麼一躭擱，派出去的五行旗人衆先後回山，帶回來的訊息令人大爲驚訝。峨嵋、華山、崆峒、崑崙各派遠征光明頂的人衆，竟無一個回轉本派，江湖上沸沸揚揚，都說魔教勢大，將六大派前赴西域的衆高手一鼓聚殲，然後再分頭攻滅各派。少林寺僧衆突然失蹤之事，在武林中已引起了空前未有的大波。五行旗各掌旗副使此去幸好均持有張三丰所付的武當派信符，又不洩漏自己身分，否則早已和各派打得落花流水。各掌旗副使言道，此刻江湖上衆門派、衆幫會、以及鏢行、山寨、船幫、碼頭等等，無不嚴密戒備，生怕明教大舉來襲。

過了數日，殷天正和殷野王父子也回到武當，報稱天鷹旗已改編完竣，盡數隸屬明教。又說東南羣雄並起，反元義師此起彼伏，天下已然大亂。其時元軍仍是極強，且起事者各自爲戰，互相並無呼應聯絡，都是不旋踵即被撲滅。

當日晚間，張三丰在後殿擺設素筵，替殷天正父子接風。席間殷天正說起各地舉義失敗的情由，每一處起義，明教和天鷹教下的弟子均有參與，被元兵或擒或殺，殉難者極衆。羣豪聽了，盡皆扼腕慨歎。

楊逍道：「天下百姓苦難方深，人心思變，正是驅除韃子、還我河山的良機。昔年陽教主在世，日夜以興復爲念，只是本教向來行事偏激，百年來和中原武林諸派怨仇相纏，難以携手抗敵。天幸張教主主理教務，和各派怨仇漸解，咱們正好同心協力，共抗胡虜。」

周顚道：「楊左使，你的話聽來似乎不錯。可惜都是廢話，近乎放屁一類。」楊逍聽了也不生氣，說道：「還須請周兄指教。」周顚道：「江湖上都說咱們明教殺光了六大派的高手，一聽到『明教』兩字，人人恨之入骨，甚麼『同心協力、共抗胡虜』云云，說來好聽，卻又如何做起？」楊逍道：「咱們雖然蒙此惡名，但眞相總有大白之日，何況張眞人可爲明證。」周顚笑道：「倘若的確是咱們殺了宋遠橋、滅絕老尼、何太冲他們，張眞人還不是給蒙在鼓裏，如何作得準？」鐵冠道人喝道：「周顚，在張眞人和教主之前不可胡說八道！」周顚伸了伸舌頭，卻不言語。

彭瑩玉道：「周兄之言，倒也不是全無道理。依貧僧之見，咱們當大會明教各路首領，頒示張教主和武林各派修好之意。同時人多眼寬，到底宋大俠、滅絕師太他們到了何處，在大會中也可有個查究。」周顚道：「要查宋大俠他們的下落，那就容易得很，可說不費吹灰之力。」衆人齊道：「怎麼樣？你何不早說？」

周顛洋洋得意，喝了一杯酒，說道：「只須教主去問一聲趙姑娘，少說也就明白了九成。我說哪，這些人不是給趙姑娘殺了，便是給她擒了。」

這兩個多月來韋一笑、楊逍、彭瑩玉、說不得等人，曾分頭下山探聽趙敏的來歷和蹤迹，但自那日觀前現身、和張無忌擊掌爲誓之後，此人便不知去向，連她手下所有人衆，也個個無影無蹤，找不着半點痕迹。羣豪諸多猜測，均料想她和朝廷有關，但除此之外，再也尋不着甚麼綫索了。此時聽周顛如此說，衆人都道：「你這才是廢話！要是尋得着那姓趙的女子，咱們不會着落在她身上打聽嗎？」

周顛笑道：「你們當然尋不着。教主卻不用尋找，自會見着。教主還欠着她三件事沒辦，難道這位如此厲害的小姐，就此罷了不成？嘿，嘿！這位姑娘花容月貌，可是我一想到她便渾身寒毛直豎，害怕得發抖。」衆人聽着都笑了起來，但想想也確是實情。

張無忌歎道：「我只盼她快些出三個難題，我盡力辦了，就此了結此事，否則終日掛在心上，不知她會出甚麼古怪花樣。彭大師適才建議，本教召集各路首領一會，此事倒是可行，各位意下如何？」羣豪均道：「甚是。在武當山上空等，終究不是辦法。」楊逍道：「教主，你說在何處聚會最好？」

張無忌畧一沉吟，說道：「本人今日忝代教主，常自想起本教兩位人物的恩情。一是蝶谷醫仙胡青牛先生，他老人家已死於金花婆婆之手。另一位是常遇春大哥，不知他此刻身在何處。我想，本教這次大會，便在淮北蝴蝶谷中舉行。」

周顛拍手道：「甚好，甚好！這個『見死不救』，昔年我每日裏跟他鬥口，人倒也不算壞，只是有些陰陽怪氣，與楊左使有異曲同工之妙。他見死不救，自己死時也無人救他，正是報應。我周顚倒要去他墓前磕上幾個響頭。」

當下羣豪各無異議，言明三個多月後的八月中秋，明教各路首領，齊集淮北蝴蝶谷胡青牛故居聚會。

次日清晨，五行旗和天鷹旗下各掌職信使，分頭自武當山出發，傳下教主號令：諸路教衆，凡香主以上者除留下副手於當地主理教務外，概於八月中秋前趕到淮北蝴蝶谷，參見新教主。

其時距中秋日子尚遠，張無忌見兪岱巖和殷梨亭尚未痊可，深恐傷勢有甚反覆，以致功虧一簣，因此暫留武當山照料兪殷二人，暇時則向張三丰請教太極拳劍的武學。韋一笑、彭瑩玉、說不得諸人，仍是各處遊行，探聽趙敏一干人的下落。

楊逍奉教主之命留在武當，但爲紀曉芙之事，對殷梨亭深感慚愧，平日閉門讀書，輕易不離室門一步。如此過了兩月有餘，這日午後，張無忌來到楊逍房中，商量來日蝴蝶谷大會，有那幾件大事要向教衆交代。他以年輕識淺，忽當重任，常自有戰戰兢兢之意，唯懼不克負荷，誤了大事，楊逍深通教務，因此張無忌要他留在身邊，隨時諮詢。

兩人談了一會，張無忌順手取過楊逍案頭的書來，見封面寫着「明教流傳中土記」七個字的題簽，下面註着「弟子光明左使楊逍恭撰」一行小字。張無忌道：「楊左使，你文武全才，眞乃本教的棟樑。」楊逍謝道：「多謝教主嘉獎。」

張無忌翻開書來，但見小楷恭錄，事事旁徵博引。書中載得明白，明教源出波斯，本名摩尼教，於唐武后延載元年傳入中土，其時波斯人拂多誕持明教「三宗經」來朝，中國人始習此教經典。唐大曆三年六月二十九日，長安洛陽建明教寺院「大雲光明寺」。此後太原、荊州、揚州、洪州、越州等重鎮，均建有大雲光明寺。至會昌三年，朝廷下令殺明教徒，明教勢力大衰。自此之後，明教便成爲犯禁的秘密教會，歷朝均受官府摧殘。明教爲圖生存，行事不免詭秘，終於摩尼教這個「摩」字，被人改爲「魔」字，世人遂稱之爲魔教。

張無忌讀到此處，不禁長嘆，說道：「楊左使，本教教旨原是去惡行善，和釋道並無大異，何以自唐代以來，歷朝均受慘酷屠戮？」楊逍道：「釋家雖說普渡衆生，但僧衆出家，各持清修，不理世務。道家亦然。本教則聚集鄉民，不論是誰有甚危難困苦，諸教衆一齊出力相助。官府欺壓良民，甚麼時候能少了？甚麼地方能少了？一遇到有人被官府寃屈欺壓，本教勢必和官府相抗。」張無忌點了點頭，說道：「只有朝廷官府不去欺壓良民，土豪惡霸不敢橫行不法，到那時候，本教方能眞正的興旺。」楊逍拍案而起，大聲道：「教主之言，正說出了本教教旨的關鍵所在。」張無忌道：「楊左使，你說當眞能有這麼一日麼？」

楊逍沉吟半晌，說道：「但盼眞能有這麼一天。宋朝本教方臘方教主起事，也只不過是爲了想叫官府不敢欺壓良民。」他翻開那本書來，指到明教教主方臘在浙東起事、震動天下的記載。張無忌看得悠然神往，掩卷說道：「大丈夫固當如是。雖然方教主殉難身死，卻終是轟轟烈烈的幹了一番事業。」兩人心意相通，都不禁血熱如沸。

楊逍又道：「本教歷代均遭嚴禁，但始終屹立不倒。南宋紹興四年，有個官員叫做王居正，對皇帝上了一道奏章，說到本教之事，教主可以一觀。」說着翻到書中一處，抄錄着王居正那道奏章。

張無忌看那奏章中寫道：「伏見兩浙州縣有吃菜事魔之俗。方臘以前，法禁尚寬，而事魔之俗猶未至於甚熾。方臘之後，法禁愈嚴，而事魔愈不可勝禁。……臣聞事魔者，每鄉每村有一二桀黠，謂之魔頭，盡錄其鄉村姓氏名字，相與詛盟為魔之黨。凡事魔者不肉食。而一家有事，同黨之人皆出力以相賑卹。蓋不肉食則費省，費省故易足。同黨則相親，相親則相卹而事易濟……」張無忌讀到這裏，說道：「那王居正雖然仇視本教，卻也知本教教眾節儉樸實，相親相愛。」

他接下去又看那奏章：「……臣以為此先王導其民使相親相友相助之意。而甘淡薄，教節儉，有古淳樸之風。今民之師帥，既不能以是為政，乃為魔頭者竊取以瞽惑其黨，使皆歸德於其魔，於是從而附益之以邪僻害教之說。民愚無知，謂吾從魔之言，事魔之道，而食易足、事易濟也，故以魔頭之說為皆可信，而爭趨歸之。此所以法禁愈嚴，而愈不可勝禁。」

他讀到這裏，轉頭向楊逍道：「楊左使，『法禁愈嚴，而愈不可勝禁』這句話，正是本教深得民心的明證。這部書可否借我一閱，也好讓我多知本教往聖先賢的業績遺訓？」

楊逍道：「正要請教主指教。」

張無忌將書收起，說道：「俞三伯和殷六叔傷勢大好了，我們明日便首途蝴蝶谷去。我另有一事要和楊左使相商，那是關於不悔妹子的。」

楊逍只道他要開口求婚，心下甚喜，說道：「不悔的性命全出教主所賜，屬下父女感恩圖報，非只一日。教主但有所命，無不樂從。」

張無忌於是將楊不悔那日如何向自己吐露心事的情由，一一說了。楊逍一聽之下，錯愕萬分，怔怔的說不出話來，隔了半晌，才道：「小女蒙殷六俠垂青，原是楊門之幸。只是他二人年紀懸殊，輩份又異，這個……這個……」說了兩次「這個」，卻接不下去了。

張無忌道：「殷六叔還不到四十歲，方當壯盛。不悔妹子叫他一聲叔叔，也不是眞有甚麼血緣之親，師門之誼。他二人情投意合，倘若成了這頭姻緣，上代的仇嫌盡數化解，正是大大的美事。」

楊逍原是個十分豁達之人，又爲紀曉芙之事，每次見到殷梨亭總抱愧於心，暗想不悔既然傾心於他，結成了姻親，便贖了自己的前愆，從此明教和武當派再也不存芥蒂，於是長揖說道：「教主玉成此事，足見關懷。屬下先此謝過。」

當晚張無忌傳出喜訊，羣豪紛紛向殷梨亭道喜。楊不悔害羞，躲在房中不肯出來。張三丰和俞岱巖得知此事時，起初也頗驚奇，但隨即便爲殷梨亭喜歡。說到婚期，殷梨亭道：「待大師哥他們回山，衆兄弟完聚，那時再辦喜事不遲。」

次日張無忌偕同楊逍、殷天正、殷野王、鐵冠道人、周顚、小昭等人，辭別張三丰師徒，首途前往淮北。

楊不悔留在武當山服侍殷梨亭。當時男女之防雖嚴，但他們武林中人，也不去理會這些小節。

明教一行人曉行夜宿，向東北方行去，一路上只見田地荒蕪，民有飢色。沿海諸省本爲殷實富庶之區，但眼前餓殍遍野，生民之困，已到極處。羣豪慨歎百姓慘遭刦難。卻又知蒙古人如此暴虐，霸居中土之期必不久長，正是天下英雄揭竿起事的良機。

這一日來到界牌集，離蝴蝶谷已然不遠，正行之間，忽聽得前面喊殺之聲大震，兩支人馬正在交兵。羣豪縱馬上前，穿過一座森林，只見千餘名蒙古兵分列左右，正在進攻一座山寨。寨上飄出一面繪着紅色火談的大旗，正是明教的旗幟。寨中人數不多，似有不支之勢，但兀自健鬥不屈。蒙古兵矢發如雨，大叫：「魔教的叛賊，快快投降！」

周顚道：「教主，咱們上嗎？」張無忌道：「好！先去殺了帶兵的軍官。」楊逍、殷天正、殷野王、鐵冠道人、周顚五人應命而出，衝入敵陣，長劍揮動，兩名元兵的百夫長首先落馬，跟着統兵的千夫長也被殷野王一刀砍死。元兵羣龍無首，登時大亂。

山寨中人見來了外援，大聲歡呼。寨門開處，一條黑衣大漢手挺長矛，當先衝出，元兵當者辟易，無人敢攖其鋒。只見那大漢長矛一閃，便有一名元軍被刺，倒撞下馬。衆元兵驚呼連連，四下奔逃。

楊逍等見這大漢威風凜凜，有若天神，無不讚歎：「好一位英雄將軍。」此時張無忌早已看清楚那大漢的面貌，正是常自想念的常遇春大哥，只是劇鬥方酣，不即上前相見。明教人衆前後夾攻，元軍死傷了五六百人，餘下的不敢戀戰，分頭落荒而走。

常遇春橫矛大笑，叫道：「是那一路的兄弟前來相助？常某感激不盡。」

張無忌叫道：「常大哥，想煞小弟也。」縱身而前，緊緊握住了他手。

常遇春躬身下拜，說道：「教主兄弟，我既是你大哥，又是你屬下，眞是歡喜得不知如何才好。」

原來常遇春歸五行旗中巨木旗下該管，張無忌接任教主等等情由，已得掌旗使聞蒼松示知。這些日子來他率領本教兄弟，日夜等候張無忌到來，不料元軍卻來攻打。常遇春見己寡敵衆，本擬故意示弱，將元軍誘入寨中，一鼓而殲，但張無忌等突然趕到應援，他便乘勢開寨殺出。他在明教中職位不高，當下向楊逍、殷天正等一一參見。羣豪以他是教主的結義兄弟，都不敢以長上自居，執手問好，相待盡禮。

常遇春邀請羣豪入寨，殺牛宰羊，大擺酒筵，說起別來情由。這幾年來淮南淮北水旱相繼，百姓苦不堪言。常遇春無以爲生，便嘯聚一班兄弟，做那打家刦舍的綠林好漢勾當，倒也逍遙快活，山寨中糧食金銀多了，便去賑濟貧民。元軍幾次攻打，都奈何他不得。

衆人在山寨中歇了一晚，次日和常遇春一齊北行，料得元軍新敗，兩三月內決計不敢再來。

數日後到了蝴蝶谷外。先到的教衆得知教主駕到，列成長隊，迎出谷來。其時巨木旗下執事人等，早已在蝴蝶谷中搭造了許多茅舍木屋，以供與會的各路教衆居住。韋一笑、彭瑩玉、說不得等均已先此到達，報稱並未探查到那趙姑娘的訊息。

張無忌接見諸路教衆後，備了祭品，分別到胡青牛夫婦及紀曉芙墓前致祭，想起當日離谷時何等悽惶狼狽，今日歸來卻是雲荼燦爛，風光無限，眞是恍若隔世。

再過三日便是八月十五，蝴蝶谷中築了高壇，壇前燒起熊熊大火。張無忌登壇宣示和中原諸門派盡釋前愆、反元抗胡之意，又頒下教規，重申行善去惡、除暴安良的教旨。教衆一齊凜遵，各人身前點起香束，立誓對教主令旨，決不敢違。是日壇前火光燭天，香播四野，明教之盛，遠邁前代。年老的教衆眼見這片興旺氣象，想起十餘年來本教四分五裂、幾致覆滅的情景，忍不住喜極而泣。

午後屬下教衆報道：「洪水旗旗下弟子朱元璋、徐達諸人求見。」張無忌大喜，親自迎出門去。朱元璋、徐達率同湯和、鄧愈、花雲、吳良、吳禎諸人恭恭敬敬的站在門外，見到張無忌出來，一齊躬身行禮，說道：「參見教主！」張無忌時常念着那日徐達救命之恩，見到衆人，喜之不盡，當即還禮，左手携着朱元璋，右手携着徐達，同進室內，命衆人坐下。衆人告了罪，才行就坐。

這時朱元璋已然還俗，不再作僧人打扮，說道：「屬下等奉教主旨令，趕來蝴蝶谷，本應早到候駕，但途中遇上了一件十分蹺蹊之事，屬下等跟蹤追查，以致誤了會期，還請教主恕罪。」張無忌道：「卻不知遇上了何事？」

朱元璋道：「六月上旬，我們便得到教主的令旨，大夥兒好生歡喜，兄弟們商議，該當備甚麼禮物慶賀教主才是。淮北是苦地方，沒甚麼好東西的，幸得會期尚遠，大夥兒便一起上山東去闖闖。我們生怕給官府認了出來，因此扮作了趕脚的騾車夫，屬下算是個車夫頭兒。這天來到河南歸德府，接了幾個老西客人，要往山東荷澤。正行之間，忽然有夥人趕了上來，掄刀使槍，十分兇狠，將我們車中的客人都趕了下去，叫我們去接載別的客人。那時花兒弟便要跟他們放對，徐兄弟向他使個眼色，叫他瞧淸楚情由，再動手不遲。那夥人將我們九輛大車趕到一處山坳之中，那裏另外還有十多輛大車候着，只見地下坐着的都是和尚。」張無忌問道：「都是和尙？」

朱元璋道：「不錯。那些和尙個個垂頭喪氣，萎靡不振，但其中好些人模樣不凡，有的太陽穴高高凸起，有的身材魁梧。徐兄弟悄悄跟我說，這些和尙都是身負高強武功之人。那夥兇人叫衆和尙坐在車裏，押着我們一路向北。屬下料想其中必有古怪，暗地裏叫衆兄弟着意提防，千萬不可露出形迹。一路上我們留神那夥兇人的說話，可是這羣人詭秘得緊，在我們面前一句話也不說，後來吳良兄弟大着膽子，半夜裏到他們窗下去偷聽，連聽了四五夜，這才探得了些端倪，原來這些和尙竟然都是河南嵩山少林寺的。」

張無忌本已料到了幾分，但還是「啊」的一聲。

朱元璋接着道：「吳良兄弟又聽到那些兇人中的一人說：『主人當眞神機妙算，令人拜服。少林、武當六派高手，盡入掌中，自古以來，還有誰能做得到這一步的？』另一人說：『這還不算希奇。一箭雙鵰，卻把魔教的衆魔頭也牽連在內。』我們七個人假裝出恭，在茅廁裏悄悄商量，都說此事既然牽連本教在內，碰巧落在我們手上，總須查個水落石出，也好稟報教主知曉。」張無忌道：「各位計較甚是。」

朱元璋道：「大夥兒一路北行，越發裝得獃頭獃腦，湯和兄弟和鄧愈兄弟又假裝爭五錢銀子，笨手笨脚的打了一場架，顯得半點不會武功。那夥兇人拍手呵呵大笑，對我們再不在意，我們又老爺長、老爺短的對他們恭敬奉承，馬屁拍到十足。吳禎兄弟曾想去弄些痲藥來，半途上麻翻了這夥兇人，救出少林羣僧。可是我們細想，這件事來龍去脈半點不知，眼看這夥兇人又是精明幹練，武功了得，沒的一個失手，打草驚蛇，反而誤了大事，是以始終沒敢下手。得到河間府，遇上了六輛大車，也是有人押解，車中坐的卻是俗家人。吃飯之時，我聽得一個少林僧跟一個新來的客人招呼，說道：『宋大俠，你也來啦！』」

張無忌站起身來，忙問：「他說是宋大俠？那人怎生模樣？」

朱元璋道：「那人瘦長身材，五六十歲年紀，三絡長鬚，相貌甚是清雅。」

張無忌聽得正是宋遠橋的形相，又驚又喜，再問其餘諸人的容貌身形，果然俞蓮舟、張松溪、莫聲谷三人也都在內，又問：「他們都受了傷嗎？還是戴了銬鐐？」

朱元璋道：「沒有銬鐐，也瞧不出甚麼傷，說話飲食都和常人無異，只是精神不振，走起路來有點虛虛幌幌。那宋大俠聽少林僧這麼說，只苦笑了一下，沒有答話。那少林僧再想說甚麼，押解的兇人便過來拉開了他。此後兩批人前後相隔十餘里，再不同食同宿，屬下從此也沒再見到宋大俠他們。七月初三，我們載着少林羣僧到了大都。」

張無忌道：「啊，到了大都，果然是朝廷下的毒手。後來怎樣？」朱元璋道：「那夥兇人領着我們，將少林羣僧送到西城一座大寺院中，叫我們也睡在廟裏。」張無忌道：「那是甚麼廟？」朱元璋道：「屬下進寺之時，曾抬頭瞧了瞧廟前的匾額，見是叫做『萬安寺』，但便因這麼一瞧，吃了一個兇人的一下馬鞭。當晚我們兄弟們悄悄商量，這些兇人定然放不過我們，勢必要殺人滅口，天一黑，我們便偷着走了。」

張無忌道：「事情確是凶險，幸好這批兇人倒也沒有追趕。」

湯和微笑道：「朱大哥也料到了這着，事先便安排下手脚。我們到鄰近的騾馬行中去抓了七個騾馬販子來，跟他們對換了衣服，然後將這七人砍死在廟中，臉上斬得血肉模糊，好讓那些兇人認不出來。又將跟我們同來的大車車夫也都殺了，銀子散得滿地，裝成是兩夥人爭銀錢兇殺一般。待那夥兇人回廟，再也不會起疑。」

張無忌心中一驚，只見徐達臉上有不忍之色，鄧愈顯得頗是尷尬，湯和說來得意洋洋，只有朱元璋卻絲毫不動聲色，恍若沒事人一般。張無忌暗想：「這人下手好辣，實是個厲害脚色。」說道：「朱大哥此計雖妙，但從今而後，咱們決不可再行濫殺無辜。」

這是教主的訓諭，朱元璋等一齊起立，躬身說道：「謹遵教主令旨。」後來朱元璋、徐達、鄧愈、湯和等行軍打仗，果然恪遵張無忌的令旨，不敢殺戮無辜，終於民心歸順，得成一代大業。

張無忌道：「朱大哥七位探聽到少林、武當兩派高手的下落，此功不小。待安排了抗元起義的大事之後，咱們便去大都相救兩派高手。」他說過公事，再和徐達等相敍私誼，說起那日偷宰張員外耕牛之事，一齊拊掌大笑。

當晚張無忌大會教衆，焚火燒香，宣告各地並起，共抗元朝，諸路教衆務當相互呼應，要累得元軍疲於奔命，那便大事可成。

是時定下方策，教主張無忌率同光明左使楊逍、青翼蝠王韋一笑執掌總壇，爲全教總帥。白眉鷹王殷天正，率同天鷹旗下教衆，在江南起事。朱元璋、徐達、湯和、鄧愈、花雲、吳良、吳禎，會同常遇春寨中人馬，和孫德崖等在淮北濠州起兵。布袋和尚說不得率領韓山童、劉福通、杜遵道、羅文素、盛文郁、王顯忠、韓皎兒等人，在河南穎川一帶起事。彭瑩玉率領徐壽輝、鄒普旺、明五等，在江西贛、饒、袁、信諸州起事。鐵冠道人率領布三王、孟海馬等，在湘楚荆襄一帶起事。周顛率領芝痲李、趙君用等在徐宿豐沛一帶起事。冷謙會同西域教衆，截斷自西域開赴中原的蒙古救兵。五行旗歸總壇調遣，何方吃緊，便向何方應援。

這等安排方策，十九出於楊逍和彭瑩玉的計謀。張無忌宣示出來，教衆歡聲雷動。

張無忌又道：「單憑本教一教之力，難以撼動元朝近百年的基業，須當聯絡天下英雄豪傑，羣策羣力，大功方成。眼下中原武林的首腦人物半數爲朝廷所擒，總壇即當設法營救。明日衆兄弟散處四方，遇上機會便即殺韃子動手，總壇也即前赴大都救人。今日在此盡歡，此後相見，未知何日。衆兄弟須當義氣爲重，大事爲先，決不可爭權奪利，互逞殘殺，若有此等不義情由，總壇決不寬饒。」

衆人齊聲答應：「教主令旨，決不敢違！」呼喊聲山谷鳴響。

當下衆人歃血爲盟，焚香爲誓，決死不負大義。

是晚月明如晝，諸路教衆席地而坐，總壇的執事人員取出素餡圓餅，分饗諸人。衆人見圓餅似月，說道這是「月餅」。後世傳說，漢人相約於八月中秋食月餅殺韃子，便因是夕明教聚義定策之事而來。

張無忌又宣示道：「本教歷代相傳，不茹葷酒。但眼下處處災荒，只能有甚麼便吃甚麼，何況咱們今日第一件大事，乃是驅除韃子，衆兄弟不食葷腥，精神不旺，難以力戰。自今而後，廢了不茹葷酒這條教規。咱們立身處世，以大節爲重，飲食禁忌，只是餘事。」自此而後，明教教衆所食月餅，便有以豬肉爲餡的。

次日清晨，諸路人衆向張無忌告別。衆人雖均是意氣慷慨的豪傑，但想到此後血戰四野，不知誰存誰亡，大事縱成，今日蝴蝶谷大會中的羣豪只怕活不到一半，不免俱有惜別之意。是時蝴蝶谷前聖火高燒，也不知是誰忽然朗聲唱了起來：「焚我殘軀，熊熊聖火。生亦何歡，死亦何苦？」衆人齊聲相和：「焚我殘軀，熊熊聖火，生亦何歡？死亦何苦？爲善除惡，唯光明故。喜樂悲愁，皆歸塵土。憐我世人，憂患實多！憐我世人，憂患實多！」

那「憐我世人，憂患實多！憐我世人，憂患實多！」的歌聲，飄揚在蝴蝶谷中。羣豪白衣如雪，一個個走到張無忌面前，躬身行禮，昂首而出，再不回顧。張無忌想起如許大好男兒，此後一二十年之中，行將鮮血洒遍中原大地，忍不住熱淚盈眶。

但聽歌聲漸遠，壯士離散，熱鬧了數日的蝴蝶谷重歸沉寂，只剩下楊逍、韋一笑以及朱元璋等寥寥數人。

張無忌詳細詢明萬安寺坐落的所在，以及那干兇人形貌，說道：「朱大哥，此間濠泗一帶，方當大亂，不可錯過了起事之機。你們不必陪我到大都去，咱們就此別過。」

朱元璋、徐達、常遇春等齊道：「但盼教主馬到成功，屬下等靜候好音。」拜別了張無忌，出谷自去舉事。

張無忌道：「咱們也要動身了。小昭，你身有銬鐐，行動不便，就在這裏等我罷。」小昭委委曲曲的答應了，但一直送出谷來，送了三里，又送三里，終是不肯分別。

張無忌道：「小昭，你越送越遠，回去時路也要不認識啦。」小昭道：「張公子，你到了大都會見到那個趙姑娘嗎？」張無忌道：「說不定會見得到。」小昭道：「你要是見到她，代我求她一件事成不成？」張無忌奇道：「你有甚麼事求她？」小昭雙臂一伸，道：「向趙姑娘借倚天劍一用，把這鐵鍊兒割斷了，否則我終身便這麼給綁着不得自由。」張無忌見她神情楚楚，說得極是可憐，心中不忍，便道：「只怕她不肯將寶劍借給我，何況要一直借到這裏。」小昭道：「那麼……那麼，你將我帶到她的跟前，請她寶劍一揮，不就成了？」張無忌笑道：「說來說去，你還是要跟我上大都去。楊左使，你說咱們能帶她嗎？」

楊逍心知張無忌既如此說，已有携她同去之意，說道：「那也不妨，教主衣着茶水，也得有個人服侍，只是鐵鍊聲叮叮噹噹，引人注目。這樣罷，叫她裝作生病，坐在大車之中，平時不可出來。」小昭大喜，忙道：「多謝公子，多謝楊左使。」向韋一笑看了一眼，又加上一句：「多謝韋法王。」

韋一笑道：「多謝我幹甚麼？你小心我發起病來，吸你的血。」說着露出滿口森森白牙，裝個怪樣。小昭明知他是開玩笑，卻也不禁有些害怕，退了三步，道：「你……你別嚇我。」

何太冲手持木劍，劍頭包着布。對面則是個高大番僧，手中拿着的卻是一柄純鋼戒刀。兩人兵刃利鈍懸殊，幾乎不用比試，強弱便判。

二十六　俊貌玉面甘毀傷

這日午後，三騎一車逕向北行，不一日已到元朝的京城大都。其時蒙古人鐵騎所至，直至數萬里外，歷來大國幅員之廣，無一能及。大都即後代之北京。帝皇之居，各小國各部族的使臣貢員，不計其數。張無忌等一進城門，便見街上來來往往，許多都是黃髮碧眼之輩。

四人到得西城，找到了一家客店投宿。楊逍出手闊綽，裝作是富商大賈模樣，要了三間上房。店小二奔走趨奉，服侍殷勤。

楊逍問起大都城裏的名勝古蹟，談了一會，漫不經意的問起有甚麼古廟寺院。那店小二第一所便說到西城的萬安寺：「這萬安寺眞是好大一座叢林，寺裏的三尊大銅佛，便走遍天下，也找不出第四尊來，原該去見識見識。但客官們來得不巧，這半年來，寺中住了西番的佛爺，尋常人就不敢去了。」楊逍道：「住了番僧，去瞧瞧也不礙事啊。」那店小二伸了伸舌頭，四下裏一張，低聲道：「不是小的多嘴，客官們初來京城，說話還得留神些。那些西番的佛爺們見了人愛打便打，愛殺便殺，見了標緻的娘兒們更一把便抓進寺去。這是皇上聖旨，金口許下的。有誰敢老虎頭上拍蒼蠅，走到西番佛爺的跟前去？」西域番僧倚仗蒙古人的勢力，橫行不法，欺壓漢人，楊逍等知之已久，只是沒料到京城之中竟亦這般肆無忌憚，當下也不跟那店小二多說。

晚飯後各自合眼養神，等到二更時分，三人從窗中躍出，向西尋去。那萬安寺樓高四層，寺後的一座十三級寶塔更老遠便可望見。張無忌、楊逍、韋一笑三人展開輕功，片刻間便已到了寺前。三人一打手勢，繞到寺院左側，想登上寶塔，居高臨下的察看寺中情勢，不料離塔二十餘丈，便見塔上人影綽綽，每一層中都有人來回巡查，塔下更有二三十人守着。

三人一見之下，又驚又喜，此塔守衞既如此嚴密，少林、武當各派人衆必是囚禁在內，倒省了一番探訪功夫。只是敵方戒備森嚴，救人必定極不容易。何況空聞、空智、宋遠橋、俞蓮舟、張松溪等，那一個不是武功卓絕，竟然盡數遭擒，則對方能人之多，手段之厲害，自是不言可喩。三人來萬安寺之前已商定不可鹵莽從事，當下悄悄退開。

突然之間，第六層寶塔上亮起火光，有八九人手執火把緩緩移動，火把從第六層亮到第五層，又從第五層亮到第四層，一路下來，到了底層後，從寶塔正門出來，走向寺後。楊逍揮了揮手，從側面慢慢欺近。萬安寺後院一株株都是參天古樹，三人躲在樹後以爲掩蔽，一聽有風聲響動，便卽奔上數丈。三人輕功雖高，卻也唯恐爲人察覺，須得乘着風動落葉之聲，才敢移步。

如此走上二十多丈，已看清楚十餘名黃袍男子，手中各執兵刃，押着一個寬袖大袍的老者。那人偶一轉頭，張無忌看得明白，正是崑崙派掌門人鐵琴先生何太冲，心中不禁一凜：「果然連何先生也在此處。」

眼見一干人進了萬安寺的後門，三人等了一會，見四下確實無人，這才從後門中閃身而入。那寺院房舍衆多，規模之大，幾和少林寺相彷彿，見中間一座大殿的長窗內燈火明亮，料得何太冲是被押到了該處。三人閃身而前，到了殿外。張無忌伏在地下，從長窗縫隙中向殿內張望。楊逍和韋一笑分列左右把風守衛，防人偷襲。他三人雖然藝高人膽大，但此刻深入龍潭虎穴，心下也不禁惴惴。

長窗縫隙甚細，張無忌只見到何太冲的下半身，殿中另有何人卻無法瞧見。只聽何太冲氣沖沖的道：「我既墮奸計，落入你們手中，要殺要剮，一言而決。你們逼我做朝廷鷹犬，那是萬萬不能，便再說上三年五載，也是白費唇舌。」張無忌暗暗點頭，心想：「這何先生雖不是甚麼正人君子，但大關頭上卻把持得定，不失爲一派掌門的氣概。」

只聽一個男子聲音冷冰冰的道：「你既固執不化，主人也不勉強，這裏的規矩你是知道的了？」何太冲道：「我便十根手指一齊斬斷，也不投降。」那人道：「好，我再說一遍，你如勝得了我們這裏三人，立時放你出去。如若敗了，便斬斷一根手指，囚禁一月，再問你降也不降。」何太冲道：「我已斷了兩根手指，再斷一根，又有何妨？拿劍來！」

那人冷笑道：「等你十指齊斷之後，再來投降，我們也不要你這廢物了。拿劍給他！摩訶巴思，你跟他練練！」另一個粗壯的聲音應道：「是！」

張無忌手指尖暗運神功，輕輕將那縫隙挖大了一點，只見何太冲手持一柄木劍，劍頭包着布，又軟又鈍，不能傷人，對面則是個高大番僧，手中拿着的卻是一柄青光閃閃的純鋼戒刀。兩人兵刃利鈍懸殊，幾乎不用比試，強弱便判。但何太冲毫不氣餒，木劍一幌，說道：「請！」刷的便是一劍，去勢極是凌厲，崑崙劍法，果有獨到之秘。那番僧摩訶巴思身材長大，行動卻甚敏捷，一柄戒刀使將開來，刀刀斬向何太冲要害。張無忌只看了數招，便即暗驚：「怎地何先生脚步虛浮，氣急敗壞，竟似內力全然失卻了？」

何太冲劍法雖精，內力卻似和常人相去不遠，劍招上的凌厲威力全然施展不出，只是那番僧的武功實是遜他兩籌，幾次猛攻而前，總是被何太冲以精妙招術反得先機。拆到五十餘招後，何太冲喝一聲：「着！」一劍東劈西轉，斜迴而前，托的一聲輕響，已戳在那番僧腋下。倘若他手中持的是尋常利劍，又或內力不失，劍鋒早已透肌而入。

只聽那冷冷的聲音說道：「摩訶巴思退！溫臥兒上！」張無忌向聲音來處看去，見說話之人臉上如同罩着一層黑烟，一部稀稀朗朗的花白鬍子，正是玄冥二老之一。他負手而立，雙目半睜半閉，似乎對眼前之事漠不關心。

再向前看，只見一張鋪着錦緞的矮几之上踏着一雙脚，脚上穿一對鵝黃緞鞋，鞋頭上各綴一顆明珠。張無忌心中一動，眼見這對脚脚掌纖美，踝骨渾圓，依稀認得，正是當日綠柳莊中自己曾經捉過在手的趙敏的雙足。他在武當山和她相見，全以敵人相待，但此時見到了這一對踏在錦凳上的纖足，不知如何，竟然忍不住面紅耳赤，心跳加劇。

但見趙敏的右足輕輕點動，料想她是全神貫注的在看何太冲和溫臥兒比武，約莫一盞茶時分，何太冲叫聲：「着！」趙敏的右足在錦凳上一登，溫臥兒又敗下陣來。只聽那黑臉的玄冥老人說道：「溫臥兒退下，黑林鉢夫上。」

張無忌聽到何太冲氣息粗重，想必他連戰二人，已是十分吃力。片刻間劇鬥又起，那黑林鉢夫使的是根長大沉重的鐵杖，使開來風聲滿殿，殿上燭火被風勢激得忽明忽暗，燭影猶似天上浮雲，一片片的在趙敏脚上掠過。驀地裏眼前一黑，殿右幾枝紅燭齊爲鐵杖鼓起的疾風吹熄，喀的一響，木劍斷折。何太冲一聲長歎，抛劍在地，這場比拚終於輸了。

玄冥老人道：「鐵琴先生，你降不降？」何太冲昂然道：「我既不降，也不服。我內力若在，這番僧焉是我的對手？」玄冥老人冷冷的道：「斬下他左手無名指，送回塔去。」

張無忌回過頭來，楊逍向他搖了搖手，意思顯然是說：「此刻衝進殿去救人，不免誤了大事。」但聽得殿中斷指、敷藥、止血、裹傷，何太冲甚爲硬氣，竟一哼也沒哼。那羣黃衣人手執火把，將他送回高塔囚禁。張無忌等縮身在牆角之後，火光下見何太冲臉如白紙，咬牙切齒，神色極是憤怒。

一行人走遠後，忽聽得一個嬌柔清脆的聲音在殿內響起，說道：「鹿杖先生，崑崙派的劍法果眞了得，他刺中摩訶巴思那一招，先是左邊這麼一劈，右邊這麼一轉……」張無忌又湊眼去瞧，見說話的正是趙敏。她一邊說，一邊走到殿中，手裏提着一把木劍，照着何太冲的劍法使了起來。番僧摩訶巴思手舞雙刀，跟她餵招。

那黑臉的玄冥老人便是趙敏稱爲「鹿杖先生」的鹿杖客，讚道：「主人眞是聰明無比，這一招使得分毫不錯。」趙敏練了一次又練一次，每次都是將劍尖戳到摩訶巴思腋下，雖然劍是木劍，但重重一戳，每一次又都戳在同一部位，料必頗爲疼痛。摩訶巴思卻聚精會神的跟她餵招，全無半點怨懟或閃避之意。

她練熟了這幾招，又叫溫臥兒出來，再試何太冲如何擊敗他的劍法。張無忌此時已然明白，原來趙敏將各派高手囚禁此處。使藥物抑住各人的內力，逼迫他們投降朝廷。衆人自然不降，便命人逐一與之相鬥，她在旁察看，得以偷學各門各派的精妙招數，用心之毒，計謀之惡，實是令人髮指。

跟着趙敏和黑林缽夫餵招，使到最後數招時有些遲疑，問道：「鹿杖先生，是這樣的麼？」鹿杖客沉吟不答，轉頭道：「鶴兄弟，你瞧清楚了沒有？」左首角落裏一個聲音道：「苦大師一定記得更清楚。」趙敏笑道：「苦大師，勞你的駕，請來指點一下。」

只見右首走過來一個長髮披肩的頭陀，身材魁偉，滿面橫七豎八的都是刀疤，本來相貌已全不可辨。他頭髮作紅棕之色，自非中土人氏。他一言不發，接過趙敏手中木劍，唰唰唰唰數劍，便向黑林缽夫攻去，使的竟是崑崙派劍法。

這個被稱爲「苦大師」的苦頭陀模仿何太冲劍招，也是絲毫不用內力，那黑林缽夫卻全力施爲，鬥到酣處，他揮杖橫掃，殿右熄後點亮了的紅燭突又齊滅。何太冲在這一招上無可閃避，迫得以木劍硬擋鐵杖，這才折劍落敗，但那苦頭陀的木劍方位陡轉，輕飄飄的削出，猶似輕燕掠過水面、貼着鐵杖削了上去。

黑林缽夫握杖的手指被木劍削中，虎口處穴道酸麻，登時拿揑不住，噹的一聲，鐵杖落地，撞得青磚磚屑紛飛。黑林缽夫滿臉通紅，心知這木劍若是換了利劍，自己八根手指早已削斷，躬身道：「拜服，拜服！」俯身拾起鐵杖。苦頭陀雙手托着木劍，交給趙敏。

趙敏笑道：「苦大師，最後一招精妙絕倫，也是崑崙派的劍法麼？」苦頭陀搖了搖頭。趙敏又道：「難怪何太冲不會，苦大師，你教教我。」苦頭陀空手比劍。趙敏持劍照做。練到第三次，苦頭陀行動如電，已然快得不可思議，趙敏便跟不上了，但她劍招雖然慢了，仍是依模依樣，絲毫不爽。苦頭陀翻過身來，雙手向前一送，停着就此不動。張無忌暗暗喝一聲采：「好，大是高明！」

趙敏一時卻不明白，側頭看着苦頭陀的姿勢，想了一想，登時領悟，說道：「啊，苦大師，你手中若有兵刃，一杖已擊在我的臂上。這一招如何化解？」苦頭陀反手做個姿勢，抓住鐵杖，左足飛出，頭一抬，顯是已奪過敵人鐵杖，同時將人踢飛。這幾下似拙實巧，乃是極剛猛的外門功夫。趙敏笑道：「好師父，你快教我。」神情又嬌又媚。張無忌心中怦的一跳，心想：「你內力不夠，這一招是學不來的。可是她這麼求人，實教人難以推卻。」苦頭陀做了兩個手勢，正是示意：「你內力不夠，沒法子學。」轉身走開，不再理她。

張無忌尋思：「苦頭陀武功之強，只怕和玄冥二老不分上下，雖不知內力如何，但招數神妙，大是勁敵。他只打手勢不說話，難道是個啞巴？可是他耳朵卻又不聾。趙姑娘對他頗見禮遇，定是個大有來頭的人物。」

趙敏見苦頭陀不肯再教，微微一笑，也不生氣，說道：「叫崆峒派的唐文亮來。」過不多時，唐文亮被押着進殿。鹿杖客又派了三個人和他過招。唐文亮不肯在兵刃上吃虧，空手比掌，先勝兩場，到第三場上，對手催動內力，唐文亮無可與抗，亦被斬去了一根手指。

這一次趙敏練招，由鹿杖客在旁指點。張無忌此時已瞧出端倪，趙敏顯是內力不足，情知難以速成，是以想盡學諸家門派之所長，俾成一代高手，這條路子原亦可行，招數練到極精之時，大可補功力之不足。

趙敏練過掌法，說道：「叫滅絕老尼來！」一名黃衣人稟道：「滅絕老尼已絕食五天，今日仍是倔強異常，不肯奉命。」趙敏笑道：「餓死了她也罷！唔，叫峨嵋派那個小姑娘周芷若來。」一手下人答應了，轉身出殿。

張無忌對周芷若當日在漢水舟中殷勤照料之意，常懷感激。在光明頂上，周芷若曾指點他易數方位之法，由此得破華山、崑崙兩派的刀劍聯手，其後刺他一劍，那是奉了師父的嚴令，他也不存芥蒂，這時聽趙敏吩咐帶她前來，不禁心頭一震。

過了片刻，一羣黃衣人押着周芷若進殿。張無忌見她清麗如昔，只比在光明頂之時畧現憔悴，雖身處敵人掌握，卻泰然自若，似乎早將生死置之度外。鹿杖客照例問她降是不降，周芷若搖了搖頭，並不說話。

鹿杖客正要派人和她比劍，趙敏說道：「周姑娘，你這麼年輕，已是峨嵋派的及門高弟，著實令人生羨。聽說你是滅絕師太的得意弟子，深得她老人家劍招絕學，是也不是？」周芷若道：「家師武功博大精深，說到傳她老人家劍招絕學，小女子年輕學淺，可差得遠了。」趙敏笑道：「這裏的規矩，只要誰能勝得我們三人，便平平安安的送他出門，再無絲毫留難。尊師何以這般涯岸自高，不屑跟我們切磋一下武學？」

周芷若道：「家師是寧死不辱。堂堂峨嵋派掌門，豈肯在你們手下苟且求生？你說得不錯，家師確是瞧不起卑鄙陰毒的小人，不屑跟你們動手過招。」趙敏竟不生氣，笑道：「那周姑娘你呢？」周芷若道：「我小小女子，有甚麼主張？師父怎麼說，我便怎麼做。」趙敏道：「尊師叫你也不要跟我們動手，是不是？那爲了甚麼？」周芷若道：「峨嵋派的劍法，雖不能說是甚麼了不起的絕學，終究是中原正大門派的武功，不能讓番邦胡虜的無恥之徒偷學了去。」她說話神態斯斯文文，但言辭鋒利，竟絲毫不留情面。

趙敏一怔，沒料到自己的用心，居然會給滅絕師太猜到了，聽周芷若左一句「陰毒小人」，右一句「無恥之徒」，忍不住有氣，嗤的一聲輕響，倚天劍已執在手中，說道：「你師父罵我們是無恥之徒。好！我倒要請教，這口倚天劍明明是我家家傳之寶，怎地會給峨嵋派偷盜了去？」周芷若淡淡的道：「倚天劍和屠龍刀，向來是中原武林中的兩大利器，從沒聽說跟番邦女子有甚麼干係。」

趙敏臉上一紅，怒道：「哼！瞧不出你嘴上倒厲害得緊。你是決意不肯出手的了？」周芷若搖了搖頭。趙敏道：「旁人比武輸了，或是不肯動手，我都截下他們一根指頭。你這小妞兒想必自負花容月貌，以致這般驕傲，我也不截你的指頭。」說着伸手向苦頭陀一指，道：「我叫你跟這位大師父一樣，臉上劃你二三十道劍痕，瞧你還驕傲不驕傲？」她左手一揮，兩個黃衣人搶上前來，執住了周芷若的雙臂。

趙敏微笑道：「要劃得你的俏臉蛋變成一個蜜蜂窩，也不必使甚麼峨嵋派的精妙劍法。你以爲我三脚貓的把式，就不能叫你變成個醜八怪麼？」

周芷若珠淚盈眶，身子發顫，眼見那倚天劍的劍尖離開自己臉頰不過數寸，只要這惡魔手腕一送，自己轉眼便和那個醜陋可怖的頭陀一模一樣。趙敏笑道：「你怕不怕？」周芷若再也不敢強項，點了點頭。趙敏道：「好啊！那麼你是降順了？」周芷若道：「我不降！你把我殺了罷！」趙敏笑道：「我從來不殺人的。我只劃破你一點兒皮肉。」

寒光一閃，趙敏手中長劍便往周芷若臉上劃去，突然間噹的一響，殿外擲進一件物事，將倚天劍撞了開去。在此同時，殿上長窗震破，一人飛身而入。那兩名握住周芷若的黃衣人身不由主的向外跌飛。破窗而入的那人迴過左臂，護住了周芷若，伸出右掌，和鹿杖客砰的一掌相交，各自退開了兩步。

衆人看那人時，正是明教教主張無忌。

他這一下如同飛將軍從天而降，誰都大吃一驚，卽令是玄冥二老這般一等一的高手，事先竟也沒絲毫警覺。鹿杖客聽得長窗破裂，卽便搶在趙敏身前相護，和張無忌拚了一掌，竟然立足不定，退開兩步，待要提氣再上，剎那間全身燥熱不堪，宛似身入熔爐。

周芷若眼見大禍臨頭，不料竟會有人突然出手相救。她被張無忌摟在胸前，碰到他寬廣堅實的胸膛，又聞到一股濃烈的男子氣息，又驚又喜，一剎那間身子軟軟的幾欲暈去。要知張無忌以九陽神功和鹿杖客的玄冥神掌相抗，全身眞氣鼓盪而出。周芷若從未和男子如此肌膚相親，何況這男子又是她日夜思念的夢中之伴、意中之人？心中只覺得無比的歡喜，四周敵人如在此刻千刀萬劍同時斬下，她也無憂無懼。

楊逍和韋一笑一見教主衝入救人，跟着便閃身而入，分站在他身後左右。趙敏手下的衆高手以變起倉卒，初時微見慌亂，但隨即瞧出闖進殿來只有三名敵人，殿內殿外的守衞武士唿哨相應，知道外邊再無敵人，當下立卽堵死了各處門戶，靜候趙敏發落。

趙敏既不驚懼，也不生氣，只怔怔的向張無忌望了一陣，眼光轉到殿角兩塊金光燦爛之物，原來她伸倚天劍去劃周芷若的臉時，張無忌擲進一物，撞開她劍鋒，那物正是她所贈的黃金盒子。倚天劍鋒銳無倫，一碰之下，立時將金盒剖成兩半。她向兩半金盒凝視半晌，說道：「你如此厭惡這隻盒子，非要它破損不可麼？」

張無忌見到她眼光中充滿了幽怨之意，並非憤怒責怪，竟是淒然欲絕，一怔之下，甚感歉咎，柔聲道：「我沒帶暗器，匆忙之際隨手在懷中一探，摸了盒子出來，實非有意，還望姑娘莫怪。」趙敏眼中光芒一閃，問道：「這盒子你隨身帶着麼？」張無忌道：「是。」見她妙目凝望自己，而自己左臂還摟着周芷若，臉上微微一紅，便鬆開了手臂。

趙敏歎了口氣，道：「我不知周姑娘是你……是你的好朋友，否則也不會這般對她。原來你們……」說着將頭轉了開去。張無忌道：「周姑娘和我……也沒甚麼……只是……只是……」說了兩個「只是」，卻接不下去。趙敏又轉頭向地下那兩半截金盒望了一眼，沒說一句話，可是眼光神色之中，卻似已說了千言萬語。

周芷若心頭一驚：「這個女魔頭對他顯是十分鍾情，豈難道……」

張無忌的心情卻不似這兩個少女細膩周至，趙敏的神色他只模模糊糊的懂了一些，全沒體會到其中深意。他只覺得趙敏贈他珠花金盒，治好了俞岱巖和殷梨亭的殘疾，此時他卻將金盒毀了，未免對人家不起，於是走向殿角，俯身拾起兩半截金盒，說道：「我去請高手匠人重行鑲好。」趙敏喜道：「當眞麼？」張無忌點了點頭，心想你我都統率無數英雄豪傑，怎會去重視這些無關緊要的金銀玩物？這隻黃金盒雖然精緻，也不是甚麼珍異寶物，盒中所藏的黑玉斷續膏已經取出，盒子便無多大用處，破了不必掛懷，再鑲好它，也是小事一樁，眼前有多大事待決，你卻儘跟我說這隻盒子，想必是年輕姑娘婆婆媽媽，對這些身邊瑣事特別關心，眞是女流之見，當下將兩半截盒子揣在懷中。

趙敏道：「那你去罷！」張無忌心想宋大師伯等尙未救出，怎能就此便去，但敵方高手如雲，己方只有三人，說到救人，眞是談何容易，問道：「趙姑娘，你擒拿我大師伯等人，究竟意欲何爲？」趙敏笑道：「我是一番好意，要勸請他們爲朝廷出力，各享榮華富貴。那知他們固執不聽，我迫於無奈，只得慢慢勸說。」

張無忌哼了一聲，轉身回到周芷若的身旁，他在敵方衆高手環伺之下，俯身拾盒，坦然而回，竟是來去自如，旁若無人。他冷冷的向衆人掃視一眼，說道：「旣是如此，我們便告辭了！」說着携住周芷若的手，轉身欲出。

趙敏森然道：「你自己要去，我也不留。但你想把周姑娘也帶了去，竟不來問我一聲，你當我是甚麼人了？」張無忌道：「這確是在下欠了禮數。趙姑娘，請你放了周姑娘，讓她隨我同去。」趙敏不答，向玄冥二老使個眼色。

鶴筆翁踏上一步，說道：「張教主，你說來便來，說去便去，要救人便救人，教我們這夥人的老臉往那裏擱去？你不留下一手絕技，兄弟們難以心服。」

張無忌認出了鶴筆翁的聲音，怒氣上沖，喝道：「當年我幼小之時，被你擒住，性命幾乎不保。今日你還有臉來跟我說話？接招！」呼的一掌，便向鶴筆翁拍了過去。

鹿杖客適才吃過他的苦頭，知道單憑鶴筆翁一人之力，不是他的敵手，搶上前來，向他擊出一掌。張無忌右掌仍是擊向鶴筆翁，左掌從右掌下穿過，還了鹿杖客一掌。這是眞力對眞力相碰，中間實無閃避取巧的餘地。三個人四掌相交，身子各是一幌。

當日在武當山上，玄冥二老以雙掌和張無忌對掌，另出雙掌擊在他身上，此刻重施故技，又是兩掌拍了過來。張無忌那日吃了此虧，焉能重蹈覆轍？手肘微沉，施展乾坤大挪移心法，拍的一聲大響，鶴筆翁的左掌擊在鹿杖客的右掌之上。他兩人武功一師所傳，掌法相同，功力相若，登時都震得雙臂酸麻，至於何以竟會弄得師兄弟自相拚掌，二人武功雖高，卻也不明其中奧秘。兩人又驚又怒之際，張無忌雙掌又已擊到。玄冥二老仍是各出雙掌，一守一攻，所使掌法已和適才全然不同，但被張無忌一引一帶，仍是鹿杖客的左掌擊到了鶴筆翁的右掌之上，這乾坤大挪移手法之巧，計算之準，實已到了匪夷所思的地步。

玄冥二老駭然失色，眼見張無忌第三次舉掌擊來，不約而同的各出單掌抵禦。三人眞力相交，玄冥二老只覺對方掌力中一股純陽之氣洶湧而至，難當難耐。張無忌掌發如風，想起幼時被鶴筆翁打了一招玄冥神掌，數年之間不知吃了多少苦頭，因此擊向鹿杖客的掌力尙留餘地，對鶴筆翁卻毫不放鬆。

二十餘掌一過，鶴筆翁一張靑臉已脹得通紅，眼見對方又是一掌擊到，他左掌虛引，意欲化解，右掌卻斜刺裏重重擊出。只聽得拍拍兩響，鶴筆翁這一掌狠狠打在鹿杖客肩頭，而張無忌那一掌卻終究無法化開，正中胸口。總算張無忌不欲傷他性命，這一掌眞力只用了三成，鶴筆翁哇的一聲，吐出一口鮮血，臉色已紅得發紫，身子搖幌，倘若張無忌乘勢再補上一掌，非教他斃命當場不可。鹿杖客肩頭中掌，也痛得臉色大變，嘴唇都咬出血來。

玄冥二老是趙敏手下頂兒尖兒的能人，豈知不出三十招，便各受傷。趙敏手下衆武士固然盡皆失色，便是楊逍和韋一笑也大爲詫異。他二人曾親眼見到，那日玄冥二老在武當山出手，張無忌中掌受傷，不意數月之間，竟能進展神速若是。但他二人隨即想到，張無忌留居武當數月，一面替俞岱巖、殷梨亭治傷，一面便向張三丰請教武學中的精微深奧，終致九陽神功、乾坤大挪移、再加上武當絕學的太極拳劍，三者漸漸融成一體。二人心中暗讚張三丰學究天人，那才眞是稱得上「深不可測」四字。

玄冥二老比掌敗陣，齊聲呼嘯，同時取出了兵刃。只見鹿杖客手中拿着一根短杖，杖頭分叉，作鹿角之形，通體黝黑，不知是何物鑄成；鶴筆翁手持雙筆，筆端銳如鶴嘴，卻是晶光閃亮。他二人追隨趙敏已非一日，但卽是趙敏，也從未見過他二人使用兵刃。這三件兵刃使展開來，只見一團黑氣，兩道白光，霎時間便將張無忌困在垓心。張無忌身邊不帶兵器，赤手空拳，情勢頗見不利，但他絲毫不懼，存心要試試自己武功，在這兩大高手圍攻之下，是否能空手抵敵。

玄冥二老自恃內力深厚，玄冥神掌是天下絕學，是以一上陣便和他對掌，豈知張無忌的九陽神功卻非任何內功所能及，數十掌一過便卽落敗。他二人的兵刃卻以招數詭異取勝，兩人的名號便是從所用兵刃而得，鹿角短杖和鶴嘴雙筆，每一招都是凌厲狠辣，世所罕見。張無忌聚精會神，在三件兵刃之間空來揷去，攻守自如，只是一時瞧不明白二人兵刃招數的路子，取勝卻也不易。幸好鶴筆翁重傷之餘，出招已難免窒滯。

趙敏手掌輕擊三下，大殿中白刃耀眼，三人攻向楊逍，四人攻向韋一笑，另有兩人出兵刃制住了周芷若。楊逍立時搶到一劍，揮劍如電，反手便刺傷一人。韋一笑仗着絕頂輕功，以寒冰綿掌拍倒了兩人。但敵人人數實在太多，每打倒一人，立時更有二人擁上。

張無忌給玄冥二老纏住了，始終分身不出相援。他和楊韋二人要全身而退，倒也不難，要救周芷若卻萬萬不能，正自焦急，忽聽趙敏說道：「大家住手！」這四個字聲音並不響亮，她手下衆人卻一齊凜遵，立卽躍開。

楊逍將長劍拋在地下。韋一笑握着從敵人手裏奪來的一口單刀，順手一揮，擲還給了原主，哈哈大笑。張無忌見一名漢子手執匕首，抵住周芷若後心，不禁臉有憂色。

周芷若黯然道：「張公子，三位請卽自便，三位一番心意，小女子感激不盡。」

趙敏笑道：「張公子，這般花容月貌的人兒，我見猶憐。她定是你的意中人了？」張無忌臉上一紅，說道：「周姑娘和我從小相識。在下幼時中了這位……」說着向鶴筆翁一指，「……的玄冥神掌，陰毒入體，周身難以動彈，多虧周姑娘服侍我食飯喝水，此番恩德，不敢有忘。」趙敏道：「如此說來，你們倒是青梅竹馬之交了。你想娶她爲魔教的教主夫人，是不是？」張無忌臉上又是一紅，說道：「匈奴未滅，何以家爲！」

趙敏臉一沉，道：「你定要跟我作對到底，非滅了我不可，是也不是！」

張無忌搖了搖頭，說道：「我至今不知姑娘的來歷，雖然有過數次爭執，但每次均是姑娘找上我張無忌，不是張某來找姑娘尋事生非。只要姑娘放了我衆位師伯叔及各派武林人士，在下感激不盡，不敢對姑娘心存敵意。何況姑娘還可吩咐我去辦三件事，在下自當盡心竭力，決不敷衍推搪。」

趙敏聽他說得誠懇，臉上登現喜色，有如鮮花初綻，笑道：「嘿，總算你還沒忘記。」轉頭向周芷若瞧了一眼，對張無忌道：「這位周姑娘既非你意中人，也不是甚麼師兄師妹、未婚夫妻，那麼我要毀了她的容貌，跟你絲毫沒有干係……」她眼角一動，鹿杖客和鶴筆翁各挺兵刃，攔在周芷若之前，另一名漢子手執利刃，對準周芷若的臉頰。張無忌若要衝過來救人，玄冥二老這一關便不易闖過。趙敏冷冷的道：「張公子，你還是跟我說實話的好。」

韋一笑忽然伸出手掌，在掌心吐了數口唾沫，伸手在鞋底擦了幾下，哈哈大笑，衆人正不知他搗甚麼鬼，突然間青影一幌一閃。趙敏只覺自己左頰右頰上被一隻手掌摸了一下，看韋一笑時，卻已站在原地，只是手中多了兩柄短刀，不知是從何人腰間掏來的。趙敏心念一動，知道不好，不敢伸手去摸自己臉頰，忙取手帕在臉上一擦，果見帕上黑黑的沾了不少泥汚，顯是韋一笑鞋底的汚穢再混着唾沫，思之幾欲作嘔。

只聽韋一笑說道：「趙姑娘，你要毀了周姑娘的容貌，那也由得你。你如此心狠手辣，我姓韋的卻放不過你。你今日在周姑娘臉上劃一道傷痕，姓韋的加倍奉還，劃傷兩道。你劃她兩道，我劃你四道。你斷她一根手指，我斷你兩根。」說到這裏，將手中兩根短刀錚的一擊，又道：「姓韋的說得出，做得到，青翼蝠王言出必踐，生平沒說過一句空話。你防得我一年半載，卻防不得十年八年。你想派人殺我，未必追得我上。告辭了！」

這「了」字一出口，早已人影不見，拍拍兩響，兩柄短刀飛插入柱。跟着「啊喲！」「啊！」

兩聲呼叫，殿上兩名番僧緩緩坐倒，手中所持長劍卻不知如何已給韋一笑奪了去，同時身上也被點中了穴道。

韋一笑這幾句話說得平平淡淡，但人人均知決非空言恫嚇，眼見趙敏白裏泛紅、嫩若凝脂的粉頰之上，被韋一笑的污手抹上了幾道黑印，倘若他手中先拿着短刀，趙敏的臉頰早就損毀了。這般來去如電、似鬼似魅的身法，確是再強的高手也防他不了，卽令是張無忌，也是自愧不如。倘若長途競走，張無忌當可以內力取勝，但在庭除廊廡之間，如此趨退若神，當眞天下只此一人而已。

張無忌躬身一揖，說道：「趙姑娘，今日得罪了，就此告辭。」說着携了楊逍之手，轉身出殿，心知在韋一笑如此有力的威嚇之下，趙敏不敢再對周芷若如何。

趙敏瞧着他的背影，又羞又怒，卻不下令攔截。

張無忌和楊逍回到客店，韋一笑已在店中相候。張無忌笑道：「韋蝠王，你今日給了他們一個下馬威，好叫他們得知明教可不是好惹的。」韋一笑道：「嚇嚇小姑娘，倒也不是甚麼難事。她裝得凶神惡煞一般，可是聽我說要毀她的容貌，擔保她三天三晚睡不着覺。」楊逍笑道：「她睡不着覺，那可不好，咱們前去救人就更加難了。」

張無忌道：「楊左使，說到救人，你有何妙計？」楊逍躊躇道：「咱們這裏只有三人，何況形迹已露，這件事當眞棘手。」張無忌歎然道：「我見周姑娘危急，忍不住出手，終於壞了大事。」楊逍道：「事勢如此，那是誰都忍不住的。教主獨力打敗玄冥二老，大殺敵人的威風，那也很好。何況他們知道咱們已到，對宋大俠他們便不敢過份無禮。」

張無忌想起宋大伯、俞二伯等身在敵手，趙敏對何太冲、唐文亮等又如此折辱，不由得憂心如焚。三人商談半晌，不得要領，當即分別就寢。

次晨一早，張無忌睡夢之中微覺窗上有聲，便即醒轉，一睜開眼，只見窗子緩緩打開，有人探進頭來向着他凝望。他吃了一驚，揭帳看時，只見那人臉上疤痕累累，醜陋可怖，正是那個苦頭陀。他一驚更甚，從床中一躍而起，只見苦頭陀的臉仍是呆呆望着自己，卻無出手相害之意。張無忌叫道：「楊左使！韋蝠王！」楊韋二人在鄰室齊聲相應。

他心中一寬，卻見苦頭陀的臉已從窗邊隱去，忙縱身出窗，見苦頭陀從大門中匆匆出去。這時楊韋二人也已趕到，見此外並無敵人，三人發足向苦頭陀追去。苦頭陀等在街角，眼見三人走來，立卽轉身向北，脚步甚大，卻非奔跑。三人打個手勢，當卽跟隨其後。

此時天方黎明，街上行人稀少，不多時便出了北門。苦頭陀繼續前行，折向小路，又走了七八里，來到一處亂石岡上，這才停步轉身，向楊逍和韋一笑擺了擺手，要他二人退開，隨卽抱拳向張無忌行禮。

張無忌還了一禮，心下尋思：「這頭陀帶我們來到此處，不知有何用意？這裏四下無人，若是動武，他以一敵三，顯是十分不利，瞧他情狀，似乎不含敵意。」一盤算未定，苦頭陀荷荷一聲，雙爪齊到，撲了上來。他左手虎爪，右手龍爪，十指成鈎，攻勢極是猛惡。

張無忌左掌揮出，化開了一招，說道：「上人意欲如何？請先表明尊意，再行動手不遲。」苦頭陀毫不理會，竟似沒聽見他說話一般，只見他左手自虎爪變成鷹爪，右手卻自龍爪變成虎爪，一攻左肩，一取右腹，出手狠辣之至。張無忌道：「當眞非打不可嗎？」苦頭陀鷹爪變獅掌，虎爪變鶴嘴，一擊一啄，招式又變，三招之間，雙手變了六般姿式。

張無忌不敢怠慢，當下施展太極拳法，身形猶如行雲流水，便在亂石岡上跟他鬥了起來。但覺這苦頭陀的招數甚是繁複，有時大開大闔，門戶正大，但倏然之間，又是詭秘古怪，全是邪派武功，顯是正邪兼修，淵博無比。張無忌只是用太極拳跟他拆招。鬥到七八十招時，苦頭陀呼的一拳，中宮直攻。張無忌一招「如封似閉」，將他拳力封住，跟着一招「單鞭」，左掌已拍在他背上，只是這一掌沒發內力，手掌一沾卽離。

苦頭陀知他手下留情，向後躍開，斜眼向張無忌望了半晌，突然向楊逍做個手勢，要借他腰間長劍一用。楊逍解下劍絲，連着劍鞘雙手托住，送到苦頭陀面前。張無忌暗暗奇怪：「怎地楊左使將兵刃借了給敵人？」

苦頭陀拔劍出鞘，打個手勢，叫張無忌向韋一笑借劍。張無忌搖搖頭，接過他左手拿着的劍鞘，使招「請手」，便以劍鞘當劍，左手揑了劍訣，劍鞘橫在身前。苦頭陀刷的一劍，斜刺而至。張無忌見過他教導趙敏學劍，知他劍術極是高明，當卽施展這數月中在武當山上精研的太極劍法凝神接戰。但見對手劍招忽快忽慢，處處暗藏機鋒，但張無忌一加拆解，他立卽撤回，另使新招，幾乎沒一招是使得到底了的。張無忌心下讚歎：「若在半年前遇到此人，劍法上我不是他敵手。比之那八臂神劍方東白，這苦頭陀又高上一籌了。」

他起了愛才之念，不願在招數上明着取勝。眼見苦頭陀長劍揮舞，使出「亂披風」勢來，白刃映日，有如萬道金蛇亂鑽亂竄，他看得分明，驀地裏倒過劍鞘，刷的一聲，劍鞘已套上了劍刃，雙手環抱一搭，輕輕扣住苦頭陀雙手手腕，微微一笑，縱身後躍。這時他手上只須畧加使勁，便已將長劍奪過。這一招奪劍之法險是險到了極處，巧也巧到了極處。

他縱身後躍，尚未落地，苦頭陀已拋下長劍，呼的一掌拍到。張無忌聽到風聲，知道這一掌眞力充沛，非同小可，有意試一試他的內力，右掌迴轉，硬碰硬的接了他這掌，左足這才着地。霎時之間，苦頭陀掌上眞力源源催至。張無忌運起乾坤大挪移心法中第七層功夫，將他掌力漸漸積蓄，突然間大喝一聲，反震出去，便如一座大湖在山洪爆發時儲滿了洪水，猛地裏湖堤崩決，洪水急衝而出，將苦頭陀送來的掌力盡數倒回。這是將對方十餘掌的力道歸併成爲一掌拍出，世上原無如此大力。苦頭陀倘若受實了，勢須立時腕骨、臂骨、肩骨、肋骨一齊折斷，連血也噴不出來，當場成爲一團血肉模糊，死得慘不可言。

此時雙掌相黏，苦頭陀萬難閃避。張無忌左手抓住他胸口往上一拋，苦頭陀一個龐大的身軀向上飛起，砰的一聲巨響，亂石橫飛，這一掌威力無儔的掌力，盡數打在亂石堆裏。

楊逍和韋一笑在旁看到這等聲勢，齊聲驚呼出來。他二人只道苦頭陀和教主比拚內力，至少也得一盞茶時分方能分出高下，那料到片刻之間，便到了決生死的關頭。二人心中雖有話說，卻已不及言講，待見苦頭陀平安無恙的落下，手心中都已揑了一把冷汗。

苦頭陀雙足一着地，登時雙手作火燄飛騰之狀，放在胸口，躬身向張無忌拜了下去，說道：「小人光明右使范遙，參見教主。敬謝教主不殺之恩。小人無禮冒犯，還請恕罪。」他十多年來從不開口，說起話來聲調已頗不自然。

張無忌又驚又喜，這啞巴苦頭陀不但開了口，而且更是本教的光明右使，這一着大非始料所及，忙伸手扶起，說道：「原來是本教范右使，實是不勝之喜，自家人不須多禮。」

楊逍和韋一笑跟他到亂石岡來之時，早已料到了三分，只是范遙的面貌變化實在太大，不敢便即相認，待得見他施展武功，更猜到了七八分，這時聽他自報姓名，兩人搶上前來，緊緊握住了他手。楊逍向他臉上凝望半晌，潸然淚下，說道：「范兄弟，做哥哥的想得你好苦。」范遙抱住楊逍身子，說道：「大哥，多謝明尊祐護，賜下教主這等能人，你我兄弟終有重會之日。」楊逍道：「兄弟怎地變成這等模樣？」

范遙道：「我若非自毀容貌，怎瞞得過混元霹靂手成崑那奸賊？」

三人一聽，才知他是故意毀容，混入敵人身邊臥底。楊逍更是傷感，說道：「兄弟，這可苦了你了。」楊逍、范遙當年江湖上人稱「逍遙二仙」，都是英俊瀟洒的美男子，范遙竟然將自己傷殘得如此醜陋不堪，其苦心孤詣，實非常人所能爲。韋一笑向來和范遙不睦，但這時也不由得深爲所感，拜了下去，說道：「范右使，韋一笑到今日才眞正服了你。」范遙跪下還拜，笑道：「韋蝠王輕功獨步天下，神妙更勝當年，苦頭陀昨晚大開眼界。」

楊逍四下一望，說道：「此處離城不遠，敵人耳目衆多，咱們到前面山坳中說話。」四人奔出十餘里，到了一個小岡之後，該處一望數里，不愁有人隱伏偷聽，但從遠處卻瞧不見岡後的情景。四人坐地，說起別來情由。

當年陽頂天突然間不知所蹤，明教衆高手爲爭教主之位，互不相下，以致四分五裂。范遙卻認定教主並未逝世，獨行江湖，尋訪他的下落，忽忽數年，沒發見絲毫蹤迹，後來想到或許是爲丐幫所害，暗中捉了好些丐幫的重要人物拷打逼問，仍是查不出半點端倪，倒害死了不少丐幫的無辜幫衆。後來聽到明教諸人紛爭，鬧得更加厲害，更有人正在到處尋他，要以他爲號召。范遙無意去爭教主，亦不願捲入漩渦，便遠遠的躲開，又怕給教中兄弟撞到，於是裝上長鬚，扮作個老年書生，到處漫遊，倒也逍遙自在。

有一日他在大都鬧市上見到一人，認得是陽教主夫人的師兄成崑，不禁暗暗吃驚。這時武林中早已到處轟傳，不少好手爲人所殺，牆上總是留下了「殺人者混元霹靂手成崑也」的字樣。他想查明此事眞相，又想向成崑探詢陽教主的下落，於是遠遠的跟着。只見成崑走上一座酒樓，酒樓上有兩個老者等着，便是玄冥二老。范遙知道成崑武功高強，便遠遠坐着假裝喝酒，隱隱約約只聽到三言兩語，但「須當毀了光明頂」這七個字卻聽得清清楚楚。范遙聽得本教有難，不能袖手不理，當下暗中跟隨，眼見三人走進了汝陽王府中。後來更查到玄冥二老是汝陽王手下武士中的頂兒尖兒人物。

汝陽王察罕特穆爾官居太尉，執掌天下兵馬大權，智勇雙全，是朝廷中的第一位能人，江淮義軍起事，均被他遣兵撲滅。義軍屢起屢敗，皆因察罕特穆爾統兵有方之故。張無忌等久聞其名，這時聽到鹿杖客等乃是他的手下，雖不驚訝，卻也爲之一怔。

楊逍問道：「那麼那個趙姑娘是誰？」

范遙道：「大哥不妨猜上一猜。」楊逍道：「莫非是察罕特穆爾的女兒？」范遙拍手道：「不錯，一猜便中。這汝陽王生有一子一女，兒子叫做庫庫特穆爾，女兒便是這位姑娘了，她的蒙古名叫作甚麼敏敏特穆爾。庫庫特穆爾是汝陽王世子，將來是要襲王爵的。那位姑娘的封號是紹敏郡主。這兩個孩子都生性好武，倒也學了一身好武功。兩人又愛作漢人打扮，說漢人的話，各自取了一個漢名，男的叫做王保保，女的便叫趙敏，『趙敏』二字，是從她的封號『紹敏郡主』而來。」韋一笑道：「這兄妹二人倒也古怪，一個姓王，一個姓趙，倘若是咱們漢人，那可笑煞人了。」范遙道：「其實他們都姓特穆爾，卻把名字放在前面，這是番邦蠻俗。那汝陽王察罕特穆爾也有漢姓的，卻是姓李。」說到這裏，四人一齊大笑。（按：「新元史」第二百二十卷「察罕帖木兒傳」：「察罕帖木兒曾祖闊闊台，祖乃蠻台，父阿魯溫，遂家河南，爲穎州沈丘人，改姓李氏。」庫庫特穆爾雖爲世子，實爲察罕特穆爾的外甥。此等小節，小說中不必細辨。）

楊逍道：「這趙姑娘的容貌模樣，活脫是個漢人美女，可是只須一瞧她行事，那番邦女子的兇蠻野性，立時便顯露了出來。」

張無忌直到此刻，方知趙敏的來歷，雖料想她必是朝廷貴人，卻沒料到竟是天下兵馬大元帥汝陽王的郡主。和她交手數次，每次都是多多少少的落了下風，雖然她武功不及自己，但心思機敏、奇變百出，實不是她的敵手。

范遙接着說道：「屬下暗中繼續探聽，得知汝陽王決意剿滅江湖上的門派幫會。他採納了成崑的計謀，第一步便想除滅本教。我仔細思量，本教內部紛爭不休，外敵卻如此之強，滅亡的大禍已迫在眉睫，要圖挽救，只有混入王府，查知汝陽王的謀劃，那時再相機解救。除此之外，實在別無良策。只是我好生奇怪，成崑既是陽教主夫人的師兄，又是謝獅王的師父，卻何以如此狠毒的跟本教作對。其中原由，說甚麼也想不出來，料想他必是貪圖富貴，要滅了本教，爲朝廷立功。本教兄弟識得成崑的不多，我以前卻曾和他朝過相，他是認得我的，要使我所圖不致洩露，只有想法子殺了此人。」韋一笑道：「正該如此。」

范遙道：「可是此人實在狡獪，武功又強，我接連暗算了他三次，都沒成功。第三次雖然刺中了他一劍，我卻也被他劈了一掌，好容易才得脫逃，不致露了形迹，但卻已身受重傷，養了年餘才好。這時汝陽王府中圖謀更急，我想若是喬裝改扮，只能瞞得一時，我當年和楊兄齊名，江湖上知道『逍遙二仙』的人着實不少，日子久了，必定露出馬脚，於是一咬牙便毁了自己容貌，扮作個帶髮頭陀，更用藥物染了頭髮，投到了西域花剌子模國去。」

韋一笑奇道：「到花剌子模？萬里迢迢的，跟這事又有甚麼相干？」范遙一笑，正待回答，楊逍拍手道：「此計大妙。韋兄，范兄弟到了花剌子模，找個機緣一顯身手，那邊的蒙古王公必定收錄。汝陽王正在招聘四方武士，花剌子模的王公爲了討好汝陽王，定然會送他到王府効力。這麼一來，范兄弟成了西域花剌子模國進獻的色目武士，他容貌已變，又不開口，成崑便有天大本事，也認他不出了。」

韋一笑長聲一歎，說道：「陽教主派逍遙二仙排名在四大法王之上，確是目光如炬。這等計謀，甚麼鷹王、蝠王，都是想不出來的。」

范遙道：「韋兄，你讚得我也夠了。果如楊左使所料，我在花剌子模殺獅斃虎，頗立威名，當地王公便送我到汝陽王府中。但那成崑其時已不在王府，不知去了何方。」

楊逍當下略述成崑何以和明教結仇、如何偷襲光明頂、如何奸謀爲張無忌所破、如何與殷野王比拚掌力而死的經過。

范遙聽罷，呆了半晌，才知中間原來有這許多曲折，站起身來，恭恭敬敬的對張無忌道：

「教主，有一件事屬下向你領罪。」張無忌道：「范右使何必過謙。」

范遙道：「屬下到了汝陽王府，爲了堅王爺之信，在大都鬧市之中，親手格斃了本教三名香主，顯得本人和明教早就結下深仇。」

張無忌默然，心想：「殘殺本教兄弟，乃本教五大禁忌之一，因此楊左使、四法王、五行旗等爭奪教主之位，儘管相鬥甚烈，卻從來不傷本教兄弟的性命。范右使此罪實在不輕，但他主旨是爲了護教，非因私仇，按理又不能加罪於他。」說道：「范右使出於護教苦心，本人不便深責。」范遙躬身道：「謝教主恕罪。」張無忌暗想：「這位范右使行事之辣手，世所罕有。他能在自己臉上砍上十七八刀，那麼殺幾個教中無辜的香主，自也不在他的意下。明教被人稱作邪教魔教，其來有自，不知將來如何方得改了這些邪氣魔氣？」

范遙見張無忌口中雖說「不便深責」，臉上卻有不豫之色，一伸手，拔出楊逍腰間長劍，左手一揮，已割下了右手兩根手指。張無忌大吃一驚，挾手搶過他的長劍，說道：「范右使，你……你……這是爲何？」范遙道：「殘殺本教無辜兄弟，乃是重罪。范遙大事未了，不能自盡。先斷兩指，日後再斷項上這顆人頭。」

張無忌道：「本人已恕了范右使的過失，何苦再又如此？身當大事之際，唯須從權。范右使，此事不必再提。」忙取出金創藥，替他敷了傷處，撕下自己衣襟，給他包紮好了，心知此人性烈，別說言語中得罪不得，臉色上也不能使他有半分難堪。他說得出做得到，恐怕日後眞的會自刎謝罪，想到他爲本教受了這等重大的折磨，心中大是感動，突然跪倒，說道：「范右使，你有大功於本教，受我一拜，你再殘害自身，那便是說我無德無能，不配當此教主大任。你再自刺一劍，我便自刺兩劍，我年幼識淺，不明事理，原是分不出好歹。」

范遙、楊逍、韋一笑見教主跪倒，急忙一起拜伏在地。

楊逍垂淚道：「范兄弟，你休得再是如此。本教興衰全繫教主一人。教主令旨，你可千萬不能違背。」范遙拜道：「屬下今日比劍試掌，對教主已是死心塌地的拜服。苦頭陀性情乖張，還請教主原宥。」張無忌雙手扶他起身。經此一事，兩人相互知心，再無隔閡。

范遙當下再陳述投入汝陽王府後所見所聞。

那汝陽王察罕特穆爾實有經國用兵的大才，雖握兵權，朝政卻被奸相把持，加之當今皇帝昏庸無道，弄得天下大亂，民心沸騰，全仗汝陽王東征西討，擊潰義軍無數。可是此滅彼起，歲無寧日，汝陽王忙於調兵遣將，將撲滅江湖上教派幫會之事，暫且擱在一邊。

數年之後，他一子一女長大，世子庫庫特穆爾隨父帶兵，女兒敏敏特穆爾竟然統率蒙漢西域的武士番僧，向門派幫會大舉進擊。成崑暗中助她策劃，乘着六大派圍攻光明頂之際，由趙敏帶同大批高手，企圖乘機收漁人之利，將明教和六大派一鼓剿滅。綠柳莊中下毒等等情由，便是因此而起。只是當時范遙奉命保護汝陽王，西域之行沒能參與，是以直到後來方始得知。范遙說道，他雖在汝陽王府中毫不露形迹，但他來自西域，趙敏便不讓他參與西域之役，說不定這也是成崑出的主意。

趙敏以西域番僧所獻的毒藥「十香軟筋散」，暗中下在從光明頂歸來的六大派高手的飲食之中。那「十香軟筋散」無色無香，混在菜餚之中，又有誰能辨得出？這毒藥的藥性一發作，登時全身筋骨酸軟，過得數日後，雖能行動如常，內力卻已半點發揮不出，因此六大派遠征光明頂的衆高手在一月之內，一一分別被擒。只是在對少林派空性所率的第三撥人下毒時給撞破了，眞刀眞槍的動起手來。空性爲阿三所殺，餘人不敵玄冥二老、神箭八雄，以及阿大、阿二、阿三等人，死了十多人後，盡數遭擒。

此後便去進襲六大派的根本之地，第一個便挑中了少林派。少林寺防備嚴密，要想混入寺中下毒，可大大不易，不比行旅之間，須在市鎭客店中借宿打尖，下毒輕而易舉。既不能下毒，便卽恃衆強攻。

范遙說道：「郡主要對少林寺下手，生怕人手不足，又從大都調了一批人去相助，那便由我率領，正好趕上了圍擒少林羣僧之役。少林派向來對本教無禮，讓他們多吃些苦頭，正是人心大快。就算將少林派的臭和尙們一起都殺光了，苦頭陀也不皺一皺眉頭。教主，你又要不以爲然了，哈哈！」

楊逍挿口道：「兄弟，那些羅漢像轉過了身子，是你做的手脚了？」范遙笑道：「我見郡主叫人在羅漢像背上刻下了那十六個字，意圖嫁禍本敎，我後來便又悄悄回去，將羅漢像推轉。大哥，你們倒眞心細，這件事還是叫你們瞧了出來。那時候你可想得到是兄弟麼？」楊逍道：「我們推敲起來，對頭之中，似有一位高手在暗中維護本敎，可那能想得到竟是我的老搭檔好兄弟！」四人盡皆大笑。

楊逍隨卽向范遙簡畧說明，明敎決和六大派捐棄前嫌，共抗蒙古，因此定須將衆高手救了出來。

范遙道：「敵衆我寡，單憑我們四人，難以辦成此事，須當尋得十香軟筋散的解藥，給那一干臭和尚、臭尼姑、牛鼻子們服了，待他們回復內力，一鬨衝出，攻韃子們一個措手不及，然後一齊逃出大都。」明教向來和少林、武當等名門正派是對頭冤家，他言語之中對六大門派衆高手毫不客氣。楊逍向他連使眼色，范遙絕不理會。張無忌對這些小節卻不以爲意，拍手說道：「范右使之言不錯，只不知如何能取得十香軟筋散的解藥？」

范遙道：「我從不開口，因此郡主雖對我頗加禮敬，卻向來不跟我商量甚麼要緊事。只有她一個人自言自語，對方卻不答一句話，那豈不掃興？加之我來自西域小國，她亦不能將我當作心腹，因此那十香軟筋散的解藥是甚麼，我卻無法知道。不過我知此事牽涉重大，暗中早就留上了心。如我所料不錯，那麼這毒藥和解藥是由玄冥二老分掌，一個管毒藥，一個管解藥，而且經常輪流掌管。」

楊逍歎道：「這位郡主娘娘心計之工，尋常鬚眉男子也及她不上。難道她對玄冥二老也不放心麼？」范遙道：「一來當是不放心，二來也是更加穩當。好比咱們此刻想偷盜解藥，就不知是找鹿杖客好呢，還是找鶴筆翁好。而且，聽說毒藥和解藥氣味顏色全然一般無異，若非掌藥之人知曉，旁人去偷解藥，說不定反而偷了毒藥。那十香軟筋散另有一般厲害處，中了此毒後，筋萎骨軟，自是不在話下，倘若第二次再服毒藥，就算只有一點兒粉末，也是立時血逆氣絕，無藥可救。」韋一笑伸了伸舌頭，說道：「如此說來，解藥是萬萬不能偷錯的。」范遙道：「話雖如此，卻也不打緊。咱們只管把玄冥二老身上的藥偷來，找一個華山派、崆峒派的小角色來試上一試，那一種藥整死了他，便是毒藥了，這還不方便麼？」

張無忌知他邪性甚重，不把旁人的性命放在心上，只笑了笑，說道：「那可不好。說不定咱們辛辛苦苦偷來的兩種都是毒藥。」

楊逍一拍大腿，說道：「教主此言有理。咱們昨晚這麼一鬧，或許把郡主嚇怕了，竟把解藥收在自己身邊。依我說，咱們須得先行查明解藥由何人掌管，然後再計議行事。」他沉吟片刻，說道：「兄弟，那玄冥二老生平最喜歡的是甚麼調調兒？」

范遙笑道：「鹿好色，鶴好酒，還能有甚麼好東西了？」

楊逍問張無忌道：「教主，可有甚麼藥物，能使人筋骨酸軟，便好似中了十香軟筋散一般？」張無忌想了一想，笑道：「要使人全身乏力，昏昏欲睡，那並不難，只是用在高手身上，不到半個時辰，藥力便消，要像十香軟筋散那麼厲害，可沒有法子。」

楊逍笑道：「有半個時辰，那也夠了。屬下倒有一計在此，只不知是否管用，要請教主斟酌。雖說是計，說穿了其實也不值一笑。范兄弟設法去邀鶴筆翁喝酒，酒中下了教主所調的藥物。范兄弟先行鬧將起來，說是中了鶴筆翁的十香軟筋散，那時解藥在何人身上，當可查知，乘機便卽奪藥救人。」

張無忌道：「此計是否可行，要瞧那鶴筆翁的性子如何而定，范右使你看怎樣？」

范遙將此事從頭至尾虛擬想像一遍，覺得這條計策雖然簡易，倒也沒有破綻，說道：「我想楊大哥之計可行。鶴筆翁性子狠辣，卻不及鹿杖客陰毒多智，只須解藥在鶴筆翁身上，我武功雖不及他，當能對付得了。」楊逍道：「要是在鹿杖客身上呢？」

范遙皺眉道：「那便棘手得多。」他站起身來，在山岡旁走來走去，隔了良久，雙手一拍，道：「只有這樣，那鹿杖客精明過人，若要騙他，多半會給他識破機關，只有抓住了他虧心之事，硬碰硬的威嚇，他權衡輕重，就此屈從也未可知。當然，這般蠻幹說不定會砸鍋，冒險不小，可是除此之外，似乎別無善策。」

楊逍道：「這老兒有甚麼虧心事？他人老心不老，有甚麼把柄落在兄弟的手上麼？」范遙道：「今年春天，汝陽王納妾，邀我們幾個人在花廳便宴。汝陽王誇耀他新妾美貌，命新娘娘出來敬酒，我見鹿杖客一雙賊眼骨溜溜的亂轉，咽了幾口饞涎，委實大爲心動。」韋一笑道：「後來怎樣？」范遙道：「後來也沒怎樣，那是王爺的愛妾，他便有天大的膽子，也不敢打甚麼歹主意。」韋一笑道：「眼珠轉幾轉，可不能說是甚麼虧心事啊？」

范遙道：「不是虧心事，可以將他做成虧心事。此事要偏勞韋兄了，你施展輕功，去將汝陽王的愛姬刦來，放在鹿杖客的牀上。這老兒十之七八，定會按捺不住，就此胡天胡帝一番。就算他眞能臨崖勒馬，我也會闖進房去，教他百口莫辯，水洗不得乾淨，只好乖乖的將解藥雙手奉上。」

楊逍和韋一笑同時拍手笑道：「這個栽贓的法兒大是高明。憑他鹿杖客奸似鬼，也要鬧個灰頭土臉。」

張無忌又是好氣，又是好笑，心想自己所率領的這批邪魔外道，行事之奸詐陰毒，和趙敏手下那批人物並無甚麼不同，只是一者爲善，一者爲惡，這中間就大有區別，以陰毒的法兒去對付陰毒之人，可說是以毒攻毒。他想到這裏，便卽釋然，微笑道：「只可惜累了汝陽王的愛姬。」范遙笑道：「我早些闖進房去。不讓鹿杖客佔了便宜，也就是了。」

當下四人詳細商議，奪得解藥之後，由范遙送入高塔，分給少林、武當各派高手服下。

張無忌和韋一笑則在外接應，一見范遙在萬安寺中放起烟火，便即在寺外四處民房放火，羣俠便可乘亂逃出。楊逍事先買定馬匹、備就車輛，候在西門外，羣俠出城後分乘車馬，到昌平會合。張無忌於焚燒民房一節，覺得未免累及無辜。楊逍道：「教主，世事往往難以兩全。咱們救出六大派羣俠，日後如能驅走韃子，那是爲天下千萬蒼生造福，今日害得幾百家人家那也說不得了。」

四人計議已定，分頭入城幹事。楊逍去購買坐騎，僱定車輛。張無忌配了一服痲藥，爲了掩飾藥性，另行加上了三味香料，和在酒中之後，入口更是醇美馥郁。韋一笑卻到市上買了一個大布袋，只等天黑，便去汝陽王府夜劫王姬。

范遙和玄冥二老等爲了看守六大派高手，都就近住在萬安寺。趙敏則仍住王府，只有晚間要學練武藝，才乘車來寺。范遙拿了痲藥回到萬安寺中，想起二十餘年來明教四分五裂，今日中興有望，也不枉自己吃了這許多苦頭，心下甚是欣慰。張無忌武功既高，爲人又極仁義，實令人好生心服，只是不夠心狠手辣，有些婆婆媽媽之氣，未免美中不足。

他住在西廂，玄冥二老則住在後院的寶相精舍。他平時爲了忌憚二人了得，生恐露出馬脚，極少和他二人交接，因此雙方居室也是離得遠遠地，這時想邀鶴筆翁飲酒，如何不着形迹，倒非易事。

眼望後院，只見夕陽西斜，那十三級寶塔下半截已照不到太陽，塔頂琉璃瓦上的日光也漸漸淡了下去，他一時不得主意，負着雙手，慢慢踱步到後院中去，突然之間，一股肉香從寶相精舍對面的一間廂房中透出，那是神箭八雄中孫三毀和李四摧二人所在。

范遙心念一動，走到廂房之前，伸手推開房門，肉香撲鼻衝到。只見李四摧蹲在地下，對着一個紅泥火爐不住搧火，火爐上放着一隻大瓦罐，炭火燒得正旺，肉香陣陣從瓦罐中噴出。孫三毀則在擺設碗筷，顯然哥兒倆要大快朶頤。

兩人見苦頭陀推門進來，微微一怔，見他神色木然，不禁暗暗叫苦。兩人適才在街上打了一頭大黃狗，割了四條狗腿，悄悄在房中烹煮。萬安寺是和尚廟，在廟中烹狗而食，實在不妙，旁人見到那也罷了，這苦頭陀卻是佛門子弟，莫要惹得他生起氣來，打上一頓，苦頭陀武功甚高，哥兒倆萬萬不是對手，何況是自己做錯了事，給他打了也是活該；心下正自惴惴，只見他走到火爐邊，揭開罐蓋，瞧了一瞧，深深吸一口氣，似乎說：「好香，好香！」突然間伸手入罐，也不理湯水煮得正滾，撈起一塊狗肉，張口便咬，大嚼起來，片刻間將一塊狗肉吃得乾乾淨淨，舐唇嗒舌，似覺美味無窮。孫李二人大喜，忙道：「苦大師請坐，請坐！難得你老人家愛吃狗肉。」

苦頭陀卻不就坐，又從瓦罐中抓起一塊狗肉，蹲在火爐邊便大嚼起來，孫三毀要討好他，篩了一碗酒送到他面前。苦頭陀端起酒碗，喝了一口，突然都吐在地上，左手在自己鼻子下搧了幾下，意思說此酒太劣，難以入口，大踏步走出房去。

孫李二人見他氣憤憤的出去，又擔心起來，但不久便見他手中提了一個大酒葫蘆進來，登時大喜，說道：「對！對！我們的酒原非上品，苦大師既有美酒，那是再好不過了。」兩人端櫈擺碗，恭請苦頭陀坐在上首，將狗肉滿滿的盛了一盤，放在他面前。苦頭陀武功極高，在趙敏手下實是第一流的人物，平時神箭八雄是萬萬巴結不上的，今日能請他吃一頓狗肉，說不定他老人家心裏一喜歡，傳授一兩手絕招，那就終身受用不盡了。

苦頭陀拔開葫蘆上的木塞，倒了三碗酒。那酒色作金黃，稠稠的猶如稀蜜一般，一倒出來便清香撲鼻。孫李二人齊聲喝采：「好酒！好酒！」

范遙尋思：「不知玄冥二老在不在家，倘若外出未歸，這番做作可都白耗了。」他拿起酒碗，放在火爐上的小罐中燙熱，其時狗肉煮得正滾，熱氣一逼，酒香更加濃了。孫李二人饞涎欲滴，端起冷酒待喝，苦頭陀打手勢阻止，命二人燙熱了再飲。三個人輪流燙酒，那酒香直送出去，鶴筆翁不在廟中便罷，否則便是隔着數進院子也會聞香趕到。

果然對面寶相精舍板門呀的一聲打開，只聽鶴筆翁叫道：「好酒，好酒，嘿嘿！」他老實不客氣，跨過天井，推門便進，只見苦頭陀和孫李二人圍着火爐飲酒吃肉，興會淋漓。鶴筆翁一怔，笑道：「苦大師，你也愛這個調調兒啊，想不到咱們倒是同道中人。」

孫李二人忙站起身來，說道：「鶴公公，快請喝幾碗，這是苦大師的美酒，等閒難以喝到。」

鶴筆翁坐在苦頭陀對面，兩人喧賓奪主，大吃大喝起來，將孫李二人倒成了端肉、斟酒的廝役一般。

四人興高采烈的吃了半晌，都已有了六七分酒意，范遙心想：「可以下手了。」自己滿滿斟了一碗酒後，順手將葫蘆橫放了。原來他挖空了酒葫蘆的木塞，將張無忌所配的藥粉藏在其中，木塞外包了兩層布。葫蘆直置之時，藥粉不致落下，四人喝的都是尋常美酒，葫蘆一打橫，那酒透過布層，浸潤藥末，一葫蘆的酒都成了毒酒。葫蘆之底本圓，橫放直置，誰也不會留意，何況四人已飲了好半天，醺醺微醉，只感十分舒暢。

范遙見鶴筆翁將面前的一碗酒喝乾了，便拔下木塞，將酒葫蘆遞了給他。鶴筆翁自己斟了一碗，順手替孫李兩人都加滿了，見苦頭陀碗中酒滿將溢，便沒給他斟。四個人舉碗齊口，骨嘟骨嘟的都喝了下去。

除了范遙之外，三人喝的都是毒酒。孫李二人內力不深，毒酒一入肚，片刻間便覺手酸腳軟，混身不得勁兒。孫三毀低聲道：「四弟，我肚中有點不對。」李四摧也道：「我……我……像是中了毒。」此時鶴筆翁也覺到了，一運氣，內力竟然提不上來，不由得臉色大變。

范遙站起來，滿臉怒氣，一把抓住鶴筆翁胸口，口中荷荷而呼，只是說不出話。孫三毀驚道：「苦大師，怎麼啦？」范遙手指醮了點酒，在桌上寫了「十香軟筋散」五字。

孫李二人均知十香軟筋散是由玄冥二老掌管，眼前情形，確是苦頭陀和哥兒倆都中了此藥之毒。兩人相互使個眼色，躬身向鶴筆翁道：「鶴公公，我兄弟可沒敢冒犯你老人家，請你老人家高抬貴手。」他二人料定鶴筆翁所要對付的只是苦頭陀，他們二人只不過適逢其會、遭受池魚之殃而已，鶴筆翁要對付他二人，也不必用甚麼毒藥。

鶴筆翁詫異萬分，十香軟筋散這個月由自已掌管，明明是藏在左手所使的一枝鶴嘴筆中，這兩件兵刃，從不離身一步，要說有人從自己身邊偷了毒藥出去，那是決計不能，可是稍一運氣，半點使不出力道，確是中了十香軟筋散之毒無疑。其實張無忌所調製的麻藥雖然藥力頗強，比之十香軟筋散卻大大不如，服食後所覺異狀也是全不相同，但鶴筆翁平素只聽慣了十香軟筋散令人眞力渙散的話，到底不曾親自服過，因此兩種藥物雖然差異甚大，他終究無法辨別。眼見苦頭陀又是慌張，又是惱怒，孫李二人更在旁不住口的哀告，那裏還有半點疑惑，說道：「苦大師不須惱怒，咱們是相好兄弟，在下豈能有加害之意？我也中了此毒，渾身不得勁兒，只不知是何人在暗中搗鬼，當眞奇了。」

范遙又蘸酒水，在桌上寫了「快取解藥」四字。鶴筆翁點點頭，道：「不錯。咱們先服解藥，再去跟那暗中搗鬼的奸賊算帳。解藥在鹿師哥身邊，苦大師請和我同去。」

范遙心下暗喜，想不到楊逍這計策十分管用，輕輕易易的便將解藥所在探了出來。他伸左手握住鶴筆翁的右腕，故意裝得脚步蹣跚，跨過院子，一齊走向寶相精舍。鶴筆翁見了他這等支持不住的神態，心中一喜：「這苦頭陀武功的底子是極高的，只是一直沒機會跟我師兄弟倆較量個高下，瞧他中毒後這等慌亂失措，只怕內力是遠遠不如我們了。」

兩人走到精舍門前，靠南一間廂房是鶴筆翁所住，鹿杖客則住在靠北的廂房中，只見北廂房房門牢牢緊閉。鶴筆翁叫道：「師哥在家嗎？」只聽得鹿杖客在房內應了一聲。鶴筆翁伸手推門，那門卻在裏邊閂著。他叫道：「師哥，快開門，有要緊事。」鹿杖客道：「甚麼要緊事？我正在練功，你別來打擾成不成？」

鶴筆翁的武功和鹿杖客出自一師所授，原是不分軒輊，但鹿杖客一來是師兄居長，二來智謀遠勝，因此鶴筆翁對他向來尊敬，聽他口氣中頗有不悅之意，便不敢再叫。

范遙心想這當口不能多所耽擱，倘若痳藥的藥力消了，把戲立時拆穿，當下不理三七二十一，右肩在門上一撞，門閂斷折，板門飛開，只聽得一個女子聲音尖聲叫了出來。

鹿杖客站在床前，聽得破門之聲，當即回頭過來，一臉孔驚惶和尷尬之色。范遙見床上橫臥着一個女子，全身裹在一張薄被之中，只露出了個頭，薄被外有繩索綁着，猶如一個鋪蓋捲兒。那女子一頭長髮披在被外，皮膚白膩，容貌極是艷麗，認得正是汝陽王新納的愛姬韓氏，暗道：「韋蝠王果然好本事，孤身出入王府，將韓姬手到擒來。」

實則汝陽王府雖然警衛森嚴，但衆武士所護衛的也只是王爺、世子和郡主三人，汝陽王姬妾甚衆，誰也沒想到有人會去綁架他的姬人，何況韋一笑來去如電，機警靈變，一進府便神不知鬼不覺的將韓姬架了來。倒是如何放在鹿杖客房中，反而爲難得多，他候了半日，好容易等到鹿杖客出房如廁，這才閃身入房，將韓姬放在他床上，隨即悄然遠去。

鹿杖客回到房中，見有個女子橫臥在床，立即縱身上屋，四下察看，其時韋一笑早已去得遠了，除了孫李二人房中傳出陣陣轟飲之聲，更無他異。鹿杖客情知此事古怪，當下不動聲色的回到房中，看那個女子時，更是目瞪口呆。那日王爺納姬，設便宴款待數名有體面的高手，那韓姬敬酒時盈盈一笑，鹿杖客年事雖高，竟也不禁色授魂與。他好色貪淫，一生所摧殘的良家婦女不計其數，那日見了韓姬的美色，歸來後深自歎息，如何不早日見此麗人，若在王爺迎娶之前落入他眼中，自是逃不過他的手掌，後來想念了幾次，不久另有新歡，也便將她淡忘了。不意此刻這韓姬竟會從天而降，在他床上出現。

他驚喜交集，略一思索，便猜到定是他大弟子烏旺阿普猜到了爲師的心意，偷偷去將韓姬劫了出來。只見她裹在一張薄被之中，頭頸中肌膚勝雪，隱約可見赤裸的肩膀，似乎身上未穿衣服，他怦然心動，悄聲問她如何來此。連問數聲，韓姬始終不答。鹿杖客這才想到她已被人點了穴道，正要伸手去解穴，突然鶴筆翁等到了門外，跟着房門又被苦頭陀撞開。

這一下變生不意，鹿杖客自是狼狽萬分，要待遮掩，已然不及。他心念一轉，料定是王爺發見愛姬被刦，派苦頭陀來捉拿自己，事已至此，只有走爲上着，右手刷的一聲，抽了鹿角杖在手，左臂已將韓姬抱起，便要破窗而出。

鶴筆翁驚道：「師哥，快取解藥來。」鹿杖客道：「甚麼？」鶴筆翁道：「小弟和苦大師，不知如何竟中了十香軟筋散之毒。」鹿杖客道：「你說甚麼？」鶴筆翁又說了一遍。鹿杖客奇道：「十香軟筋散不是歸你掌管麼？」鶴筆翁道：「小弟便是莫名其妙，我們四個人好端端的喝酒吃肉，突然之間，一齊都中了毒。鹿師哥，快取解藥給我們服下要緊。」

鹿杖客聽到這裏，驚魂始定，將韓姬放回床中，令她臉朝裏床。鶴筆翁素知這位師兄風流成性，在他房中出現女子，那是司空見慣，絲毫不以爲奇，何況鶴筆翁中毒之後驚惶詫異，全沒留意去瞧那女子是誰。即在平時，他也認不出來。那日在王爺筵席之上，韓姬出來敬酒，一拜卽退，鶴筆翁全神貫注的只是喝酒，那去管她這個珠環翠繞的女子是美是醜？

鹿杖客說道：「苦大師請到鶴兄弟房中稍息，在下卽取解藥過來。」一面說，一面便伸手將兩人輕輕推出房去。這一推之下，鶴筆翁身子一幌，險些摔倒。范遙也是一個踉蹌，裝作內力全失的模樣，可是他內力深厚，受到外力時自然而然的生出反應抗禦。鹿杖客一推之下，立時發覺師弟確是內力全失，苦頭陀卻是假裝。他深恐有誤，再用力一推，鶴筆翁和苦頭陀又都向外一跌，但同是一跌，一個下盤虛浮，另一個卻是既穩且實。

鹿杖客不動聲色，笑道：「苦大師，當眞得罪了。」說着便伸手去扶，着手之處，卻是苦頭陀手腕的「會宗」和「外關」兩穴。范遙見他如此出手，已知機關敗露，左手一揮，登時使重手法打中了鶴筆翁後心的「魂門穴」，使他一時三刻之間，全身軟癱，動彈不得。兩大高手中去了一個，單打獨鬥，他便不懼鹿杖客一人，當卽嘿嘿冷笑，說道：「你要命不要，連王爺的愛姬也敢偷？」

他這一開口說話，玄冥二老登時驚得呆了，他們和苦頭陀相識已有十五六年，從未聽他說過一言半語，只道他是天生的啞巴。鹿杖客雖已知他不懷好意，卻也絕未想到此人居然能夠說話，立時想到，他旣如此處心積慮的作僞，則自己處境之險，更無可疑，當下說道：「原來苦大師並非眞啞，十餘年來苦心相瞞，意欲何爲？」

范遙道：「王爺知你心謀不軌，命我裝作啞巴，就近監視察看。」這句話中其實破綻甚多，但此時韓姬在床，鹿杖客心懷鬼胎，不由得不信，兼之汝陽王對臣下善弄手腕，他也知之甚稔。范遙此言一出，鹿杖客登時軟了，說道：「王爺命你來拿我麼？嘿嘿，諒你苦大師武藝雖高，未必能叫我鹿杖客束手就擒。」說着一擺鹿杖，便待動手。

范遙笑了笑，說道：「鹿先生，苦頭陀的武功就算及不上你，也差不了太多。你要打敗我，只怕不是一兩百招之內能夠辦到。你勝我三招兩式不難，但想旣挾韓姬，又救師弟，你鹿杖客未必有這個能耐。」

鹿杖客向師弟瞥了一眼，知道苦頭陀之言倒非虛語。他師兄弟二人自幼同門學藝，從壯到老，數十年來沒分離過一天。兩人都無妻子兒女，可說是相依爲命，要他撇下師弟，孤身逃走，終究是硬不起這個心腸。

范遙見他意動，喝命孫李二人進房，關上房門，說道：「鹿先生，此事尚未揭破，大可着落在苦頭陀身上，給你遮掩過去。」鹿杖客奇道：「如何遮掩得了？」范遙頭也不回，反手便點了孫李二人的啞穴和軟痲穴，手法之快，認穴之準，鹿杖客也是暗暗歎服。只聽苦頭陀說道：「你自己是不會宣揚的了，令師弟想來也不致故意跟你爲難，苦頭陀是啞巴，以後仍是啞巴，不會說話。這兩位兄弟呢，苦頭陀給你點上他們死穴滅口，也不打緊。」

孫李兩人大驚失色，心想此事跟自己半點也不相干，那想到吃狗肉竟吃出這等飛來橫禍，要想出言哀求，卻苦於開不得口。

范遙指着韓姬道：「至於這位姬人呢，老衲倒有兩個法兒。第一個法子乾手淨脚，將她和孫李二人一併帶到冷僻之處，一刀殺了，報知王爺，說她和李四摧這小白臉戀奸情熱，私奔出走，被苦頭陀見到，惱怒之下，將奸夫淫婦當場殺卻，還饒上孫三毀一條性命。第二個法子是由你將她帶走，好好隱藏，以後是否洩漏機密，瞧你自己的本事。」

鹿杖客不禁轉頭，向韓姬瞧了一眼，只見她眼光中滿是求懇之意，顯是要他接納第二個法兒。鹿杖客見到她這等麗質天生，倘若一刀殺了，當眞可惜之至，不由得心中大動，說道：「多謝你爲我設身處地，想得這般週到。你卻要我爲你幹甚麼事？」他明知苦頭陀必有所求，否則決不能如此善罷。

范遙道：「此事容易之至。峨嵋派掌門滅絕師太和我交情很深，那個姓周的年輕姑娘，是我跟老尼姑生的私生女兒。求你賜予解藥，並放了這兩人出去。郡主面前，由老衲一力承當。倘若牽連於你，教苦頭陀和滅絕老尼一家男盜女娼，死於非命，永世不得超生。」他想鹿杖客生性風流，若從男女之事上借個因頭，易於取信。他聽楊逍說起明教許多兄弟喪命於滅絕師太的劍下，因此揑造一段和尚尼姑的謊話。他一生邪僻，說話行事，決不依正人君子的常道，至於罰下「男盜女娼」的重誓云云，更是不在意下。

鹿杖客聽了一怔，隨卽微笑，心想你這頭陀幹這等事來脅迫於我，原來是爲了救你的老情人和親生女兒，那倒也是人情之常，此事雖然擔些風險，但換到一個絕色佳人，確也值得。他見苦頭陀有求於己，心中登時寬了，笑道：「那麼將王爺的愛姬刼到此處，也是出於苦大師的手筆了？」范遙道：「這等大事，豈能空手相求？自當有所報答。」

鹿杖客大喜，只是深恐室外有人，不敢縱聲大笑，突然間一轉念，又問：「然則我師弟何以會中十香軟筋散之毒？這毒藥你從何處得來？」范遙道：「那還不容易？這毒藥由令師弟看管，他是好酒貪杯之人，飲到酣處，苦頭陀難道會偷他不到手麼？」

鹿杖客再無疑惑，說道：「好！苦大師，兄弟結交了你這個朋友，我決不賣你，盼你別再令我上這種惡當。」范遙指着韓姬笑道：「下次如再有這般香艷的惡當，請鹿先生也安排個圈套，給苦頭陀鑽鑽，老衲欣然領受。」

兩人相對一笑，心中卻各自打着主意。鹿杖客在暗暗盤算，眼前的難關過去後，如何出其不意的弄死這個惡頭陀。范遙心知鹿杖客雖暫受自己脅迫，但玄冥二老是何等身分，吃了這個大虧豈肯就此罷休，只要他一安頓好韓姬，解開鶴筆翁的穴道，立時便會找自己動手，但那時六派高手已經救出，自己早拍拍屁股走路了。

范遙見鹿杖客遲遲不取解藥，心想我若催促，他反會刁難，便坐了下來，笑道：「鹿兄何不解開韓姬的穴道，大家一起來喝幾杯？燈下看美人，這等艷福幾生才修得到啊！」

鹿杖客情知萬安寺中人來人往，韓姬在此多躭一刻，便多一分危險，當下取過鹿角杖，旋下了其中一根鹿角，取過一隻杯子，在杯中倒了些粉末，說道：「苦大師，你神機妙算，兄弟甘拜下風，解藥在此，便請取去。」范遙搖頭道：「這麼一點兒藥末，管得甚麼用？」鹿杖客道：「別說要救兩人，便是六七個人也足夠了。」范遙道：「你何必小氣，便多賜一些又何妨？老實說，閣下足智多謀，苦頭陀深怕上了你的當。」鹿杖客見他多要解藥，突然起疑，說道：「苦大師，你要相救的，莫非不是滅絕師太和令愛兩人？」

范遙正要飾詞解說，忽聽得院子中脚步聲響，七八人奔了進來，只聽一人說道：「脚印到了此處，難道韓姬竟到了萬安寺中？」鹿杖客臉上變色，抓起盛着解藥的杯子，揣在懷裏，只道苦頭陀在外伏下人手，一等取到解藥，便即出賣自己。

范遙搖了搖手，叫他且莫驚慌，取過一條單被，罩在韓姬身上，連頭蒙住，又放下帳子，只聽得院子中一人說道：「鹿先生在家麼？」范遙指指自己嘴巴，意思說自己是啞子，叫鹿杖客出聲答應。鹿杖客朗聲道：「甚麼事？」那人道：「王府有一位姬人被歹徒所刦，瞧那歹徒的足印，是到萬安寺來的。」

鹿杖客向范遙怒視一眼，意思是說：若非你故意栽贓，依你的身手，豈能留下足迹？范遙裂嘴一笑，做個手勢，叫他打發那人，心中卻想：「韋蝠王栽贓栽得十分到家，把足印從王府引到了這裏。」

鹿杖客冷笑道：「你們還不分頭去找，在這裏嚷嚷的幹甚麼？」以他武功地位，人人對之極是忌憚，那人唯唯答應，不敢再說甚麼，立時分派人手，在附近搜查。鹿杖客知道這一來，萬安寺四下都有人嚴加追索，雖然料想他們還不敢查到自己房裏來，但要帶韓姬出去藏在別處卻無法辦到了，不由得皺起眉頭，狠狠瞪着苦頭陀。

范遙心念一動，低聲道：「鹿兄，萬安寺中有個好去處，大可暫且收藏你這位愛寵，過得一天半日，外面查得鬆了，再帶出去不遲。」鹿杖客怒道：「除非藏在你的房裏。」范遙笑道：「這等美人藏在我的房中，老頭陀未必不動心，鹿兄不喝醋麼？」鹿杖客問道：「那麼你說是甚麼地方？」范遙一指窗外的塔尖，微微一笑。

鹿杖客聰明機警，一點便透，大拇指一翹，說道：「好主意！」那寶塔是監禁六大派高手的所在，看守的總管便是鹿杖客的大弟子烏旺阿普。旁人甚麼地方都可疑心，決不會疑心王爺愛姬竟會被劫到最是戒備森嚴的重獄之中。范遙低聲道：「此刻院子中沒人，事不宜遲，立卽動身。」將床上被單四角提起，便將韓姬裹在其中，成爲一個大包袱，右手提着，交給鹿杖客。

鹿杖客心想你別要又讓我上當，我背負韓姬出去，你聲張起來，那時人贓並獲，還有甚麼可說的，不禁臉色微變，竟不伸手去接。范遙知道他的心意，說道：「爲人爲到底，送佛送上天，苦頭陀再替你做一次護花使者，又有何妨？誰叫我有事求你呢？」說着負起包袱，推門而出，低聲道：「你先走把風，有人阻攔查問，殺了便是。」

鹿杖客斜身閃出，卻不將背脊對正范遙，生怕他在後偷襲。范遙反手掩上了門，負了韓姬，走向寶塔。

此時已是戌末，除了塔外的守衛武士，再無旁人走動。衆武士見到鹿杖客和范遙，一齊躬身行禮，恭恭敬敬的站在一旁。兩人未到塔前，烏旺阿普得手下報知，已迎了出來，說道：「師父，你老人家今日興致好，到塔上坐坐麼？」鹿杖客點了點頭，和范遙正要邁步進塔，忽然寶塔東首月洞門中走出一個人來，卻是趙敏。

鹿杖客作賊心虛，大吃一驚，只道趙敏親自率人前來拿他，當下只得硬着頭皮，與苦頭陀、烏旺阿普一齊上前參見。

昨晚張無忌這麼一鬧，趙敏卻不知明教只來了三人，只怕他們大舉來襲，因此要親自到塔上巡視，見到范遙在此，微微一笑，說道：「苦大師，我正在找你。」范遙點了點頭，絲毫不動聲色。趙敏道：「待會請你陪我到一個地方去一下。」

范遙心中暗暗叫苦：「好容易將鹿杖客騙進了高塔，只待下手奪到他的解藥，大功便即告成，那知道這小丫頭卻在這時候來叫我。」要想找甚麼藉口不去，倉卒之間苦無善策，何況他是假啞巴，想要推托，卻又無法說話，情急生智，心想：「且由鹿杖客去想法子。」當下指着手中包袱，向鹿杖客幌了一幌。鹿杖客大吃一驚，肚裏暗罵苦頭陀害人不淺。

趙敏道：「鹿先生，苦大師這包裹裏裝着甚麼？」鹿杖客道：「嗯，嗯，是苦大師的鋪蓋。」趙敏奇道：「鋪蓋？苦大師揹着鋪蓋幹甚麼？」她噗哧一笑，說道：「苦大師嫌我太蠢，不肯收這個弟子，自己捲鋪蓋不幹了麼？」范遙搖了搖頭，右手伸起來亂打了幾個手勢，心想：「一切由鹿杖客去想法子撒謊，我做啞巴自有做啞巴的好處。」趙敏看不懂他的手勢，只有眼望鹿杖客，等他解說。

鹿杖客靈機一動，已有了主意，說道：「是這樣的，昨晚魔教的幾個魔頭來混鬧，屬下生怕他們其志不小……這個……這個……說不定要到高塔中來救人。因此屬下師兄弟和苦大師決定住到高塔中來，親自把守，以免誤了郡主的大事。這鋪蓋是苦大師的棉被。」

趙敏大悅，笑道：「我原想請鹿先生和鶴先生來親自鎮守，只是覺得過於勞動大駕，不好意思出口。難得三位肯分我之憂，那是再好沒有了。有鹿鶴兩位在這裏把守，諒那些魔頭也討不了好去，我也不必上塔去瞧了。苦大師你這就跟我去罷。」說着伸手握住了范遙手掌。

范遙無可奈何，心想此刻若是揭破鹿杖客的瘡疤，一來於事無補，二來韓姬明明負在自己背上，未必能使趙敏相信，只得將那個大包袱交了給鹿杖客。鹿杖客伸手接過，道：「苦大師，我在塔上等你。」烏旺阿普道：「師父，讓弟子來拿鋪蓋罷。」鹿杖客笑道：「不用！是苦大師的東西，爲師的要討好他，親自給他揹鋪蓋捲兒。」

范遙裂嘴一笑，伸手在包袱外一拍，正好打在韓姬的屁股上。好在她已被點中了穴道，這一聲驚呼沒能叫出聲來。但鹿杖客已嚇得臉如土色，不敢再多逗留，向趙敏一躬身，便卽負了韓姬入塔。他心中早已打定主意，一進塔，立時便將一條棉被換入包袱之中，倘若苦頭陀向趙敏告密，他便來個死不認帳。

這時煙火瀰漫，已燒近衆高手身邊，倘若再不跳下，勢必盡數葬身火窟。俞蓮舟心想與其活活燒死，還不如活活摔死，縱身一躍，從高塔上跳將下來。

二十七　百尺高塔任回翔

范遙被趙敏牽着手，一直走出了萬安寺，又是焦急，又是奇怪，不知她要帶自己到那裏去。趙敏拉上斗蓬上的風帽，罩住了一頭秀髮，悄聲道：「苦大師，咱們瞧瞧張無忌那小子去。」

范遙又是一驚，斜眼看她，只見她眼波流轉，粉頰暈紅，卻是七分嬌羞，三分喜悅，决不是識穿了他機關的模樣。他心中大安，回憶昨晚在萬安寺中她和張無忌相見的情景，那裏是兩個生死冤家的樣子；一想到「冤家」兩字，突然心念一動：「冤家？莫非郡主對我教主暗中已生情意？」轉念再想：「她爲甚麼要我跟去，卻不叫她更親信的玄冥二老？是了，只因我是啞巴，不會洩漏她的秘密。」當下點了點頭，古古怪怪的一笑。

趙敏嗔道：「你笑甚麼？」范遙心想這個玩笑不能開，於是指手劃脚的做了幾個手勢，意思說苦頭陀自當盡力維護郡主周全，便是龍潭虎穴，也和郡主同去一闖。

趙敏不再多說，當先引路，不久便到了張無忌留宿的客店門外。范遙暗暗驚訝：「郡主也眞神通廣大，立時便查到了教主駐足的所在。」隨着她走進客店。

趙敏向掌櫃的道：「咱們找姓曾的客官。」原來張無忌住店之時，又用了「曾阿牛」的假名。店小二進去通報。

張無忌正在打坐養神，只待萬安寺中烟花射起，便去接應，忽聽有人來訪，甚是奇怪，迎到客堂，見訪客竟是趙敏和范遙，暗叫：「不好，定是趙姑娘揭破了范右使的身分，爲此來跟我理論。」只得上前一揖，說道：「不知趙姑娘光臨，有失迎迓。」趙敏道：「此處非說話之所，咱們到那邊的小酒家去小酌三杯如何？」張無忌只得道：「甚好。」

趙敏仍是當先引路，來到離客店五間鋪面的一家小酒家。內堂疏疏擺着幾張板桌，桌上插着一筒筒木筷。天時已晚，店中一個客人也無。趙敏和張無忌相對而坐。范遙打手勢說自己到外堂喝酒。趙敏點了點頭，叫店小二拿一隻火鍋，切三斤生羊肉，打兩斤白酒。

張無忌滿腹疑團，心想她是郡主之尊，卻和自己到這家污穢的小酒家來吃涮羊肉，不知安排着甚麼詭計。

趙敏斟了兩杯酒，拿過張無忌的酒杯，喝了一口，笑道：「這酒裏沒安毒藥，你儘管放心飲用便是。」張無忌道：「姑娘召我來此，不知有何見教？」趙敏道：「喝酒三杯，再說正事。我先乾爲敬。」說着舉杯一飲而盡。

張無忌拿起酒杯，火鍋的炭火光下見杯邊留着淡淡的胭脂唇印，鼻中聞到一陣淸幽的香氣，也不知這香氣是從杯上的唇印而來，還是從她身上而來，不禁心中一蕩，便把酒喝了。

趙敏道：「再喝兩杯。我知道你對我終是不放心，每一杯我都先嚐一口。」

張無忌知她詭計多端，確是事事提防，難得她肯先行嚐酒，免了自己多冒一層危險，可是接連喝了三杯她飲過的殘酒，心神不禁有些異樣，一抬頭，只見她淺笑盈盈，酒氣將她粉頰一蒸，更是嬌艷萬狀。張無忌那敢多看，忙將頭轉了開去。

趙敏低聲道：「張公子，你可知道我是誰？」張無忌搖了搖頭。趙敏道：「我今日跟你說了，我爹爹便是當朝執掌兵馬大權的汝陽王。我是蒙古女子，眞名字叫作敏敏特穆爾。皇上封我爲紹敏郡主。『趙敏』兩字，乃是我自己取的漢名。」若不是范遙早晨已經說過，張無忌此刻原不免大吃一驚，但聽她居然將自己身分毫不隱瞞的相告，也頗出意料之外，只是他不善作僞，並不假裝大爲驚訝之色。

趙敏奇道：「怎麼？你早知道了？」張無忌道：「不，我怎會知道？不過我見你以一個年輕姑娘，卻能號令這許多武林高手，身分自是非同尋常。」

趙敏撫弄酒杯，半晌不語，提起酒壺又斟了兩杯酒，緩緩說道：「張公子，我問你一句話，請你從實告我。要是我將你那位周姑娘殺了，你待怎樣？」

張無忌心中一驚，道：「周姑娘又沒有得罪你，好端端的如何要殺她？」趙敏道：「有些人我不喜歡，便即殺了，難道定要得罪了我才殺？有些人不斷得罪我，我卻偏偏不殺，比如是你，得罪我還不夠多麼？」說到這裏，眼光中孕着的全是笑意。

張無忌歎了口氣，說道：「趙姑娘，我得罪你，實是迫於無奈。不過你贈藥救了我的三師伯、六師叔，我總是很感激你。」

趙敏笑道：「你這人當眞有三分儍氣。俞岱巖和殷梨亭之傷，都是我部屬下的手，你不怪我，反來謝我？」張無忌微笑道：「我三師伯受傷已二十年，那時候你還沒出世呢。」趙敏道：「這些人是我爹爹的部屬，也就是我的部屬，那有甚麼分別？你別將話岔開去，我問你：要是我殺了你的周姑娘，你對我怎樣？是不是要殺了我替她報仇？」

張無忌沉吟半晌，說道：「我不知道。」

趙敏道：「怎會不知道？你不肯說，是不是？」

張無忌道：「我爹爹媽媽是給人逼死的。逼死我父母的，是少林派、華山派、崆峒派那些人。我後來年紀大了，事理明白得多了，卻越來越是不懂：到底是誰害死了我的爹爹媽媽？不該說是空智大師、鐵琴先生這些人；也不該說是我的外公、舅父；甚至於，也不該是你手下的那阿二、阿三、玄冥二老之類的人物。這中間陰錯陽差，有許許多多我想不明白的道理。就算那些人眞是兇手，我將他們一一殺了，又有甚麼用？我爹爹媽媽總是活不轉來了。趙姑娘，我這幾天心裏只是想，倘若大家不殺人，和和氣氣、親親愛愛的都做朋友，豈不是好？我不想報仇殺人，也盼別人也不要殺人害人。」

這一番話，他在心頭已想了很久，可是沒對楊逍說，沒對張三丰說，也沒對殷梨亭說，突然在這小酒家中對趙敏說了出來，這番言語一出口，自己也有些奇怪。

趙敏聽他說得誠懇，想了一想，道：「那是你心地仁厚，倘若是我，那可辦不到。要是誰害死了我的爹爹哥哥，我不但殺他滿門，連他親戚朋友，凡是他所相識的人，我個個要殺得乾乾淨淨。」張無忌道：「那我定要阻攔你。」趙敏道：「爲甚麼？你幫助我的仇人麼？」張無忌道：「你殺一個人，自己便多一分罪業。給你殺了的人，死後甚麼都不知道了，倒也罷了，可是他的父母子女、兄弟妻子可有多傷心難受？你自己日後想起來，良心定會不安。我義父殺了不少人，我知道他嘴裏雖然不說，心中卻是非常懊悔。」

趙敏不語，心中默默想着他的話。

張無忌問道：「你殺過人沒有？」趙敏笑道：「現下還沒有，將來我年紀大了，要殺很多人。我的祖先是成吉斯汗大帝，是拖雷、拔都、旭烈兀、忽必烈這些英雄。我只恨自己是女子，要是男人啊，嘿嘿，可眞要轟轟烈烈的幹一番大事業呢。」她斟一杯酒，自己喝了，說道：「你還是沒回答我的話。」

張無忌道：「你要是殺了周姑娘，殺了我手下任何一個親近的兄弟，我便不再當你是朋友，我永遠不跟你見面，便見了面也永不說話。」趙敏笑道：「那你現下當我是朋友麼？」

張無忌道：「假如我心中恨你，也不跟你在一塊兒喝酒了。唉！我只覺得要恨一個人眞難。我生平最恨的是那個混元霹靂手成崑，可是他現下死了，我又有些可憐他，似乎倒盼望他別死似的。」

趙敏道：「要是我明天死了，你心裏怎樣想？你心中一定說：謝天謝地，我這個刁鑽兇惡的大對頭死了，從此可免了我不少麻煩。」

張無忌大聲道：「不，不！我不盼望你死，一點也不。韋蝠王這般嚇你，要在你臉上劃幾條刀痕，我後來想想，很是擔心。」

趙敏嫣然一笑，隨即臉上一紅，低下頭去。

張無忌道：「趙姑娘，你別再跟我們爲難了，把六大派的高手都放了出來，大家歡歡喜喜的做朋友，豈不是好？」趙敏喜道：「好啊，我本來就盼望這樣。你是明教教主，一言九鼎，你去跟他們說，要大家歸降朝廷。待我爹爹奏明皇上，每個人都有封賞。」

張無忌緩緩搖頭，說道：「我們漢人都有個心願，要你們蒙古人退出漢人的地方。」

趙敏霍地站起，說道：「怎麼？你竟說這種犯上作亂的言語，那不是公然反叛麼？」

張無忌道：「我本來就是反叛，難道你到此刻方知？」

趙敏向他凝望良久，臉上的憤怒和驚詫慢慢消退，顯得又是溫柔，又是失望，終於又坐了下來，說道：「我早就知道了，不過要聽你親口說了，我才肯相信那是千眞萬確，當眞無可挽回。」這幾句話說得竟是十分淒苦。

張無忌心腸本軟，這時更加抵受不住她如此難過，幾乎便欲衝口而出：「我聽你的話便是。」但這念頭一瞬即逝，立即把持住心神，可是也想不出甚麼話來勸慰。

兩人默默對坐了好一會。張無忌道：「趙姑娘，夜已深了，我送你回去罷。」趙敏道：「你連陪我多坐一會兒也不願麼？」張無忌忙道：「不！你愛在這裏飲酒說話，我便陪你。」

趙敏微微一笑，緩緩的道：「有時候我自個兒想，倘若我不是蒙古人，又不是甚麼郡主，只不過是像周姑娘那樣，是個平民家的漢人姑娘，那你或許會對我好些。張公子，你說是我美呢，還是周姑娘美？」

張無忌沒料到她竟會問出這句話來，心想畢竟番邦女子性子直率，口沒遮攔，燈光掩映之下，但見她嬌美無限，不禁脫口而出：「自然是你美。」

趙敏伸出右手，按在他手背之上，眼光中全是喜色，道：「張公子，你喜不喜歡常常見見我，倘若我時時邀你到這兒來喝酒，你來不來？」

張無忌的手背碰到她柔滑的手掌心，心中怦怦而動，定了定神，才道：「我在這兒不能多耽，過不幾天，便要南下。」趙敏道：「你到南方去幹甚麼？」張無忌歎了口氣，道：「我不說你也猜得到，說了出來，又惹得你生氣……」

趙敏眼望窗外的一輪皓月，忽道：「你答應過我，要給我做三件事，總沒忘了罷？」張無忌道：「自然沒忘。便請姑娘即行示下，我盡力去做。」

趙敏轉過頭來，直視着他的臉，說道：「現下我只想到了第一件事。我要你伴我去取那柄屠龍刀。」

張無忌早就猜到，她要自己做那三件事定然極不好辦，卻萬萬沒想到第一件事便是這個天大的難題。

趙敏見他大有難色，道：「怎麼？你不肯麼？這件事可並不違背俠義之道，也不是你無法辦到的。」張無忌心想：「屠龍刀在我義父手上，江湖上衆所週知，那也不用瞞她。」便道：「屠龍刀是我義父金毛獅王謝大俠之物。我豈能背叛義父，取刀給你？」趙敏道：「我不是要你去偷去搶、去拐去騙，我也不是眞的要了這把刀。我只要你去向你義父借來，給我把玩一個時辰，立刻便還給他。你們是義父義子，難道向他借一個時辰，他也不肯？借來瞧瞧，既不是吞沒他的，又不是用來謀財害命，難道也違背俠義之道了？」張無忌道：「這把刀雖然名聞武林，其實也沒甚麼看頭，只不過特別沉重些、鋒利些而已。」

趙敏道：「說甚麼『武林至尊，寶刀屠龍，號令天下，莫敢不從。倚天不出，誰與爭鋒？』

倚天劍是在我手中，我定要瞧瞧那屠龍刀是甚麼模樣。你若不放心，我看刀之時，你儘可站在一旁。憑着你的本領，我決不能強佔不還。」

張無忌尋思：「救出了六大派高手之後，我本是要立即動身去迎歸義父，請他老人家擔任教主大位。趙姑娘言明借刀看一個時辰，雖然難保她沒有甚麼詭計，可是我全神提防，諒她也不能將刀奪了去。只是義父曾說，屠龍刀之中，藏着一件武功絕學的大秘密。義父雙眼未盲之時已得寶刀，以他的聰明才智，始終參詳不出，這趙姑娘在短短一個時辰之中，豈能有何作爲？何況我和義父一別十年，說不定他在孤島之上，已參透了寶刀的秘密。」

趙敏見他沉吟不答，笑道：「你不肯，那也由得你。我可要另外叫你做一件事，那卻難得多了。」

張無忌知道這女子十分刁猾厲害，倘若另外出個難題，自己決計辦不了，忙道：「好，我答應去給你借屠龍刀。但咱們言明在先，你只能借看一個時辰，倘若意圖強佔，我可決不干休。」趙敏笑道：「是了。我又不會使刀，重甸甸的要來幹麼？你便恭恭敬敬的送給我，我也不希罕呢。你甚麼時候動身去取？」張無忌道：「這幾天就去。」趙敏道：「那再好也沒有了。我去收拾收拾，你甚麼時候動身，來約我便是。」

張無忌又是一驚，道：「你也同去？」趙敏道：「當然啦。聽說你義父是在海外孤島之上，要是他不肯歸來，難道要你萬里迢迢的借了刀來，給我瞧上一個時辰，再萬里迢迢的送去，又萬里迢迢的歸來？天下也沒這個道理。」

張無忌想起北海中波濤的險惡，茫茫大洋之中，能否找得到冰火島已十分渺茫，若要來來去去的走上三次不出岔子，那可是半點把握也沒有，她說得不錯，義父在冰火島上一住二十年，未必肯以垂暮之年，重歸中土，說道：「大海中風波無情，你何必去冒這個險？」

趙敏道：「你冒得險，我為甚麼便不成？」張無忌躊躇道：「你爹爹肯放你去嗎？」趙敏道：「爹爹叫我統率江湖羣豪，這幾年來我往東到西，爹爹從來就沒管我。」

張無忌聽到「爹爹叫我統率江湖羣豪」這句話，心中一動：「我到冰火島去迎接義父，不知何年何月方歸。倘若那是她的調虎離山之計，乘我不在，便大舉對付本教，倒是不可不防，若是和她同往，她手下人有所顧忌，便可免了我的後顧之憂。」於是點頭道：「好，我出發之時，便來約你。」

一句話沒說完，突然間窗外紅光閃亮，跟着喧嘩之聲大作，從遠處隱隱傳了過來。

趙敏走到窗邊一望，驚道：「啊喲，萬安寺的寶塔起火！苦大師，苦大師，快來。」連叫數聲，苦頭陀竟不現身。她走到外堂，不見苦頭陀的蹤影，問那掌櫃時，卻說那個頭陀一到便走，並沒停留，早已去得久了。趙敏大是詫異，忽然想到先前他那古裏古怪的一笑，不禁滿臉都是紅暈，低下頭來向張無忌偷瞧了一眼。

張無忌見火頭越燒越旺，深怕大師伯等功力尚未恢復，竟被燒死在高塔之中，說道：「趙姑娘，少陪了！」一語甫畢，已急奔而出。

趙敏叫道：「且慢！我和你同去。」待她奔到門外，張無忌已絕塵而去。

鹿杖客見苦頭陀被郡主叫去，心中大定，當即負着韓姬，來到弟子烏旺阿普室中。萬安寺寶塔共十三層，高十三丈，最上三層供奉佛像、佛經、舍利子等物，不能住人。烏旺阿普是高塔的總管，居於第十層，便於眺望四周，控制全局。

鹿杖客進房後，對烏旺阿普道：「你在門外瞧着，別放人進來。」烏旺阿普一出門，他當即掩上房門，解開包袱，放了韓姬出來。只見她駭得花容黯淡，眼光中滿是哀懇之色，鹿杖客悄聲道：「你到了這裏，便不用害怕，我自會好好待你。」眼下還不能解開她的穴道，怕她聲張出來壞事，於是將她放在烏旺阿普床上，拉過被子蓋在她身上，另取一條棉被裹在包中，放在一旁。韓姬所在之處，即爲是非之地，他不敢多所逗留，匆匆出房，囑咐烏旺阿普不可進房，也不可放別人進去。他知這個大弟子對己既敬且畏，決不敢稍有違背。

心下盤算：「此事要苦頭陀守住秘密，非賣他一個人情不可，只得先去放了他的老情人和女兒。恰好昨晚魔教的教主這麼一鬧，事情正是從那姓周姑娘身上而起，只須說是那魔教教主將滅絕老尼和周姑娘救了去，當眞是天衣無縫，郡主再也沒半點疑心。這小魔頭武功如此高強，郡主也不能怪我們失察之罪。」

峨嵋派一干女弟子都囚在第七層上，滅絕師太是掌門之尊，單獨囚在一間小室中。鹿杖客命看守者開門入內，只見滅絕師太盤膝坐在地下，閉目靜修。她已絕食數日，容顏雖然憔悴，反而更顯桀傲強悍。

鹿杖客說道：「滅絕師太，你好！」滅絕師太緩緩睜開眼來，道：「在這裏便是不好，有甚麼好？」鹿杖客道：「你如此倔強，主人說留着也是無用，命我來送你歸天。」滅絕師太死志早決，說道：「好極，只是不勞閣下動手，請借一柄短劍，由我自己了斷便是。還請閣下叫我徒兒周芷若來，我有幾句話囑咐於她。」鹿杖客轉身出房，命令帶周芷若，心想：「她母女之情，果然與衆不同，否則爲甚麼不叫別的大徒兒，單是叫她。」

不久周芷若來到師父房中，滅絕師太道：「鹿先生，請你在房外稍候，我只說幾句話便成。」

周芷若待鹿杖客出房，反手掩上了門，撲在師父懷裏，嗚咽出聲。滅絕師太一生心腸剛硬，當此死別之際，卻也不禁傷感，輕輕撫摸她的頭髮。

周芷若知道跟師父說話的時刻無多，便即將昨晚張無忌前來相救之事說了。滅絕師太皺起眉頭，沉吟半晌，道：「他爲甚麼單是救你，不救旁人？那日你在光明頂上刺他一劍，爲甚麼他反來救你？」周芷若紅暈雙頰，輕聲道：「我不知道。」

滅絕師太怒道：「哼，這小子太過陰險惡毒。他是魔教的大魔頭，能有甚麼好心。他是安排下圈套，要你乖乖的上鈎。」周芷若奇道：「他……他安排下圈套？」滅絕師太道：「咱們是魔教的死對頭。在我倚天劍下，不知殺了多少魔教的邪惡奸徒。魔教自是恨峨嵋派入骨，焉有反來相救之理？這姓張的魔頭定然是看上了你，要你墮入他的彀中。他叫人將咱們擒來，然後故意賣好，再將你救出去，令你從此死心塌地的感激他。」

周芷若柔聲道：「師父，我瞧他……他倒不是假意。」滅絕師太大怒，喝道：「你定是和那個不成器的紀曉芙一般，瞧中了魔教的淫徒。倘若我功力尚在，一掌便劈死了你。」周芷若嚇得全身發抖，說道：「徒兒不敢。」滅絕師太厲聲道：「你眞的不敢，還是花言巧語，欺騙師父？」周芷若垂淚道：「徒兒決不敢有違恩師的教訓。」滅絕師太道：「你跪在地下，罰個重誓。」周芷若依言跪下，不知怎樣說才好。

滅絕師太道：「你這樣說：小女子周芷若對天盟誓，日後我若對魔教教主張無忌這淫徒心存愛慕，倘若和他結成夫婦，我親身父母死在地下，屍骨不得安穩；我師父滅絕師太必成厲鬼，令我一生日夜不安，我若和他生下兒女，男子代代爲奴，女子世世爲娼。」

周芷若大吃一驚，她天性柔和溫順，從沒想到所發的誓言之中竟能會如此毒辣，不但詛咒死去的父母，詛咒恩師，也詛咒到沒出世的兒女，但見師父兩眼神光閃爍，狠狠盯在自己臉上，不由得目眩頭暈，便依着師父所說，照樣唸了一遍。

滅絕師太聽她罰了這個毒誓，容色便霽，溫言道：「好了，你起來罷。」周芷若淚珠滾滾而下，委委曲曲的站起身來。

滅絕師太臉一沉，說道：「芷若，我不是故意逼你，這全是爲了你好。你一個年紀輕輕的女孩子，以後師父不能再照看你，倘若你重蹈你紀師姊的覆轍，師父身在九泉之下，也不得安心。何況師父要你負起興復本派的重任，更是半點大意不得。」說着除下左手食指上的鐵指環，站起身來，說道：「峨嵋派女弟子周芷若跪下聽諭。」周芷若一怔，當即跪下。

滅絕師太將鐵指環高舉過頂，說道：「峨嵋派第三代掌門女尼滅絕，謹以本門掌門人之位，傳於第四代女弟子周芷若。」

周芷若被師父逼着發了那個毒誓之後，頭腦中已是一片混亂，突然又聽到要自己接任本派的掌門，更是茫然失措，驚得呆了。

滅絕師太一個字一個字的緩緩說道：「周芷若，奉接本門掌門鐵指環，伸出左手。」

周芷若恍恍惚惚的舉起左手，滅絕師太便將鐵指環套上她的食指。

周芷若顫聲道：「師父，弟子年輕，入門未久，如何能當此重任？你老人家必能脫困，別這麼說，弟子實在不能……」說到這裏，抱着師父雙腿，哭出聲來。

鹿杖客在外面早已等得很不耐煩，聽到哭聲，打門道：「喂，你們話說完了嗎？以後說話的日子長着呢。」

滅絕師太喝道：「你囉唆甚麼？」對周芷若道：「師尊之命，你也敢違背麼？」當下將本門掌門人的戒律申述一遍，要她記在心中。周芷若見師父言語之中，儼然是囑咐後事的神態，更是驚懼，說道：「弟子做不來，弟子不能……」

滅絕師太厲聲道：「你不聽我言，便是欺師滅祖之人。」她見周芷若楚楚可憐，想到自己即將大去，要這個性格柔順的弱女子挑起這副如此沉重的擔子，只怕她當眞不堪負荷，不過峨嵋羣弟子之中，只有她悟性最高，要修習最高武功，光大本門，除她之外，更無第二個弟子合適，想到此後長長的日子之中，這小弟子勢必經歷無數艱辛危難，不禁心中一酸，將她扶了起來，摟在懷裏，柔聲說道：「芷若，我所以叫你做掌門，不傳給你的衆位師姊，那也不是我偏心，只因峨嵋派以女流爲主，掌門人必須武功卓絕，始能自立於武林羣雄之間。」

周芷若道：「弟子的武功怎及得上衆位師姊？」

滅絕師太微微一笑，道：「她們成就有限，到了現下的境界，已難再有多大進展，那是天資所關，非人力所能強求。你此刻雖然不及衆位師姊，日後卻是不可限量。嗯，不可限量，不可限量，便是這四個字。」周芷若神色迷茫，瞧着師父，不知其意何在。

滅絕師太將口唇附在她的耳邊，低聲道：「你已是本門掌門，我得將本門的一件大秘密說與你知。本派的創派祖師郭女俠，乃是當年大俠郭靖的小女兒。郭大俠當年名震天下，生平有兩項絕藝，其一是行軍打仗的兵法，其二便是武功。郭大俠的夫人黃蓉黃女俠最是聰明機智，她眼見元兵勢大，襄陽終不可守，他夫婦二人決意以死報國，那是知其不可而為之的赤心精忠，但郭大俠的絕藝如果就此失傳，豈不可惜？何況她料想蒙古人縱然一時佔得了中國，我漢人終究不甘為韃子奴隸。日後中原血戰，那兵法和武功兩項，將有極大的用處。因此她聘得高手匠人，將楊過楊大俠贈送本派郭祖師的一柄玄鐵重劍鎔了，再加以西方精金，鑄成了一柄屠龍刀，一柄倚天劍。」

周芷若對屠龍刀和倚天劍之名習聞已久，此刻才知這一對刀劍竟是本派祖師郭襄女俠的母親所鑄。

滅絕師太又道：「黃女俠在鑄刀鑄劍之前，和郭大俠兩人窮一月心力，繕寫了兵法和武功的精要，分別藏在刀劍之中。屠龍刀中藏的乃是兵法，此刀名為『屠龍』，意為日後有人得到刀中兵書，當可驅除韃子，殺了韃子皇帝。倚天劍中藏的則是武學秘笈，其中最為寶貴的，乃是一部『九陰眞經』，一部『降龍十八掌掌法精義』，盼望後人習得劍中武功，替天行道，為民除害。」

周芷若睜着眼睛，愈聽愈奇，只聽師父又道：「郭大俠夫婦鑄成一刀一劍之後，將寶刀授給兒子郭公破虜，寶劍傳給本派郭祖師。當然，郭祖師曾得父母傳授武功，郭公破虜也得傳授兵法。但襄陽城破之日，郭大俠夫婦與郭公破虜同時殉難。郭祖師的性子和父親的武功不合，因此本派武學，和當年郭大俠並非一路。」

滅絕師太又道：「一百年來，武林中風波迭起，這對刀劍換了好幾次主人。後人只知屠龍寶刀乃武林至尊，唯倚天劍可與匹敵，但到底何以是至尊，那就誰都不知道了。郭公破虜青年殉國，沒有傳人，是以刀劍中的秘密，只有本派郭祖師傳了下來。她老人家生前曾竭盡心力，尋訪屠龍寶刀，始終沒有成功，逝世之時，將這秘密傳給了我恩師風陵師太。我恩師秉承祖師遺命，尋訪屠龍寶刀也是毫無結果。她老人家圓寂之時，便將此劍與郭祖師的遺命傳了給我。我接掌本派門戶不久，你師伯孤鴻子和魔教中的一個少年高手結下了樑子，約定比武，雙方單打獨鬥，不許邀人相助。你師伯知道對手年紀甚輕，武功卻極厲害，於是向我將倚天劍借了去。」

周芷若聽到「魔教中的少年高手」之時，心中怦怦而跳，不自禁的臉上紅了，但隨卽想起：「不是他，只怕那時他還沒出世。」

只聽滅絕師太續道：「當時我想同去掠陣，你師伯爲人極顧信義，說道他跟那魔頭言明、不得有第三者參與，因此堅決不讓我去。那場比試，你師伯武功並不輸於對手，卻給那魔頭連施詭計，終於胸口中了一掌，倚天劍還未出鞘，便給那魔頭奪了去。」

周芷若「啊」的一聲，想起了張無忌在光明頂上從滅絕師太手中奪劍的情景，只聽師父續道：「那魔頭連聲冷笑，說道：『倚天劍好大的名氣！在我眼中，卻如廢銅廢鐵一般！』隨手將倚天劍拋在地下，揚長而去。你師伯拾起劍來，要回山來交還給我。那知他心高氣傲，越想越是難過，只行得三天，便在途中染病，就此不起。倚天劍也給當地官府取了去，獻給朝廷。你道氣死你師伯孤鴻子的這個魔教惡徒是誰？」周芷若道：「不……不知是誰？」
滅絕師太道：「便是那後來害死你紀曉芙師姊的那個大魔頭楊逍！」
只聽得鹿杖客又伸手打門，說道：「完了沒有？我可不能再等了。」
滅絕師太道：「不用性急，片刻之間，便說完了。」悄聲對周芷若道：「時刻無多，咱們不能多說了。這柄倚天劍後來韃子皇帝賜給了汝陽王，我到汝陽王府去奪了回來。這一次又不幸誤中奸計，這劍落入了魔教手中。」
周芷若道：「不是啊，是那個趙姑娘奪了去的。」滅絕師太眼睛一瞪，說道：「這姓趙的女子，明明跟那魔教教主是一路，難道你到此刻，仍是不信為師的言語？」周芷若實在難以相信，但不敢和師父爭辯。
滅絕師太道：「為師要你接任掌門，實有深意。我此番落入奸徒手中，一世英名，付與流水，實也不願再生出此塔。那姓張的淫徒對你心存歹意，決不致害你性命，你可和他虛與委蛇，乘機奪去倚天劍。那屠龍刀是在他義父惡賊謝遜手中。這小子無論如何不肯吐露謝遜的所在，但天下卻有一人能叫他去取得此刀。」
周芷若知道師父說的乃是自己，又驚又羞，又喜又怕。
滅絕師太道：「這個人，那就是你了。我要你以美色相誘而取得寶刀寶劍，原非俠義之人份所當為。但成大事者不顧小節。你且試想，眼下倚天劍在那姓趙女子手中，屠龍刀在謝遜惡賊手中，他這一干人同流合污，一旦刀劍相逢，取得郭大俠的兵法武功，自此荼毒蒼生，天下不知將有多少人無辜喪生，妻離子散，而驅除韃子的大業，更是難上加難。芷若，我明知此事太難，實不忍要你擔當，可是我輩一生學武，所為何事？芷若，我是為天下的百姓求你。」說到這裏，突然間站起身來，雙膝跪下，向周芷若拜了下去。

周芷若這一驚非同小可，忙即跪下，叫道：「師父！師父！你……」

滅絕師太道：「悄聲，別讓外邊的惡賊聽見，你答不答允？你不答允，我不能起來。」周芷若心亂如麻，在這短短的時刻之中，師父連續要叫自己做三件大難事，先是立下毒誓，不許對張無忌傾心，再要自己接任本派掌門，然後又要自己以美色對張無忌相誘而取得屠龍刀和倚天劍。這三件事便在十年之中分別要她答允，以她柔和溫婉的性格，也要抵擋不住，何況在這片刻之間？她神智一亂，登時便暈了過去，甚麼也不知道了。

突然間只覺上唇間一陣劇烈疼痛，她睜開眼來，只見師父仍然直挺挺的跪在自己面前。周芷若哭道：「師父，你老人家快些請起。」滅絕師太道：「那你答允我的所求了？」周芷若流着淚點了點頭，險些又欲暈去。

滅絕師太抓住她手腕，低聲道：「你取到屠龍刀和倚天劍後，找個隱秘的所在，一手執刀，一手持劍，運起內力，以刀劍互斫，寶刀寶劍便即同時斷折，即可取出藏在刀身和劍刃中的秘笈。這是取出秘笈的唯一法門，那寶刀寶劍可也從此毀了。你記住了麼？」她說話聲音雖低，語氣卻極是嚴峻。周芷若點頭答應。

滅絕師太又道：「這是本派最大的秘密，自從當年郭大俠夫婦傳於本派郭祖師，此後只有本派掌門始能獲知。想那屠龍刀和倚天劍都是鋒銳絕倫的利器，就算有人同時得到此寶刀寶劍，有誰敢冒險以刀劍互斫，無端端的同時毀了這兩件寶刃？你取得兵法之後，擇一個心地仁善、赤誠爲國的志士，將兵書傳授於他，要他立誓驅除胡虜。那武功秘笈便由你自練。降龍十八掌是純陽剛猛的路子，你練之不宜，只可練九陰眞經中的功夫。據我恩師轉述郭祖師的遺言，那『九陰眞經』博大精深，本來不能速成，但黃女俠想到誅殺韃子元凶巨惡，事勢甚急，早一日成事，天下蒼生便早一日解了倒懸之苦，因之在倚天劍的秘笈之中，寫下了幾章速成的法門。可是辦成了大事之後，仍須按部就班的重紮根基，那速成的功夫只能用於一時，是黃女俠憑着絕頂聰明才智，所創出來的權宜之道，卻不是天下無敵的眞正武學。這一節務須牢記在心。」

周芷若迷迷糊糊的點頭。滅絕師太道：「爲師的生平有兩大願望，第一是逐走韃子，光復漢家山河；第二是峨嵋派武功領袖羣倫，蓋過少林、武當，成爲中原武林中的第一門派。這兩件事說來甚難，但眼前擺着一條明路，你只須遵從師父的囑咐，未始不能一一成就，那時爲師在九泉之下，也要對你感激涕零。」

她說到這裏，只聽得鹿杖客又在打門。滅絕師太道：「進來罷！」

板門開處，進來的卻不是鹿杖客而是苦頭陀。滅絕師太也不以爲異，心想這些人都是一丘之貉，不論是誰來都是一樣，便道：「你把這孩子領出去罷。」她不願在周芷若的面前自刎，以免她抵受不住。

苦頭陀走近身來，低聲道：「這是解藥，快快服了。待會聽得外面叫聲，大家併力殺出。」滅絕師太奇道：「閣下是誰？何以給解藥於我？」苦頭陀道：「在下是明教光明右使范遙，盜得解藥，特來相救師太。」滅絕師太怒道：「魔教奸賊！到此刻尚來戲弄於我。」范遙笑道：「好罷！就算是我戲弄你，這是毒上加毒的毒藥，你有沒膽子服了下去？藥一入肚，一個時辰肚腸寸寸斷裂，死得慘不可言。」滅絕師太一言不發，接過他手中的藥粉，張口便服入肚內。

周芷若驚叫：「師父……師父……」范遙伸出另一隻手掌，喝道：「不許作聲，你也服了這毒藥。」周芷若一驚，已被范遙揑住她臉頰，將藥粉倒入口中，跟着提起一瓶清水灌了她幾口，藥粉盡數落喉。

滅絕師太大驚，心想周芷若一死，自己全盤策劃盡付東流，當下奮不顧身的撲上，揮掌向范遙打去。可是她此時功力全失，這一掌招數雖精，卻能有甚麼力道，被范遙輕輕一推，便撞到了牆上。

范遙笑道：「少林羣僧、武當諸俠都已服了我這毒藥。我明教是好是歹，你過得片刻便知。」說着哈哈一笑，轉身出房，反手帶上了門。

原來范遙護送趙敏去和張無忌相會，心中只是掛着奪取解藥之事。趙敏命他在小酒家的外堂中相候，他立即出店，飛奔回到萬安寺，進了高塔，逕到第十層烏旺阿普房外。

烏旺阿普正站在門外，見了他便恭恭敬敬的叫聲：「苦大師。」

范遙點了點頭，心中暗笑：「好啊，鹿老兒爲師不尊，自己躲在房中，和王爺的愛姬風流快活，卻叫徒兒在門外把風。乘着這老兒正在胡天胡帝之時，掩將進去，正好奪了他的解藥。」當下傴着身子，從烏旺阿普身旁走過，突然反手一指，點中了他小腹上的穴道。別說烏旺阿普毫沒提防，便是全神戒備，也躲不過這一指。他要穴一被點中，立時呆呆的不能動彈，心下大爲奇怪，不知甚麼地方得罪了這個啞巴頭陀，難道剛才這一聲「苦大師」叫得不夠恭敬麼？

范遙一推房門，快如閃電的撲向床上，雙脚尙未落地，一掌已擊向床上之人。他深知鹿杖客武功了得，這一掌若不能將他擊得重傷，那便是一場不易分得勝敗的生死搏鬥，是以這一掌使上了十成勁力。只聽得拍的一聲響，只擊得被子破裂、棉絮紛飛，揭開棉被一看，只見韓姬口鼻流血，已被他打得香殞玉碎，卻不見鹿杖客的影子。

范遙心念一動，回身出房，將烏旺阿普拉了進來，塞在床底，剛掩上門，只聽得鹿杖客在門外怒叫：「阿普，阿普，你怎敢擅自走開？」

原來鹿杖客在滅絕師太室外等了好一陣，暗想她母女二人婆婆媽媽的不知說到幾時方罷，只是不敢得罪了苦頭陀，卻也不便強行阻止，心中掛念着韓姬，實在耐不住了，便即回到烏旺阿普房來，卻見這一向聽話的大弟子居然沒在房外守衞，心下好生惱怒，推開房門，幸好並無異狀，韓姬仍是面向裏床，身上蓋着棉被。

鹿杖客拿起門閂，先將門上了閂，轉身笑道：「美人兒，我來給你解開穴道，可是你不許出聲說話。」一面說，一面便伸手到被窩中去，手指剛碰到韓姬的背脊，突然間手腕上一緊，五根鐵鉗般的手指已將他脈門牢牢扣住。這一下全身勁力登失，半點力道也使不出來，只見棉被掀開，一個長髮頭陀鑽了出來，正是苦頭陀。

范遙右手扣住鹿杖客的脈門，左手運指如風，連點了他周身一十九處大穴。鹿杖客登時軟癱在地，再也動彈不得，眼光中滿是怒色。

范遙指着他說道：「老夫行不改姓，坐不改名，明教光明右使，姓范名遙的便是。今日你遭我暗算，枉你自負機智絕倫，其實是昏庸無用之極。此刻我若殺了你，非英雄好漢之所爲，留下你一條性命，你若有種，日後只管來找我范遙報仇。」

他興猶未足，脫去鹿杖客全身衣服，將他剝得赤條條地，和韓姬的屍身並頭而臥，再拉過棉被，蓋在這一死一活的二人身上。

這才取過鹿角杖，旋開鹿角，倒出解藥，然後逐一到各間囚室之中，分給空聞大師、宋遠橋、俞蓮舟等各人服下。待得一個個送畢解藥，耗時已然不少，中間不免費些唇舌，解說幾句。最後來到滅絕師太室中，見她不信此是解藥，索性嚇她一嚇，說是毒藥。范遙恨她傷殘本教衆多兄弟，得能陰損她幾句，甚覺快意。

他分送解藥已畢，正自得意，忽聽得塔下人聲喧嘩，其中鶴筆翁的聲音最是響亮：「這苦頭陀是奸細，快拿他下來！」范遙暗暗叫苦：「糟了，糟了，是誰去救了這傢伙出來？」探頭向塔下望去，只見鶴筆翁率領了大批武士，已將高塔團團圍住。苦頭陀這一探頭，孫三毀和李四摧雙箭齊發，大罵：「惡賊頭陀，害得人好慘！」

鶴筆翁等三人穴道被點，本非一時所能脫困，他三人藏在鹿杖客房中，旁人也不敢貿然進去。豈知汝陽王府中派出來的衆武士在萬安寺中到處搜查，不見王爺愛姬的影蹤，便有人想起了鹿杖客生平好色貪花的性子來。可是衆武士對他向來忌憚，雖然疑心王爺愛姬失蹤和他有關，卻有誰敢去太歲頭上動土？挨了良久，率領衆武士的哈總管心生一計，命一名小兵去敲鹿杖客的房門，鹿杖客身分極高，就算動怒，諒來也不能對這無足輕重的小兵怎麼樣。這小兵打了數下門，房中無人答應。

哈總管一咬牙，命小兵只管推門進去瞧瞧。這一瞧，便瞧見鶴筆翁和孫三毀、李四摧倒在地下。其時鶴筆翁運氣衝穴，已衝開了三四成，哈總管給他解穴，登時便行動自如。鶴筆翁怒氣衝天，查問鹿杖客和苦頭陀的去向，知道到了高塔之中，便率領衆武士圍住高塔，大聲呼喊，叫苦頭陀下來決一死戰。

范遙暗叫：「決一死戰便決一死戰，難道姓范的還怕了你不成？只是那些臭和尚、老尼姑服解藥未久，一時三刻之間功力不能恢復。這鶴筆翁已聽到我和鹿杖客的說話，就算我將鹿老兒殺了，也已不能滅口，這便如何是好？」一時徬徨無計，只聽得鶴筆翁叫道：「死頭陀，你不下來，我便上來了！」

范遙返身將鹿杖客和韓姬一起裹在被窩之中，回到塔邊，將兩人高高舉起，叫道：「鶴老兒，你只要走近塔門一步，我便將這頭淫鹿摔了下來。」

衆武士手中高舉火把，照耀得四下裏白晝相似，只是那寶塔太高，火光照不上去，但影影綽綽的，仍可看到鹿杖客和韓姬的面貌。

鶴筆翁大驚，叫道：「師哥，師哥，你沒事麼？」連叫數聲，不聽得鹿杖客答話，只道已被苦頭陀弄死，心下氣苦，叫道：「賊頭陀，你害死我師哥，我跟你誓不兩立。」

范遙解開了鹿杖客的啞穴。鹿杖客立時破口大罵：「賊頭陀，你這裏應外合的奸細，千刀萬剮的殺了你……」范遙容他罵得幾句，又點上了他的啞穴。鶴筆翁見師兄未死，心下稍安，只怕苦頭陀眞的將師兄摔了下來，不敢走向塔門。

這般僵持良久，鶴筆翁始終不敢上來相救師兄。范遙只盼儘量拖延時光，多拖得一刻便好一刻，他站在欄干之旁，哈哈大笑，叫道：「鶴老兒，你師兄色膽包天，竟將王爺的愛姬偷盜出來。是我捉姦捉雙，將他二人當場擒獲。你還想包庇師兄麼？總管大人，快快將這老兒拿下了。他師兄弟二人叛逆作亂，罪不容誅。你拿下了他，王爺定然重重有賞。」

哈總管斜目睨視鶴筆翁，要想動手，卻又不敢。他見苦頭陀突然開口說話，雖覺奇怪，但清清楚楚的瞧見鹿杖客和韓姬裹在一條棉被之中，何況心中先入爲主，早已信了九成。他高聲叫道：「苦大師，請你下來，咱們同到王爺跟前分辯是非。你們三位都是前輩高人，小人誰也不敢冒犯。」

范遙一身是膽，心想同到王府之中去見王爺，待得分清是非黑白，塔上諸俠體內毒性已解，當即叫道：「妙極，妙極！我正要向王爺領賞。總管大人，你看住這個鶴老兒，千萬別讓他乘機逃了。」

正在此時，忽聽得馬蹄聲響，一乘馬急奔進寺，直衝到高塔之前，衆武士一齊躬身行禮，叫道：「小王爺！」范遙從塔上望將下來，只見此人頭上束髮金冠閃閃生光，胯下一匹高大白馬，身穿錦袍，正是汝陽王的世子庫庫特穆爾、漢名王保保的便是。

王保保厲聲問道：「韓姬呢？父王大發雷霆，要我親來查看。」哈總管上前稟告，便說是鹿杖客將韓姬盜了來，現被苦頭陀拿住。鶴筆翁急道：「小王爺，莫聽他胡說八道。這頭陀乃是奸細，他陷害我師哥……」王保保雙眉一軒，叫道：「一起下來說話！」

范遙在王府日久，知道王保保精明能幹，不在乃父之下，自己的詭計瞞得過旁人，須瞞不過他，一下高塔，倘若小王爺三言兩語之際便識穿破綻，下令衆武士圍攻，單是一個鶴筆翁便不好鬥，自己脫身或不爲難，塔中諸俠就救不出來了，高聲說道：「小王爺，我拿住了鹿杖客，他師弟恨我入骨，我只要一下來，他立刻便會殺了我。」

王保保道：「你快下來，鶴先生殺不了你。」范遙搖搖頭，朗聲道：「我還是在塔上平安些。小王爺，我苦頭陀一生不說話，今日事出無奈，被迫開口，那全是我報答王爺的一片赤膽忠心。你若不信，我苦頭陀只好跳下高塔，一頭撞死給你看了。」

王保保聽他言語，七八成是胡說八道，顯是有意拖延，低聲問哈總管道：「他有何圖謀，要故意延擱，是在等候甚麼人到來麼？」哈總管道：「小人不知……」鶴筆翁搶着道：「小王爺，這賊頭陀搶了我師哥的解藥，要解救高塔中囚禁着的一衆叛逆。」王保保登時省悟，叫道：「苦大師，我知道你的功勞，你快下來，我重重有賞。」

范遙道：「我被鹿杖客踢了兩脚，腿骨都快斷了，這會兒全然動彈不得。小王爺，請你稍待片刻，我運氣療傷，當即下來。」

王保保喝道：「哈總管，你快派人上去，背負苦大師下塔。」范遙大叫：「使不得，使不得，誰一移動我的身子，我兩條腿子就廢了。」

王保保此時更無懷疑，眼見韓姬和鹿杖客雙雙裹在一條棉被之中，就算兩人並無苟且之事，父王也不能再要這個姬人，低聲道：「哈總管，舉火，焚了寶塔。派人用強弓射住，不論是誰從塔上跳下，一概射殺。」哈總管答應了，傳下令去，登時弓箭手彎弓搭箭，團團圍住高塔，有些武士便去取火種柴草。

鶴筆翁大驚，叫道：「小王爺，我師哥在上面啊。」王保保冷冷的道：「這頭陀不能在上面等一輩子，塔下一舉火，他自會下來。」鶴筆翁叫道：「他若將我師哥摔將下來，那可怎麼辦？小王爺，這火不能放。」王保保哼了一聲，不去理他。

片刻之間，衆武士已取過柴草火種，在塔下點起火來。

鶴筆翁是武林中大有身分之人，受汝陽王禮聘入府，向來甚受敬重，不料今日連中苦頭陀的奸計不算，連小王爺也不以禮貌相待，眼見師兄性命危在頃刻，這時也不理他甚麼小王爺大王爺，提起鶴嘴雙筆，縱身而上，挑向兩名正在點火的武士，吧吧兩響，兩名武士遠遠摔開。

王保保大怒，喝道：「鶴先生，你也要犯上作亂麼？」鶴筆翁道：「你別叫人放火，我自不會來跟你搗亂。」王保保喝道：「點火！」左手一揮，他身後竄出五名紅衣番僧，從衆武士手中接過火把，向塔下的柴草擲了過去。柴草一遇火燄，登時便燃起熊熊烈火。

鶴筆翁大急，從一名武士手中搶過一根長矛，撲打着火的柴草。

王保保喝道：「拿下了！」那五名紅衣番僧各持戒刀，登時將鶴筆翁圍住。

鶴筆翁怒極，拋下長矛，伸手便來拿左首一名番僧手中的兵刃。這番僧並非庸手，戒刀翻轉，反剁他肩頭。鶴筆翁待得避開，身後金刃劈風，又有兩柄戒刀同時砍到。

王保保手下共有十八名武功了得的番僧，號稱「十八金剛」，分爲五刀、五劍、四杖、四鈸。這五僧乃是「五刀金剛」，單打獨鬥跟鶴筆翁的武功都差得遠了，但五刀金剛聯手，攻守相助，鶴筆翁武功雖高，但早一日被張無忌擊得受傷嘔血，內力大損，何況眼見火勢上騰，師兄的處境極是危險，不免沉不住氣，一時難以取勝。

王保保手下衆武士加柴點火，火頭燒得更加旺了。這寶塔有磚有木，在這大火焚燒之下，底下數層便必必剝剝的燒了起來。

范遙抛下鹿杖客，衝到囚禁武當諸俠的室中，叫道：「韃子在燒塔了，各位內力是否已復？」只見宋遠橋、俞蓮舟等人各自盤坐用功，凝神專志，誰也沒有答話，顯然到了回復功力的要緊關頭。

看守諸俠的武士有幾名搶來干預，都被范遙抓將起來，一個個擲出塔外，活活的摔死。其餘的冒火突烟，逃了下去。

過不多時，火燄已燒到了第四層，囚禁在這層中的華山派諸人不及等功力恢復，狼狽萬狀的逃上第五層。火燄毫不停留的上騰，跟着第五層中的崆峒派諸人也逃了上去。有的奔走稍慢，連衣服鬚髮都燒着了。

范遙正束手無策之際，忽聽得一人叫道：「范右使，接住了！」正是韋一笑的聲音。范遙大喜，往聲音來處瞧去，只見韋一笑站在萬安寺後殿的殿頂，雙手一抖，將一條長繩抛了過來，范遙伸手接住。韋一笑叫道：「你縛在欄干上，當是一道繩橋。」

范遙剛將繩子縛好，神箭八雄中的趙一傷颼的一箭，便將繩子從中射斷。范遙和韋一笑同時破口大罵，知道要搭架繩橋，非得先除去這神箭八雄不可。

韋一笑罵道：「射你個奶奶。那一個不抛下弓箭，老子先宰了他。」一面罵，一面抽出長劍，縱身下地。他雙足剛着地，五名青袍番僧立時仗劍圍了上來，卻是王保保手下十八番僧中的「五劍金剛」，五人手中長劍閃爍，劍招詭異，和韋一笑鬥在一起。

鶴筆翁揮動鶴嘴筆苦戰，高聲叫道：「小王爺，你再不下令救火，我可對你要不客氣了。」王保保那去理他。四名手執禪杖的番僧分立小王爺四周，生怕有人偷襲。鶴筆翁焦躁起來，雙筆突使一招「橫掃千軍」，將身前三名番僧逼開兩步，提氣急奔，衝到了塔旁。五名番僧隨後追到。鶴筆翁雙足一登，便上了寶塔第一層的屋簷。五名番僧見火勢燒得正旺，便不追上。

鶴筆翁一層層的上躍，待得登上第四層屋簷時，范遙從第七層上探頭出來，高舉鹿杖客的身子，大聲叫道：「鶴老兒，快給我停步！你再動一步，我便將鹿老兒摔成一團鹿肉漿。」鶴筆翁果然不敢再動，叫道：「苦大師，我師兄弟跟你往日無怨，近日無仇，你何苦如此跟我們爲難？你要救你的老情人滅絕師太，要救你女兒周姑娘，儘管去救便是，我決計不來阻攔。」

滅絕師太服了苦頭陀給她的解藥後，只道眞是毒藥，自己必死，只是周芷若竟也被灌了毒藥，畢生指望盡化泡影，心中如何不苦？正自傷心，忽聽得塔下喧嘩之聲大作，跟着苦頭陀和鶴筆翁鬥口、王保保下令縱火等等情形，一一聽得清楚。她心下奇怪：「莫非這鬼模樣的頭陀當眞是救我來着？」試一運氣，立時便覺丹田中一股暖意升將上來，和自中毒以來的情形大不相同。

她不肯聽趙敏之令出去殿上比武，已自行絕食了六七日，胃中早是空空如也，解藥入肚，迅速化入血液，藥力行開，比誰都快。加之她內力深厚，猶在宋遠橋、俞蓮舟、何太冲諸人之上，僅比少林派掌門空聞神僧稍遜，十香軟筋散的毒性遇到解藥後漸漸消退，被她運氣一逼，內功登時生出，不到半個時辰，內功已復了五六成。

她正加緊運功，忽聽得鶴筆翁在外高聲大叫，字字如利箭般鑽入耳中：「……你要救你的老情人滅絕師太，要救你女兒周姑娘，儘管去救便是，我決計不來阻攔。」

這甚麼「老情人」云云，叫她聽了如何不怒？大踏步走到欄干之旁，怒聲喝道：「你滿嘴胡說八道，不清不白的說些甚麼？」鶴筆翁求道：「老師太，你快勸勸你老……老朋友，先放我師兄下來。我擔保你一家三口，平安離開。玄冥二老說一是一，說二是二，決不致言而無信。」滅絕師太怒道：「甚麼一家三口？」

范遙雖然身處危境，還是呵呵大笑，甚是得意，說道：「老師太，這老兒說我是你的舊情人，那個周姑娘嘛，是我和你兩個的私生女兒。」

滅絕師太怒容滿面，在時明時暗的火光照耀之下，看來極是可怖，沉聲喝道：「鶴老兒，你上來，我跟你拚上一百掌再說。」若在平時，鶴筆翁說上來便上來，何懼於一個峨嵋掌門，但此刻師兄落在別人手中，不敢蠻來，叫道：「苦頭陀，那是你自己說的，可不是我信口開河。」滅絕師太雙目瞪着范遙，厲聲問道：「這是你說的麼？」

范遙哈哈一笑，正要乘機挖苦她幾句，忽聽得塔下喊聲大作，往下望時，只見火光中一條人影如穿花蝴蝶般迅速飛舞，在人叢中穿插來去，嗆啷啷、嗆啷啷之聲不絕，衆番僧、衆武士手中兵刃紛紛落地，卻是教主張無忌到了。

張無忌這一出手，圍攻韋一笑的五名持劍番僧五劍齊飛。韋一笑大喜，閃身搶到他身旁，低聲道：「我到汝陽王府去放火。」張無忌點了點頭，已明白他用意。自己這裏只寥寥數人，要是急切間救不出六大派羣豪，對方援兵定然越來越多，青翼蝠王到汝陽王府去一放火，衆武士必是保護王爺要緊，實是個絕妙的調虎離山、釜底抽薪之計。只見韋一笑一條青色人影一幌，已自掠過高牆。

張無忌一看周遭情勢，朗聲問道：「范右使，怎麼了？」范遙叫道：「糟糕之極！燒斷了出路，一個也沒能逃得出。」

此時王保保手下的十八番僧中，倒有十四人攻到了張無忌身畔。張無忌心想擒賊先擒王，只須擒住了那頭戴金冠的韃子王公，便能要脅他下令救火放人，當下身形一側，從衆番僧間竄了過去，猶似游魚破水，直欺到王保保身前。

驀地裏左首一劍刺到，寒氣逼人，劍尖直指胸口。張無忌急退一步，只聽得一個女子聲音說道：「張公子，這是家兄，你莫傷他。」但見她手中長劍顫動，婀娜而立，刃寒勝水，劍是倚天劍，貌美如花，人是趙敏。她急跟張無忌而來，只不過遲了片刻。

張無忌道：「你快下令救火放人，否則我可要對不起兩位了。」趙敏叫道：「十八金剛，此人武功了得，結金剛陣擋住了。」那十八番僧適才吃過張無忌苦頭，不須郡主言語點明，早知他的厲害，只聽得噹的一聲大響，「四鈸金剛」手中的八面大銅鈸齊聲敲擊，十八名番僧來回遊走，擋在王保保和趙敏的身前，將張無忌隔開了。

張無忌一瞥之下，見十八名番僧盤旋遊走，步法詭異，十八人組成一道人牆，看來其中還蘊藏着不少變化。他忍不住便想衝一衝這座金剛陣，但就在此時，砰的一聲大響，高塔上倒了一條大柱下來。

一回頭，只見火燄已燒到了第七層上。血紅的火舌繚繞之中，兩人拳掌交加，鬥得極是激烈，正是滅絕師太和鶴筆翁。第十層的欄干之旁倚滿了人，都是少林、武當各派人物，這干人武功尚未全復，何況高塔離地十餘丈，縱有絕頂輕功而內力又絲毫未失，跳下來也非活活摔死不可。

張無忌一個念頭在腦海中飛快的轉了幾轉：「此金剛陣非片刻間所能破，何況擊敗衆番僧，又有別的好手上來，要擒趙姑娘的哥哥，大是不易。滅絕師太和這鶴筆翁鬥了這些時，始終未曾落敗，看來她功力已復，那麼大師伯等內力當也已經恢復，只是寶塔太高，無法躍將下來而已。」

他一動念間，突然滿場遊走，雙手忽打忽拿、忽拍忽奪，將神箭八雄盡數擊倒，此外衆武士凡是手持弓箭的，都被他或斷弓箭，或點穴道，眼看高塔近旁已無彎弓搭箭的好手，縱聲叫道：「塔上各位前輩，請逐一跳將下來，在下在這裏接着！」

塔上諸人聽了都是一怔，心想此處高達十餘丈，跳下去力道何等巨大，你便有千斤之力也無法接住。崆峒、崑崙各派中便有人嚷道：「千萬跳不得，莫上這小子的當！他要騙咱們摔得粉身碎骨。」

張無忌見烟火瀰漫，已燒近衆高手身邊，衆人若再不跳，勢必盡數葬身火窟，提聲叫道：「俞二伯，你待我恩重如山，難道小姪會存心相害嗎？你先跳罷！」

俞蓮舟對張無忌素來信得過，雖想他武功再強，也決計接不住自己，但想與其活活燒死，還不如活活摔死，叫道：「好！我跳下來啦！」縱身一躍，從高塔上跳將下來。

張無忌看得分明，待他身子離地約有五尺之時，一掌輕輕拍出，擊在他的腰裏。這一掌中所運，正是「乾坤大挪移」的絕頂武功，呑吐控縱之間，已將他自上向下的一股巨力撥爲自左至右。

俞蓮舟的身子向橫裏直飛出去，一摔數丈，此時他功力已恢復了七八成，一個迴旋，已穩穩站在地下，順手一掌，將一名蒙古武士打得口噴鮮血。他大聲叫道：「大師哥、四師弟！你們都跳下來罷！」

塔上衆人見俞蓮舟居然安好無恙，齊聲歡呼起來。

宋遠橋愛子情深，要他先脫險地，說道：「青書，你跳下去！」宋青書自出囚室後，一直站在周芷若身旁，說道：「周姑娘，你快跳。」周芷若功力未復，不能去相助師父，卻不肯自行逃生，聽宋青書這麼說，搖了搖頭道：「我等師父！」

這時何太冲、班淑嫻等已先後跳下，都由張無忌施展乾坤大挪移神功出掌拍擊，自直墮改爲橫摔，一一脫離險境。這一干人功力雖未全復，但只須回復得五六成，已是衆番僧、衆武士所難以抵擋。俞蓮舟等頃刻間奪得兵刃，護在張無忌身周。王保保和趙敏的手下欲上前阻撓，均被俞蓮舟、何太冲、班淑嫻等擋住。塔上每躍下一人，張無忌便多了一個幫手。那些人自被趙敏囚入高塔之後，人人受盡了屈辱，也不知有多少人被割去了手指，此時得脫牢籠，個個含憤拚命，霎時間已有二十餘名武士屍橫就地。

王保保見情勢不佳，傳令：「調我飛弩親兵隊來！」

哈總管正要去傳小王爺號令，突然間只見東南角上火光衝天。他大吃一驚，叫道：「小王爺，王府失火！咱們快去保護王爺要緊。」

王保保關懷父親安危，顧不得擒殺叛賊，忙道：「妹子，我先回府，你諸多小心！」不等趙敏答應，掉轉馬頭，直衝出去。

王保保這一走，十八金剛一齊跟去，王府武士也去了一大半。餘下衆武士見王府失火，誰也沒想到只是韋一笑一人搗鬼，只道大批叛徒進攻王府，無不驚惶。

其時宋青書、宋遠橋、張松溪、莫聲谷等都已躍下高塔，雙方強弱之勢更形逆轉，待得空聞方丈、空智大師，以及少林派達摩堂、羅漢堂衆高僧一一躍下時，趙敏手下的武士已無可抗禦。

趙敏心想此時若再不走，反而自己要成爲他的俘虜，當即下令：「各人退出萬安寺。」轉頭向張無忌道：「明日黃昏，我再請你飲酒，務請駕臨。」張無忌一怔之間，尚未答應，趙敏一笑嫣然，已退入了萬安寺後殿。

只聽得范遙在塔頂大叫：「周姑娘，快跳下，火燒眉毛啦，你再不跳，難道想做焦炭美人麼？」周芷若道：「我陪着師父！」

滅絕師太和鶴筆翁劇鬥一陣，烟火上騰，便躍上一層，終於鬥上了第十層的屋角。她功力尚未全復，但此時早已將生死置之度外，掌法中只攻不守。鶴筆翁一來掛念着師兄，心有二用，二來前傷未愈，三來適才中了麻藥，穴道又被封閉良久，手脚究也不十分靈便，兩人竟門了個不分上下。滅絕師太聽到徒兒的說話，叫道：「芷若，你快跳下去，別來管我！這賊老兒辱我太甚，豈能容他活命？」

鶴筆翁暗暗叫苦：「這老尼全是拚命的打法，我救師兄要緊，難道跟她在這火窟中同歸於盡不成？」大聲道：「滅絕師太，這話是苦頭陀說的，跟我可不相干。」

滅絕師太撤掌迴身，問范遙道：「兀那頭陀，這等瘋話可是你說的？」范遙嘻皮笑臉的道：「甚麼瘋話？」這一句話，明擺着要滅絕師太親口重覆一遍：「他說我是你的老情人，周芷若是我跟你生的私生女兒。」這兩句她如何能說得出口？但就是范遙這句話，她已知鶴筆翁之言不假，只氣得全身發顫。

鶴筆翁見滅絕師太背向自己，突然一陣黑烟捲到，正是偷襲的良機，烟霧之中，一掌擊向滅絕師太背心。周芷若和范遙看得分明，齊聲叫道：「師父小心！」「老尼姑小心！」但滅絕師太迴掌反擊，已擋不了鶴筆翁的陰陽雙掌，左掌和他的左掌相抵，鶴筆翁的右手所發的玄冥神掌終於擊在她的背心。那玄冥神掌何等厲害，當年在武當山上，甚至和張三丰都對得一掌，滅絕師太身子一幌，險些摔倒。周芷若大驚，搶上扶住了師父。

范遙大怒，喝道：「陰毒卑鄙的小人，留你作甚？」提起裹着鹿杖客和韓姬的被窩捲兒，拋了下去。鶴筆翁同門情深，危急之際不及細思，撲出來便想抓住鹿杖客。但那被窩捲離塔太遠，鶴筆翁只抓到被窩一角，一帶之下，竟身不由主的跟着一起摔落。

張無忌站在塔下，烟霧瀰漫之中瞧不清塔上這幾人的糾葛，眼見一大綑物事和一個人摔下，那綑物事不知是甚麼東西，隱約間只看到其中似乎包得有人，但那人卻看清楚是鶴筆翁。

他明知此人曾累得自己不知吃過多少苦頭，甚至自己父母之死也和他有莫大關連，可是終究不忍袖手不顧，任由他跌得粉身碎骨，立即縱身上前，雙掌分別拍出，將被窩和鶴筆翁分向左右擊出三丈。

鶴筆翁一個迴旋，已然站定，心中暗叫一聲：「好險！」他萬沒想到張無忌竟會以德報怨，救了自己一命，轉身去看師兄時，卻又吃了一驚。原來張無忌一拍之下，被窩散開，滾出兩個赤裸裸的人來，正好摔入火堆之中。鹿杖客穴道未解，動彈不得，鬚髮登時着火。鶴筆翁大叫：「師哥！」搶入火堆中抱起。

他躍出火堆，立足未定，俞蓮舟叫道：「吃我一掌！」左掌擊向他肩頭。鶴筆翁不敢抵敵，沉肩相避，俞蓮舟這一掌似已用老，但他肩頭下沉，這一掌仍是跟着下擊，拍的一聲，只痛得他額頭冷汗直冒，此刻救師兄要緊，忙抱起鹿杖客，飛身躍出高牆。

便在此時，塔中又是一根燃燒着的大木柱倒將下來，壓着韓姬屍身，片刻間全身是火，塔下衆人齊聲大叫：「快跳下來，快跳下來！」

范遙東竄西躍，躲避火勢。那寶塔樑柱燒毀後，磚石紛紛跌落，塔頂已微微幌動，隨時都能塌將下來。

滅絕師太厲聲道：「芷若，你跳下去！」周芷若道：「師父，你先跳了，我再跳！」滅絕師太突然縱身而起，一掌向范遙的左肩劈下，喝道：「魔教的賊子，實是容你不得！」

范遙一聲長笑，縱身躍下。張無忌一掌擊出，將他輕輕送開，讚道：「范右使，大功告成，當眞難能！」范遙站定脚步，說道：「若非教主神功蓋世，大夥兒人人成了高塔上的烤豬。范遙行事不當，何功之有？」

滅絕師太伸臂抱了周芷若，踴身下跳，待離地面約有丈許時，雙臂運勁上托，反將周芷若托高了數尺。這麼一來，周芷若變成只是從丈許高的空中落下，絲毫無礙，滅絕師太的下墮之勢卻反而加強。

張無忌搶步上前，運起乾坤大挪移神功往她腰後拍去。豈知滅絕師太死志已決，又絕不肯受明教半分恩惠，見他手掌拍到，拚起全身殘餘力氣，反手一掌擊出。雙掌相交，砰的一聲大響，張無忌的掌力被她這一掌轉移了方向，喀喇一響，滅絕師太重重摔在地下，登時脊骨斷成數截。張無忌卻也被她挾着下墮之勢的這一掌打得胸口氣血翻湧，連退幾步，心下大惑不解，滅絕師太這一掌，明明便是自殺。

周芷若撲到師父身上，哭叫：「師父，師父！」其餘峨嵋派衆男女弟子都圍在師父身旁，亂成一團。滅絕師太道：「芷若，從今日起，你便是本派掌門，我要你做的事，你都……都不會違背麼？」周芷若哭道：「是，師父，弟子不敢忘記。」

滅絕師太微微一笑，道：「如此，我死也瞑目……」眼見張無忌走上前來，伸手要搭她脈搏，滅絕師太右手驀地裏一翻，緊緊抓住張無忌的手腕，厲聲道：「魔教的淫徒，你若玷汚了我愛徒清白，我做鬼也不饒過……」最後一個「你」字沒說出口，已然氣絕身亡，但手指仍然不鬆，五片指甲在張無忌手腕上掐出了血來。

范遙叫道：「大夥兒都跟我來，到西門外會齊。倘若再有耽擱，奸王的大隊人馬這就要來啦。」

張無忌抱起滅絕師太的屍身，低聲道：「咱們走罷！」周芷若將師父的手指輕輕扳離他手腕，接過屍身，向張無忌一眼也不瞧，便向寺外走去。

這時崑崙、崆峒、華山諸派高手早已蜂湧而出。只有少林派空聞、空智兩位神僧不失前輩風範，過來合十向張無忌道謝，和宋遠橋、俞蓮舟等相互謙讓一番，始先後出門。

張無忌以乾坤大挪移神功相援六派高手下塔，內力幾已耗盡，最後和滅絕師太對了那一掌，更是大傷元氣，這時幾乎路也走不動了。莫聲谷將他抱起，負在背後。張無忌默運九陽神功，這才內力漸增。

其時天已黎明，羣雄來到西門，驅散把守城門的官兵，出城數里，楊逍已率領騾馬大車來接，向衆人賀喜道勞。

空聞大師道：「今番若不是明教張教主和各位相救，我中原六大派氣運難言。大恩不言謝，爲今之計，咱們該當如何，便請張教主示下。」張無忌道：「在下識淺，有甚麼主意，還是請少林方丈發號施令。」空聞大師堅執不肯。

張松溪道：「此處離城不遠，咱們今日在韃子京城中鬧得這麼天翻地覆，那奸王豈能罷休？待得王府中火勢救滅，定必派遣兵馬來追。咱們還是先離此處，再定行止。」何太冲道：「奸王派人來追，那是最好不過，咱們便殺他個落花流水，出一出這幾日所受的惡氣。」張松溪道：「大夥兒功力未曾全復，要殺韃子也不忙在一時，還是先避一避的爲是。」

空聞大師道：「張四俠說得是，今日便是殺得多少韃子，大夥兒也必傷折不小，咱們還是暫且退避。」少林掌門人說出來的話畢竟聲勢又是不同，旁人再無異議。空聞大師又問：「張四俠，依你高見，咱們該向何處暫避？」張松溪道：「韃子料得咱們不是向南，便向東南，咱們偏偏反其道而行之，逕向西北，諸位以爲如何？」

衆人都是一怔。楊逍卻拍手說道：「張四俠的見地高極。西北地廣人稀，隨便找一處荒山，儘可躲得一時。韃子定然料想不到。」衆人越想越覺張松溪此計大妙，當下撥轉馬匹，逕向北行。

行出五十餘里，羣俠在一處山谷中打尖休息。楊逍早已購齊各物，乾糧酒肉，無一或缺。衆人談起脫困的經過，都說全仗張無忌和范遙兩人相救。

這邊廂周芷若和峨嵋派衆人將滅絕師太的屍身火化了。空聞、空智、宋遠橋、張無忌等一一過去行禮致祭。滅絕師太一代大俠，雖然性情怪僻，但平素行俠仗義，正氣凜然，武林中人所共敬。峨嵋羣弟子放聲大哭，餘人也各淒然。

空聞大師朗聲說道：「人死不能復生，峨嵋諸俠只須繼承師太遺志，師太雖死猶生。這一次奸人下毒，誰都吃了大虧，本派空性師弟也爲韃子所害，此仇自是非報不可，如何報仇，卻須從長計議。」

空智大師道：「中原六大派原先與明教爲敵，但張教主以德報怨，反而出手相救，雙方仇嫌，自是一筆勾銷。今後大夥兒同心協力，驅除胡虜。」

衆人一齊稱是。但說到如何報仇，各派議論紛紛，難有定見。最後空聞說道：「這件事非一時可決，咱們休息數日，分別回去，日後大舉報仇，再徐商善策。」當下衆人均點頭稱是。

張無忌道：「此間大事已了，我有些私人俗務，尚須回大都一轉，謹與各位作別。今後當與各位並肩携手，與韃子決一死戰。」

羣豪齊叫：「大夥兒並肩携手，與韃子決一死戰。」呼聲震天，山谷鳴響，當下一齊送到谷口。

張無忌行禮作別。楊逍道：「教主，你是天下英雄之望，一切多多保重。」張無忌道：「兄弟理會得。」縱馬向南馳去。

猛見黑光一閃，三件兵刃登時削斷，五個人中有四人被齊胸斬斷，四面八方的摔下山麓。只鄭長老斷了一條手臂，跌倒在地。但見謝遜手中握着一柄黑沉沉的大刀，正是號稱「武林至尊」的屠龍寶刀。

二十八　恩斷義絕紫衫王

將近大都時，張無忌心想昨晚萬安寺一戰，汝陽王手下許多武士已識得自己面目，撞上了諸多不便，於是到一家農家買了套莊稼漢子的舊衣服換了，頭上戴個斗笠，用煤灰泥巴將手臉塗得黑黑地，這才進城。

他回到西城的客店外，四下打量，前後左右並無異狀，當即閃身入內，進了自己的住房。小昭正坐在窗邊，手中做着針綫，見他進房，一怔之下，才認了他出來，滿臉歡容，如春花之初綻，笑道：「公子爺，我還道是那一個莊稼漢闖錯了屋子呢，眞沒想到是你。」

張無忌笑道：「你在做甚麼？獨個兒悶不悶？」小昭臉上一紅，將手中縫着的衣衫藏到了背後，忸怩道：「我在學着縫衣，可見不得人的。」將衣衫藏在枕頭底下，斟茶給張無忌喝，見到他滿臉黑泥，笑道：「你洗不洗臉？」

張無忌微笑道：「我故意塗抹的，可別洗去了。」拿着茶杯，心下沉吟：「趙姑娘要我陪她去借屠龍刀。大丈夫言出如山，不能失信於人。何況我原要去接義父回歸中土。義父本來擔心中原仇家太多，他眼盲之後，應付不了。此時武林羣豪同心抗胡，私人的仇怨，甚麼都該化解了。只須我陪他老人家在一起，諒旁人也不能動他一根毫毛。大海中風濤險惡，小昭這孩子是不能一齊去的。嗯，有了，我要趙姑娘將小昭安頓在王府之中，倒比別的處所平安得多。」

小昭見他忽然微笑，問道：「公子，你在想甚麼？」張無忌道：「我要到一個很遠很遠的地方去，帶着你很是不便。我想到了一處所在，可以送你去寄居。」小昭臉上變色，道：「公子爺，我一定要跟着你，小昭要天天這般服侍你。」

張無忌勸道：「我是為你好。我要去的地方很遠，很危險，不知甚麼時候才能回來。」小昭道：「在光明頂上那山洞之中，我就已打定了主意，你到那裏，我跟到那裏。除非你把我殺了，才能撇下我。你見了我討厭，不要我陪伴麼？」張無忌道：「不，不！你知道我很喜歡你，我只是不願你去冒無謂的危險。我一回來，立刻就會找你。」小昭搖頭道：「只要在你身邊，甚麼危險我都不在乎。公子爺，你帶我去罷！」

張無忌握着小昭的手，道：「小昭，我也不須瞞你，我是答應了趙姑娘，要陪她往海外一行。大海之中，波濤連天。我是不得不去。但你去冒此奇險，殊是無益。」

小昭脹紅了臉，道：「你陪趙姑娘一起，我更加要跟着你。」說了這兩句話，已急得眼中淚水盈盈。張無忌道：「為甚麼更加要跟着我？」小昭道：「那趙姑娘心地歹毒，誰也料不得她會對你怎樣。我跟着你，也好照看着你些兒。」

張無忌心中一動：「莫非這小姑娘對我暗中已生情意？」聽到她言辭中忱忱之誠，不禁感激，笑道：「好，帶便帶你去，大海中暈起船來，可不許叫苦。」小昭大喜，連聲答應，說道：「我要是惹得你不高興，你把我拋下海去餵魚罷！」張無忌笑道：「我怎麼捨得？」

他二人雖然相處日久，有時旅途之際客舍不便，便同臥一室，但小昭自居婢僕，張無忌又從來不說一句戲謔調笑的言語。這時他衝口而出說了句「我怎麼捨得」，自知失言，不由得臉上一紅，轉過了頭望着窗外。小昭卻歎了口氣，自去坐在一邊。

張無忌問道：「你爲甚麼歎氣？」小昭道：「你眞正捨不得的人多着呢。峨嵋派的周姑娘，汝陽王府的郡主娘娘，將來不知道還有多少。你心中怎會掛念着我這個小丫頭？」

張無忌走到她面前，說道：「小昭，你一直待我很好，難道我不知道麼？難道我是個忘恩負義、不知好歹的人嗎？」說這兩句話時臉色鄭重，語意極是誠懇。

小昭又是害羞，又是歡喜，低下了頭道：「我又沒要你對我怎樣，只要你許我永遠服侍你，做你的小丫頭，我就心滿意足了。你一晚沒睡，一定倦了，快上床休息一會罷。」說着掀開被窩，服侍他安睡，自去坐在窗下，拈着針綫縫衣。

張無忌聽着她手上的鐵鍊偶而發出輕微的錚錚之聲，只覺心中平安喜樂，過不多時，便合上眼睡着了。

這一睡直到傍晚始醒，他吃了碗麵，說道：「小昭，我帶你去見趙姑娘，借她倚天劍斬斷你手脚上的銬鐐。」兩人走到街上，但見蒙古兵卒騎馬來回奔馳，戒備甚嚴，自是昨晚汝陽王府失火、萬安寺大亂之故。兩人一聽到馬蹄聲音，便縮身在屋角後面，不讓元兵見到，不多時便到了那家小酒店中。

張無忌帶着小昭推門入內，只見趙敏已坐在昨晚飮酒的座頭上，笑吟吟的站了起來，說道：「張公子眞乃信人。」張無忌見她神色如常，絲毫不以昨晚之事爲忤，暗想：「這位姑娘城府眞深，按理說我派人殺了她父親的愛姬，將她費盡心血捉來的六派高手一齊放了，她必定惱怒異常，不料她一如平時，且看她待會如何發作。」見桌上已擺設了兩副杯筷，他欠一欠身，便卽就坐，小昭遠遠站着伺候。

張無忌抱拳說道：「趙姑娘，昨晚之事，在下諸多得罪，還祈見諒。」趙敏笑道：「爹爹那韓姬妖妖嬈嬈的，我見了就討厭，多謝你叫人殺了她。我媽媽儘誇讚你能幹呢。」張無忌一怔，如此結果，實是大出意料之外。趙敏又道：「那些人你救了去也好，反正他們不肯歸降，我留着也是無用。你救了他們，大家一定感激你得緊。當今中原武林，聲望之隆，自是無人再及得上你了。張公子，我敬你一杯！」說着笑盈盈的舉起酒杯。

便在此時，門口走進一個人來，卻是范遙。他先向張無忌行了一禮，再恭恭敬敬的向趙敏拜了下去，說道：「郡主，苦頭陀向你告辭。」趙敏並不還禮，冷冷的道：「苦大師，你瞞得我好苦。你郡主這個觔斗栽得可不小啊。」

范遙站起身來，昂然說道：「苦頭陀姓范名遙，乃明敎光明右使。朝廷與明敎爲敵，本人混入汝陽王府，自是有所爲而來。多承郡主禮敬有加，今日特來作別。」

趙敏仍是冷冷的道：「你要去便去，又何必如此多禮？」范遙道：「大丈夫行事光明磊落，自今而後，在下卽與郡主爲敵，若不明白相告，有負郡主平日相待之意。」

趙敏向張無忌看了一眼，問道：「你到底有甚麼本事，能使手下個個對你這般死心塌地？」

張無忌道：「我們是爲國爲民、爲仁俠、爲義氣，范右使和我素不相識，可是一見如故，肝膽相照，只是不枉了兄弟間這個『義』字。」

范遙哈哈一笑，說道：「教主這幾句言語，正說出了屬下的心事。教主，你多多保重。這位郡主娘娘年紀雖輕，卻是心狠手辣，大非尋常。你良心太好，可千萬別要上當。」張無忌道：「是，我自是不敢大意。」趙敏笑道：「多謝苦大師稱讚。」

范遙轉身出店，經過小昭身邊時，突然一怔，臉上神色驚愕異常，似乎突然見到甚麼可怕之極的鬼魅一般，失聲叫道：「你……你……」小昭奇道：「怎麼啦？」范遙向她呆望了半晌，搖頭道：「不是的……不是的……我看錯人了。」長歎一聲，神色黯然，推門走了出去。口中喃喃的道：「眞像，眞像。」

趙敏與張無忌對望一眼，都不知他說小昭像誰。

忽聽得遠處傳來幾下唿哨之聲，三長兩短，聲音尖銳。張無忌一怔，記得這是峨嵋派招聚同門的訊號，當日在西域遇到滅絕師太等一干人時，曾數次聽到她們以此訊號相互聯絡，尋思：「怎地峨嵋派又回到了大都？莫非遇上了敵人麼？」趙敏道：「那是峨嵋派，似乎遇上了甚麼急事。咱們去瞧瞧，好不好？」張無忌奇道：「你怎知道？」趙敏笑道：「我在西域率人跟了她們四日四夜，終於捉到了滅絕師太，怎會不知？」

張無忌道：「好，咱們便去瞧瞧。趙姑娘，我先求你一件事，要借你的倚天劍一用。」趙敏笑道：「你未借屠龍刀，先向我借倚天劍，算盤倒是精明。」解下腰間繫着的寶劍，遞了過去。

張無忌拿在手裏。拔劍出鞘，道：「小昭，你過來。」小昭走到他身前，張無忌揮動長劍，嗤嗤嗤幾下輕響，小昭手脚上銬鍊一齊削斷，嗆啷啷跌在地下。小昭下拜道：「多謝公子，多謝郡主。」趙敏微笑道：「好美麗的小姑娘。你教主定是歡喜你得緊了。」小昭臉上一紅，眼中閃耀着喜悅的光芒。

張無忌還劍入鞘，交給趙敏，只聽得峨嵋派的唿哨聲直往東北方而去，便道：「咱們去罷。」趙敏摸出一小錠銀子抛在桌子，閃身出店。

張無忌怕小昭跟隨不上，右手拉住她手，左手托在她腰間，不即不離的跟在趙敏身後。只奔出十餘丈，便覺小昭身子輕飄飄的，脚步移動也甚迅速，他微覺奇怪，手上收回相助的力道，見小昭仍是和自己並肩而行，始終不見落後。雖然他此刻未施上乘輕功，但脚下已是極快，小昭居然仍能跟上。

轉眼之間，趙敏已越過幾條僻靜小路，來到一堵半塌的圍牆之外。張無忌聽到牆內隱隱有女子爭執的聲音，知道峨嵋派便在其內，拉着小昭的手越牆而入，黑暗中落地無聲。圍牆內遍地長草，原來是個廢園。趙敏跟着進來，三人伏在長草之中。

廢園北隅有個破敗涼亭，亭中影影綽綽的聚集着二十來人，只聽得一個女子聲音說道：「你是本門最年輕的弟子，論資望，說武功，那一椿都輪不到你來做本派掌門……」張無忌認得是丁敏君的語音，在長草叢中伏身而前，走到離涼亭數丈之處，這才停住。此時星光黯淡，瞧出來朦朧一片，他凝神注視，隱約看清楚亭中有男有女，都是峨嵋派弟子，除丁敏君外，其餘滅絕師太座下的諸大弟子似乎均在其內。左首一人身形修長，青裙曳地，正是周芷若。只聽丁敏君話聲極是嚴峻，不住口的道：「你說，你說……」

周芷若緩緩的道：「丁師姊說得是，小妹是本門最年輕的弟子，不論資歷、武功、才幹、品德，那一項都夠不上做本派掌門。師父命小妹當此大任，小妹原曾一再苦苦推辭，但先師厲言重責，要小妹發下毒誓，不得有負師父的囑咐。」

峨嵋大弟子靜玄說道：「師父英明，既命周師妹繼任掌門，必有深意。咱們同受師父栽培的大恩，自當遵奉她老人家遺志，同心輔佐周師妹，以光本派武德。」

丁敏君冷笑道：「靜玄師姊說師父必有深意，這『必有深意』四字果然說得好。咱們在高塔之上、高塔之下，不是都曾親耳聽到苦頭陀和鶴筆翁大聲叫嚷麼？周師妹的父母是誰，師父為何對她另眼相看，這還明白不過麼？」

若頭陀對鹿杖客說道滅絕師太是他的老情人、周芷若是他二人的私生女兒，只不過是他邪魔外道的古怪脾氣發作、隨口開句玩笑，但鶴筆翁這麼公然叫嚷出來，旁人聽在耳裏，雖然未必盡信，難免有幾分疑心。這等男女之私，常人總是寧信其有，不信其無，而滅絕師太對周芷若如此另眼相看，一眾弟子均是不明所以，「私生女兒」這四字正是最好的解釋。各人聽了丁敏君這幾句話，都默然不語。

周芷若顫聲道：「丁師姊，你若不服小妹接任掌門，儘可明白言講。你胡言亂語，敗壞師父畢生清譽，該當何罪？小妹先父姓周，乃是漢水中一個操舟的船夫，不會絲毫武功。先母薛氏，祖上卻是世家，本是襄陽人氏，襄陽城破之後逃難南下，淪落無依，嫁了先父。小妹蒙武當派張眞人之薦，引入峨嵋門下，在此以前，從未見過師父一面。你受師父大恩。今日先師撒手西歸，便來說這等言語，這……這……」說到這裏，語音哽咽，淚珠滾滾而下，再也說不下去了。

丁敏君冷笑道：「你想任本派掌門，尙未得同門公認，自己身分未明，便想作威作福，分派我的不是，甚麼敗壞師父淸譽，甚麼該當何罪。你想來治我的罪，是不是？我倒要請問：你旣受師父之囑繼承掌門，便該卽日回歸峨嵋。師父逝世，本派事務千頭萬緒，在在均要掌門人分理。你孤身一人突然不聲不響的回到大都，卻是爲何？」

周芷若道：「師父交下一副極重的擔子，放在小妹身上，是以小妹非回大都不可。」丁敏君道：「那是甚麼事？此處除了本派同門，並無外人，你儘可明白言講。」周芷若道：「這是本派最大的機密，除了本派掌門人之外，不能告知旁人。」

丁敏君冷笑道：「哼，哼！你甚麼都往『掌門人』這三個字上一推，須騙我不倒。我來問你：本派和魔教仇深似海，本派同門不少喪於魔教之手，魔教教衆死於師父倚天劍下的更是不計其數。師父所以逝世，便因不肯受那魔教教主一托之故。然則師父屍骨未寒，何以你便悄悄的來尋魔教那個姓張的小淫賊、那個當教主的大魔頭？」

張無忌聽到最後這幾句話時身子不禁一震，便在此時，只覺一根柔膩的手指伸到自己左頰之上，輕輕刮了兩下，正是身旁的趙敏以手指替他刮羞。張無忌滿臉通紅，心想：「難道周姑娘眞的是來找我麼？」

只聽周芷若囁囁嚅嚅的道：「你……你又來胡說八道了……」

丁敏君大聲道：「你還想抵賴？你叫大夥兒先回峨嵋，咱們問你回大都有甚麼事，你偏又吞吞吐吐的不肯說。衆同門情知不對，這才躡在你的後面。你向你父親苦頭陀探問小淫賊的所在，當我們不知道麼？你去客店找那小淫賊，當我們不知道麼？」

她左一句「小淫賊」，右一句「小淫賊」，張無忌脾氣再好，卻也不禁着惱，突覺頭頸中有人呵了一口氣，自是趙敏又在取笑了。

丁敏君又道：「你愛找誰說話，愛跟誰相好，旁人原是管不着。但這姓張的小淫賊是本派的生死對頭，昨晚衆人逃出大都，一路之上，何以你儘是含情脈脈的瞧他？他走到那裏，你的目光便跟到那裏，這可不是我信口雌黃，這裏衆同門都曾親眼目覩。那日在光明頂上，先師叫你刺他一劍，他居然不閃不避，對你眉花眼笑，而你也對他擠眉弄眼，不痛不癢的輕輕刺了他一下。以倚天劍之利，怎能刺他不死？這中間若無私弊，有誰能信？」

周芷若哭了出來，說道：「誰擠眉弄眼了？你儘說些難聽的言語來誣賴人。」

丁敏君冷笑一聲，道：「我這話難聽，你自己所作所爲，便不怕人說難看了？你的話便好聽了？哼，剛才你怎麼問那客房中的掌櫃來着？『勞你的駕，這裏可有一位姓張的客官嗎？嗯，二十來歲年紀，身材高高的，或者，他不說姓張，另外說個姓氏。』」她尖着嗓子，學起周芷若慢吞吞的聲調，裝腔作勢，說得加意的妖媚嬌柔，令人聽得毛骨悚然。

張無忌心下惱怒，暗想這丁敏君乃峨嵋派中最爲刁鑽刻薄之人，周芷若柔弱仁懦，萬不是她的對手，但若自己挺身而出爲周芷若撑腰，一來這是峨嵋派本門事務，外人不便置喙，二來只有使周芷若處境更爲不利，眼見她被擠逼得狼狽之極，自己卻束手無策。

峨嵋派中大多數弟子本來都遵從師父遺命，奉周芷若為掌門人，但聽丁敏君辭鋒咄咄，說得入情入理，均想：「師父和魔教結怨太深。周師妹和那魔教教主果是干係非同尋常，倘若她將本派賣給了魔教，那便如何是好？」

只聽丁敏君又道：「周師妹，你由武當派張真人引入師父門下，那魔教的小淫賊是武當張五俠之子。這中間到底有甚麼古怪陰謀，誰也不知底細。」提高了嗓子又道：「衆位師兄師姊、師弟師妹，師父雖有遺言命周師妹接任掌門，可是她老人家萬萬料想不到，她圓寂之後屍骨未寒，本派掌門人立即便去尋那魔教教主相敍私情。此事和本派存亡興衰干係太大，先師若知今晚之事，她老人家必定另選掌門。師父的遺志乃是要本派光大發揚，決不是要本派覆滅在魔教之手。依小妹之見，咱們須得繼承先師遺志，請周師妹交出掌門鐵指環，咱們另推一位德才兼備、資望武功足為同門表率的師姊，出任本派掌門。」她說了這幾句話後，同門中便有六七人出言附和。

周芷若道：「我受先師之命，接任本派掌門，這鐵指環決不能交。我實在不想當這掌門，可是我曾對師父立下重誓，決不能……決不能有負她老人家的託付。」這幾句話說來半點力道也無，有些同門本來不作左右袒，聽了也不禁暗暗搖頭。

丁敏君厲聲道：「這掌門鐵指環，你不交也得交！本派門規嚴戒欺師滅祖，嚴戒淫邪無恥。你犯了這兩條最最首要的大戒，還能掌理峨嵋門戶麼？」

趙敏將嘴唇湊到張無忌耳邊，低聲道：「你的周姑娘要糟啦！你叫我一聲好姊姊，我便出頭去給她解圍。」張無忌心中一動，知道這位姑娘足智多謀，必有妙策使周芷若脫困，但她年紀比自己小得多，這一聲「好姊姊」叫起來未免太也肉麻，實在叫不出口，正自猶豫，趙敏又道：「你不叫也由得你，我可要走啦。」

張無忌無奈，只得在她耳邊低聲叫道：「好姊姊！」趙敏噗哧一笑，正要長身而起，亭中諸人已然驚覺。丁敏君喝道：「是誰？鬼鬼祟祟的在這裏偷聽！」

突然間牆外傳來幾聲咳嗽，一個清脆的女子聲音說道：「黑夜之中，你峨嵋派在這裏鬼鬼祟祟的幹甚麼？」一陣衣襟帶風之聲掠過空際，涼亭外已多了兩人。

這二人面向月光，張無忌看得分明，一個是佝僂龍鍾的老婦，手持拐杖，正是金花婆婆，另一個是身形婀娜的少女，容貌奇醜，卻是殷野王之女、張無忌的表妹蛛兒殷離。那日韋一笑將蛛兒擒去，還沒上光明頂便寒毒發作，強忍着不吸她熱血，終於不支倒地，後來得周顛救醒，再尋蛛兒時卻已不知去向。張無忌自和她分別以來，常自想念，不料此刻忽爾出現，他大喜之下，幾欲出聲招呼。

丁敏君冷冷的道：「金花婆婆，你來幹甚麼？」金花婆婆道：「你師父在那裏？」丁敏君道：「先師已於昨日圓寂，你在園外聽了這麼久，卻來明知故問。」

金花婆婆失聲道：「啊，滅絕師太已圓寂了！是怎樣死的？爲甚麼不等着再見我一面？唉，唉，可惜，可惜……」一句話沒再說得下去，彎了腰不住的咳嗽。蛛兒輕輕拍着她背，向丁敏君冷笑道：「誰耐煩來偷聽你們說話？我和婆婆經過這裏，聽得你嘰哩咕嚕的說個不停，我認得你的聲音，這才進來瞧瞧。婆婆問你，你沒聽見麼？你師父是怎樣死的？」

丁敏君怒道：「這干你甚麼事？我為甚麼要跟你說？」

金花婆婆舒了口長氣，緩緩的道：「我生平和人動手，只在你師父手下輸過一次，可是那並非武功招數不及，只是擋不了倚天劍的鋒利。這幾年來發願要找一口利刃，再與你師父一較高下。老婆子走遍了天涯海角，總算不枉了這番苦心，一位故人答應借寶刀給我一用。我打聽得峨嵋派人衆被朝廷囚禁在萬安寺中，有心要去救你師父出來，和她較量一下眞實本領，豈知今日來到，萬安寺已成了一片瓦礫。唉！命中注定，金花婆婆畢生不能再雪此敗之辱。滅絕師太啊滅絕師太，你便不能遲死一天半日嗎？」

丁敏君道：「我師父此刻倘若尚在人世，你也不過再多敗一場，叫你輸得死心塌……」

突然間拍拍拍拍，四下清脆的聲響過去，丁敏君目眩頭暈，幾欲摔倒，臉上已被金花婆婆左右開弓的連擊了四掌。別看這老婆婆病骨支離，咳嗽連連，豈知出手竟然迅捷無倫，手法又怪異之極，這四掌打得丁敏君竟無絲毫抗拒躲閃的餘地。她與丁敏君相距本有兩丈，但頃刻間欺近身去，打了四掌後又即退過，行動直似鬼魅。

丁敏君驚怒交集，立即拔出長劍，搶上前去，指着金花婆婆道：「你這老乞婆，當眞活得不耐煩了？」金花婆婆似乎沒聽到她的辱罵，對她手中長劍也似視而不見，只緩緩的道：「你師父到底是怎麼死的？」一語意蕭索，似乎十分的心灰意懶。丁敏君手中長劍的劍尖距她胸口不過三尺，終究不敢便刺了出去，只罵：「老乞婆，我為甚麼要跟你說？」

金花婆婆長歎一聲，自言自語：「滅絕師太，你一世英雄，可算得武林中出類拔萃的人物，一旦身故，弟子之中，竟無一個像樣的人出來接掌門戶嗎？」

靜玄師太走上一步，合掌說道：「貧尼靜玄，參見婆婆。先師圓逝之時，遺命由周芷若周師妹接任掌門。只是本派之中尚有若干同門未服。先師既已圓寂，令婆婆難償心願，大數如此，夫復何言？本派掌門未定，不能和婆婆定甚麼約會。但峨嵋乃武林大派，決不能墮了先師的威名。婆婆有甚麼吩咐，便請示下，日後本派掌門自當憑武林規矩和你作一了斷。但若婆婆自恃前輩，逞強欺人，峨嵋派雖然今遭喪師大難，也唯有和你周旋到底，血濺荒園，有死而已。」這一番話侃侃道來，不亢不卑，連張無忌和趙敏也是暗暗叫好。

金花婆婆眼中亮光一閃，說道：「原來尊師圓寂之時，已然傳下遺命，定下了繼任的掌門人，那好極了。是那一位？便請一見。」語氣已比對丁敏君說話時客氣得多了。

周芷若上前施禮，說道：「婆婆萬福！峨嵋派第四代掌門人周芷若，問婆婆安好。」

丁敏君大聲道：「也不害臊，便自封為本派第四代掌門人了。」

蛛兒冷笑道：「這位周姊姊為人很好，我在西域之時，多承周姊姊的照料。她不配做掌門人，難道你反配麼？你再在我婆婆面前放肆，瞧我不再賞你幾個嘴巴！」

丁敏君大怒，刷的一劍便向蛛兒分心刺來。蛛兒一斜身，伸掌便往丁敏君臉上擊去。她這身法和金花婆婆一模一樣，但出手之迅捷卻差得遠了。丁敏君立即低頭躲開，她那一劍卻也沒能刺中蛛兒。

金花婆婆笑道：「小妮子，我教了多少次，這麼容易的一招還是沒學會。瞧仔細了！」右手揮去，順手在丁敏君左頰上一掌，反手在她右頰上一掌，跟着又是順手擊左頰，反手擊右頰，這四掌段落分明，人人都瞧得清清楚楚，但丁敏君全身給一股大力籠罩住了，四肢全然動彈不得，面頰連中四掌，絕無招架之能，總算金花婆婆掌上未運勁力，她才沒受到重傷。蛛兒笑道：「婆婆，你這手法我是學會了，就是沒你這股內勁。我再來試試！」丁敏君仍是被金花婆婆的內力逼住了，眼見蛛兒這一掌又要打到臉上，氣憤之下，幾欲暈去。

突然間周芷若閃身而上，左手伸出，架開了蛛兒這一掌，說道：「姊姊且住！」轉頭向金花婆婆道：「婆婆，適才我靜玄師姊已說得明白，本派同門武學上雖不及婆婆精湛，卻也不容婆婆肆意欺凌。」

金花婆婆笑道：「這姓丁的女子牙尖齒利，口口聲聲的不服你做掌門，你還來代她出頭麼？」周芷若道：「本派門戶之事，不與外人相干。小女子既受先師遺命，雖然本領低微，卻也不容外人辱及本派門人。」

金花婆婆笑道：「好，好，好！」只說得三個「好」字，便劇烈的咳嗽起來。蛛兒遞了一粒丸藥過去，金花婆婆接過服下，喘了一陣氣，突然間雙掌齊出，一掌按在周芷若前胸，一掌按在她後心，將她身子平平的挾在雙掌之間，雙掌着手之處，均是致命大穴。

這一招更是怪異之極，周芷若雖然學武爲時無多，究已得了滅絕師太的三分眞傳，不料莫名其妙的便被對方制住了前胸後心要穴，只嚇得花容失色，話也說不出來。金花婆婆森然道：「周姑娘，你這掌門人委實稀鬆平常。難道尊師竟將峨嵋派掌門的重任，交了給你這麼一個嬌滴滴的小姑娘麼？我瞧你呀，多半是胡吹大氣。」

周芷若一定心神，尋思：「她這時手上只須內勁吐出，我心脈立時便被震斷，死於當場。可是我如何能夠墮了師父的威風？」一想到師父，登時勇氣百倍，舉起右手，說道：「這是峨嵋派掌門的鐵指環，是先師親手套在我的手上，豈有虛假？」
金花婆婆一笑，說道：「剛才你那師姊言道，峨嵋乃武林大派。此話倒也不錯。可是憑你這點兒本領，能做這武林大派的掌門人嗎？我瞧你還是乖乖聽我吩咐的好。」
周芷若道：「金花婆婆，先師雖然圓寂，峨嵋派並非就此毀了。我落在你的手中，你要殺便殺，若想脅迫我做甚不應爲之事，那叫休想。本派陷于朝廷奸計，被囚高塔，卻有那一個肯降服了？周芷若雖是年輕弱女，既受重任，自知艱巨，早就將生死置之度外。」
張無忌見她胸背要穴俱被金花婆婆按住，生死已在呼吸之間，兀自如此倔強，只怕金花婆婆一怒，立時便傷了她的性命，情急之下，便欲縱出相救。趙敏已猜到他心意，抓住他右臂輕輕一搖，意思說且不用忙。
只聽金花婆婆哈哈一笑，說道：「滅絕師太也不算怎麼走眼啊。你這小掌門武功雖弱，性格兒倒強。嗯，不錯，不錯，武功差的可以練好，江山易改，本性難移。」其實周芷若此刻早已害怕得六神無主，只是想着師父臨死時的重託，唯有硬着頭皮，挺立不屈。
峨嵋衆同門本來都瞧不起周芷若，但此刻見她不計私嫌，挺身而出迴護丁敏君，而在強敵挾持之下絲毫不墮本派威名，心中均起了對她敬佩之意。靜玄長劍一幌，幾聲唿哨，峨嵋羣弟子倐地散開，各出兵刃，團團將涼亭圍住了。
金花婆婆笑道：「怎麼樣？」靜玄道：「婆婆刦持峨嵋掌門，意欲何爲？」金花婆婆咳了幾聲，道：「你們想倚多爲勝？嘿嘿，在我金花婆婆眼下，再多十倍，又有甚麼分別？」突然間放開了周芷若，身形幌處，直欺到靜玄身前，食中兩指，挖向她雙眼。靜玄急忙迴劍削她雙臂，只聽得「嘿」的一聲悶哼，身旁已倒了一位同門師妹。金花婆婆明攻靜玄，左足卻踢中了一名峨嵋女弟子腰間穴道。

但見她身形在涼亭周遭滴溜溜的轉動，大袖飛舞，偶爾傳出幾下咳嗽之聲，峨嵋門人長劍齊出，竟沒一劍能刺中她衣衫，但男女弟子卻已有七人被打中穴道倒地。她打穴手法極是怪異，被打中的都是大聲呼叫。一時廢園中淒厲的叫聲此起彼落，聞之心驚。

金花婆婆雙手一拍，回入涼亭，說道：「周姑娘，你們峨嵋派的武功，比之金花婆婆怎麼樣？」周芷若道：「本派武功當然高于婆婆。當年婆婆敗在先師劍下，難道你忘了麼？」金花婆婆怒道：「滅絕老尼徒仗寶劍之利，又算得甚麼？」

周芷若道：「婆婆憑良心說一句，倘若先師和婆婆空手過招，勝負如何？」

金花婆婆沉吟半晌，道：「不知道。我原想知道尊師和我到底誰強誰弱，是以今日才到大都來。唉！滅絕師太這一圓寂，武林中少了一位高人。前不見古人，後不見來者，峨嵋派從此衰了。」

那七名峨嵋弟子呼號不絕，正似作爲金花婆婆這話的注脚。靜玄等年長弟子用力給他們推宮過血，絲毫不見功效，看來須金花婆婆本人方始解得。

張無忌當年醫治過不少傷在金花婆婆手底的武林健者，知道這老婆婆下手之毒辣，江湖上實所罕有，有心出去相救，轉念又想：「這一來幫了周姑娘，卻得罪了蛛兒。我這個表妹不但對我甚好，且是骨肉至親，我如何可厚此薄彼？」

只聽金花婆婆道：「周姑娘，你服了麼？」周芷若硬着頭皮道：「本派武功深如大海，不能速成。我們年歲尚輕，自是不及婆婆，日後進展，卻是不可限量。」

金花婆婆笑道：「妙極，妙極！金花婆婆就此告辭。待你日後武功不可限量之時，再來解他們的穴道罷。」說着携了蛛兒之手，轉身便走。

周芷若心想這些同門的苦楚，便一時三刻也是難熬，金花婆婆一走，只怕他們痛也痛死了，忙道：「婆婆慢走。我這幾位同門師姊師兄，還請解救。」金花婆婆道：「要我相救，那也不難。自今而後，金花婆婆和我這徒兒所到之處，峨嵋門人避道而行。」

周芷若心想：「我甫任掌門，立時便遇此大敵。倘若答應了此事，峨嵋派怎麼還能在武林中立足？這峨嵋一派，豈非就此在我手中給毀了？」

金花婆婆見她躊躇不答，笑道：「妳不肯墮了峨嵋派的威名，那也罷了。妳將倚天劍借我一用，我就解救妳的同門。」

周芷若道：「本派師徒陷於朝廷奸計，被囚高塔，這倚天劍怎麼還能在我們手中？」

金花婆婆原本已料到此事，借劍之言也不過是萬一的指望，但聽周芷若如此說，臉上還是掠過一絲失望的神色，突然間厲聲道：「妳要保全峨嵋派聲名，便保不住自己性命……」說着從懷中取出一枚丸藥，說道：「這是斷腸裂心的毒藥，你吃了下去，我便救人。」

周芷若想起師父的囑咐，柔腸寸斷，尋思：「師父叫我欺騙張公子，此事我原本幹不了，與其活着受那無窮折磨，還不如就此一死，一了百了，甚麼都不管的乾淨。」當下顫抖接着過毒藥。靜玄喝道：「周師妹，不能吃！」

張無忌見情勢危急，又待躍出阻止，趙敏在他耳邊低聲道：「傻子！假的，不是毒藥。」

張無忌一怔之間，周芷若已將丸藥送入了口中咽下。

靜玄等人紛紛呼喝，又要搶上和金花婆婆動手。金花婆婆道：「很好，挺有骨氣。這毒藥麼，藥性一時三刻也不能發作。周姑娘，你跟着我，乖乖的聽話，老婆子一喜歡，說不定便給解藥於你。」說着走到那些被打中穴道的峨嵋門人身畔，在每人身上敲拍數下。那幾人疼痛登止，停了叫喊，只是四肢酸麻，一時仍不能動彈。這幾人眼見周芷若捨命服毒，相救自己，都是十分感激，有人便道：「多謝掌門人！」

金花婆婆拉着周芷若的手，柔聲道：「乖孩子，你跟着我去，婆婆不會難爲你。」

周芷若尚未回答，只覺一股極大的力道拉着自己，身不由主的便騰躍而起。

靜玄叫道：「周師妹……」搶上欲待攔阻，斜刺裏一縷指風，勁射而至，卻是蛛兒從旁發指相襲。靜玄左掌揮起一擋，不料蛛兒這招乃是虛招，拍的一響，丁敏君臉上已吃了一掌，這「指東打西」，正是金花婆婆的武學。但聽得蛛兒格格嬌笑，已然掠牆而出。

張無忌道：「快追！」一手拉着趙敏，一手携着小昭，三人同時越牆。

靜玄等突然見到長草中還躲着三人，無不驚愕。金花婆婆和張無忌的輕功何等高妙，待得峨嵋羣弟子躍上牆頭，六人早已沒入黑暗之中，不知去向。

張無忌等追出十餘丈，金花婆婆脚下絲毫不停，喝道：「峨嵋派弟子居然還有膽子追趕金花婆婆，嘿嘿，了不起！」趙敏道：「留下本派掌門！」身形一幌，搶上數丈，倚天劍劍尖已指到金花婆婆身後，這一招「金頂佛光」，正是峨嵋派劍法的嫡傳，她在萬安寺中從峨嵋派女弟子手中學得，只是並非學自滅絕師太，不免未臻精妙。

金花婆婆聽得背後金刃破風之勢，放開了周芷若，急轉身軀。趙敏手腕一抖，又是一招「千峯競秀」。金花婆婆識得她手中兵刃正是倚天寶劍，心下又驚又喜，伸手便來搶奪。數招一過，金花婆婆已欺近趙敏身前，手指正要搭上她執劍的手腕，不料趙敏長劍急轉，使出一招崑崙派的劍法「神駝駿足」。

金花婆婆見她是個年輕女子，手持倚天劍，使的又是峨嵋嫡傳劍法，自當她是峨嵋派弟子。金花婆婆爲了對付滅絕師太，於峨嵋派劍法已鑽研數年，見了趙敏出手幾招，料得她功力不過爾爾，此後數招，心中已先行預想明白，這一欺近身去，倚天劍定然手到拿來，豈知這年輕姑娘竟會突然之間使出崑崙派劍法來。金花婆婆若非心中先入爲主，縱是崑崙劍法，也奈何她不得，只是這一招來得太過出於意外，她武功雖高，可也給打了個冷不防，急忙着地打滾，方始躲開，但左手衣袖已被劍鋒輕輕帶到，登時削下一大片來。

金花婆婆驚怒之下，欺身再上。趙敏知道自己武功可跟她差着一大截，不敢和她拆招，只是揮動倚天劍，左刺右劈，東舞西擊，忽而崆峒派劍法，忽而華山派劍法，一招崑崙派的「大漠飛沙」之後，緊跟是一招少林派達摩劍法的「金針渡刦」。每一招均是各派劍法中的精華所在，每一招均具極大威力，再加上倚天劍的鋒銳，金花婆婆心中驚訝無比，一時竟無法逼近。蛛兒看得急了，解下腰間長劍，擲給金花婆婆。趙敏疾攻七八劍，到第九劍上，金花婆婆不得不以兵刃招架，擦的一聲，長劍斷爲兩截。

金花婆婆臉色大變，倒縱而出，喝道：「小妮子到底是誰？」趙敏笑道：「你怎地不拔屠龍刀出來？」金花婆婆怒道：「我若有屠龍刀在手，你豈能擋得了我十招八招？你敢隨我去一試麼？」趙敏笑道：「你能拿到屠龍刀，倒也好了。我只在大都等你，容你去取了刀來再戰。」金花婆婆道：「你轉過頭來，讓我瞧個分明。」趙敏斜過身子，伸出舌頭，左眼閉，右眼開，臉上肌肉扭曲，向她扮個極怪的鬼臉。

金花婆婆大怒，在地下吐了一口唾液，拋下斷劍，攜了蛛兒和周芷若快步而去。

張無忌道：「咱們再追。」趙敏道：「那也不用忙，你跟我來。我包管你的周姑娘安然無恙便是。」張無忌道：「你說甚麼屠龍刀？」趙敏道：「我聽這老婆子在廢園中說道，她走遍了天涯海角，終於向一位故人借得到了柄寶刀，要和滅絕師太的倚天劍一鬥。『倚天不出，誰與爭鋒？』要和倚天劍爭鋒，捨屠龍刀莫屬。難道她竟向你義父謝老前輩借到了屠龍刀？我適才仗劍和她相鬥，便是要逼她出刀。可是她手邊又無寶刀，只叫我隨她去一試。似乎她已知屠龍刀的所在，卻是無法到手。」

張無忌沉吟道：「這倒奇了。」趙敏道：「我料她必去海濱，揚帆出海，前去找刀。咱們須得趕在頭裏，別讓雙眼已盲、心地仁厚的謝老前輩受這惡毒老婆子欺弄。」

張無忌聽了她最後這句話，胸口熱血上湧，忙道：「是，是！」他初時答應趙敏去借屠龍刀，只不過是爲了大丈夫千金一諾，不能食言，此刻想到金花婆婆會去和義父爲難，恨不得插翅趕去相救。

當下趙敏帶着兩人，來到王府之前，向府門前的衞士囑咐了好一陣。那衞士連聲答應，回身入內，不久便牽了九匹駿馬、提了一大包金銀出來。趙敏和張無忌、小昭三人騎了三匹

張無忌不好意思的一笑，道：「你這人也眞厲害得過了份，別人心裏想的人是俊是醜，你也知道。老實跟你說，我這時候想的人哪，偏偏一點也不好看。」

趙敏見他說得誠懇，微微一笑，就不再理會。她雖聰明，卻也萬萬料想不到他所思念之人，竟是船艙上層中那個醜女蛛兒。

張無忌想到蛛兒爲了練那「千蛛萬毒手」的陰毒功夫，以致面容浮腫，凹凸不平，那晚廢園重見，唯覺更甚於昔時，言念及此，情不自禁的歎了口氣，心想她這門邪毒功夫越練越深，只怕身子心靈，兩蒙其害。待得想到那日殷梨亭說起自己墮崖身亡、蛛兒伏地大哭的一番眞情，心下更是感激。他自到光明頂上之後，日日夜夜，不是忙於練功，便是爲明教奔波，幾時能得安靜下來想想自己的心事？偶爾雖也記掛着蛛兒，也曾向韋一笑查問，也曾請楊逍派人在光明頂四周尋覓，但一直不知下落，此刻心下深深自責：「蛛兒對我這麼好，可是我對她卻如此寡情薄義？何以這些時日之中，我竟全沒將她放在心上？」他自做了明教教主之後，自己的私事是一概都拋之腦後了。

趙敏忽道：「你又在懊悔甚麼了？」張無忌尚未回答，突聽得船面上傳來一陣吆喝之聲，接着便有水手下來稟報：「前面已見陸地，老婆子命我們駛近。」

趙敏與張無忌從窗孔中望出去，只見數里外是個樹木葱翠的大島，島上奇峯挺拔，聳立着好幾座高山。座船吃飽了風，直駛而前。只一頓飯功夫，已到島前。那島東端山石直降入海，並無淺灘，戰船吃水雖深，卻可泊在岸邊。

戰船停泊未定，猛聽得山岡上傳來一聲大叫，中氣充沛，極是威猛。這一來張無忌當眞驚喜交集，這叫聲熟悉之極，正是義父金毛獅王謝遜所發。一別十餘年，義父雄風如昔，怎不令他心花怒放？當下也不及細思謝遜如何會從極北的冰火島上來到此處，也顧不得被金花婆婆識破本來面目，急步從木梯走上後梢，向叫聲所發出的山岡上望去。

只見四條漢子手執兵刃，正在圍攻一個身形高大之人。那人空手迎敵，正是金毛獅王謝遜。張無忌一瞥之下，便見義父雖然雙目盲了，雖然以一敵四，雖然赤手空拳抵擋四件兵刃，卻絲毫不落下風。他從未見過義父與人動手，此刻只瞧了幾招，心下甚喜：「昔年金毛獅王威震天下，果然名不虛傳。我義父武功在青翼蝠王之上，足可與我外公並駕齊驅。」那四人武功顯然也頗爲了得，從船梢仰望山岡，瞧不清四人面目，但見衣衫襤褸，背負布袋，當是丐幫人物。旁邊另有三人站着掠陣。

只聽一人說道：「交出屠龍刀……饒你不死……寶刀換命……」山間勁風將他言語斷斷續續的送將下來，隔得遠了，聽不明白，但已知這干人衆意在刦奪屠龍寶刀。

只聽謝遜哈哈大笑，說道：「屠龍刀在我身邊，丐幫的臭賊，有本事便來取去。」他口中說話，手脚招數半點不緩。

金花婆婆身形一幌，已到了岸上，咳嗽數聲，說道：「丐幫羣俠光臨靈蛇島，不來跟老婆子說話，卻去騷擾靈蛇島的貴賓，想幹甚麼？」

張無忌心道：「這島果然便是靈蛇島，聽金花婆婆言中之意，似乎我義父是她請來的客人，我義父當年無論如何不肯離冰火島回歸中原，怎地金花婆婆一請，他便肯來？金花婆婆又怎地知道我義父他老人家的所在？」一霎時心中疑竇叢生。

山岡上那四人聽得本島主人到了，只盼及早拾奪下謝遜，攻得更加緊急。豈知這麼一來，登時犯了武學中的大忌。謝遜雙眼已盲，全憑從敵人兵刃的風聲中辨位應敵。這四人出手一快，風聲更響，謝遜長笑一聲，砰的一拳，擊中在一人前胸，那人長聲慘呼，從山岡上直墮下來，摔得頭蓋破裂，腦漿四濺。

在旁掠陣的三人中有人喝道：「退開！」輕飄飄的一拳擊了出去，拳力若有若無，教謝遜無法辨明來路。果然拳頭直擊到謝遜身前數寸之處，他才知覺，急忙應招，已是手忙脚亂，大爲狼狽。先前打鬥的三人讓身閃開，在旁掠陣的一個老者又加入戰團。此人與先前那人一般打法，也是出掌輕柔。數招一過，謝遜左支右絀，迭遇險招。

金花婆婆喝道：「季長老，鄭長老，金毛獅王眼睛不便，你們使這等卑鄙手段，枉爲江湖上成名的英雄。」她一面說，一面撑着拐杖，走上岡去。別看她顫巍巍的龍鍾支離，似乎被山風一颳便要摔將下來，可是身形移動竟是極快。但見她拐杖在地下一撑，身子便乘風凌虛般的飄行而前，幾個起落，已到了山腰。蛛兒緊隨在後，卻落後了一大截路。

張無忌掛念義父安危，也快步登山。趙敏跟着上來，低聲道：「有這老婆子在，獅王不會有何凶險，你不必出手，隱藏形迹要緊。」張無忌點了點頭，跟在蛛兒身後。這時只看到蛛兒婀娜苗條的背影，若不瞧她面目，何嘗不是個絕色美女，何嘗輸與趙敏、周芷若、小昭三人？他心念一動之下，隨即自責：「張無忌啊張無忌，你義父身處大險，這當口你卻去瞧人家姑娘，心中品評她相貌身材美是不美？」

四人片刻間到了山岡之巔。只見謝遜雙手出招極短，只守不攻，直至敵人拳脚攻近，才以小擒拿手拆解。這般打法一時可保無虞，但要擊敵取勝，卻也甚難。張無忌站在一棵大松樹下，眼見義父滿臉皺紋，頭髮已然白多黑少，比之當日分手之時已蒼老了甚多，想是這十多年來獨處荒島，日子過得甚是艱辛，心下不由得甚是難過，胸口一陣激動，忍不住便要代他打發了敵人，上前相認。趙敏知他心意，揑一揑他手掌，搖了搖頭。

只聽金花婆婆說道：「季長老，你的『陰山掌大九式』馳譽江湖，何必鬼鬼祟祟的變作綿掌招式？鄭長老更加不成話了，你將『迴風拂柳拳』暗藏在八卦拳中，金毛獅王謝大俠便不知道了……咳咳……」

謝遜看不見敵人招式，對敵時十分吃虧，加之那季鄭二老十分狡獪，出招時故意變式，使他捉摸不定。金花婆婆這一點破，他已然胸有成竹，乘着鄭長老拳法欲變不變之際，呼的一拳擊出，正好和鄭長老擊來的一拳相抵。鄭長老退了兩步，方得拿定樁子。季長老從旁揮掌相護，使謝遜無暇追擊。

張無忌瞧這丐幫二長老時，只見那季長老矮矮胖胖，滿臉紅光，倒似個肉莊屠夫，那鄭長老卻憔悴枯瘦，面有菜色，才不折不扣似個丐幫人物。兩人背上都負着八隻布袋。遠處站着個三十歲上下的青年，也是穿着丐幫服色，但衣衫漿洗得乾乾淨淨，背上竟也負着八隻布袋，以他這等年紀，居然已做到丐幫的八袋長老，那是極爲罕有之事。忽聽那人說道：「金花婆婆，你明着不助謝遜，這口頭相助，難道不算麼？」

金花婆婆冷冷的道：「閣下也是丐幫中的長老麼？恕老婆子眼拙，倒沒會過。」那人道：

「在下新入丐幫不久，婆婆自是不識。在下姓陳，草字友諒。」金花婆婆自言自語：「陳友諒？陳友諒？沒聽說過。」

驀聽得吆喝之聲大作，鄭長老左臂上又中了謝遜一拳，在旁觀鬥的三名丐幫弟子又挺兵刃上前圍攻。這三人武功不及季鄭二長老，本來反而碍手碍脚，但謝遜目盲之後從未和人動手過招，絕無臨敵經驗，今日初逢強敵，敵人在拳脚之中再加上兵刃，聲音混雜，方位難辨，頃刻之間，肩頭中了一拳。

張無忌見情勢危急，正要出手，趙敏低聲道：「金花婆婆豈能不救？」張無忌畧一遲疑，只見金花婆婆仍是拄着拐杖，微微冷笑，並不上前相援。便在此時，謝遜左腿又被鄭長老重重踢中了一脚。謝遜一個踉蹌，險些兒摔倒。

張無忌手中早已扣好了七粒小石子，這時再也不能忍受，右手一振，七粒小石子分擊五人，石子未到，猛見黑光一閃，嗤的一聲響，三件兵刃登時削斷，五個人中有四人被齊胸斬斷，分爲八截，四面八方的摔下山麓，只鄭長老斷了一條右臂，跌倒在地，背心上還嵌了張無忌所發的兩粒石子。那四個被斬之人背心也均嵌了石子，只是刀斬在先，中石在後，張無忌這一下出手，倒是多餘的了。

這一下變故來得快極，衆人無不心驚，但見謝遜手中提着一柄黑沉沉的大刀，正是號稱「武林至尊」的屠龍寶刀。他橫刀站在山巔，威風凜凜，宛如天神一般。

張無忌自幼便見到這柄寶刀，卻沒想到其鋒銳威猛，竟至如斯。

金花婆婆喃喃道：「武林至尊，寶刀屠龍！武林至尊，寶刀屠龍！」

鄭長老一臂被斬，痛得殺豬似的大叫。陳友諒臉色慘白，朗聲道：「謝大俠武功蓋士，佩服佩服。這位鄭長老請你放下山去，在下抵他一命便是，便請謝大俠動手！」此言一出，衆人皆動容，沒料到此人倒是義氣深重。張無忌心中不由得好生敬重。

謝遜道：「陳友諒，嗯，你倒是條好漢，將這姓鄭的抱了去罷，我也不來難爲於你！」陳友諒道：「在下先行謝過謝大俠不殺之恩。只是丐幫已有五人命喪謝大俠之手，在下十年之內若是習武有成，當再來了斷今日的恩仇。」謝遜心想，自己只須踏上一步，寶刀一揮，此人萬難逃命，在這凶險之極的境地下，居然還敢說出日後尋仇的話來，實是極有膽色，當下說道：「老夫若再活得十年，自當領教。」陳友諒抱拳向金花婆婆行了一禮，說道：「丐幫擅闖貴島，這裏謝罪了！」抱起鄭長老，大踏步走下山去。

金花婆婆向張無忌瞪了一眼，冷冷的道：「你這小老兒好準的打穴手法啊。你爲何一共發了七粒石子？本想一粒打陳友諒，一粒便來打我是不是？」張無忌見她識破了自己扣著七石的原意，卻沒識破自己本來面目，當下便不回答，只微微一笑。金花婆婆厲聲道：「小老兒，你尊姓大名啊？假扮水手，一路跟着我老婆婆，卻是爲何？在金花婆婆面前弄鬼，你還要性命不要？」張無忌不擅撒謊，一怔之下，答不上來。

趙敏放粗了嗓子說道：「咱們巨鯨幫向在海上找飯吃，做的是沒本錢買賣。老婆婆出的金子多，便送你一趟又待如何？這位兄弟瞧着丐幫恃多欺人，出手相援，原是好意，沒料到謝大俠武功如此了得，倒顯得我們多事了。」她學的雖是男子聲調，但仍不免尖聲尖氣，聽來十分刺耳。只是她化裝精妙，活脫是個黃皮精瘦的老兒，金花婆婆倒也沒瞧出破綻。

謝遜左手一揮，說道：「多謝了！唉，金毛獅王虎落平陽，今日反要巨鯨幫相助。一別江湖二十載，武林中能人輩出，我何必還要回來？」說到最後這幾句話時，語調中充滿了意氣消沉、感慨傷懷之情。適才張無忌手發七石，勁力之強，世所罕有，謝遜聽得清清楚楚，既震驚武林中有這等高手，又自傷今日全仗屠龍刀之助，方得脫困於宵小的圍攻，回思二十餘年前王盤山氣懾羣豪的雄風，當眞是如同隔世。

金花婆婆道：「謝三哥，我知你不喜旁人相助，是以沒有出手，你沒見怪罷？」張無忌聽她竟然稱他義父爲「三哥」，心中微覺詫異，他不知義父排行第三，而瞧金花婆婆的年紀，顯然又較義父爲老。只聽謝遜道：「有甚麼見怪不見怪的？你這次回去中原，可探聽到了我那無忌孩兒甚麼訊息？」

張無忌心頭一震，只覺一隻柔軟的手掌伸了過來緊緊的握住他手，知道趙敏不欲自己於此刻上前相認，適才沒聽她話，貿然發石相援，已然冒昧，只是關切太過，不能讓謝遜受人欺凌，此刻忍得一時，卻無關礙。

金花婆婆道：「沒有！」謝遜長歎一聲，隔了半晌，才道：「韓夫人，咱們兄妹一場，你可不能騙我瞎子。我那無忌孩兒，當眞還活在世上麼？」

金花婆婆遲疑未答。蛛兒突然說道：「謝大俠……」金花婆婆左手伸出，緊緊扣住她手腕，瞪眼相視，蛛兒便不敢再說下去了。謝遜道：「殷姑娘，你說，你說！你婆婆在騙我，是不是？」蛛兒兩行眼淚從臉頰上流了下來。金花婆婆右掌舉起，放在她頭頂，只須蛛兒一言說得不合她心意，內力一吐，立時便取了她性命。蛛兒道：「謝大俠，我婆婆沒騙你。這一次我們去中原，沒打聽到張無忌的訊息。」金花婆婆聽她這麼說，右掌便即提起，離開了她腦門，但左手仍是扣着她手腕。

謝遜道：「那麼你們打聽到了甚麼消息？明教怎樣了？咱們那些故人怎麼樣？」

金花婆婆道：「不知道。江湖上的事，我沒去打聽。我只是要去找害死我丈夫的頭陀算帳，還要找峨嵋派的滅絕老尼，報那一劍之仇，其餘的事，老婆子也沒放在心上。」

謝遜怒道：「好啊，韓夫人，那日你在冰火島上，對我怎樣說來？你說我張五弟夫婦為了不肯吐露我藏身的所在，在武當山上被人逼得雙雙自刎；我那無忌孩兒成為沒人照料的孤兒，流落江湖，到處被人欺凌，慘不堪言，是也不是？」金花婆婆道：「不錯！」謝遜道：「你說他被人打了一掌玄冥神掌，日夜苦受煎熬。你在蝴蝶谷中曾親眼見他，要他到靈蛇島來，他卻執意不肯，是也不是？」金花婆婆道：「不錯！我若騙了你，天誅地滅，金花婆婆比江湖上的下三濫還要不如，我死了的丈夫在地下也不得安穩。」

謝遜點點頭，道：「殷姑娘，你又怎麼說來？」蛛兒道：「我說，當時我苦勸他來靈蛇島，他非但不聽，反而咬了我一口。我手背上齒痕猶在，決非假話。我……我好生記掛他。」

趙敏抓着張無忌的手掌忽地一緊，雙目凝視着他，眼光中露出又是取笑、又是怨懟的神色，意思似是說：「你騙得我好！原來這姑娘識得你在先，你們中間還有過這許多糾葛過節。」張無忌臉上一紅，想起蛛兒對自己的一番古怪情意，心中又是甜蜜，又是酸苦。

突然之間，趙敏抓起張無忌的手來，提到口邊，在他手背上狠狠的咬了一口。張無忌手背登時鮮血迸流，體內九陽神功自然而然生出抵禦之力，一彈之下，將趙敏的嘴角都震破了，也流出血來。但兩人都忍住了不叫出聲。張無忌眼望趙敏，不知她為何突然咬自己一口，卻見她眼中滿是笑意，臉上暈紅流霞，麗色生春，雖然口唇上黏着兩撇假鬚，仍是不掩嬌美，不禁疑團滿腹。

謝遜道：「好啊！韓夫人，我只因掛念我無忌孩兒孤苦，這才萬里迢迢的離了冰火島重回中原。你答應我去探訪無忌，卻何以不守諾言？」張無忌眼中的淚水滾來滾去，此時才知義父明知遍地仇家、仍是不避凶險的回到中原，全是為了自己。

金花婆婆道：「當日咱們說好了，我為你尋訪張無忌，你便借屠龍刀給我。謝三哥，你借刀於我，老婆子言出如山，自當為你探訪這少年的確實音訊。」謝遜搖頭道：「你先將無忌領來，我自然借刀與你。」金花婆婆冷冷的道：「你信不過我麼？」謝遜道：「世上之事，難說得很。親如父子兄弟，也有信不過的時候。」

張無忌知他想起了成崑的往事，心中又是一陣難過。

金花婆婆道：「那麼你定是不肯先行借刀的了？」

謝遜道：「我放了丐幫的陳友諒下山，從此靈蛇島上再無寧日，不知武林中將有多少仇家前來跟我為難。金毛獅王早已非復當年，除了這柄屠龍刀外，再也無可倚仗，嘿嘿……」他突然冷笑數聲，說道：「韓夫人，適才那五人向我圍攻，連那位巨鯨幫的好漢，也知手中扣上七枚石子，難道你心中不是存著害我之意麼？你是盼望我命喪丐幫手底，然後你再來撿這現成便宜。謝遜眼睛雖瞎，心可沒瞎。韓夫人，我再問你一句，謝遜到你靈蛇島來，此事十分隱秘，何以丐幫卻知道了？」

金花婆婆道：「我正要好好的查個明白。」

謝遜伸手在屠龍刀上一彈，放入長袍之內，說道：「你不肯為我探訪無忌，那也由你。謝遜唯有重入江湖，再鬧個天翻地覆。」說罷仰天一聲清嘯，縱身而起，從西邊山坡上走了下去。但見他脚步迅捷，直向島北一座山峯走去。

那山頂上孤零零的蓋着一所茅屋，想是他便住在那裏。

金花婆婆等謝遜走遠，回頭向張無忌和趙敏瞪了一眼，喝道：「滾下去！」

趙敏拉着張無忌的手，當即下山，回到船中。張無忌道：「我要瞧義父去。」趙敏道：「當你義父離去之時，金花婆婆目露兇光，你沒瞧見麼？」張無忌道：「我也不怕她。」趙敏道：「我瞧這島中藏着許多詭秘之事。丐幫人衆何以會到靈蛇島來？金花婆婆如何得知你義父的所在？如何能找到冰火島去？這中間實有許多不解之處。你去將金花婆婆一掌打死，原也不難，可是那就甚麼也不明白了。」張無忌道：「我也不想將金花婆婆打死，只是義父想得我苦，我立刻要去見他。」

趙敏搖頭道：「別了十多年啦，也不爭再等一兩天。張公子，我跟你說，咱們固然要防金花婆婆，可是也得防那陳友諒。」張無忌道：「那陳友諒麼？此人很重義氣，倒是條漢子。」趙敏道：「你心中眞是這麼想？沒騙我麼？」張無忌奇道：「騙你甚麼？這陳友諒甘心代鄭長老一死，十分難得。」

趙敏一雙妙目凝視着他，歎了口氣，道：「張公子啊張公子，你是明教教主，要統率多少桀傲不馴的英雄豪傑，謀幹多少大事，如此容易受人之欺，那如何得了？」張無忌奇道：「受人之欺？」趙敏道：「這陳友諒明明欺騙了謝大俠，你雙眼瞧得清清楚楚，怎會看不出來？」張無忌跳了起來，奇道：「他騙我義父？」

趙敏道：「當時謝大俠屠龍刀一揮之下，丐幫高手四死一傷，那陳友諒武功再高，也未必能逃得過屠龍刀的一割。當處此境，不是上前拚命送死，便是跪地求饒。可是你想，謝大俠不願自己行蹤被人知曉，陳友諒再磕三百個響頭，未必能哀求得謝大俠心軟，除了假裝仁俠重義，難道還有更好的法子？」她一面說，一面在張無忌手背傷口上敷了一層藥膏，用自己的手帕替他包紮。

張無忌聽她解釋陳友諒的處境，果是一點不錯，可是回想當時陳友諒慷慨陳辭，語氣中實無半點虛假，仍是將信將疑。趙敏又道：「好，我再問你：那陳友諒對謝大俠說這幾句話之時，他兩隻手怎樣，兩隻脚怎樣？」

張無忌那時聽着陳友諒說話，時而瞧瞧他臉，時而瞧瞧義父的臉色，沒留神陳友諒手脚如何，但他全身姿勢其實均已瞧在眼中，旁人不提，他也不會念及，此刻聽趙敏一問，當時的情景便重新映入腦海之中，說道：「嗯，那陳友諒右手略舉，左手橫擺，那是一招『獅子搏兔』，他兩隻脚麼？嗯，是了，這是『降魔踢斗式』。那都是少林派的拳法，但也算不得是甚麼了不起的招數。難道他假裝向我義父求情，其實是意欲偷襲麼？那可不對啊，這兩下招式不管用。」

趙敏冷笑道：「張公子，你於世上的人心險惡，可眞明白得太少。諒那陳友諒有多大武功，他向謝大俠偷襲，焉能得手？此人聰明機警，乃是第一等的人才，定當有自知之明。倘若他假裝義氣深重的鬼蜮伎倆給謝大俠識破了，不肯饒他性命，依他當時所站的位置，這一招『降魔踢斗式』踢的是誰？一招『獅子搏兔』搏的是那一個？」

張無忌只因對人處處往好的一端去想，以致沒去深思陳友諒的詭計，經趙敏這麼一提，腦海中一閃，背脊上竟微微出了一陣冷汗，顫聲道：「他……他這一脚踢的是躺在地下的鄭長老，出手去抓的是殷姑娘。」

趙敏嫣然一笑，說道：「對啦！他一脚踢起鄭長老往謝大俠身前飛去，再抓着那位跟你青梅竹馬、結下嚙手之盟的殷姑娘，往謝大俠身前推去，這麼緩得一緩，他便有機可乘，或能逃得性命。雖然謝大俠神功蓋世，手有寶刀，此計未必能售，但除此之外，更無別法。倘若是我，所作所為自當跟他一模一樣。我直到現下，仍然想不出旁的更好法子。此人在頃刻之間機變如此，當眞是位了不起的人物。」說着不禁連連讚歎。

張無忌越想越是心寒，世上人心險詐，他自小便經歷得多了，但像陳友諒那樣厲害，倒也少見，過了半晌，說道：「趙姑娘，你一眼便識破他的機關，只怕比他更是了得。」

趙敏臉一沉，道：「你是譏刺我麼？我跟你說，你如怕我用心險惡，不如遠遠的避開我為妙。」張無忌笑道：「那也不必。你對我所使詭計已多，我事事會防着些兒。」趙敏微微一笑，說道：「你防得了麼？怎麼你手背上給我下了毒藥，也不知道呢？」

張無忌一驚，果覺傷口中微感痲癢，頗有異狀，急忙撕下手帕，伸手背到鼻端一嗅，不禁叫道：「啊喲！」知道是給搽上了「去腐消肌膏」，那是外科中用以爛去腐肉的消蝕藥膏，雖非毒藥，但塗在手上，給她咬出的齒痕不免要爛得更加深了。這藥膏本有些微的辛辣之氣，趙敏在其中調了些胭脂，再用自己的手帕給他包紮，香氣將藥氣掩過了，教他不致發覺。張無忌忙奔到船尾，倒些清水來擦洗乾淨。趙敏跟在身後，笑吟吟的助他擦洗。張無忌在她肩頭上一推，惱道：「別走近我，這般惡作劇幹麼？難道人家不痛麼？」

趙敏格格笑了起來，說道：「當眞是狗咬呂洞賓，不識好人心。我是怕你痛得厲害，才用這個法子。」張無忌不去理她，氣憤憤的自行回到船艙，閉上了眼睛。趙敏跟了進來，叫道：「張公子！」張無忌假裝睡着，趙敏又叫了兩聲，他索性打起呼來。趙敏歎道：「早知如此，我索性塗上毒藥，取了你的狗命，勝於給你不理不睬。」

張無忌睜開眼來，道：「我怎地是狗咬呂洞賓、不識好人心了？你且說說。」

趙敏笑道：「我若是說得你服，你便如何？」張無忌道：「你慣會強辭奪理，我自然辯你不過。」趙敏笑道：「你還沒聽我說，心下早已虛了，早知道我是對你一番好意。」

張無忌「呸」了一聲道：「天下有這等好意！咬傷了我手背，不來陪個不是，那也罷了，再跟我塗上些毒藥，我寧可少受些你這等好意。」趙敏道：「嗯，我問你：是我咬你這口深呢，還是你咬殷姑娘那口深？」張無忌臉上一紅，道：「那……那是很久以前的事了，提它幹麼？」趙敏道：「我偏要提。我在問你，你別顧左右而言他。」張無忌道：「就算是我咬殷姑娘那口深。可是那時候她抓住了我，我當時武功不及她，怎麼也擺脫不了，小孩子心中急起來，只好咬人。你又不是小孩子，我也沒抓住你，要你到靈蛇島來？」

趙敏笑道：「這就奇了。當時她抓住了你，要你到靈蛇島來，你死也不肯來。怎地現下人家沒請你，你卻又巴巴的跟了來？畢竟是人大心大，甚麼也變了。」張無忌臉上又是一紅，笑道：「這是你叫我來的！」趙敏聽了這話，臉上也紅了，心中感到一陣甜意。張無忌那句話似乎是說：「她叫我來，我死也不肯來。你叫我來，我便來了。」

兩人半晌不語，眼光一相對，急忙都避了開去。

趙敏低下了頭，輕聲道：「好罷！我跟你說，當時你咬了殷姑娘一口，她隔了這麼久，還是念念不忘於你，我聽她說話的口氣啊，只怕一輩子也忘不了。我也咬你一口，也要叫你一輩子也忘不了我。」張無忌聽到這裏，才明白她的深意，心中感動，卻說不出話來。

趙敏又道：「我瞧她手背上的傷痕，你這一口咬得很深，我想你咬得深，她也記得深。要是我也重重的咬你一口，卻狠不了這個心；咬得輕了，只怕你將來忘了我。左思右想，只好先咬你一下，再塗『去腐消肌膏』，把那些牙齒印兒爛得深些。」

張無忌先覺好笑，隨即想到她此舉雖然異想天開，終究是對自己一番深情，歎了口氣，輕聲道：「我不怪你。算是我狗咬呂洞賓，不識好人心。你待我如此，用不着這麼，我也決不會忘。」

趙敏本來柔情脈脈，一聽此言，眼光中又露出狡獪頑皮之意，笑道：「你說：『你待我如此』，是說我待你如此不好呢，還是如此好？張公子，我待你不好的事情很多，待你好的，卻沒一件。」張無忌道：「以後你多待我好一些，那就成了。」握住她左手放在口邊，笑道：「我也來狠狠的咬上一口，教你一輩子也忘不了我。」

趙敏突然一陣嬌羞，甩脫了他手，奔出艙去，一開艙門，險些與小昭撞了個滿懷。趙敏吃了一驚，暗想：「糟糕！我跟他這些言語，莫要都被這小丫頭聽去啦，那可羞死人了！」不由得滿臉通紅，奔到了甲板之上。

小昭走到張無忌身前，說道：「公子，我見金花婆婆和那醜姑娘從那邊走過，兩人都負着一隻大袋子，不知要搗甚麼鬼。」

張無忌嗯了一聲，他適才和趙敏說笑，漸涉於私，突然見到小昭，不免有些羞慚，楞了一楞，才道：「是不是走向島北那山上的小屋？」小昭道：「不是，她二人一路向北，但沒上山，似乎在爭辯甚麼。那金花婆婆好似很生氣的樣子。」

張無忌走到船尾，遙遙瞧見趙敏俏立船頭，眼望大海，只是不轉過身來，但聽得海中波濤忽喇忽喇的打在船邊，他心中也是如波浪起伏，難以平靜。良久良久，眼見太陽從西邊海波中沒了下去，島上樹木山峯漸漸的陰暗朦朧，這才回進船艙。

張無忌用過晚飯，向趙敏和小昭道：「我去探探義父，你們守在船裏罷，免得人多了給金花婆婆驚覺。」趙敏道：「那你索性再等一個更次，待天色全黑再去。」

張無忌道：「是。」他惦記義父，心熱如沸，這一個更次可着實難熬。好容易等得四下裏一片漆黑，他站起身來，向趙敏和小昭微微一笑，走向艙門。

趙敏解下腰間倚天劍，道：「張公子，你帶了此劍防身。」張無忌一怔，道：「你帶着的好。」趙敏道：「不！你此去我有點兒擔心。」張無忌笑道：「擔心甚麼？」趙敏道：「我也說不上來。金花婆婆詭秘難測，陳友諒鬼計多端，又不知你義父是否相信你就是他那『無忌孩兒』……唉，此島號稱『靈蛇』，說不定島上有甚麼厲害的毒物，更何況……」她說到這裏，住口不說了。張無忌道：「更何況甚麼？」趙敏舉起自己手來，在口唇邊作個一咬的姿勢，嘻嘻一笑，臉蛋兒紅了。張無忌知她說的是他表妹殷離，擺了擺手，走出艙門。

趙敏叫道：「接着！」將倚天劍擲了過去。張無忌接住劍身，心頭又是一熱：「她對我這等放心，竟連倚天劍也借了給我。」

他將劍插在背後，提氣便往島北那山峯奔去。他記着趙敏的言語，生怕草中藏有蛇蟲毒物，只往光禿禿的山石上落脚。只一盞茶功夫，已奔到山峯脚下，抬頭望去，見峯頂那茅屋黑沉沉的並無燈火，心想：「義父已安睡了麼？」但隨即想起：「他老人家雙目已盲，要燈火何用？」便在此時，隱隱聽得左首山腰中傳來說話的聲音。他伏低身子，尋聲而往，聲音卻又聽不見了。

這時一陣朔風自北吹來，颳得草木獵獵作響，他乘着風聲，快步疾進，只聽得前面四五丈外，金花婆婆壓低着嗓子道：「還不動手？延延挨挨的幹甚麼？」殷離道：「婆婆，你這麼幹，似乎……似乎對不起老朋友。謝大俠跟你數十年的交情，他信得過你，才從冰火島回歸中原。」金花婆婆冷笑道：「他信得過我？眞是笑話奇談了。他信得過我，幹麼不肯借刀於我？他回歸中原，只是要找尋義子，跟我有甚麼相干？」

黑暗之中，依稀見到金花婆婆佝僂着身子，忽然叮的一聲輕響，她身前發出一下金鐵和山石撞擊之聲，過了一會，又是這麼一響。張無忌大奇，但生怕被二人發覺，不敢再行上前瞧個明白。

只聽殷離道：「婆婆，你要奪他寶刀，明刀明槍的交戰，還不失為英雄行逕。眼下之事若是傳揚出去，豈不為天下好漢恥笑？那滅絕師太已經死了，你又要屠龍刀何用？」

金花婆婆大怒，伸直了身子，厲聲道：「小丫頭，當年是誰在你父親掌底救了你的小命？現下人大了，就不聽婆婆的吩咐！這謝遜跟你非親非故，何以要你一鼓勁兒的護着他？你倒說個道理給婆婆聽聽。」她語聲雖然嚴峻，嗓音卻低，似乎生怕被峯頂的謝遜聽到了，其實峯頂和此處相距極遠，只要不是以內力傳送，便是高聲呼喊，也未必能夠聽到。

殷離將手中拿着的一袋物事往地下一摔，嗆啷啷一陣響亮，跟着退開了三步。

金花婆婆厲聲道：「怎樣？你羽毛豐了，便想飛了，是不是？」張無忌雖在黑暗之中，仍可見到她晶亮的目光如冷電般威勢迫人。殷離道：「婆婆，我決不敢忘你救我性命、教我武藝的大恩。可是謝大俠是他……是他的義父啊。」金花婆婆哈哈一聲乾笑，說道：「天下竟有你這等痴丫頭！那姓張的小子摔在西域萬丈深谷之中，那是你親耳聽到武烈、武青嬰他們說的。你還不死心，硬將他們擄了來，詳加拷問，他們一切說得明明白白了，難道這中間還有假？這會兒那姓張的小子屍骨都化了灰啦，你還念念不忘於他。」殷離道：「婆婆，我心中可就撇不下他。也許，這就是你說的甚麼……甚麼前世的寃孽。」

金花婆婆歎了口氣，說道：「別說當年這孩子不肯跟咱到靈蛇島來，就算跟你成了夫妻，他死也死了，又待怎地？幸虧他死得早，要是這當口還不死啊，見到你這生模樣，怎能愛你？你眼睜睜的瞧着他愛上別個女子，心中怎樣？」這幾句話語氣已大轉溫和。

殷離默默不語，顯是無言可答。金花婆婆又道：「別說旁人，單是咱們擒來的那個峨嵋派周姑娘，這般美貌，那姓張的小子見了非動心不可。那你是殺了周姑娘呢，還是殺了那小子？哼哼，你倘若不練這千蛛萬毒手，原是個絕色佳人，現在啊，可甚麼都完啦。」殷離道：「他人已死了，我相貌也毀了，還有甚麼可說的？可是謝大俠既是他義父，婆婆，咱們便不能動他一根毫毛。婆婆，我只求你這件事，另外我甚麼也聽你的話。」說着當即跪倒。

張無忌暗自詫異：「我新任明教教主，早已轟動武林，怎地她二人卻一無所知？嗯，是了，想是她二人遠赴冰火島接回我義父，來回躭擱甚久，這次前往大都，一到即回，又是跟誰也沒來往，因之對我的名字全無所聞。」

金花婆婆沉吟片刻，道：「好，你起來！」殷離喜道：「多謝婆婆！」金花婆婆道：「我答應你不傷他性命，但那柄屠龍刀我卻非取不可……」殷離道：「可是……」金花婆婆截斷她話頭，喝道：「別再囉裏囉唆，惹得婆婆生氣。」手一揚，叮的又是一響。但見她雙手連揚，漸漸走遠，叮叮之聲不絕於耳。殷離抱頭坐在一塊石上，輕輕啜泣。

張無忌見她竟對自己一往情深如此，心下大是感激。過了一會，金花婆婆在十餘丈外喝道：「拿來！」殷離無可奈何，只得提了兩隻布袋，走向金花婆婆之處。

張無忌走上幾步，低頭一看，這一驚當眞非同小可，只見地下每隔兩三尺，便是一根七八寸長的鋼針插在山石之中，向上的一端尖利異常，閃閃生光。他越想越是心驚，金花婆婆顯然便要去邀鬥金毛獅王，卻生怕不敵，若是發射暗器，謝遜聽風辨器，自可躲得了，但在地下預布鋼針，無聲無息，只須引得他進入針地，雙目失明之人如何能夠抵擋？他忍不住怒氣勃發，伸手便想拔出鋼針，挑破她的陰謀，轉念一想：「這惡婆叫我義父爲謝三哥，昔日兩人的交情必是非同尋常。且待她先和我義父破臉，我再來揭破她的鬼計。今日老天既教我張無忌在此，決不致讓義父受到損傷。」

當下抱膝坐在石後，靜觀其變。忽聽得山風聲中，有如落葉掠地，有個輕功高強之人在悄悄欺近，轉頭瞧去，只見一人躲躲閃閃的走來，正是那丐幫長老陳友諒，手執彎刀，卻用布套遮住了刀光。他暗想趙敏所料不錯，此人果非善類。

只聽得金花婆婆長聲叫道：「謝三哥，有不怕死的狗賊找你來啦！」

張無忌吃了一驚，心想金花婆婆好生厲害，難道我的蹤迹讓她發見了？按理說決不致於。只見陳友諒伏身在長草之中，更是一動也不敢動。張無忌幾個起落，又向前搶數丈，他要離義父越近越好，以防金花婆婆突施詭計，救援不及。

過不多時，一個高大的人影從山頂小屋中走了出來，正是謝遜，緩步下山，走到離金花婆婆數丈處站定，一言不發。

金花婆婆道：「嘿嘿，謝三哥，你對故人步步提防，對外人卻十分輕信。你白天放了的陳友諒，這會兒又來找你啦。」謝遜冷冷的道：「明槍易躲，暗箭難防。謝遜一生只是吃自己人的虧。那陳友諒又來找我，幹甚麼來啦？」

金花婆婆道：「這等奸猾小人，理他作甚？白天你饒他性命之時，你可知他手上脚下擺的是甚麼招式？他雙手擺的是『獅子搏兔』，脚下蓄勢蘊力，乃是一招『降魔踢斗式』，哈哈，哈哈！」她說話清脆動聽，但笑聲卻似梟啼，深宵之中，更顯悽厲。

謝遜一怔，已知金花婆婆所言不虛，只因自己眼盲，竟上了陳友諒的當。他淡淡的道：「謝遜受人之欺，已非首次。此輩宵小，江湖上要多少有多少，多殺一個，少殺一個，有何分別？韓夫人，你也算是我的好朋友，當時見到了不理，這時候再來說給我聽，是存心氣我來着？」說到這裏，突然間縱身而起，迅捷無倫的撲到陳友諒身前。

陳友諒大駭，揮刀劈去。謝遜左手一拗，將他手中彎刀奪過，拍拍拍，連打他三個耳光，右手抓住他後頸提起，說道：「我此刻殺你，如同殺鷄，只是謝遜有言在先，許你十年之後再來找我。你再教我在此島上撞見，當場便取你狗命。」一揮手，將他擲了出去。

眼見那陳友諒落身之處，正是插滿了尖針的所在，他這一落下，身受針刺，金花婆婆布置了一夜的奸計立時破敗。她飛身而前，伸楞杖在他腰間一挑，將他又送出數丈，喝道：「你再敢踏上我靈蛇島一步，我殺你丐幫一百名化子。金花婆婆說過的話向來作數，今日先賞你一朵金花。」左手一揚，黃光微閃，噗的一聲，一朵金花已打在陳友諒左頰的「頰車穴」上，令他一時說不出話來，以免洩漏機密。陳友諒按住左頰，急奔下山而去。

此時謝遜相距尖針陣已不過數丈，張無忌反而在他身後。張無忌內功高出陳友諒遠甚，屏住呼吸，謝遜和金花婆婆均不知他伏身在旁。

金花婆婆回身讚道：「謝三哥，你以耳代目，不減其明，此後重振雄風，再可在江湖上縱横二十年。」謝遜道：「我可聽不出『獅子搏兔』和『降魔踢斗式』。只要得知無忌孩兒的確訊，我已死也瞑目。謝遜身上血債如山，死得再慘也是應該，還說甚麼縱横江湖？」

金花婆婆笑道：「明教護教法王，殺幾個人又算甚麼？謝三哥，你的屠龍刀借我一用罷。」

謝遜搖頭不答。金花婆婆又道：「此處形迹已露，你也不能再住。我另行覓個隱僻所在，送你去小住數月，待我持屠龍刀去勝了峨嵋派的大敵，決盡全力爲你探訪張公子的下落。憑我的本事，要將張公子帶到你面前，該不是甚麼難事。」謝遜又搖了搖頭。

金花婆婆道：「謝三哥，你還記得『四大法王，紫白金青』這八個字麼？想當年咱們在陽教主手下，鷹王殷二哥，蝠王韋四哥，再加你我二人，橫行天下，有誰能擋？今日虎老雄心在，你能讓紫衫老妹子任由人欺，不加援手麼？」

張無忌大吃一驚：「聽她這話，莫非她竟是本教四大法王之首的紫衫龍王？天下焉有這等奇事？她怎麼連韋蝠王也叫『四哥』？」

只聽謝遜喟然道：「這些舊事，還提他作甚？老了，大家都老了！」

金花婆婆道：「謝三哥，我老眼未花，難道看不出二十年來你武功大進？你何必謙虛？咱們在這世上也沒多少時候好活了，依我說啊，明教四大法王乘着沒死，該當聯手江湖，再轟轟烈烈的幹一番事業。」謝遜歎道：「殷二哥和韋四弟，這時候未必還活着。尤其是韋四弟，他身上寒毒難除，只怕已然不在人世了。」金花婆婆笑道：「這個你可錯了。我老實跟你說，白眉鷹王和青翼蝠王，眼下都在光明頂上。」謝遜奇道：「他們又回光明頂？那幹甚麼？」金花婆婆道：「這是阿離親眼所見。阿離便是殷二哥的親孫女，她得罪了父親，她父親要殺她。第一次是我救了她，第二次是韋四哥所救。韋四哥帶上光明頂去，中途又給我悄悄偷了出來。阿離，你將六大門派如何圍攻光明頂，跟謝公公說說。」

殷離於是將在西域所見之事簡畧的說了一遍，只是她未上光明頂就給金花婆婆携回，以後光明頂的一干事故就全然不知。

謝遜越聽越是焦急，連問：「後來怎樣？後來怎樣？」終於怒道：「韓夫人，你雖因婚姻之事和衆兄弟不和，但本教有難，你怎能袖手旁觀？陽教主是你義父，他當年如何待你，你全不放在心上了？你瞧殷二哥和韋四弟、五散人和五行旗，不是同赴光明頂出力麼？」

金花婆婆冷冷的道：「我取不到屠龍刀，終究是峨嵋派那滅絕老尼手下的敗將，便到光明頂上，也無面目再跟她動手，去了還不是白饒？」

兩人相對默然。過了一會，謝遜問道：「你當日如何得知我的所在，何以始終不肯明言？是武當派的人說的麼？」金花婆婆道：「武當派的人怎麼知道？張翠山夫婦受諸派勒逼，寧可自刎，也不肯吐露你藏身之所，武當門下自然不知。好，今日我甚麼也不必瞞你，我在西域撞到一個名叫武烈的人，他是當年大理段家傳人武三通的子孫，陰錯陽差，我聽他和女兒說話，給我捉摸到了破綻，用酷刑逼他說了出來。」謝遜沉默半晌，才道：「這個姓武的見過我那無忌孩兒，是不是？想是他騙着小孩兒家，探聽到了秘密。」

張無忌聽到此處，心下慚愧無已，想起當年自己在朱家莊受欺，朱長齡、朱九眞父女以詭計套得自己吐露眞情，倘若義父竟爾因此落入奸人手中，自己可眞是萬死莫贖了。義父雖然眼盲，推測這件事卻便似親見一般。

只聽謝遜又道：「六大派圍攻明教，豈同小可，我教到底怎樣？」金花婆婆道：「明教興衰存亡，早跟老婆子沒半點相干。當年光明頂上，大夥兒一齊跟我爲難的事，你是全忘了，老婆子卻記得清清楚楚。當時只有陽教主和你謝三哥對我是好的，我可也沒忘記。」謝遜道：

「唉，私怨事小，護教事大。韓夫人，你胸襟未免太狹。」金花婆婆怒道：「你是男子漢大丈夫，我卻是氣量窄小的婦道人家。當年我破門出教，立誓和明教再不相干。若非如此，那胡青牛怎能將我當作外人？他爲何定要我重歸明教，才肯爲銀葉先生療毒？胡青牛是我所殺，紫衫龍王早已犯了明教的大戒。我跟明教還能有甚麼干係？」謝遜搖了搖頭，道：「韓夫人，我明白你的心事。你想借我屠龍刀去，口說是對付峨嵋派，實則是去對付楊逍、范遙。你念念不忘的，只是想進光明頂的秘道。那我更加不能相借。」

金花婆婆咳嗽數聲，道：「謝三哥，當年你我的武功，高下如何？」謝遜道：「四大法王，各有所長。」金花婆婆道：「今日你壞了一對招子，再跟老婆子相比呢？」

謝遜昂然道：「你要恃強奪刀，是不是？謝遜有屠龍刀在手，抵得過壞了一對招子。」他噓了一口長氣，向前踏了一步，一對失了明的眸子對準了金花婆婆，神威凜凜。

殷離瞧得害怕，向後退了幾步。金花婆婆卻佝僂着身子，撐着枴杖，偶爾發出一兩聲咳嗽，看來謝遜只須一伸手，便能將她一刀斬爲兩段，但她站着一動不動，似乎全沒將謝遜放在眼裏。張無忌曾見過她數度出手，眞是快速絕倫，比之韋一笑，另有一分難以言說的詭秘怪異，如鬼如魅，似精似怪。此刻她和謝遜相對而立，一個是劍拔弩張，蓄勢待發，一個卻似成竹在胸，好整以暇。張無忌心想她排名尙在我外公、義父和韋蝠王之上，武功自然十分厲害，不禁爲謝遜暗暗擔心。

但聽得四下裏疾風呼嘯，隱隱傳來海中波濤之聲，於凶險的情勢之中，更增一番悽愴悲涼之意。兩人相向而立，相距不過丈許，誰也不先動手。

過了良久，謝遜忽道：「韓夫人，今日你定要迫我動手，違了我們四法王昔日結義的誓言，謝遜好生難受。」金花婆婆道：「謝三哥，你向來心腸軟，我當時眞沒料到，武林中那許多成名的英雄豪傑，都是你一手所殺。」謝遜歎道：「我心傷父母妻兒之仇，甚麼也不顧了。我生平最不應該之事，乃是連發一十三招七傷拳，擊斃了少林派的空見神僧。」

金花婆婆凜然一驚，道：「空見神僧當眞是你打死的麼？你甚麼時候練成了這等厲害武功？」她本來自信足可對付得了謝遜，此刻始有懼意。

謝遜道：「你不用害怕。空見神僧只挨打不還手，他要以廣大無邊的佛法，渡化我這邪魔外道。」金花婆婆哼了一聲，道：「這才是了，老婆子及不上空見神僧，你一十三拳打死空見，不用九拳十拳，便能料理了老婆子啦。」

謝遜退了一步，聲調忽變柔和，說道：「韓夫人，從前在光明頂上你待我委實不錯。那日我做哥哥的生病，內子偏又產後虛弱，不能起床。你照料我一月有餘，盡心竭力，我始終銘感於心。」拍了拍身上的灰布棉袍。又道：「我在海外以獸皮爲衣，你給我縫這身衣衫，裏裏外外，無不合身，足見光明頂結義之情尙在。你去罷！從此而後，咱們也不必再會面了。我只求你傳個訊息出去，要我那無忌孩兒到此島來和我一會，做哥哥的足感大德。」

金花婆婆淒然一笑，說道：「你倒還記得從前這些情誼。不瞞你說，自從銀葉大哥一死，我早將世情瞧得淡了，只是尙有幾樁怨仇未了，我不能就此撒手而死，相從銀葉大哥於地下。謝三哥，光明頂上那些人物，任他武功了得，機謀過人，你妹子都沒瞧在眼裏，便只對你謝三哥另眼相看。你可知道其中的緣由麼？」

謝遜抬頭向天，沉思半晌，搖頭道：「謝遜庸庸碌碌，不值得賢妹看重。」

金花婆婆走上幾步，撫着一塊大石，緩緩坐下，說道：「昔年光明頂上，只有陽教主和你謝三哥，我才瞧着順眼。做妹子的嫁了銀葉先生，唯有你們二人，沒怪我所託非人。」謝遜也坐了下來，說道：「韓大哥雖非本教中人，卻也英雄了得。衆兄弟力持異議，未免胸襟窄了。唉，六大派圍攻光明頂，不知衆兄弟都無恙否？」金花婆婆道：「謝三哥，你身在海外，心懸中土，念念不忘舊日兄弟。人生數十年轉眼即過，何必老是想着旁人？」

兩人此時相距已不過數尺，呼吸可聞，謝遜聽得金花婆婆每說幾句話便咳嗽一聲，說道：「那年你在碧水寒潭中凍傷了肺，纏綿至今，總是不能痊愈麼？」

金花婆婆道：「每到天寒，便咳得厲害些。嗯，咳了幾十年，早也慣啦。謝三哥，我聽你氣息不勻，是否練那七傷拳時傷了內臟？須得多多保重才是。」

謝遜道：「多謝賢妹關懷。」忽然抬起頭來，向殷離道：「阿離，你過來。」殷離走到他身前，叫了聲：「謝公公！」謝遜道：「你使出全力，戳我一指。」殷離愕然道：「我不敢。」謝遜笑道：「你的千蛛萬毒手傷不了我，儘管使勁便了。我只是試試你的功力。」殷離仍道：「孩兒不敢。」又道：「謝公公，你既和婆婆是當年結義的好友，能有甚麼事說不開？大家不用爭這把刀子了罷。」謝遜淒然一笑，說道：「你戳我一指試試。」

殷離無奈，取出手帕，包住右手食指，一指戳在謝遜肩頭，驀地裏「啊喲」一聲大叫，向後摔了出去，飛出一丈有餘，騰的一響，坐在地下，便似全身骨骼根根都已寸斷。

金花婆婆不動聲色，緩緩的道：「謝三哥，你好毒的心思，生怕我多了個幫手，先行出手剪除。」謝遜不答，沉思半晌，道：「這孩兒心腸很好，她戳我這指只使了二三成力，手指上又包了手帕，不運千蛛毒氣傷我。很好，很好。若非如此，千蛛毒氣返攻心臟，她此刻已然沒命了。」

張無忌聽了這幾句話，背上出了一陣冷汗，心想義父明明說是試試殷離的功力，倘若她果眞全力一試，這時豈非已然斃命？明教中人向來心狠手辣，以我義父之賢，也在所不免。他卻不知謝遜和金花婆婆相交有年，明白對方心意，幾句家常話一說完，便是絕不容情的惡鬥，金花婆婆多了殷離一個幫手，於他大大不利，是以要用計先行除去。

謝遜道：「阿離，你爲甚麼一片善心待我？」殷離道：「你……你是他義父，又是……又是爲他而來。在這世界上，只有你跟我兩人，心中還記着他。」謝遜「啊」了一聲，道：「沒想到你對我無忌孩兒這麼好，我倒險些兒傷了你的性命。你附耳過來。」殷離掙扎着爬起，慢慢走到他的身邊。謝遜將口唇湊在她耳邊，說道：「我傳你一套內功心法，這是我在冰火島上參悟而得，可說是集我畢生武功之大成。」不等殷離答話，便將那心法從頭至尾說了一遍。殷離一時自難明白，只用心暗記。謝遜怕她記不住，又說了兩遍，問道：「記住了麼？」殷離道：「都記得了。」謝遜道：「你修習五年之後，當有小成。你可知我傳你功夫的用意麼？」殷離突然哭了出來，說道：「我……我知道。可是……可是我不能。」

謝遜厲聲道：「你知道甚麼？爲甚麼不能？」說着左掌蓄勢待發，只要殷離一句話答得不對，立時便斃她於掌下。殷離雙手掩面，說道：「我知道你要我去尋找無忌，將這功夫轉授於他。我知道你要我練成上乘武功之後，保護無忌，令他不受世上壞人的侵害，可是……

可是……」她說了兩個「可是」，放聲大哭。

謝遜站起身來，喝道：「可是甚麼？是我那無忌孩兒已然遭遇不測麼？」殷離撲在他的懷裏，抽抽噎噎的哭道：「他……他早在六年之前，在西域……在西域墮入山谷而死。」謝遜身子一幌，顫聲道：「這話……這話……當眞？」殷離哭道：「是眞的。那武烈父女親眼見到他喪命的。我在他二人身上先後點了七次千蛛萬毒手，又七次救他們活命，這等煎熬之下，他們……他們不能再說假話。」

當殷離述說張無忌死訊之初，金花婆婆本待阻止，但轉念一想，謝遜一聽到義子身亡，定然心神大亂，拚鬥時雖然多了三分狠勁，卻也少了三分謹愼，更易陷入自己所布的鋼針陣中，當下只是在旁微微冷笑，並不答話。

謝遜仰天大嘯，兩頰旁淚珠滾滾而下。張無忌見義父和表妹爲自己這等哀傷，再也忍耐不住，便欲挺身而出相認，忽聽得金花婆婆道：「謝三哥，你那位義兒張公子既已殞命，你守着這口屠龍寶刀又有何用？不如便借了於我罷。」

謝遜嘶啞着嗓子道：「你瞞得我好苦。要取寶刀，先取了我這條性命。」輕輕將殷離推在一旁，嘶的一聲，將長袍前襟撕下，向金花婆婆擲了過去，這叫作「割袍斷義」。

張無忌心想：「我該當此時上前，說明眞相，免他二人無謂的傷了義氣。」便在此時，忽聽得左側遠處長草中傳來幾下輕微的呼吸之聲。相距既遠，呼吸聲又極輕，若非張無忌耳音極靈，再也聽不出來，他心念一動：「原來金花婆婆暗中尙伏下幫手？我倒不可貿然現身。」但聽得刀風呼呼，謝遜已和金花婆婆交上了手。

只見謝遜使開寶刀，有如一條黑龍在他身周盤旋遊走，忽快忽慢，變化若神。金花婆婆忌憚寶刀鋒利，遠遠在他身旁兜着圈子。謝遜有時賣個破綻，金花婆婆毫不畏懼的欺身直進，待他迴刀相砍，隨即極巧妙的避了開去。二人於對方武功素所熟知，料得不能在一二百招內便分高下。謝遜倚仗寶刀之利，金花婆婆則欺他盲不見物，二人均在自己所長的這一點上尋求取勝之道，反而將招數內力置之一旁。

忽聽得颼颼兩聲，黃光閃動，金花婆婆發出兩朵金花。謝遜屠龍刀一轉，兩朵金花都黏在刀上。原來金花以純鋼打成，外鍍黃金，鑄造屠龍刀的玄鐵卻具極強磁性，遇鐵即吸。這金花乃金花婆婆仗以成名的暗器，施放時變幻多端，謝遜即令雙目健好，也須全力閃避擋格，不料這屠龍刀正是所有暗器的剋星。金花婆婆倏左倏右連發八朵金花，每一朵均黏在屠龍刀上。此時月暗星稀，夜色慘淡，黑沉沉的刀上黏了八朵金花，使將開來，猶如數百隻飛螢在空中亂竄亂舞。

突然金花婆婆咳嗽一聲，一把金花擲出，共有十六七朵，教謝遜一柄屠龍刀黏得了東邊的黏不了西邊。謝遜袍袖揮動，捲去七八朵，另有八朵又都黏在屠龍刀上，喝道：「韓夫人，你號稱紫衫龍王，名字犯了此刀的忌諱，若再戀戰，於君不利。」

金花婆婆打個寒噤，大凡學武之人，性命都在刀口上打滾，最講究口彩忌諱，自己號稱「龍王」，此刀卻名「屠龍」，實是大大的不妙，當下陰惻惻的笑道：「說不定倒是我這殺獅杖先殺了盲眼獅子。」呼的一杖擊出。謝遜沉肩一閃，突然脚下一個踉蹌，「啊」的一聲，這一杖擊中了他左肩，雖然力道已卸去了大半，但仍然着實不輕。

張無忌大喜，暗中喝了聲采。他見謝遜故意裝作閃避不及，受了一杖，心下便想：「義父只須將左手袍袖中的金花撒出，再以屠龍刀使一招『千山萬水』亂披風勢斬去，金花婆婆不敢抵擋寶刀鋒銳，務必更向左退，接連兩退，蓄勢待發，那時義父以內力逼出屠龍刀上金花，激射而前，金花婆婆無力遠避，非受重傷不可。」

他心念甫動，果見黃光閃動，謝遜已將左手袖中捲着的金花撒出，金花婆婆疾向左退。張無忌斗然間想起一事，心叫：「啊喲，不好，金花婆婆乃是將計就計。」其時他胸中於武學包羅萬有，這兩大高手的攻守趨避，無一不在他算中，但見謝遜的一招「千山萬水」亂披風勢斬出，金花婆婆更向左退。謝遜大喝一聲，寶刀上黏着的十餘朵金花疾射而前。金花婆婆「啊喲」一聲叫，足下一個踉蹌，向後縱了幾步。

謝遜是個心意決絕的漢子，既已割袍斷義，下手便毫不容情，縱身而起，揮刀向金花婆婆砍去，忽聽得殷離高聲叫道：「小心！脚下有尖針！」

謝遜聽到叫聲，一驚之下，收勢已然不及，只聽得颼颼聲響，十餘朵金花激射而至。金花婆婆要令他身在半空，無法挪移，這一落將下來，雙足非踏上尖針不可。謝遜無可奈何，只得揮刀格打金花，忽聽得脚底錚錚幾聲響處，他雙足已然着地，竟是安然無恙。

他俯身一摸，觸到四周都是七八寸長的鋼針，揷在山石之中，尖利無比，只是自己落脚處的四枚鋼針卻被人用石子打飛了，聽那擲石去針的勁勢，正是日間手擲七石的那個巨鯨幫少年。此人在旁窺視，自己竟絲毫不覺，若非得他相救，脚底已受重傷，賸下來只有受金花婆婆宰割的份兒了，腦海中念頭這麼一轉，背上不禁出了一陣冷汗。

他二人互施苦肉計，謝遜肩頭受了一杖，金花婆婆身上也吃了兩朶金花，雖然所傷均非要害，但對方何等勁力，受上了實是不易抵擋。金花婆婆大咳幾下，向張無忌伏身之處發話道：「巨鯨幫的小子，你一再干撓老婆子的大事，快留下名來。」

張無忌還未回答，突然間黃光一閃，殷離一聲悶哼，已被三朶金花打中胸口要害。原來金花婆婆眼見張無忌武功了得，自己出手懲治殷離，他定要阻撓，是以面對着他說話，乘他絲毫沒有防備之際，反手發出金花。

張無忌大駭，飛身而起，半空中接住金花婆婆發來的兩朶金花，一落地便將殷離抱在懷中。殷離神智尚未迷糊，見一個小鬍子男子抱住自己，急忙伸手撐拒，只一用力，嘴裏便連噴了幾口鮮血。張無忌登時醒悟，伸手在自己臉上用力擦了幾下，抹去臉上黏着的鬍子和化裝，露出本來面目。殷離一呆，叫道：「阿牛哥哥，是你？」張無忌微笑道：「是我！」

殷離心中一寬，登時便暈了過去。張無忌見她傷重，不敢便替她取出身上所中金花，當即點了她神封、靈墟、步廊、通谷諸處穴道，護住她心脈。

只聽得謝遜朗聲道：「閣下兩次出手相援，謝遜多承大德。」

張無忌哽咽道：「義……義……你何必……」

到得下午，狂風忽作，大雨如注。小船被風吹得向南飄浮。謝遜、張無忌、周芷若、小昭四人除下八隻鞋子，不住手的舀起艙中所積雨水倒入海中。

二十九　四女同舟何所望

便在此時，忽聽得身後傳來兩下玎玎異聲，三個人疾奔而至。張無忌一瞥之下，只見那三人都身穿寬大白袍，其中兩人身形甚高，左首一人是個女子。三人背月而立，看不清他們面貌，但每人的白袍角上赫然都繡着一個火燄之形，竟是明教中人。三人雙手高高舉起，每隻手中各拿着一條兩尺來長的黑牌，只聽中間那身材最高之人朗聲說道：「明教聖火令到，護教龍王、獅王，還不下跪迎接，更待何時？」話聲語調不準，顯得極是生硬。

張無忌吃了一驚，心道：「陽教主遺言中說道，本教聖火令自第三十一代教主石教主之時，便已失落，怎麼會在這三人手中？這是不是眞的聖火令？這三人是否本教弟子？」

只聽金花婆婆道：「本人早已破門出教，『護教龍王』四字，再也休提。閣下尊姓大名？這聖火令是眞是假，從何處得來？」那人喝道：「你旣已破門出教，尙絮絮何爲？」金花婆婆冷冷的道：「金花婆婆生平受不得旁人半句惡語，當日便陽教主在世，對我也禮敬三分。你是教中何人，對我竟敢大呼小叫？」

突然之間，三人身形幌動，同時欺近，三隻左手齊往金花婆婆身上抓去。金花婆婆拐杖揮出，向三人橫掃過去，不料這三人脚下不知如何移動，身形早變。金花婆婆一杖擊空，已被三人的右手同時抓住後領，一抖之下，向外遠遠擲了出去。

以金花婆婆武功之強，便是天下最厲害的三個高手向她圍攻，也不能一招之間便將她抓住擲出。但這三個白袍人步法既怪，出手又是配合得妙到毫巔，便似一個人生有三頭六臂一般。張無忌情不自禁的「噫」了一聲。那三人身子這麼一移，他已看得清清楚楚，最高那人虬髯碧眼，另一個黃鬚鷹鼻。那女子一頭黑髮，和華人無異，但眸子極淡，幾乎無色，瓜子臉型，約莫三十歲上下，雖然瞧來詭異，相貌卻是甚美。張無忌心想：「原來這三人都是胡人，怪不得語調生硬，說話又文謅謅的好似背書。」

只聽那虬髯人朗聲又道：「見聖火令如見教主，謝遜還不跪迎？」謝遜道：「三位到底是誰？若是本教弟子，謝遜該當相識。若非本教中人，聖火令與三位毫不相干。」虬髯人道：「明教源於何土？」謝遜道：「源起波斯。」虬髯人道：「然也，然也！我乃波斯明教總教流雲使，另外兩位是妙風使、輝月使。我等奉總教主之命，特從波斯來至中土。」

謝遜和張無忌都是一怔。張無忌讀過楊逍所著的「明教流傳中土記」，知道明教確是從波斯傳來，眼看這三個男女果是波斯胡人，武功身法又是如此，定然不假。只聽那黃鬚的妙風使道：「我教主接獲訊息，得知中土支派教主失蹤，羣弟子自相殘殺，本教大趨式微，是以命雲風月三使前來整頓教務。合教上下，齊奉號令，不得有誤。」張無忌大喜：「總教主有號令傳來，眞是再好也沒有了。免得我擔此重任，見識膚淺，誤了大事。」

只聽得謝遜說道：「中土明教雖然出自波斯，但數百年來獨立成派，自來不受波斯總教管轄。三位遠道前來中土，謝遜至感歡忭，跪迎云云，卻是從何說起？」

那虬髯的流雲使將兩塊黑牌相互一擊，錚的一聲響，聲音非金非玉，十分古怪，說道：「這是中土明教的聖火令，前任姓石的教主不肖，失落在外，今由我等取回。自來見聖火令如見教主，謝遜還不聽令？」

謝遜入教之時，聖火令失落已久，從來沒見過，但其神異之處，卻是向所耳聞，明教的經書典籍之中也往往提及，聽了這幾下異聲，知道此人所持確是本教聖火令，何況三人一出手便抓了金花婆婆擲出，決不是常人所能，當下更無懷疑，說道：「在下相信尊駕所言，但不知有何吩咐？」

流雲使左手一揮，妙風使、輝月使和他三人同時縱身而起，兩個起落，已躍到金花婆婆身側。金花婆婆金花擲出，分擊三使。三使東一閃、西一幌，盡數避開，但見輝月使直欺而前，伸指點向金花婆婆咽喉。金花婆婆拐杖一封，跟着還擊一杖，突然間騰身而起，後心已被流雲使和妙風使抓住，提了起來。輝月使搶上三步，在她胸腹間連拍三掌，這三掌出手不重，但金花婆婆就此不能動彈。

張無忌心道：「他三人起落身法，未見有過人之處，只是三人配合得巧妙無比。輝月使在前誘敵，其餘二人已神出鬼沒的將金花婆婆擒住。但以每人的武功而論，比之金花婆婆頗有不及。那人拍這三掌，並非打穴，但與我中土點穴功夫似有異曲同工之妙。」

流雲使提着金花婆婆，左手一振，將她擲在謝遜身前，說道：「獅王，本教教規，入教之後終身不能叛教。此人自稱破門出教，爲本教叛徒，你先將她首級割下。」謝遜一怔，道：「中土明教向來無此教規。」流雲使冷冷的道：「此後中土明教悉奉波斯總教號令。出教叛徒，留着便是禍胎，快快將她除了。」

謝遜昂然道：「明教四王，情同金蘭。今日雖然她對謝某無情，謝某卻不可無義，不能動手加害。」妙風使哈哈一笑，道：「中國人媽媽婆婆，有這麼多囉唆。出教之人，怎可不殺？這算是甚麼道理？當眞奇哉怪也，莫名其妙。」謝遜道：「謝某殺人不眨眼，卻不殺同教朋友。」輝月使道：「非要你殺她不可。你不聽號令，我們先殺了你也。」謝遜道：「三位到中土來，第一件事便勒逼金毛獅王殺了紫衫龍王，這是爲了立威嚇人麼？」輝月使微微一笑，道：「你雙眼雖瞎，心中倒也明白。快快動手罷！」

謝遜仰天長笑，聲動山谷，大聲道：「金毛獅王光明磊落，別說不殺同夥朋友，此人即令是謝某的深仇大怨，既被你們擒住，已然無力抗拒，謝某豈能再以白刃相加？」

張無忌聽了義父豪邁爽朗的言語，心下暗暗喝采，對這波斯明教三使漸生反感。

只聽妙風使道：「明教教徒，見聖火令如見教主，你膽敢叛教麼？」謝遜昂然道：「謝某雙目已盲了二十餘年，你便將聖火令放在我眼前，我也瞧它不見。說甚麼『見聖火令如見教主』？」妙風使大怒，道：「好！那你是決意叛教了？」謝遜道：「謝某不敢叛教。可是明教的教旨乃是行善去惡，義氣爲重。謝遜寧可自己人頭落地，不幹這等沒出息的歹事。」金花婆婆身子不能動彈，於謝遜的言語卻一句句都聽在耳裏。

張無忌知道義父生死已迫在眉睫，當下輕輕將殷離放在地下。只聽流雲使道：「明教中人，不奉聖火令號令者，一律殺無赦矣！」謝遜喝道：「本人是護教法王，即令是教主要殺我，也須開壇稟告天地與本教明尊，申明罪狀。」妙風使嘻嘻笑道：「明教在波斯好端端地，一至中土，便有這許多臭規矩！」三使同時呼嘯，一齊搶了上來。謝遜屠龍刀揮動，護在身前，三使連攻三招，搶不近身。

輝月使欺身直進，左手持令向謝遜天靈蓋上拍落。謝遜舉刀擋架，噹的一響，聲音極是怪異。這屠龍刀無堅不摧，可是竟然削不斷聖火令。便在這一瞬之間，流雲使滾身向左，已然一拳打在謝遜腿上。謝遜一個踉蹌，妙風使橫令戳他後心，突然間手腕一緊，聖火令已被人夾手奪了去。他大驚之下，回過身來，只見一個少年的右手中正拿着那根聖火令。

張無忌這一下縱身奪令，快速無比，巧妙無倫。流雲使和輝月使驚怒之下，齊從兩側攻上。張無忌身形一轉，向左避開，不意拍的一響，後心已被輝月使一令擊中。

那聖火令質地怪異，極是堅硬，這一下打中，張無忌眼前一黑，幾欲暈去，幸得護體神功立時發生威力，當即鎮懾心神，向前衝出三步。波斯三使立時圍上。張無忌右手持令向流雲使虛幌一招，左手倏地伸出，已抓住了輝月使左手的聖火令。豈知輝月使忽地放手，那聖火令尾端向上彈起，拍的一響，正好打中張無忌手腕。他左手五根手指一陣痲木，只得放下左手中已然奪到的聖火令，輝月使纖手伸處，抓回掌中。

張無忌練成乾坤大挪移法以來，再得張三丰指點太極拳精奧，縱橫宇內，從無敵手，不意此刻竟被輝月使一個女子接連打中，第二下若非他護體神功自然而然的將力卸開，手腕早已折斷。他驚駭之下，不敢再與敵人對攻，凝立注視，要看清楚對方招數來勢。

波斯三使見他兩次被擊，竟似並未受傷，也是驚奇不已。妙風使忽然低頭，一個頭錘向張無忌撞來，如此打法原是武學中大忌，竟以自己最要緊的部位送向敵人。張無忌端立不動，知他這一招似拙實巧，必定伏下厲害異常的後着，待他的腦袋撞到自己身前一尺之處，這才退了一步。驀地裏流雲使躍身半空，向他頭頂坐了下來。這一招更是怪異，竟以臀部攻人，天下武學之道雖繁，從未有這一路既無用、又笨拙的招數。張無忌不動聲色，向旁又是一讓，突覺胸口一痛，已被妙風使手肘撞中。但妙風使被九陽神功一彈，立即倒退三步，跟着又倒退三步，甫欲站定，又倒退三步。

波斯三使愕然變色，輝月使雙手兩根聖火令急揮橫掃，流雲使突然連翻三個空心觔斗。張無忌不知他是何用意，心想還是避之爲妙，剛向左踏開一步，眼前白光急閃，右肩已被流雲使的聖火令重重擊中。這一招更是匪夷所思，事先既無半點徵兆，而流雲使明明是在半空中大翻觔斗，怎能忽地伸過聖火令來，擊在自己肩頭？張無忌驚駭之下，已不敢戀戰，加之肩頭所中這一令勁道頗爲沉重，雖以九陽神功彈開，卻已痛入骨髓。但知自己只要一退，義父性命不保，當下深深吸了口氣，一咬牙，飛身而前，伸掌向流雲使胸口拍去。

流雲使同時飛身而前，雙手聖火令相互一擊，錚的一響，張無忌心神一盪，身子從半空中直墮下來，但覺腰脅中一陣疼痛，已被妙風使踢中了一脚。砰的一下，妙風使向後摔出，輝月使的聖火令卻又擊中了張無忌的右臂。

謝遜在一旁聽得明白，知道巨鯨幫中這少年已接連吃虧，眼下已不過在勉力支撐，苦於自己眼盲，無法上前應援，心中焦急萬分，自己若孤身對敵，當可憑著風聲，分辨敵人兵刃拳脚的來路，但若去相助朋友，怎能分得出那一下是朋友的拳脚，那一下是敵人的兵刃？他屠龍刀揮舞之下，倘若一刀殺了朋友，豈非大大的恨事？當即叫道：「少俠，你快脫身而走，這是明教的事，跟閣下並不相干。少俠今日一再相援，謝遜已是感激不盡。」

張無忌大聲道：「我……我……你快走，聽我說，你快走！」眼見流雲使揮令擊來，張無忌以手中聖火令一擋，雙令相交，拍的一下，如中敗革，似擊破絮，聲音極是難聽。流雲使把揑不定，聖火令脫手向上飛出。張無忌躍起身來，欲待搶奪，突然間嗤的一聲響，後心衣衫被輝月使抓了一大截下來。她指甲在他背心上劃破了幾條爪痕，隱隱生痛，這麼緩得一緩，那聖火令又被流雲使搶回。

經此幾個回合的接戰，張無忌心知憑這三人功力，每一個都和自己相差甚遠，只是武功怪異無比，兵刃神奇之極，最厲害的是三人聯手，陣法不似陣法，套子不似套子，詭秘陰毒，匪夷所思，只要能擊傷其中一人，今日之戰便能獲勝。但他擊一人則其餘二人首尾相應，拳法連變，始終打不破這三人聯手之局，反而又被聖火令打中了兩下。幸好波斯明教三使每一次拳脚中敵，自己反吃大虧，也已不敢再以拳脚和他身子相碰。

謝遜大喝一聲，將屠龍刀豎抱在胸前，縱身躍入戰團，搶到張無忌身旁，說道：「少俠，用刀！」將屠龍刀遞了給他。張無忌心想仗着寶刀神威，或能擊退大敵，當下接了過來。謝遜右足一點，向後退開，在這頃刻之間，後心已重重中了妙風使一拳，只打得他胸腹間五臟六腑似乎都移了位置。這一拳來無影，去無蹤，謝遜竟聽不到半點風聲。

張無忌揮刀向流雲使砍去，流雲使舉起兩根聖火令，雙手一振，已搭在屠龍刀上。張無忌只感手掌中一陣激烈跳動，屠龍刀竟欲脫手，大駭之下，忙加運內力。流雲使以聖火令奪人兵刃，原是手到擒來，千不一失，這一次居然奪不了對方單刀，大感詫異。輝月使一聲嬌叱，手中兩根聖火令也已架在屠龍刀上，四令奪刀，威力更巨。

張無忌身上已受了七八處傷，雖然均是輕傷，內力究已大減，這時但感半邊身子發熱，握着刀柄的右手不住發顫。他知此刀乃義父性命所繫，義父不知自己身分眞相，居然肯以此刀相借，實是豪氣干雲之舉，倘若此刀竟在自己手中失去，還有何面目以對義父？驀然間大喝一聲，體內九陽神功源源激發。流雲、輝月二使臉色齊變，妙風使見情勢不對，一根聖火令又搭到了屠龍刀上。

張無忌以一抗三，竟是絲毫不餒，心中暗暗自慶，幸好一上來便出其不意的搶得妙風使一枚聖火令，否則六令齊施，更難抵敵。這時四人已至各以內力相拚的境地。張無忌心想你們和我比拚內力，正是以短攻長，我是得其所哉了。霎時間四人均凝立不動，各運內力。突然之間，張無忌胸口一痛，似乎被一枚極細的尖針刺了一下。

這一下刺痛突如其來，直鑽入心肺，張無忌手一鬆，屠龍刀便被五根聖火令吸了過去。他猝遇大變，心神不亂，順手拔出腰間倚天劍，一招太極劍法「圓轉如意」，斜斜劃了個圈子，同時刺向波斯三使的小腹。三使待要後躍相避，張無忌已將倚天劍揷還腰間劍鞘，手一伸，又將屠龍刀奪了過來。這四下失刀、出劍、還劍、奪刀，手法之快，直如閃電，正是乾坤大挪移的第七層功夫。

波斯三使「噫」的一聲，大是驚奇。他三人內力遠不及張無忌，這一開口出聲，三根聖火令反而被屠龍刀帶了過來。三人急運內力相奪，又成相持不下之局。突然之間，張無忌胸口又被尖針刺了一下。

這次他已有防備，寶刀未曾脫手。但這兩下刺痛似有形，實無質，一股寒氣突破他護體的九陽神功，直侵內臟。他知這是波斯三使一股極陰寒的內力，積貯於一點，從聖火令上傳來，攻堅而入。本來以至陰攻至陽，未必便勝得了九陽神功。只是他的九陽神功遍護全身，這陰勁卻是凝聚如絲髮之細，倏鑽陡戳，難防難當。有如大象之力雖巨，婦人小兒卻能以繡花小針刺入其膚。陰勁入體，立即消失，但這一刺可當眞疼痛入骨。

輝月使連運兩下「透骨針」的內勁，見對方竟是毫不費力的抵擋了下來，更是駭異。妙風使雖然空着左手，但全身勁力都已集於右臂，左手已與癱瘓無異。張無忌知道如此僵持下去，敵人尖針一般的陰勁一下一下刺將過來，自己終將支持不住，可是實無對策。耳聽身後謝遜呼吸粗重，正自一步步的逼近，知他要擊敵助己。這時四人內勁布滿全身，謝遜掌力擊在敵人身上，已與擊打張無忌無異，始終遲遲不敢出手。

張無忌尋思：「情勢如此險惡，總是要義父先行脫身要緊。」朗聲道：「謝大俠，這波斯三使武功雖奇，在下要脫身而去卻也不難。請你先行暫避，在下事了之後，自當奉還寶刀。」波斯三使聽得他在全力比拚內勁之際竟能開口說話，洋洋一如平時，心下更驚。

謝遜道：「少俠高姓大名？」張無忌心想此時萬萬不能跟他相認，否則以義父愛己之深，勢必要和波斯三使拚個同歸於盡，以維護自己，說道：「在下姓曾，名阿牛。謝大俠還不遠走，難道是信不過在下，怕我吞沒你這口寶刀麼？」謝遜哈哈大笑，說道：「曾少俠不必以言語相激。你我肝膽相照，謝遜以垂暮之年，得能結交你這位朋友，實是平生快事。曾少俠，我要以七傷拳打那女子了。我一發勁，你撤手棄了屠龍刀。」

張無忌知道義父七傷拳的厲害，只要捨得將屠龍刀棄給敵人，一拳便可斃了輝月使，但這麼一來，本教便和波斯總教結下深怨，自己一向諄諄勸誡同教兄弟務當以和睦爲重，今日自己竟不問來由的殺了總教使者，那裏還像個明教教主？忙道：「且慢！」向流雲使道：「咱們暫且罷手，在下有幾句話跟三位分說明白。」

流雲使點了點頭。張無忌道：「在下和明教極有關連，三位既持聖火令來此，乃是在下的尊客，適才無禮，多有得罪。咱們同時各收內力，罷手不鬥如何？」流雲使又連連點頭。張無忌大喜，當即內勁一撤，將屠龍刀收向胸前。只覺波斯三使的內勁同時後撤，突然之間，一股陰勁如刀、如劍、如匕、如鑿，直插入他胸口的「玉堂穴」中。

這雖是一股無形無質的陰寒之氣，但刺在身上實同鋼刃之利。張無忌霎時之間閉氣窒息，全身動彈不得，心中閃電般轉過了無數念頭：「我死之後，義父也是難逃毒手，想不到波斯總教使者竟如此不顧信義。殷離表妹能活命麼？趙姑娘和周姑娘怎樣？小昭，唉，這可憐的孩子！本教救民抗元的大業終將如何？」只見流雲使舉起右手聖火令，便往他天靈蓋擊落。張無忌急運內力，衝擊胸口被點中了的「玉堂穴」，但總是緩了一步。

忽聽得一個女子聲音大聲叫道：「中土明教的大隊人馬到了！」流雲使一怔，舉着聖火令的左手停在半空，一時不擊下去。只見一個灰影電射而至，拔出張無忌腰間的倚天劍，連人帶劍，直撲入流雲使的懷中。

張無忌身子雖不能動，眼中卻瞧得清清楚楚，這人正是趙敏，大喜之下，緊接着便是大駭，原來她所使這一招乃是崑崙派的殺招，叫做「玉碎崑岡」，竟是和敵人同歸於盡的拚命打法。張無忌雖不知此招的名稱，卻知她如此使劍出招，以倚天劍的鋒利，流雲使固當傷在她的劍下，她自己也難逃敵人毒手。

流雲使眼見劍勢凌厲之極，別說三使聯手，即是自保也已有所不能，危急中舉起聖火令用力一擋，跟着不顧死活的着地滾了開去。只聽得噹的一聲響，聖火令已將倚天劍架開，但左頰上涼颼颼地，一時也不知自己是死是活，待得站起身來，伸手一摸，只覺着手處又濕又黏，疼痛異常，左頰上一片虬髯已被倚天劍連皮帶肉的削去，若非聖火令乃是奇物，擋得了倚天劍的一擊，半邊腦袋已然不在了。

張無忌前來和謝遜相會，趙敏總覺金花婆婆詭秘多詐，陳友諒形迹可疑，放心不下，便悄悄的跟隨前來。她知自己輕功未臻上乘，只要略一走近，立時便被發覺，是以只遠遠躡着，直至張無忌出手和波斯三使相鬥，她才走近。到得張無忌和三使比拚內力，她心中暗喜，心想這三個胡人武功雖怪，怎及得張無忌九陽神功內力的渾厚。突然間張無忌開口叫對手罷鬥，趙敏正待叫他小心，對方的「陰風刀」已然使出，張無忌受傷倒地。她情急之下，不顧一切的衝出，搶到倚天劍後，便將在萬安寺中向崑崙派學得的一記拚命招數使出來。

趙敏一招逼開流雲使，但倚天劍圈了轉來，削去了自己半邊帽子，露出一叢秀髮。她長劍斜圈，身子向妙風使撲出，倚天劍反而跟在身後。這一招叫做「人鬼同途」，乃是崆峒派的絕招，正和崑崙派的「玉碎崑岡」同一其理，均是明知已然輸定，便和敵人拚個玉石俱焚。

這等打法極其慘烈。少林、峨嵋兩派的佛門武功便無此類招數。「玉碎崑岡」和「人鬼同途」都不是敗中取勝、死中求活之招，乃是旨在兩敗俱傷、同赴幽冥。當日崑崙、崆峒兩派的高手被囚，頗受屈辱，比武時功力又失，無法求勝，便有性子剛硬之輩使出這些招數來，只是內勁既去，要拚命也無從拚起，卻被她一一記在心中。

妙風使眼見她來勢如此兇悍，大驚之下，突然間全身冰冷，呆立不動。此人武功雖高，膽子卻是極小，眼見這一招決計無法抵擋，駭怖達於極點，竟致僵立，束手待斃。

趙敏的身子已抵在妙風使的聖火令上，手腕一抖，長劍便向他胸前刺去。這一招乃是先以自己身子投向敵人兵刃，敵人手中不論是刀是劍，是槍是斧，中在自己身上，勢須略一停留，自己便一劍刺去，敵人武功再高，萬難逃過。妙風使瞧出了此招的厲害，這才嚇呆。幸得他手中兵器乃是鐵尺般的聖火令，無鋒無刃，趙敏以身子抵在其上，竟不受傷，長劍剛向前刺出，後背已被輝月使抱住。

波斯三使聯手迎敵，配合之妙，實是不可思議。趙敏一上來兩招拚命打法，竟嚇得三大高手亂了陣脚，直到此時，輝月使才自後抱住了趙敏。她這麼一抱似乎平平無奇，其實拿揑之準，不爽毫髮，應變之速，疾如流星。趙敏這一劍雖然凌厲，已然遞不到妙風使身上，她覺臂上一緊，心知不妙，順着輝月使向後一拉之勢，迴劍便往自己小腹刺去。

這一招更是壯烈，屬於武當派劍招，叫做「天地同壽」，卻非張三丰所創，乃是殷梨亭苦心孤詣的想了出來，本意是要和楊逍同歸於盡之用。他自紀曉芙死後，心中除了殺楊逍報仇之外，更無別念，但自知武功非楊逍之敵，師父雖是天下第一高手，自己限於資質悟性，無法學到師父的三四成功夫，反正只求殺得楊逍，自己也不想活了，是以在武當山上想了幾招拚命的打法出來。

殷梨亭暗中練劍之時，被師父見到，張三丰喟然歎息，心知此事難以勸喻，便將這招劍法取了個「天地同壽」的名稱，意思說人死之後，精神不朽，當可萬古長春，實是殺身成仁、捨生取義的悲壯劍招。殷梨亭的大弟子在萬安寺中施展此招，被范遙搶上救出。趙敏卻於此時使了出來。這一招專爲刺殺緊貼在自己身後的敵人之用，利劍穿過自己的小腹，再刺入敵人小腹，輝月使如何能夠躲過？倘若妙風使並未嚇儍，又或流雲使站得甚近，以他二人和輝月使如同聯成一體的機警，當可救得二女性命。

眼見倚天劍便要洞穿趙敏和輝月使的小腹，便在這千鈞一髮之際，張無忌衝穴成功，一伸手便將倚天劍奪了過去。

趙敏用力一掙，脫出輝月使的懷抱。她動念迅速之極，取過張無忌手中的那枚聖火令，遠遠的擲了出去，颼的一聲響，跌入了金花婆婆所布的尖針陣中。

這聖火令波斯三使珍同性命，流雲使和輝月使顧不得再和張無忌、趙敏對敵，甚至顧不得妙風使的安危，一齊縱身過去撿拾。只奔出丈餘，便已到了尖針陣中。輝月使「啊」的一聲尖叫，已踏中了一枚鋼針。月黑風高，長草沒膝，瞧不清楚聖火令和尖針的所在，兩人只得一路拔針，一路摸索尋令。妙風使猶如大夢初醒，一聲驚呼，跟了過去。

趙敏爲救張無忌性命，適才這三招使得猶如兔起鶻落，絕無餘暇多想一想，這時驚魂稍定，越想越是害怕，「嚶」的一聲，投入了張無忌懷中。

張無忌一手攬着她，心中說不出的感激，但知波斯三使一尋到聖火令，立時轉身又回，忙道：「咱們快走！」回過身來，將屠龍刀交還謝遜，抱起身受重傷的殷離，向謝遜道：「謝大俠，眼前只有暫避其鋒。」謝遜道：「是！」俯身替金花婆婆解開了穴道。張無忌心想金花婆婆經過這場死裏逃生的大難，自當和謝遜前愆盡釋。

四人下山走出數丈，張無忌心想殷離雖是自己表妹，終是男女授受不親，於是將她交給金花婆婆抱着。趙敏在前引路，其後是金花婆婆和謝遜，張無忌斷後，以防敵人追擊。回首但見波斯三使兀自彎了腰，在長草叢中尋覓。他這一役慘敗，想起適才的驚險，兀自心有餘悸，又不知殷離受此重傷，是否能夠救活。

正行之間，忽聽得謝遜一聲暴喝，發拳向金花婆婆後心打去。

金花婆婆回手掠開，同時將殷離拋在地下。張無忌吃了一驚，飛身而上。謝遜喝道：「韓夫人，你何以又要下手殺害殷姑娘？」金花婆婆冷笑道：「你殺不殺我，是你的事。我殺不殺她，卻是我的事。你管得着我麼？」

張無忌道：「有我在此，須容不得你隨便傷人。」金花婆婆道：「尊駕今日閒事管得還嫌不夠麼？」張無忌道：「那未必都是閒事。波斯三使轉眼便來，你還不快走？」

金花婆婆冷哼一聲，向西竄了出去，突然間反手擲出三朵金花，直奔殷離後腦。張無忌伸指彈去，只聽得呼呼呼三聲，那三朵金花回襲金花婆婆，破空之聲，比之強弓發硬弩更加厲害。當他先前抱起殷離之時，抹去了唇上黏着的鬍子，金花婆婆已看清楚他面目，那料得這少年的內力竟如此深厚，不敢伸手去接，急忙伏地而避。三朵金花貼着她背心掠過，將她布衫後心撕去了三條大縫，只嚇得她心中亂跳，頭也不回的去了。

張無忌伸手抱起殷離，忽聽得趙敏一聲痛哼，彎下了腰，雙手按住小腹，忙上前問道：「怎麼了？」只見她手上滿是鮮血，手指縫中尚不住有血滲出，原來適才這一招「天地同壽」，畢竟還是刺傷了小腹。張無忌大驚失色，忙問：「傷得重麼？」只聽得妙風使在尖針陣中歡呼：「找到了，找到了！」趙敏道：「別管我！快走，快走！」

張無忌伸臂將她抱起，疾往山下奔去。趙敏道：「到船上！開船逃走。」張無忌應道：「是！」一手抱着殷離，一手抱着趙敏，急馳下山。謝遜跟在身後，暗自驚異：「這少年恁地了得，手中抱着二人，仍是奔行如此迅速。」張無忌心亂如麻，手中這兩個少女只要有一個傷重不救，都是畢生大恨，幸好覺到二人身子溫暖，並無逐漸冷去之象。

波斯三使找到聖火令後，隨後追來，但這三人的輕功固然不及張無忌，比之謝遜也大爲不如。張無忌將到船邊，高聲叫道：「紹敏郡主有令：衆水手張帆起錨，急速預備開航！」待得他和謝遜躍上船頭，風帆已然升起。

那梢公須得趙敏親口號令，上前請示。趙敏失血過多，只低聲道：「聽……聽張公子號令……便是……」那梢公轉舵開船，待得波斯三使追到岸邊，海船離岸早已數十丈了。

張無忌將趙敏和殷離並排在船艙之中，小昭在旁相助，解開二人衣衫，露出傷口。張無忌檢視二人傷勢，見趙敏小腹上劍傷深約半寸，流血雖多，性命決可無礙。殷離那三朵金花卻都中在要害，金花婆婆下手極重，是否能救，實在難說，當下給二人敷藥包紮。殷離早已昏迷不醒，人事不知。趙敏淚水盈盈，張無忌問她覺得如何，她只是咬牙不答。

謝遜道：「曾少俠，謝某隔世為人，此番不意回到中土，尚能結識你這位義氣深重的朋友，實是意外之喜。」

張無忌扶他坐在艙中椅上，伏地便拜，哭道：「義父，孩兒無忌不孝，沒能早日前來相接，累義父受盡辛苦。」謝遜大吃一驚，道：「你……你說甚麼？」張無忌道：「孩兒便是張無忌。」謝遜如何能信，只道：「你……你說甚麼？」

張無忌道：「拳學之道在凝神，意在力先方制勝……」滔滔不絕的背了下去，每一句都是謝遜在冰火島上所授於他的武功要訣。背得二十餘句後，謝遜驚喜交集，抓住他的雙臂，道：「你……你當真便是我那無忌孩兒？」

張無忌站起身來，摟住了他，將別來情由，揀要緊的說了一些，自己已任明教教主之事卻暫且不說，以免義父敍教中尊卑，反向自己行禮。謝遜如在夢中，此時不由得他不信，只是翻來覆去的說道：「老天爺開眼，老天爺開眼！」

猛聽得後梢上衆水手叫道：「敵船追來啦！」

張無忌奔到後梢望時，只見遠遠一艘大船五帆齊張，乘風追至。黑夜之中瞧不見敵船船身，那五道白帆卻是十分觸目。張無忌望了一會，見敵船帆多身輕，越逼越近，心下焦急，不知如何是好，暗想只有讓波斯三使上船，跟他們在船艙之中相鬥，當可藉着船艙狹窄之便，使三人不易聯手，於是將趙敏和殷離移在一旁，到甲板上提了兩隻大鐵錨來，放在艙中，作為障碍，逼令波斯三使各自為戰。

布置方定，突然間轟隆一聲巨響，船身猛烈一側，跟着半空中海水傾瀉，直潑進艙來。後梢水手高聲大叫：「敵船開砲！敵船開砲！」這一炮打在船側，幸好並未擊中。

趙敏向張無忌招了招手，低聲道：「咱們也有炮！」

這一言提醒了張無忌，當即奔上甲板，指揮眾水手搬開炮上的掩蔽之物，在大炮中裝上火藥鐵彈，點燒藥繩，砰的一聲，一炮還轟了過去。但這些水手都是趙敏手下的武士所喬裝，武功不弱，發炮海戰卻是一竅不通，這一炮轟將出去，落在兩船之間，水柱激起數丈，敵船卻幌也不幌。但這麼一來，敵船見此間有炮，便不敢十分逼近。過不多時，敵船又是一炮轟來，正中船頭，船上登時起火。

張無忌忙指揮水手提水救火，忽見上層艙中又冒出一個火頭來。他雙手各提一大桶水，踢開艙門，直潑進去，將火頭澆滅了。烟霧中只見一個女子橫臥榻上，正是周芷若，全身都已濕透，張無忌拋下水桶，搶進房去，忙問：「周姑娘，你沒事麼？」

周芷若滿頭滿臉都是水，模樣甚是狼狽，危急萬分之中，見到他突然出現，驚異無比。她雙手一動，嗆啷啷一聲響，原來手腳均被金花婆婆用銬鐐鐵鍊鎖著。張無忌奔到下層艙中取過倚天劍來，削斷銬鐐。

周芷若道：「張教主，你……你怎麼會到這裏？」張無忌還未回答，船身突然間激烈一震。她足下一軟，直撲在張無忌懷裏。張無忌忙伸手扶住，窗外火光照耀，只見她蒼白的臉上飛起兩片紅暈，再點綴着一點點水珠，清雅秀麗，有若曉露水仙。張無忌定了定神，說道：「咱們到下面船艙去。」

兩人剛走出艙門，只覺座船不住的團團打轉，原來適才間敵船一炮打來，將船舵打得粉碎，連舵手也墮海而死。

那梢公急了，親自去裝火藥發炮，只盼一炮將敵船打沉，不住在炮筒中裝塡火藥，用鐵棍椿得實實的，絞高炮口，點燃了藥繩。驀地裏紅光一閃，震天價一聲大響，鋼鐵飛舞，大炮登時震得粉碎，梢公和大炮旁的衆水手個個炸得血肉橫飛。只因梢公一味求炮力威猛，火藥裝得多了數倍，反將大炮炸碎了。

張無忌和周芷若剛走上甲板，但見船上到處是火，轉眼即沉，一瞥眼見左舷邊縛着一條小船，叫道：「周姑娘，你跳進小船去……」這時小昭抱着殷離，謝遜抱着趙敏，先後從下層艙中出來。原來適才這麼一炸，船底裂了一個大洞，海水立時湧了進來。

張無忌待謝遜、小昭坐進小船，揮劍割斷綁縛的繩索，拍的一響，小船掉入了海中。張無忌輕輕一躍，跳入小船，搶過雙槳，用力划動。

這時那戰船燒得正旺，照得海面上一片通紅。張無忌全力扳槳，心想只須將小船划到火光照不到處，波斯三使沒見到小船，必以爲衆人盡數葬身大海，就此不再追趕。謝遜抄起一條船板幫着划水。小船在海面迅速滑行，頃刻間出了火光圈外。只聽那大戰船轟隆轟隆猛響，船上裝着的火藥不住爆炸。波斯船不敢靠近，遠遠停着監視。趙敏攜來的武士中有些識得水性，泅水游向敵船求救，都被波斯船上人衆發箭射死在海中。

張無忌和謝遜片刻也不敢停手，若在陸地被波斯三使追及，尚可決一死戰。這時在茫茫大海之中，敵船只須一炮轟來，就算打在小船數丈以外，波浪激盪，小船也非翻不可。好在二人都內力悠長，直划了半夜，也不疲累。

到得天明，但見滿天烏雲，四下裏都是灰濛濛的濃霧。張無忌喜道：「這大霧來得眞好，只須再有半日，敵人無論如何也找咱們不到的了。」

不料到得下午，狂風忽作，大雨如注。小船被風吹得向南飄浮。其時正當隆冬，各人身上衣衫盡濕，張無忌和謝遜內力深厚，還不怎樣，周芷若和小昭被北風一吹，忍不住牙關打戰。但小船上一無所有，誰也無法可想。這時木槳早已收起不划，四人除下八隻鞋子，不住手的舀起艙中所積雨水倒入海中。

謝遜終於會到張無忌，心情極是暢快，眼前處境雖險，卻毫不在意，罵天叱海，在大雨中高聲談笑。小昭天眞爛漫，也是言笑晏晏。只有周芷若始終默不作聲，偶爾和張無忌目光相接，立即便轉頭避開。

謝遜說道：「無忌，當年我和你父母一同乘海船出洋，中途遇到風暴，那可比今日厲害得多了。我們後來上了冰山，以海豹爲食。只不過當日吹的是南風，把我們送到了極北的冰天雪地之中，今日吹的卻是北風。難道老天爺瞧着謝遜不順眼，要再將我充軍到南極仙翁府上，去再住他二十年麼？哈哈，哈哈！」他大笑一陣，又道：「當年你父母一男一女，郎才女貌，正是天作之合，你卻帶了四個女孩子，那是怎麼一回事啊？哈哈，哈哈！」

周芷若滿臉通紅，低下了頭。小昭卻神色自若，說道：「謝老爺子，我是服侍公子爺的小丫頭，不算在內。」趙敏受傷雖然不輕，卻一直醒着，突然說道：「謝老爺子，你再胡說八道，等我傷勢好了，瞧我不老大耳括子打你。」

謝遜伸了伸舌頭，笑道：「你這女孩子倒厲害。」他突然收起笑容，沉吟道：「嗯，昨晚你拚命三招，第一招是崑崙派的『玉碎崑岡』，第二招是崆峒派的『人鬼同途』，第三招是甚麼啊，老頭子孤陋寡聞，可聽不出來了。」

趙敏暗暗心驚：「怪不得金毛獅王當年名震天下，鬧得江湖上天翻地覆。他雙目不能視物，卻能猜到我所使的兩記絕招，當眞是名不虛傳。」便道：「這第三招是武當派的『天地同壽』，似乎是新創招數，難怪老爺子不知。」語氣甚是恭敬。謝遜歎道：「你出全力相救無忌，當然很好，可是又何必拚命，又何必拚命？」趙敏道：「他……他……」說到此處，頓了一頓，心中遲疑下面這句話是否該說，終於忍不住哽咽道：「他……誰叫他這般情緻纏綿的……抱着……抱着殷姑娘。我是不想活了！」說完這句話，已是淚下如雨。

四人聽這位年輕姑娘竟會當衆吐露心事，無不愕然，誰也沒想到趙敏是蒙古女子，要愛便愛，要恨便恨，並不忸怩作態，本和中土深受禮教陶冶的女子大異，加之扁舟浮海，大雨淋頭，每一刻都能舟覆人亡，當此生死繫於一綫之際，更是沒了顧忌。

張無忌聽了趙敏這句話，不由得心神激盪：「趙姑娘本是我的大敵，這次我隨她遠赴海外，主旨乃在迎接義父，那想到她對我竟是一往情深如此。」情不自禁，伸過手去握住了她手，嘴唇湊到她耳邊，低聲道：「下次無論如何不可以再這樣了。」

趙敏話一出口，便好生後悔，心想女孩兒家口沒遮攔，這種言語如何可以自己說將出來，豈不是教他輕賤於我？忽聽他如此深情欵欵的叮囑，不禁又驚又喜，又羞又愛，心下說不出的甜蜜，自覺昨晚三次出生入死，今日海上飄泊受苦，一切都不枉了。

大雨下了一陣，漸漸止歇，濃霧卻越來越重，驀地裏刷的一聲，一尾三十來斤的大魚從海中躍將起來。謝遜右手伸出，五指揷入魚腹，將那魚抓入船中，衆人都是喝一聲采。小昭拔出長劍，將大魚剖腹刮鱗，切成一塊塊地。各人實在餓了，雖然生魚腥味極重，只得勉強吃了些。謝遜卻是吃得津津有味，他荒島上住了二十餘年，甚麼苦也吃過了，豈在乎區區生魚？何況生魚肉只須多嚼一會，慣了魚腥氣息之後，自有一股鮮甜的味道。

海上波濤漸漸平靜，各人吃魚後閉上眼睛養神，昨天這一日一晚的激鬥，委實累得心力交疲，周芷若和小昭雖未出手接戰，但所受驚嚇也當眞不小。大海輕輕幌着小舟，有如搖籃，舟中六人先後入睡。

這一場好睡，足足有三個多時辰。謝遜年老先醒，耳聽得五個青年男女呼吸聲和海上風聲輕相應和。趙敏和殷離受傷之後，氣息較促，周芷若卻是輕而漫長。張無忌一呼一吸之際，若斷若續，竟無明顯分界，謝遜暗暗驚異：「這孩子內力之深，實是我生平從所未遇。」小昭的呼吸一時快，一時慢，所練顯是一門極特異的內功，謝遜眉頭一皺，想起一事，心道：「這可奇了，難道這孩子竟是……」

忽聽得殷離喝道：「張無忌，你這小子，幹麼不跟我上靈蛇島去？」張無忌、趙敏、周芷若、小昭等被她這麼一喝，都驚醒了。只聽她又道：「我獨個兒在島上寂寞孤單……你幹麼不肯來陪我？我這麼苦苦的想念你，你……你在陰世，可也知道嗎？」

張無忌伸手摸她的額頭，着手火燙，知她重傷後發燒，說起胡話來了。他雖醫術精湛，但小舟中無草無藥，實是束手無策，只得撕下一塊衣襟，浸濕了水，貼在她額頭。

殷離胡話不止，忽然大聲驚喊：「爹爹，你……你別殺媽媽，別殺媽媽！二娘是我殺的，你只管殺我好了，跟媽媽毫不相干……媽媽死啦，媽媽死啦！是我害死了媽媽！嗚嗚嗚嗚……」哭得十分傷心。張無忌柔聲道：「蛛兒，蛛兒，你醒醒。你爹不在這兒，不用害怕。」殷離怒道：「是爹爹不好，我才不怕他呢！他爲甚麼娶二娘、三娘？一個男人娶了一個妻子難道不夠麼？爹爹，你三心兩意，喜新棄舊，娶了一個女人又娶一個，害得我媽好苦，害得我好苦！你不是我爹爹，你是負心男兒，是大惡人！」

張無忌惕然心驚，只嚇得面青唇白。原來他適才間剛做了一個好夢，夢見自己娶了趙敏，又娶了周芷若。殷離浮腫的相貌也變得美了，和小昭一起也都嫁了自己。在白天從來不敢轉的念頭，在睡夢中忽然都成爲事實，只覺得四個姑娘人人都好，自己都捨不得和她們分離。他安慰殷離之時，腦海中依稀還存留着夢中帶來的溫馨甜意。

這時他聽到殷離斥罵父親，憶及昔日她說過的話，她因不忿母親受欺，殺死了父親的愛妾，自己母親因此自刎，以致舅父殷野王要手刃親生女兒。這件慘不忍聞的倫常大變，皆因殷野王用情不專、多娶妻妾之故。他向趙敏瞧了一眼，情不自禁的又向周芷若瞧了一眼，想起適才的綺夢，深感羞慚。

只聽殷離咕裏咕嚕的說了些囈語，忽然苦苦哀求起來：「無忌，求你跟我去啊，跟我去罷。你在我手背上這麼狠狠的咬了一口，可是我一點也不恨你。我會一生一世的服侍你、體貼你，當你是我的主人。你別嫌我相貌醜陋，只要你喜歡，我寧願散了全身武功，棄去千蛛劇毒，跟我初見你時一模一樣……」這番話說得十分的嬌柔婉轉，張無忌那想到這表妹行事任性，喜怒不定，怪僻乖張，內心竟是這般的溫柔。只聽她又道：「無忌，我到處找你，走遍了天涯海角，聽不到你的訊息，後來才知你已在西域墮崖身亡，我傷心得眞不想活了。我在西域遇到了一個少年曾阿牛，他武功旣高，人品又好，他說過要娶我爲妻。」

趙敏、周芷若、小昭三人都知道曾阿牛便是張無忌的化名，一齊向他瞧去。

張無忌滿臉通紅，狼狽之極，在這三個少女異樣的目光注視之下，眞恨不得跳入大海，待殷離淸醒之後這才上來。

只聽殷離喃喃又道：「那個阿牛哥哥對我說：『姑娘，我誠心誠意，願娶你爲妻，只盼你別說我不配。』他說：『從今而後，我會盡力愛護你，照顧你，不論有多少人來跟你爲難，不論有多麼厲害的人來欺侮你，我寧可自己性命不要，也要保護你周全。我要使你心中快樂，忘去了從前的苦處。』無忌，這個阿牛哥哥的人品可比你好得多啦，他的武功比甚麼峨嵋的滅絕師太都強。可是我心中已有了你這個狠心短命的小鬼，便沒答應跟他。你短命死了，我便給你守一輩子的活寡。無忌，你說，阿離待你好不好啊？當年你不睬我，而今心裏可後悔不後悔啊？」

張無忌初時聽她複述自己對她所說的言語，只覺十分尷尬，但後來越聽越是感動，禁不住淚水涔涔而下。這時濃霧早已消散，一彎新月照在艙中，殷離側過了身子，只見到她苗條的背影。

只聽她又輕聲說道：「無忌，你在幽冥之中，寂寞麼？孤單麼？我跟婆婆到北海冰火島上去找到了你的義父，再要到武當上去掃祭你父母的墳墓，然後到西域你喪生的雪峯上跳將下去，伴你在一起。不過那要等到婆婆百年之後，我不能先來陪你，撇下她孤零零的在世上受苦。婆婆待我很好，苦不是她救我，我早給爹爹殺了。我為了你義父，背叛婆婆，她一定恨我得緊，我可仍要待她很好。無忌，你說是不是呢？」這些話便如和張無忌相對商量一般。在她心中，張無忌早已是陰世為鬼，這般和一個鬼魅溫柔軟語，海上月明，靜夜孤舟，聽來淒迷萬狀。

她接下去的說話卻又是東一言，西一語的不成連貫，有時驚叫，有時怒罵，每一句卻都吐露了心中無窮無盡的愁苦。這般亂叫亂喊了一陣，終於聲音漸低，慢慢又睡着了。

五人相對不語，各自想着各人的心事，波濤輕輕打着小舟，只覺清風明月，萬古常存，人生憂患，亦復如是，永無斷絕。

忽然之間，一聲聲極輕柔、極縹緲的歌聲散在海上：「到頭這一身，難逃那一日。百歲光陰，七十者稀。急急流年，滔滔逝水。」卻是殷離在睡夢中低聲唱着小曲。

張無忌心頭一凜，記得在光明頂上秘道之中，出口被成崑堵死，無法脫身，小昭也曾唱過這個曲子，不禁向小昭望去。月光下只見小昭正自痴痴的瞧着自己。

遙想當年光明頂上，碧水潭畔，黛綺絲紫衫如花，長劍勝雪，不知傾倒了多少英雄豪傑。

三十　東西永隔如參商

殷離唱了這幾句小曲，接着又唱起歌來，這一回的歌聲卻是說不出的詭異，和中土曲子渾不相同，細辨歌聲，辭意也和小昭所唱的相同：「來如流水兮逝如風；不知何處來兮何所終！」她翻翻覆覆唱着這兩句曲子，越唱越低，終於歌聲隨着水聲風聲，消沒無蹤。

各人想到生死無常，一人飄飄入世，實如江河流水，不知來自何處，不論你如何英雄豪傑，到頭來終於不免一死，飄飄出世，又如清風之不知吹向何處。張無忌只覺掌裏趙敏的纖指寒冷如冰，微微顫動。

謝遜忽道：「這首波斯小曲，是韓夫人教她的，二十餘年前的一天晚上，我在光明頂上也曾聽到過一次。唉，想不到韓夫人絕情如此，竟會對這孩子痛下毒手。」

趙敏問道：「老爺子，韓夫人怎麼會唱波斯小曲，這是明教的歌兒麼？」

謝遜道：「明教傳自波斯，這首波斯曲子跟明教有些淵源，卻不是明教的歌兒。這曲子是兩百多年前波斯一位最著名的詩人峨默做的，據說波斯人個個會唱。當日我聽韓夫人唱了這歌，頗受感觸，問起此歌來歷，她曾詳細說給我聽。

「其時波斯大哲野芒設帳授徒，門下有三個傑出的弟子：峨默長於文學，尼若牟擅於政事，霍山武功精強。三人意氣相投，相互誓約，他年禍福與共，富貴不忘。後來尼若牟青雲得意，做到教王的首相。他兩個舊友前來投奔，尼若牟請於教王，授了霍山的官職。峨默不願居官，只求一筆年金，以便靜居研習天文曆數，飲酒吟詩。尼若牟一一依從，相待甚厚。

「不料霍山雄心勃勃，不甘久居人下，陰謀叛變。事敗後結黨據山，成為威震天下的一個宗派首領。該派專以殺人為務，名為依斯美良派，當十字軍之時，西域提起『山中老人』霍山之名，無不心驚色變。其時西域各國君王喪生於『山中老人』手下者不計其數。韓夫人言道，極西海外有一大國，叫做英格蘭，該國國王愛德華得罪了山中老人，被他遣人行刺。國王身中毒刃，幸得王后捨身救夫，吸去傷口中毒液，國王方得不死。霍山不顧舊日恩義，更遣人刺殺波斯首相尼若牟。首相臨死時口吟峨默詩句，便是這兩句『來如流水兮逝如風，不知何處來兮何所終』了。韓夫人又道，後來『山中老人』一派武功為波斯明教中人習得。波斯三使武功詭異古怪，料想便出於這山中老人。」

趙敏道：「老爺子，這個韓夫人的性兒，倒像那山中老人。你待她仁至義盡，她卻陰謀加害於你。」謝遜歎道：「世人以怨報德，原是尋常得緊，豈足深怪？」

趙敏低頭沉吟半晌，說道：「韓夫人位列明教四王之首，武功卻不見得高於老爺子啊。昨晚與波斯三使動手之際，她何以又不使千蛛萬毒手的毒招？」謝遜道：「千蛛萬毒手？韓夫人不會使啊。似她這等絕色美人，愛惜容顏過於性命，怎肯練這門功夫？」

張無忌、趙敏、周芷若等都是一怔，心想金花婆婆相貌醜陋，從她目前的模樣瞧來，即使再年輕三四十歲，也決計談不上「絕色美人」四字，鼻低唇厚、四方臉蛋、耳大招風，這面型是決計改變不來的。趙敏笑道：「老爺子，我瞧金花婆婆美不到那裏去啊。」

謝遜道：「甚麼？紫衫龍王美若天仙，二十餘年前乃是武林中第一美人，就算此時年事已高，當年風姿仍當彷彿留存……唉，我是再也見不到了。」

趙敏聽他說得鄭重，隱約覺得其中頗有蹊蹺，這個醜陋佝僂的病嫗，居然是當年武林中的第一美人，說甚麼也令人難以置信，問道：「老爺子，你名震江湖，武功之高，那是不消說的了。白眉鷹王自創教宗，與六大門派分庭抗禮，角逐爭雄逾二十年。青翼蝠王神出鬼沒，那日在萬安寺中威嚇於我，要毀我容貌，此後思之，常有餘悸。金花婆婆武功雖高，機謀雖深，但要位列三位之上，未免不稱，卻不知是何緣故？」

謝遜道：「那是殷二哥、韋四弟和我三人心甘情願讓她的。」

趙敏道：「為甚麼？」突然格格一笑，說道：「只因為她是天下第一美人，英雄難過美人關，三位大英雄都甘心拜服於石榴裙下麼？」她是番邦女子，不拘尊卑之禮，心中想到，便肆無忌憚的跟謝遜開起玩笑來。

謝遜竟不着惱，歎道：「甘心拜服於石榴裙下的，豈止三人而已？其時教內教外，盼獲黛綺絲之青睞者，便說一百人，只怕也說得少了。」趙敏道：「黛綺絲？那便是韓夫人麼？這名字好怪？」謝遜道：「她來自波斯，這是波斯名字。」

張無忌、趙敏、周芷若都吃了一驚，齊聲道：「她是波斯人麼？」

謝遜奇道：「難道你們都瞧不出來？她是中國和波斯女子的混種，頭髮和眼珠都是黑的，但高鼻深目，膚白如雪，和中原女子大異，一眼便能分辨。」

趙敏道：「不，不！她是塌鼻頭，瞇着一對小眼，跟你所說的全然不同。張公子，你說是不是？」張無忌道：「是啊。難道她也像苦頭陀一樣，故意自毀容貌？」

謝遜問道：「苦頭陀是誰？」張無忌道：「便是明教的光明右使范遙。」當下將范遙自毀容貌、到汝陽王府去臥底之事簡畧說了。謝遜歎道：「范兄此舉，苦心孤詣，大有功於本教，實非常人所能。唉，這一半也可說是出於韓夫人之所激啊。」

趙敏道：「老爺子，你別賣關子了，從頭至尾說給我們聽罷。」

謝遜「嗯」了一聲，仰頭向天，出神了半晌，緩緩說道：「二十餘年前，那時明教在陽教主統領之下，好生興旺。這日光明頂上突然來了三個波斯胡人，手持波斯總教教主手書，謁見陽教主。信中言道，波斯總教有一位淨善使者，原是中華人氏，到波斯後久居其地，入了明教，頗建功勛，娶了波斯女子爲妻。生有一女。這位淨善使者於一年前逝世，臨死時心懷故土，遺命要女兒回歸中華。總教教主尊重其意，遣人將他女兒送來光明頂上，盼中土明教善予照拂。陽教主自是一口答應，請那女子進來。那少女一進廳堂，登時滿堂生輝，但見她容色照人，明艷不可方物。當她向陽教主盈盈下拜之際，大廳上左右光明使、三法王、五散人、五行旗使，無不震動。護送她來的三個波斯人在光明頂上留了一宵，翌日便即拜別。這位波斯艷女黛綺絲便在光明頂上住了下來。」

趙敏笑道：「老爺子，那時你對這位波斯艷女便深深鍾情了，是不是？不用害羞，老老

「那碧水寒潭色作深綠，從上邊望不到二人相鬥的情形，但見潭水不住幌動。過了一會，幌動漸停，但不久潭水又激盪起來。明教羣豪都極爲擔心，眼見他二人下潭已久，在水底豈能長久停留？又過一會，突然一縷殷紅的鮮血從綠油油的潭水中滲將上來。衆人更是憂急，不知是不是黛綺絲受了傷。驀地裏忽喇一聲響，韓千葉從冰洞中跳了上來，不住的喘息。衆人見他先上，一齊大驚，齊問：『黛綺絲呢？黛綺絲呢？』只見他空着雙手，他那柄匕首卻插在他右胸，兩邊臉頰上各劃着一條長長的傷痕。

「衆人正驚異間，黛綺絲猶似飛魚出水，從潭中躍上，長劍護身，在半空中輕飄飄的轉了個圈子，這才落在冰上。羣雄歡聲大作。陽教主上前握住了她手，高興得說不出話來。誰都料想不到，這樣千嬌百媚的一個姑娘，水底功夫竟這般了得。黛綺絲向韓千葉瞧了一眼，說道：『爹爹，這人水性不差，念他爲父報仇的孝心，對教主無禮之罪，便饒過了罷？』陽教主自然答允，命神醫胡青牛替他療傷。

「當晚光明頂上大排筵席，人人都說黛綺絲是明教的大功臣，若非她挺身出來解圍，陽教主一世英名付於流水。當下安排職司，陽夫人贈了她個『紫衫龍王』的美號，和鷹王、獅王、蝠王三王並列。我們三王心甘情願讓她位列四王之首。她此日這場大功，可將三王過去的功績都蓋下去了。後來我們三個護教法王和她兄妹相稱，她便叫我『謝三哥』。

「不料碧水寒潭這一戰，結局竟大出各人意料之外。韓千葉雖然敗了，不知如何，竟然贏得了黛綺絲的芳心。想是她每日前去探傷，病榻之畔，因憐生愛，從歉種情，等到韓千葉傷愈，黛綺絲忽然稟明教主，要嫁與此人。

「各人聽到這個訊息，有的傷心失望，有的憤恨塡膺。這韓千葉當日逼得本教自教主以下人人狼狽萬狀，本教的護教法王豈能嫁與此人？有些脾氣粗暴的兄弟當面便出言侮辱。黛綺絲性子剛烈，仗劍站在廳口，朗聲說道：『從今而後，韓千葉已是我的夫君。那一位侮辱韓郎，便來試試紫衫龍王長劍！』衆人見事已如此，只有恨恨而散。

「她與韓千葉成婚，衆兄弟中倒有一大半沒去喝喜酒。只有陽教主和我感激她這場解圍之德，出力助她排解，使她平安成婚，沒出甚麼岔子。但韓千葉想入明教，終以反對的人太多，陽教主也不便過拂衆意。事過不久，陽教主夫婦突然同時失蹤，光明頂上人心惶惶。衆人四下追尋之際，有一晚光明右使范遙竟見韓夫人黛綺絲從秘道之中出來。」

張無忌一凜，道：「她從秘道中出來？」

謝遜道：「不錯。明教教規極嚴，這秘道只有教主一人方能去得。范遙驚怒之下，上前責問。韓夫人道：『我已犯了本教重罪，要殺要剮，悉聽尊便。』當晚羣豪大會，韓夫人仍然只是這幾句話。問她入秘道去幹甚麼，她說她不願撒謊，卻也不願吐露眞相；問她陽教主去了何處，她說一概不知，至於私入秘道之事，一人作事一身當，多說無益。按理她不是自刎，便當自斷一肢，但一來范遙舊情不忘，竭力替她遮掩，二來我在旁說情，羣豪才議定罰她禁閉十年，以思己過。那知黛綺絲說道：『陽教主不在此處，誰也管不着我。』」

張無忌問道：「義父，韓夫人私進秘道卻是爲何？」

謝遜道：「此事說來話長，教中只我一人得知。當時大家疑心多半與陽教主夫婦失蹤之事有關，但我力證絕無牽連。光明頂聖火廳中，羣豪說得僵了，終於韓夫人破門出教，說道張無忌在武當山上曾聽太師父說起過「九陰眞經」之名，知道峨嵋派創派祖師郭襄女俠之父郭靖、神鵰大俠楊過等人，都會九陰眞經上的武功，但經中功夫太過艱難，郭襄雖是郭靖的親生女兒，卻也未能學得，聽周芷若問起，心想：「難道她峨嵋派的創教祖師，畢竟也傳下了一些『九陰眞經』上的功夫麼？」

謝遜道：「故老相傳是這麼說，但誰也不知眞假。聽前輩們說得神乎其技，當今如果眞有誰學得這門武功，和無忌聯手應敵，波斯三使自是應手而除。」

周芷若「嗯」的一聲，便不再問。

趙敏問道：「周姑娘，你峨嵋派有人會這門武功麼？」周芷若道：「峨嵋派若有人具此神功，先師也不會喪身於萬安寺中了。」絕滅師太所以逝世，根源出於趙敏，周芷若對她痛恨已極，日日夜夜風雨同舟，卻從來跟她不交一語。此刻趙敏正面相詢，便頂撞了她一句。她性格溫文，這般說話，已是生平對人最不客氣的言語了。趙敏卻不生氣，只笑了一笑。

張無忌不住手的扳槳，忽然望着遠處叫道：「瞧，瞧！那邊有火光。」

各人順着他眼光望去，只見西北角上海天相接之處，微有火光閃動。謝遜雖無法瞧見，心下卻和衆人一般的驚喜，抄起木槳，用力划船。

那火光望去不遠，其實在大海之上，相隔有數十里之遙。兩人划了大半天，才漸漸接近。張無忌見火光所起之處羣山聳立，正是靈蛇島，說道：「咱們回來啦！」謝遜猛地裏「啊喲」一聲，叫了起來，說道：「爲甚麼靈蛇島火光燭天？難道他們要焚燒韓夫人麼？」

只聽得咕咚一聲，小昭摔倒在船頭之上。張無忌吃了一驚，縱身過去扶起，但見她雙目緊閉，已然暈去，忙拿揑她人中穴道將她救醒，問道：「小昭，你怎麼啦？」小昭雙目含淚，說道：「我聽說要將人活活燒死，我……我……心裏害怕。」張無忌安慰道：「這是謝老爺的猜測，未必眞是如此。就算韓夫人落入了他們手中，咱們立時趕去，多半還能趕得及相救。」小昭抓住他手，求懇道：「公子，我求求你，你一定要救韓夫人的性命。」張無忌道：「咱們大夥兒盡力而爲。」說着回到船尾，提起木槳，鼓動內勁，划得比前更快了。小昭抓起木槳，雖是雙手發顫，卻奮力划水。

趙敏忽道：「張公子，有兩件事我想了很久，始終不能明白，要請你指教。」張無忌聽她忽然客氣起來，奇道：「甚麼事？」趙敏道：「那日在綠柳莊外，我遣人攻打令外祖、楊左使各位，是這位小昭姑娘調派人馬抵擋。當眞是強將手下無弱兵，明教教主手下一個小小丫鬟，居然也有這等能耐，眞是奇了……」謝遜插口問道：「甚麼明教教主？」

趙敏笑道：「老爺子，這時候跟你說了罷，你那位義兒公子，乃是堂堂明教教主，你反倒是他的屬下。」謝遜將信將疑，一時說不出話來。趙敏便將張無忌如何出任教主之事簡畧說了一些，但許多細節她也不知。張無忌被謝遜問得緊了，無法再瞞，只得說了六大派如何圍攻光明頂、自己如何在秘道中獲得乾坤大挪移心法等情。

謝遜大喜，站起身來，便在船艙之中拜倒，說道：「屬下金毛獅王謝遜，參見教主。」

張無忌忙跪倒還禮，說道：「義父不必多禮。陽教主遺命，請義父暫攝教主職位。孩兒正苦於不克負荷重任，天幸義父無恙歸來，實是本教之福。咱們回到中土之後，教主之位，原是要請義父接任的。」謝遜黯然道：「你義父雖得歸來，但雙目已瞎，『無恙』兩字，是說不上的了。明教的首領，豈能由失明之人擔任？趙姑娘，你心中有那兩件事不明白？」

趙敏道：「我想請問小昭姑娘，那些奇門八卦、陰陽五行之術，是誰教的？你小小年紀，怎地會了這一身出奇的本事？」

小昭道：「這是我家傳武功，不值郡主娘娘一笑。」趙敏又問：「令尊是誰？女兒如此了得，父母必是名聞天下的高手。」小昭道：「家父埋名隱姓，何勞郡主動問？難道你想削我幾根指頭，逼問我的武功麼？」她小小年紀，口頭上對趙敏竟絲毫不讓，提到削指之事，更顯然意欲挑起周芷若敵愾同仇之心。

趙敏笑了笑，轉頭向張無忌道：「張公子，那晚咱們在大都小酒店中第二次敍會，苦頭陀范遙前來向我作別，他見到小昭姑娘之時，說了兩句甚麼話？」張無忌早將這件事忘了，聽她提起，想了一會，才道：「苦大師好像是說，小昭的相貌很像一個他相識之人。」趙敏道：「不錯。你猜苦大師說小昭姑娘像誰？」張無忌道：「我怎猜得到？」

說話之間，小船離靈蛇島更加近了，只見島西一排排的停了大船，每張白帆上都繪了個大大的紅色火燄，帆上都懸掛黑色飄帶。

張無忌皺眉道：「波斯總教勞師動衆，派來的人可不少啊。」趙敏道：「咱們划到島後，揀個隱僻的所在登陸，別讓他們發見了。」張無忌點頭道：「是！」

剛划出三四丈，突然間大船上號角嗚嗚，跟着砰砰兩聲，兩枚炮彈打將過來，一枚落在船左，一枚落在船右，激起兩條水柱，小船劇幌，幾乎便要翻轉。大船上有人叫道：「來船快划過來，如若不聽將令，立時轟沉。」

張無忌暗暗叫苦，心知適才這兩炮敵船志在示威，故意打在小船兩側，現下相距如此之近，敵人瞄準極易，當眞一炮轟在船中，六人無一得免，只得划動小船，慢慢靠過去。

三艘敵船的炮口緩緩轉動，對準小船。待小船靠近，大船上放下繩梯。張無忌道：「咱們上去，相機奪船。」謝遜摸到繩梯，第一個爬上大船。周芷若一言不發，俯身抱起殷離，從繩梯攀上船去。跟着便是小昭。張無忌抱了趙敏，最後一個攀上。只見船上一干人個個黃髮碧眼，身材高大，均是波斯胡人，那流雲使等三使卻不在其內。

一個會說中國話的波斯人問道：「你們是誰？到這裏來幹甚麼？」趙敏道：「我們飄洋遇險，座船沉沒，多蒙相救。」那波斯人將信將疑，轉頭向坐在甲板正中椅上的首領說了幾句波斯話。那首領向手下嘰哩咕嚕的吩咐幾句。

小昭突然縱身而起，發掌便向那首領擊去。那首領一驚，閃身避過，抓起坐椅，便向小昭砸來。張無忌沒料到小昭這麼快便即動手，身形一側，欺上三尺，伸指將那首領點倒，船上數十名波斯人登時大亂，紛紛抽出兵刃，圍了上來。這些人雖然均有武功，但與風雲三使相去可就極遠。張無忌右手扶着殷離，左手東點一指，西拍一掌。謝遜使開屠龍刀，周芷若揮動長劍，再加上小昭身形靈動，片刻之間，已將船上數十名波斯人料理了。十餘人被砍翻在甲板之上，七八人墮入海中，餘下盡數被點中了穴道。

霎時之間，海旁呼喊聲、號角聲亂成一片。其餘波斯船隻靠了過來，船上人衆便欲湧上相鬥。張無忌提起那波斯首領，躍上橫桁，朗聲叫道：「誰敢上來，我便將此人一掌劈死。」

只聽得各船上衆人大聲呼喊，張無忌雖一句也聽不懂，但見無人躍上船來，想來所擒之人頗有身分，對方心存顧忌，一時不敢來攻。

張無忌躍回甲板，剛放下那個首領，驀地裏背後錚的一聲響，一件兵刃砸了過來，急忙側身相避，反脚踢出，迎面一根聖火令擊到，左側又有一根橫掠而至。張無忌暗暗叫苦，心想風雲三使來得好快，叫道：「大家退入船艙。」提起那個首領，往一根聖火令上迎去。

輝月使急忙收令，但收招急促，下盤露出空隙，張無忌一腿掃去，險些踢中了她小腿。流雲、妙風兩使自旁急攻，迫使張無忌這一腿未能踢實。拆到第九招上，妙風使左手聖火令斜擊甩上，招數怪異無比，堪堪便要點中張無忌小腹。張無忌將那波斯首領的身子一沉。妙風使這一招使得古怪，張無忌這一下卻也是極其巧妙，只聽得拍的一聲響，這一記聖火令正好打在那波斯人的左頰之上。風雲三使齊聲驚呼，臉色大變，同時向後躍開，交談了幾句波斯話，突然躬身向張無忌手中的波斯人行禮，神色極是恭敬，跟着便即退回。

忽聽得號角聲此起彼落，一艘大船緩緩駛到，船頭上揷了十二面繡金大旗。船頭上設着十二張虎皮交椅，有一張空着，其餘十一張均有人乘坐。那大船駛到近處，便停住了。趙敏見空着的那張虎皮交椅排在第六，心念一動，說道：「咱們抓到的此人和大船上那十一人服色相同，看來是他們十二個大首領之一，他位居第六。」謝遜道：「十二個大首領？嗯，總教十二寶樹王齊來中土，非同小可。」趙敏問道：「甚麼十二寶樹王？」

謝遜道：「波斯總教教主座下，共有十二位大經師，稱爲十二寶樹王，身分地位相當於中土明教的四大護教法王。這十二寶樹王第一大聖，二者智慧，三者常勝，四者掌火，五者勤修，六者平等，七者信心，八者鎭惡，九者正直，十者功德，十一齊心，十二俱明。只是十二寶樹王以精研教義、精運經典爲主，聽說並不一定武功高強。這人位列第六，那麼是平等寶樹王了。」

張無忌在桅桿邊坐下，將平等王橫放在膝蓋之上，這人既在波斯總教中地位極高，自己一干人脫險求生，勢非着落在他身上不可。俯首見他左頰高高腫起，幸好非致命之傷。想是妙風使一令擊出，已知不對，急忙收力，加之這人也有相當內功，頗有抵禦之勁。周芷若和小昭收拾甲板上的衆波斯人，將已死的屍首搬入後艙，未死的一一排齊。只見十餘艘波斯大船四下圍住，各船上的大炮對準了張無忌等人的座船，每一艘船船舷上都站滿了波斯人，火把照耀下刀劍閃爍，密密麻麻的不知有多少人。張無忌暗暗心驚，別說各船開炮轟擊，這成千成百人一湧而上，自己便有三頭六臂，也是難以抵擋，縱能仗着絕頂武功脫困，但無論如何不能保護得旁人周全。殷離和趙敏身上有傷，更是危險。

只聽得一名波斯人以中國話朗聲說道：「金毛獅王聽了，我總教十二寶樹王俱在此間，你得罪總教之罪，諸寶樹王寬於赦免。你速速將船上諸位總教教友獻出，自行開船去罷。」謝遜笑道：「謝某又不是三歲小兒，我們一放俘虜，你們船上的大炮還不轟將過來嗎？」那人怒道：「你就算不放，我們的大炮便不能轟嗎？」

謝遜沉吟道：「我有三個條件，貴方答應了，我們便恭送這裏的總教教友上岸。」那人道：「甚麼條件？」謝遜道：「第一，此後總教和中土明教相親相敬，互不干擾。」那人道：「嗯，第二呢？」謝遜道：「你們放黛綺絲過船，免了她的失貞之罪，此後不再追究。」那人怒道：「此事萬萬不可。黛綺絲犯了總教大規，當遭焚身之刑，跟你們中土明教有甚麼相干？第三件是甚麼？」謝遜道：「你第二件事也不能答應，何況再說第三件？」那人道：「好！這第二事就算允了，第三件不妨說來聽聽。」

謝遜道：「這第三件嗎？那可易辦之至。你們派一艘小船，跟在我們的座船之後。駛出五十里後，我們見你們不派大船追來，便將俘虜放入小船，任由你們攜走。」

那人大怒，喝道：「胡說九道！胡說九道！」

謝遜等都是一怔，不知他說些甚麼。趙敏笑道：「此人學說中國話，可學得稀鬆平常。他以為胡說八道多一道，那便更加荒唐了。」謝遜和張無忌一想不錯，雖然眼前局勢緊迫，卻也忍不住哈哈大笑起來。

這位在「胡說八道」上加了一道的人物，乃是諸寶樹王中位居末座的俱明寶樹王。他聽得謝遜等嘻笑，更是惱怒，一聲呼哨，和位列第十一的齊心寶樹王縱身躍上船來。

張無忌搶上前去，左掌往齊心王胸口推去。齊心王竟不擋架，伸左手往他頭頂抓下。張無忌眼看自己這一掌要先打到他身上，那知俱明王從斜刺裏雙掌推到，接過了他這一掌，齊心王的手指卻直抓下來。張無忌向前急衝一步，方得避過，才知他二人攻守聯手，便如是個四手四腿之人一般。三人迅如奔雷閃電般拆了七八招。

張無忌心下暗驚，這二人比之風雲三使稍有不及，但武功仍是十分怪異，明明和乾坤大挪移的心法極為相似，可是一到使用出來，總是大為變形，全然無法捉摸，然以招數凌厲巧妙而言，卻又遠不及乾坤大挪移。似乎這二人都是瘋子，偶爾學到了一些挪移乾坤的武功，學得既不到家，又是神智昏亂，胡踢瞎打，常人反倒不易抵禦。但兩人聯守之緊密，和風雲三使如出一轍。張無忌勉力抵禦，只戰了個平手，預計再拆二三十招，方可佔到上風。

便在此時，風雲三使齊聲呼嘯，又攻上船來，同時趨向平等王，只盼將他搶回，以折免失手擊了他一令之罪。謝遜舉起平等王左右揮舞，劃成一個個極大的圈子。風雲三使這次如何敢貿然欺前？左趨右閃，想找尋空隙攻上。

驀地裏俱明王悶哼一聲，中腿摔倒。張無忌俯身待要擒拿，流雲使和輝月使雙令齊到，妙風使已抱起俱明王躍回己船。這時齊心王和雲月二使聯手，配合已不如風雲三使嚴謹，接戰數合，眼見難以取勝，三人幾聲唿哨，便即躍回。

張無忌定了定神，說道：「這一干人似乎學過挪移乾坤之術，偏又學得不像，當眞難以對付。」謝遜道：「本教的乾坤大挪移心法本是源於波斯。但數百年前傳入中土之後，波斯本國反而失傳，他們所留存的，據黛綺絲說只是些不三不四的皮毛，因此才派她到光明頂來，想偷回心法。」張無忌道：「他們武功的根基甚是膚淺，果然只是些皮毛，但運用之際卻又十分巧妙。顯然中間另有一個重大的關鍵所在，我沒揣摩得透。嗯，那挪移乾坤的第七層功夫之中，有一些我沒練成，難道便是爲此麼？」說着坐着甲板之上，抱頭苦思。謝遜等均不出聲，生怕擾亂他的思路。

忽然間小昭「啊喲」一聲驚呼，張無忌抬起頭來，只見風雲三使押着一人，走到了十一寶樹王之前。那人佝僂着身子，手撐拐杖，正是金花婆婆。坐在第二張椅中的智慧寶樹王向她喝問數語，金花婆婆側着頭，大聲道：「你說甚麼？我不懂。」智慧王冷笑一聲，站起身來，左手一探，已揭下了金花婆婆頂上滿頭白髮，露出烏絲如雲。金花婆婆頭一側，向左避讓，智慧王右手倏出，竟在她臉上揭下了一層面皮下來。

張無忌等看得清楚，智慧王所揭下的乃是一張人皮面具，剎那之間，金花婆婆變成了一個膚如凝脂、杏眼桃腮的美艷婦人，容光照人，端麗難言。

黛綺絲被他揭穿了本來面目，索性將拐杖一拋，只是冷笑。智慧王說了幾句話，她便以波斯話對答。二人一問一答，但見十一位寶樹王的神色越來越是嚴重。

趙敏忽問：「小昭姑娘，他們說些甚麼？」小昭流淚道：「你很聰明，你甚麼都知道。卻幹麼事先不阻止謝老爺子別說？」趙敏奇道：「阻止他別說甚麼？」

小昭道：「他們本來不知金花婆婆是誰，後來知道她是紫衫龍王了，但決計想不到紫衫龍王便是聖女黛綺絲。婆婆一番苦心，只盼能將他們騙倒。謝老爺子所提的第二個條款，卻要他們釋放聖女黛綺絲，雖是好心，可就瞞不過智慧寶樹王了。謝老爺子目不見物，自不知金花婆婆裝得多像，任誰也能瞞過。趙姑娘，你卻瞧得清清楚楚，難道便想不到麼？」

其實趙敏聽了謝遜在海上所說的故事，心中先入爲主，認定金花婆婆便是波斯明教的聖女黛綺絲，一時可沒想到在波斯諸人眼中，她的眞面目卻並未揭破。她待要反唇相稽，但聽小昭語音十分悲苦，隱隱已料到她和金花婆婆之間必有極不尋常的關連，不忍再出重言，只道：「小昭妹子，我確是沒想到。若是有意加害金花婆婆，教我不得好死。」

謝遜更是歉仄，當下一句話也不說，心中打定了主意，寧可自己性命不在，也得相救黛綺絲出險。

小昭泣道：「他們責備金花婆婆，說她既嫁人，又叛教，要……要燒死她。」張無忌道：「小昭，你別着急，一有可乘之機，我便衝過去救婆婆出來。」他叫慣了婆婆，其實此時瞧紫衫龍王的本來面目，雖已中年，但風姿嫣然，實不減於趙敏、周芷若等人，倒似是小昭的大姊姊。小昭道：「不，不！十二個寶樹王，再加風雲三使，你鬥他們不過的，不過枉自送了性命。他們這時在商量如何奪回平等王。」

趙敏恨恨的道：「哼！這平等王便活着回去，臉上印着這幾行字，醜也醜死啦。」張無忌問道：「甚麼臉上印着字？」趙敏道：「那黃鬍子使者的聖火令一下子打中了他左頰……啊，小昭！」突然想起一事，問道：「小昭妹子，你識波斯字麼？」小昭道：「識得。」趙敏道：「你快瞧瞧，這平等王臉上印着的是甚麼字。」

小昭搬起平等王上身，側過他的頭來，只見他左頰高高腫起，三行波斯文深印肉裏。原來每根聖火令上都刻得有文字，妙風使誤擊平等王，竟將聖火令上的文字印在他的肌肉上了。只是聖火令着肉處不過兩寸寬、三寸長，所印文字殘缺不全。

小昭跟隨張無忌進入光明頂秘道，曾將乾坤大挪移心法背誦幾遍，雖然未得張無忌吩咐，自己未曾習練，但這武功的法門卻記得極熟，其時張無忌在秘道中練至第七層心法時遇有疑難，跳過費解之處不練，小昭曾一一記誦，這時看了平等王臉上的文字，不禁脫口而呼：「那也是乾坤大挪移心法！」

張無忌奇道：「你說是乾坤大挪移心法？」小昭道：「不，不是！我初時一見，以為是了，卻又不是。譯成中國話，意思是這樣：『應左則前，須右乃後，三虛七實，無中生有』……甚麼『天方地圓……』下面的看不到了。」

這幾句寥寥十餘字的言語，張無忌乍然聽聞，猶如滿天烏雲之中，驟然間見到電光閃了幾閃，雖然電光過後，四下裏仍是一團漆黑，但這幾下電閃，已讓他在五里濃霧之中看到了出路，口中喃喃唸道：「應左則前，須右乃後……」竭力想將這幾句口訣和所習乾坤大挪移的武功配合起來，隱隱約約的似乎想到了，但似是而非，終究不對。

忽聽得小昭叫道：「公子，留神！他們已傳下號令：風雲三使要來向你進攻，勤修王、鎮惡王、功德王三王來搶平等王。」

謝遜當即將平等王身子橫舉在胸口，把屠龍刀拋給張無忌，說道：「你用刀猛砍便是。」趙敏也將倚天劍交了給周芷若，此刻同舟共濟，並肩迎敵要緊。

張無忌接過屠龍刀，心不在焉的往腰間一插，口中仍在念誦：「三虛七實，無中生有……」趙敏急道：「小獃子，這當兒可不是參詳武功的時候，快預備迎敵要緊。」

一言甫畢，勤修、鎮惡、功德三王已縱身過來，伸掌向謝遜攻去。他三人生怕傷了平等王，是以不用兵刃，只使拳掌，只要有一人抓住了平等王的身子，便可出力搶奪。周芷若守在謝遜身旁，每逢勢急，挺劍便向平等王身上刺去。勤修王、鎮惡王等不得不出掌向周芷若相攻，以免她手中利劍刺中了平等王。

那邊廂張無忌又和風雲三使鬥在一起。他四人數次交手，各自吃過對方的苦頭，誰也不敢大意。數合之後，輝月使一令打來，依照武學的道理，這一招必須打在張無忌右肩，那知聖火令在半途古古怪怪的轉了個彎，拍的一響，竟打中在他後頸。

張無忌一陣劇痛，心頭卻登時雪亮，大叫：「須右乃後，須右乃後，對了，對了！」頃刻間已然省悟，風雲三使所會的，只不過是挪移乾坤第一層中的入門功夫，但聖火令上另刻得有詭異的變化用法，以致平添奇幻。他心念一轉之間，小昭所說的四句口訣已全然明白，只是「天方地圓」甚麼的還無法參悟，心想須得看齊聖火令上的刻字，方能通曉波斯派武功的精要。

他突然間一聲清嘯，雙手擒拿而出，「三虛七實」，已將輝月使手中的兩枚聖火令奪了過來，「無中生有」，又將流雲使的兩枚聖火令奪到。兩人一呆之際，張無忌已將四枚聖火令揣入懷中，雙手分別抓住兩人後領，將兩人擲出。

波斯羣胡吶喊叫嚷聲中，妙風使縱身逃回己船。此時張無忌明白了對方武功的竅訣，雖然所解的仍極有限，但妙風使的武功在他眼中已全無神秘之可言，右手一探，已抓住他左脚，硬生生將他在半空中拉了回來，挾手奪下聖火令，舉起他身子便往鎭惡王頭頂砸落。三王大驚，打個手勢，便即躍回。張無忌點了妙風使穴道，擲在脚邊。

他這下取勝，來得突兀之至，頃刻之間便自下風轉爲上風，趙敏等無不驚喜，齊問原由。張無忌笑道：「若非陰差陽錯，平等王臉上吃了這一傢伙，那可糟糕得緊了。小昭，你快將這六根聖火令上的字譯給我聽，快，快！」

各人瞧這六枚聖火令時，但見非金非玉，質地堅硬無比，六令長短大小各不相同，似透明，非透明，令中隱隱似有火燄飛騰，實則是令質映光，顏色變幻。每一枚令上刻得有不少波斯文字，別說參透其中深義，便是譯解一遍，也得不少時光。

但張無忌心知欲脫眼前之困，非探明波斯派武功的總源不可，向周芷若道：「周姑娘，請你以倚天劍架在平等王頸中。義父，請你以屠龍刀架在妙風使頸中，儘量拖延時刻。」

謝遜和周芷若點頭答應。

小昭拿起六枚聖火令，見最短的那一枚上文字最少，又是黑黝黝的最不起眼，便將其上文字一句句的譯解出來。張無忌聽了一遍，卻一句也不懂，苦苦思索，絲毫不明其意，不由得大急。

趙敏道：「小昭妹子，你還是先解打過平等王的那根聖火令。」這一言提醒了小昭，忙核對聖火令上的文字，見是次長的那一根，當即譯解其意，這一次張無忌卻懂了十之七八。待得一根解完，再解最長那一根時，張無忌只聽得幾句，喜道：「小昭，這六枚聖火令上的文字，越長的越淺。這一根上說的都是入門功夫。」

原來這六枚聖火令乃當年波斯「山中老人」霍山所鑄，刻着他畢生武功精要。六枚聖火令和明教同時傳入中土，向為中土明教教主的令符，年深日久之後，中土明教已無人識得波斯文字。數十年前，聖火令為丐幫中人奪去，輾轉為波斯商賈所得，復又流入波斯明教。波斯總教鑽研其上文字，數十年間，教中職份較高之輩人人武功陡進。只是其上所記武功博大精深，便是修為最高的大聖寶樹王，也只學得三四成而已。

至於乾坤大挪移心法，本是波斯明教的護教神功，但這門奇妙的武功卻不是常人所能修習。波斯明教的教主規定又須由處女擔任，百年間接連出了幾個庸庸碌碌的女教主，心法傳下來的便十分有限，反倒是中土明教尚留得全份。波斯明教以不到一成的舊傳乾坤大挪移武功，和兩三成新得的聖火令武功相結合，變出一門古怪奇詭的功夫出來。

張無忌盤膝坐在船頭，小昭將聖火令上的文字，一句句的譯與他聽。這聖火令中所包含的武功原來奇妙無比，但一法通，萬法通，諸般深奧的學問到了極處，本是殊途同歸。張無忌深明九陽神功、挪移乾坤、以及武當派太極拳的拳理，聖火令上的武功雖奇，究不過是旁門左道之學而達於巔峯而已，說到宏廣精深，遠遠不及上述三門武學。張無忌聽小昭譯完六枚聖火令上的文字，倉卒間只記得了七八成，所明白的又只五六成，但僅此而言，寶樹諸王和風雲三使所顯示的功夫，在他眼中已是瞭如指掌，不值一哂。

時光一刻一刻的過去，他全心全意浸潤於武學的鑽研之中，無暇顧及身外之務，但趙敏和周芷若等卻焦急萬狀，眼見黛綺絲手脚之上都加上了銬鐐；眼見十一寶樹王聚頭密議；眼見十一王脫下長袍，換上軟甲；眼見十一王的左右呈上十一件奇形怪狀的兵器；眼見前後左右一艘艘船上排滿了波斯胡人；眼見這些胡人彎弓搭箭，將箭頭對準了自身；眼見十名波斯人手執斧鑿，跳入水中，只待首領令下，便來鑿沉己方的座船。

只聽得居中而坐的大聖寶樹王大喝一聲，四面大船上鼓動雷響，號角齊鳴。

張無忌吃了一驚，抬起頭來，只見十一位寶樹王各披燦爛生光的金甲，手執兵刃，跳上船來。謝遜和周芷若分執刀劍，架在平等王和妙風使的頸中。十一王見此情景，跳上船頭之後，卻也不敢便此逼近，環成半月形，虎視眈眈，伺機而動。周芷若、趙敏等見這十一王形相猙獰，身材高大，心下都甚是害怕。

智慧王以中國話說道：「爾等快快送出我方教友，便可饒爾等不死。這幾個教友在吾人眼中，猶如豬狗一般，爾等用刀架在彼人頸中，又有何用？爾等有膽，儘可將彼人殺了。波斯聖教之中，此等人成千成萬，殺之一兩個有何足惜？」

趙敏說道：「爾等不必口出大言，欺騙吾人。吾人知悉，這二人一個乃平等寶樹王，一個乃妙風使。在爾等明教之中，地位甚高者。爾等說彼人猶如豬狗一般，爾言差矣，大大之差矣！」那智慧王所說的中國話是從書本上學來，「爾等」「彼人」云云，大爲不倫不類。趙敏模仿他的聲調用語，謝遜等聽了，雖然身處危境，卻也忍不住微笑。

智慧王眉頭一皺，說道：「聖教之中，共有三百六十位寶樹王，平等王排名第三百五十九。吾人有使者一千二百人，這妙風使武功平常，毫無用處，爾等快快將彼人殺了。」

趙敏道：「很好，很好！手執刀劍的朋友，快快將這兩個無用之人殺了。」謝遜道：「遵命！」舉起屠龍刀，呼的一聲便向平等王頭頂橫劈過去。

衆人驚呼聲中，屠龍刀從他頭頂掠過，距頭蓋不到半寸，大片頭髮切削下來，被海風一吹，飄浮空中。謝遜手臂一提，左一刀、右一刀，向平等王兩肩砍落。眼看每一刀均要切掉他的一條臂膀，但刀鋒將要及身，便手腕微偏，將他雙臂衣袖切下了一片。這三下硬砍猛劈，部位竟如此準確，別說是盲眼之人，便雙目完好，也極爲難能。

平等王死裏逃生，嚇得幾欲暈去。十一寶樹王、風雲三使目瞪口呆，撟舌不下。

趙敏說道：「爾等已見識了中土明教的武功。這位金毛獅王，在中土明教中排名第三千五百零九。爾等倘若恃衆取勝，中土明教日後必去波斯報仇，掃蕩爾等總壇，爾等必定抵擋不住，還是及早兩家言和的爲是。」

智慧王明知趙敏所言不實，但一時卻也無計可施。那大聖寶樹王忽然說了幾句話。小昭叫道：「張公子，他們要鑿船。」

張無忌心中一凜，倘若座船沉了，諸人不識水性，非束手成擒不可，身形一幌，已欺到了大聖王的身前。智慧王喝道：「爾幹甚麼？」兩旁功德王和掌火王手中的一鞭一鎚同時砸將下來。此時張無忌早已熟識波斯派的武功，不躲不閃，雙手伸出，已抓住了兩王咽喉。只聽得噹的一聲響，功德王的鐵鞭和掌火王的八角鎚相互撞擊，火花飛濺，兩人已被他抓住咽喉要穴，橫拖倒曳的拉了過來。混亂之中張無忌連環踢出四腿，兩脚踢飛了齊心王和鎭惡王手中的大砍刀，又兩脚將勤修王和俱明王踢入水中。

只見一個身形高瘦的寶樹王撲將過來，雙手各執短劍，刺向張無忌胸口。

張無忌又飛起一脚，踢他手腕。那人雙手突然交叉，刺向張無忌小腹。這一招變得靈動之極，張無忌急忙躍起，方始避過。原來此人是常勝寶樹王，於波斯總教十二王中武功第一。張無忌揑閉了功德王和掌火王的穴道，將兩王拋入船艙，猱身而上，和常勝王手中雙劍搏擊。此人雖然同是十二王之一，但武功之強，與餘王大不相同。張無忌攻三招，守三招，三進三退，暗暗喝采：「好一個了得的波斯胡人！」

他明白了聖火令上的武功心法之後，未經練習，便遭逢強敵，當下一面記憶思索，一面和常勝王搏鬥。最初十餘招間，仗着內力深厚、招數巧妙，保持個不勝不敗之局，到得二十餘招後，聖火令上的秘訣用在乾坤大挪移功夫上，越來越得心應手。常勝王號稱「常勝」，生平從未遇過對手，此刻卻被對方尅制得縛手縛脚，那是從所未有之事，又是驚異，又是害怕。鬥到三十餘招，張無忌踏上一步，忽地在甲板上一坐，已抱住了常勝王小腿。這招怪異的法門原爲聖火令上所記，但已是極高深的功夫，常勝王雖然知道，卻從不敢用。張無忌一抱之下，十指扣住了他小腿上的「中都」「築賓」兩穴，都是中土武功的拿穴之法。常勝王只覺下半身酸痲難動，長歎一聲，束手就擒。

張無忌忽起愛才之念，說道：「爾武功甚佳。余保全爾的英名，快快回去罷。」說着雙手放開。常勝王又是感激，又是羞愧，躍回座船。

大聖王見常勝王苦戰落敗，功德王和掌火王又失陷敵手，就算將敵人座船鑿沉，投鼠忌器，平等王等四人非喪命不可，當下一聲號令，呼召衆人，回歸己方座船。

趙敏朗聲說道：「爾等快快將黛綺絲送上船來，答應金毛獅王的三個條件。」

餘下九名寶樹王低聲商議了一陣。智慧王道：「要答應爾等條欵，也無不可。這位年輕公子的武功明明是吾人波斯一派，彼從何處學得，吾人有點不明不白。」

趙敏忍住了笑，莊容說道：「爾等本來不明不白，不清不楚，不乾不淨，不三不四。這位年輕公子是本敎光明使座下的第八位弟子。他的七位師兄，七位師弟不久便到，那時候彼等七上八落，爾等便不亦樂乎、嗚呼哀哉了。」

智慧王本極聰明，但華語艱深，趙敏的話他只懂得個六七成，情知她在大吹法螺，微一沉吟，便道：「好！將黛綺絲送過船去。」

兩名波斯教徒架起黛綺絲，送到張無忌船頭。周芷若長劍一振，叮叮兩聲，登時將她手上的銬鐐切斷了。那兩名波斯教徒見此劍如此鋒利，嚇得打個寒戰，急忙躍回船去。

智慧王道：「爾等快快開船，回歸中土。吾人只派小船，跟隨爾等之後。」

張無忌抱拳說道：「中土明教源出波斯，爾我情若兄弟，今日一場誤會，敬盼各位不可介意。日後請上光明頂來，雙方杯酒言歡。得罪之處，兄弟這裏謝過了。」

智慧王哈哈笑道：「爾武功甚佳，吾人極是佩服。學而時習之，不亦說乎？有朋自遠方來，不亦樂乎？七上八落，不亦樂乎？」

張無忌等起初聽他掉了兩句書包，心想此人居然知道孔子之言，倒是不易，不料接下去竟是學着趙敏說過的兩句話，忍不住都大笑起來。趙敏道：「爾的話說得很好，人之異於波斯人者，幾希！祝爾等多福多壽，來格來饗，禍延先考，無疾而終。」

智慧王懂得「多福多壽」四字的意思，料想下面的也均是祝禱之辭，笑吟吟的連聲說道：「多謝，多謝！」

張無忌心想趙敏說得高興起來，不知還有多少刁鑽古怪的話要說，身居虎狼之羣，夜長夢多，還是及早脫離險境爲是，當下拔起鐵錨，轉過船舵，扯起風帆，將船緩緩駛了出去。四周船上的波斯人見他起錨扯帆，一個人做了十餘名水手之事，神力驚人，盡皆喝釆。

只見一艘小船拋了一條纜索過來，張無忌將那纜索縛在後梢，拖了小船漸漸遠去。小船中坐著二人，一男一女，正是流雲使和輝月使。

張無忌掌着船舵，向西行駛，見波斯各艘大船並不追來，駛出數里，遠眺靈蛇島旁諸船已小不逾尺，仍然停着不動，這才放心。

當下要小昭過來掌舵，到艙中察看殷離傷勢，見她兀自迷迷糊糊的半睡半醒，雖然未見好轉，病情卻也並沒更惡，心想待會在這波斯大船之中，或可尋到藥物。

黛綺絲站在船頭眼望大海，聽到張無忌走上甲板，卻不回頭。張無忌見她背影曼妙，秀髮飄拂，後頰膚若白玉，謝遜說她當年乃武林中第一美人，此言當眞不虛，遙想光明頂上，碧水潭畔，紫衫如花，長劍勝雪，不知傾倒了多少英雄豪傑。

航到傍晚，算來離靈蛇島已近百里，向東望去，海面上並無片帆隻影，波斯總教顯是在要脅之下，不敢追來。張無忌道：「義父，咱們可放了他們麼？」謝遜道：「好罷！他們便是要追，也追不上了。」張無忌解開平等、功德、掌火三王及妙風使的穴道，連聲致歉，放他們躍入拖在船梢的小船中。

妙風使道：「這聖火六令是吾人掌管，失落後其罪非小，也請一併交還。」謝遜道：「聖火令是中土明教主令符，今日物歸原主，如何能再讓你們携去。」妙風使絮絮不休，堅要討還。

張無忌心想今日須得折服其心，免得日後更多後患，說道：「我們便交還於你，你本領太低，還是無法保有。與其被外人奪去，還是存在明教手中的好。」妙風使道：「外人怎能隨便奪去？」張無忌道：「你若不信，那就試試。」將六根聖火令交了給他。妙風使大喜，剛說得一聲：「多謝！」張無忌左手輕勾，右手一引，已將六根聖火令一齊奪了過來。

妙風使大吃一驚，怒道：「我尚未拿穩，這個不算。」張無忌笑道：「再試一次，那也不妨。」又將聖火令還了給他。

妙風使先將四枚聖火令揣入懷中，手中執了兩根，見張無忌出手來奪，左手一令往他手腕上砸將下來。張無忌手腕一翻，已抓住他右臂，拉着他手臂迎將上去，雙令交擊，錚的一聲響，震得人心旌搖動。張無忌渾厚的內力從他手臂上傳將過去，這一擊之下，妙風使兩臂酸痛，全身乏力，便如癱瘓，撒手將聖火令抛在甲板之上。

張無忌先從他懷中取出四枚聖火令，又拾起甲板上的兩枚，說道：「如何？是否再要試一次？」妙風使臉如死灰，喃喃的道：「你不是人，你是魔鬼，你是魔鬼！」舉步待要躍入小船，但一個踉蹌，軟癱跌倒。流雲使躍將上來，抱了他過去。

小船上扯起風帆。功德王拉住船纜，雙手一拉，拍的一響，船纜崩斷，大小二船登時分開。張無忌抱拳說道：「多多得罪，還祈各位見諒。」功德王等人眼中充滿了怨毒之意，掉頭不答。

大船乘風西去，兩船漸距漸遠。忽聽得黛綺絲叱道：「賊子敢爾！」縱身而起，躍入海中，張無忌吃了一驚，急忙轉舵。只見一股血水從海中湧了上來，跟着不遠處又湧上一股血水，頃刻間共有六股血水湧上。忽喇一響，黛綺絲從水中鑽出，口中咬着一柄短刀，右手抓住一個波斯人的頭髮，踏水而來。張無忌忙轉舵將船迎去。但那船船身太大，顧得了轉舵，顧不得落帆，一時在海中慢慢打轉。紫衫龍王在海中捷若游魚，不多時游到船旁，左手在船邊鐵錨的錨爪上一借力，身子飛起，連着那波斯人一起上了甲板。

眾人心下了然，知道波斯人暗藏禍心，待功德王等一干人過了小船，扯起風帆作為遮掩，暗放熟識水性之人潛到大船之旁，意圖鑿沉張無忌等的座船。虧得紫衫龍王見到船旁潛水人吐氣的水泡，躍入海中，殺了六人，還擒得一名活口。

正待審問那潛水波斯人，驀地裏船尾轟隆一聲巨響，黑烟瀰漫。船身震盪，如中炮擊，後梢上木片紛飛。張無忌等只感一陣炙熱，忙一齊伏低。

黛綺絲叫道：「好奸惡！」搶到後梢，只見船尾炸了一個大洞，船舵已飛得不知去向，破洞中海水滾滾湧入。黛綺絲用波斯話向那被擒的波斯人問了幾句，手一起掌，將他天靈蓋擊得粉碎，踢入海中，說道：「我只發覺他們鑿船，沒料到他們竟在船尾綁上了炸藥。」這時功德王等人所乘的小船早已去得遠了，黛綺絲水性再好，也已無法追上。

眾人黯然相對，束手無策。趙敏向張無忌淒然望一眼，心想：「敵船不久便即追上，我等當眞是死無葬身之地了。」那大海船船身甚大，一時三刻之間卻也不易沉沒。

忽然之間，黛綺絲幾哩咕嚕的向小昭說起波斯話來，小昭也以波斯話回答，兩人一問一答，臉上神色變幻不定。只見小昭向張無忌瞧了一眼，雙頰暈紅，甚是靦覥。黛綺絲卻厲聲追問。兩人說了半天，似乎在爭辯甚麼，後來黛綺絲似乎在力勸小昭答應甚麼，小昭只是搖頭不允，忽向張無忌瞧了一眼，歎了口氣，說了兩句話。黛綺絲伸手摟住了小昭，不住吻她。兩人一齊淚流滿面。小昭抽抽噎噎的哭個不住，黛綺絲卻柔聲安慰。

張無忌、趙敏、周芷若三人面面相覷，全然不解。趙敏在張無忌耳邊低聲道：「你瞧，她二人相貌好像！」張無忌一凜，只見黛綺絲和小昭都是清秀絕俗的瓜子臉，高鼻雪膚，秋波流慧，眉目之間當眞有六七分相似，只是小昭的容貌之中，波斯胡人的氣息只餘下淡淡影子，黛綺絲卻一見便知不是中土人氏。他立時想起苦頭陀范遙在大都小酒店中對小昭所說的那兩句話：「眞像，眞像！」原來所謂「眞像」，乃是說小昭的相貌眞像紫衫龍王。那麼小昭是黛綺絲的妹妹麼？是她的女兒麼？

張無忌跟着又想起楊逍、楊不悔父女對小昭的加意提防，每當問到楊逍何以對小昭這麼一個小姑娘竟然如此忌憚，似當大敵，他卻又語焉不詳。這時方始明白，原來楊逍也已瞧出小昭的容貌和紫衫龍王頗爲相似，只是並無其他佐證，又見張無忌對她加意迴護，是以不便明言。至於小昭故意扭嘴歪鼻，苦心裝成醜女模樣，其用意更是昭然若揭了。

突然之間，他又想起了一事：「小昭混上光明頂去幹甚麼？她怎麼知曉秘道的入口？那定是紫衫龍王要她去的，用意顯是在盜取乾坤大挪移心法。她作我小婢，相伴幾已兩年，我從來對她不加防備，這份心法她先已看過，此後要再抄錄一通，當眞易如探囊取物。啊喲！我只道她是個天眞爛漫的小姑娘，那料到她如此工於心計。我這兩年來如在夢中，一直墮在她的彀中而絲毫不覺。張無忌啊張無忌，你一生輕信，時受人愚，竟連這小小丫頭也將我玩弄於掌股之上。」想到這裏，不禁大是氣惱。

便在此時，小昭的眼光向他望了過來。張無忌見她眼色中柔情無限，實非作僞，心下又怦然一動，想起光明頂上對戰六大派時，她曾捨身相護自己，兩年來她細心熨貼的服侍，決不能是事事相欺，莫非冤枉了她？正自遲疑，船身劇烈一震，又沉下了一大截。

黛綺絲道：「張教主，你們各位不必驚慌。待會波斯人的船隻到來，我和小昭自有應付之方。紫衫龍王雖是女流之輩，也知一人作事一身當，決不致連累各位。張教主和謝三哥待我義重如山。黛綺絲這裏謝過了。」說着盈盈拜倒。張無忌和謝遜急忙還禮，均想：「這些波斯人行事歹毒，待會定當將你抓去燒死，也不會放過了咱們。」

座船漸漸下沉，艙中進水。張無忌抱起趙敏，周芷若抱起殷離，各人爬上桅桿。

小昭忽向東方一指，哭出聲來。各人向她手指之處望去，只見遠處海面上帆影點點。過不多時，帆影漸大，正是十餘艘波斯大船鼓風追來。

張無忌心想：「倘若我是黛綺絲，與其身遭火焚之苦，還不如跳在海中，自盡而死。」然見她神色泰然，毫不驚懼，不禁佩服：「她身居四大法王之首，果非尋常。想當年鷹王、獅王、蝠王都已是成名的年長豪傑，她以一個妙齡少女，位居三王之上，也不能僅因一日之功而得，自當另有過人之處。」眼見波斯羣船漸漸駛近，又想：「我得罪諸寶樹王不小，既然落入他們手中，也不盼望再能活命。只是如何想個法兒，護得義父和趙姑娘、周姑娘、表妹她們周全。小昭，小昭，唉，寧可你對我不義，不可我待你不仁。」

只見十餘艘波斯大船漸漸駛近，船上炮口一齊對準了沉船的桅桿，駛到離沉船二十餘丈處，便即落帆下錨。

只聽得智慧王哈哈大笑，得意非凡，叫道：「爾等降不降了？」張無忌朗聲道：「中土義士，寧死不屈，豈有降理？是好漢子便武功上決一強弱。」智慧王笑道：「大丈夫鬥智不鬥力哉，快快束手待擒焉！」

黛綺絲突然朗聲說了幾句波斯話，辭氣極是嚴正。智慧王一怔，也答以幾句波斯話。兩人一問一答，說了十幾句話，那大聖王也接嘴相詢。又說了幾句，大船放下一艘小船，八名水手划槳，駛了過來。

黛綺絲說道：「張教主，我和小昭先行過去，請你們稍待片刻。」

謝遜厲聲道：「韓夫人，中土明教待你不薄。本教的安危興衰，繫於無忌一人之身。你若出賣我們，謝某命不足惜。要是損及無忌毫髮，謝某縱爲厲鬼，也決不饒你。」

黛綺絲冷笑道：「你義兒是心肝寶貝，我女兒便是瓦石泥塵麼？」說着挽了小昭之手，輕輕一躍，落入了小船。八名水手揮槳如飛，划向波斯大艦去了。

各人聽了她這兩句話，都是一怔。趙敏道：「小昭果然是她女兒。」

遠遠望見黛綺絲和小昭上了大船，站在船頭，和諸寶樹王說話，自己座船卻不住下沉，桅桿一寸一寸的低下。

謝遜歎道：「非我族類，其心必異。無忌孩兒，我識錯了韓夫人，你識錯了小昭。無忌，大丈夫能屈能伸，咱們暫忍一時之辱，再行俟機逃脫。你肩頭挑着重擔，中原千萬百姓，均盼我明教高舉義旗，驅除韃子，一當時機到來，你自行脫身，決不可顧及旁人。你是一教之主，這中間的輕重大小，可要分辨清楚了。」張無忌沉吟未答。趙敏呸了一聲，道：「自己性命不保了，還甚麼韃子不韃子的。你說蒙古人好呢，還是波斯人好？」

周芷若一直默不作聲，這時忽道：「小昭對張公子情意深重，決不致背叛他。」

趙敏道：「你不見紫衫龍王一再逼迫她麼？小昭先是不肯，最後被逼得緊了，終於肯了，還假惺惺地大哭一場呢。」

這時桅桿離海面已不過丈餘，海中浪濤潑了上來，濺得各人頭臉皆濕。趙敏忽然笑道：「張公子，咱們和你死在一起倒也乾淨。小昭陰險狡獪，反倒不能跟咱們一起死。」這幾句話雖以玩笑口吻出之，但含意情致纏綿。

張無忌聽得甚是感動，心道：「我不能同時娶她們爲妻，但得和她們同時畢命，也不枉了。」看看趙敏，看看周芷若，又看看懷中的殷離。只見殷離仍然昏迷不醒，趙周二女均是雙頰酡紅，臉上濺着點點水珠，猶似曉露中的鮮花，趙女燦若玫瑰，周女秀似芝蘭，霎時之間，心中反感平安喜樂。

忽聽得十餘艘大船上的波斯人齊聲高呼。張無忌等吃了一驚，凝目望去。只見每艘船上的波斯人一齊拜伏在甲板之上，向着大艦行禮。大艦上諸寶樹王也是伏在船頭，中間椅上端坐一人，倒似是小昭模樣，只是隔得遠了，瞧不清楚。張無忌等驚疑不定，不知這些波斯人在搗甚麼鬼。羣胡呼喊了一陣，站起身來，仍是不斷的叫喊，喊聲中顯是充滿歡愉，倒似是遇到了甚麼大喜慶事一般。

過了一會，那小船又划了過來，船中坐的赫然正是小昭。她招手說道：「張公子，各位請同到大艦之上。波斯明教決計不敢加害。」趙敏問道：「爲甚麼？」小昭道：「各位過去便知。若有相害之意，小昭如何對得起張公子？」

謝遜忽道：「小昭，你做了波斯明教的教主麼？」

小昭低眉垂首，並不回答，過了片刻，大大的眼中忽然掛下兩顆晶瑩的淚水。

霎時之間，張無忌耳中嗡的一響，一切前因後果已猜到了七八成，心下又是難過，又是感激，說道：「小昭，你這一切都是爲了我！」小昭側開頭，不敢和他目光相對。

謝遜歎道：「黛綺絲有女如此，不負了紫衫龍王一世英名。無忌，咱們過去罷。」說着躍入小船。接着周芷若抱起殷離，跳了過去，張無忌也抱着趙敏入船。

八名水手掉過船頭，划向大艦。離大艦尙有十餘丈，諸寶樹王已一齊躬身迎接教主。衆人登上大艦，小昭吩咐了幾句，早有人恭恭敬敬的送上面巾、食物，分別帶着各人入艙換去濕衣。

張無忌見他所處的那間房艙極是寬敞，房中珠光寶氣，陳設着不少珍物，剛抹乾身上沾濕的海水，呀的一聲，房門推開，進來一人，正是小昭。她手上拿着一套短衫褲，一件長袍，說道：「公子，我服侍你換衣。」無忌心中一酸，說道：「小昭，你已是總教的教主，說來我還是你的屬下，如何可再作此事？」小昭求道：「公子，這是最後的一次。此後咱們東西相隔萬里，會見無日，我便是再想服侍你一次，也是不能的了。」張無忌黯然神傷，只得任她和平時一般助他換上衣衫，幫他扣上衣鈕，結上衣帶，又取出梳子，替他梳好頭髮。

張無忌見她淚珠盈盈，突然間心中激動，伸手將她矯小的身軀抱在懷裏。小昭「嚶」的一聲，身子微微顫動。張無忌在她櫻唇上深深印了一吻，說道：「小昭，初時我還怪你欺騙於我，沒想到你竟待我這麼好。」

小昭將頭靠在他寬廣的胸脯之上，低聲道：「公子，我從前確是騙過你的。我媽本是總教三位聖處女之一，奉派前來中土，積立功德，以便回歸波斯，繼任教主。不料她和我爹爹相見之後，情難自已，不得不叛教和我爹爹成婚。我媽媽自知罪重，將聖處女的七彩寶石戒指傳了給我，命我混上光明頂，盜取乾坤大挪移心法。公子，這件事我一直在騙你。但在我心中，我卻沒對你不起。因爲我決不願做波斯明教的教主，我只盼做你的小丫頭，一生一世服侍你，永遠不離開你。我跟你說過的，是不是？你也應允過我的，是不是？」

張無忌點了點頭，抱着她輕柔的身子坐在自己膝上，又吻了吻她。她溫軟的嘴唇上沾着淚水，又是甜蜜，又是苦澀。

小昭又道：「我記得了挪移乾坤的心法，決不是存心背叛於你。若非今日山窮水盡，我決計不會洩露此事……」張無忌輕聲道：「現下我都知道了。」

小昭幽幽的道：「我年幼之時，便見媽媽日夜不安，心驚膽戰，遮掩住她好好的容貌，化裝成一個好醜樣的老太婆。她又不許我跟她在一起，將我寄養在別人家裏，隔一兩年才來瞧我一次。這時候我才明白，她爲甚麼干冒大險，要和我爹爹成婚。公子，咱們今天若非這樣，別說做教主，便是做全世界的女皇，我也不願。」說到這裏，她雙頰紅暈如火。

張無忌只覺得抱在懷裏的嬌軀突然熱了起來，心中一動，忽聽得黛綺絲的聲音在門外說道：「小昭，你克制不了情欲，便是送了張公子的性命。」

小昭身子一顫，跳了起來，說道：「公子，你以後莫再記着我。殷姑娘隨我母親多年，對你一往情深，是你良配。」

張無忌低聲道：「咱們殺將出去，擒得一兩位寶樹王，再要脅他們送回靈蛇島去。」

小昭淒然搖頭，道：「這次他們已學乖了，謝大俠、殷姑娘他們身上，此刻均有波斯人的刀劍相加。咱們稍有異動，立時便送了他們性命。」說着打開了艙門。只見黛綺絲站在門口，兩名波斯人手挺長劍，站她背後。那兩名波斯人躬身向小昭行禮，但手中長劍的劍尖始終不離黛綺絲背心。

小昭昂然直至甲板，張無忌跟隨其後，果見謝遜等人身後均有波斯武士挺劍相脅。小昭說道：「公子，這裏有波斯治傷的靈藥，請你替殷姑娘敷治。」說着用波斯語吩咐了幾句。功德王取出一瓶膏藥，交給張無忌。

小昭又道：「我命人送各位回歸中土，咱們就此別過。小昭身在波斯，日日祝公子福體康寧，諸事順遂。」說着聲音又哽咽了。張無忌道：「你身居虎狼之域，一切小心。」小昭點了點頭，吩咐下屬備船。

謝遜、殷離、趙敏、周芷若等一一過船。小昭將屠龍刀和倚天劍都交了給張無忌，淒然一笑，舉手作別。

張無忌不知說甚麼話好，呆立片刻，躍入對船。只聽得小昭所乘的大艦上號角聲嗚嗚響起，兩船一齊揚帆，漸離漸遠。但見小昭悄立船頭，怔怔向張無忌的座船望着。

兩人之間的海面越拉越廣，終於小昭的座艦成爲一個黑點，終於海上一片漆黑，長風掠帆，猶帶嗚咽之聲。

倚天屠龍記=The heaven sword and the dragon sabre
／金庸著. -- 三版. -- 台北市：遠流，
1996 [民 85]
冊； 公分.--(金庸作品集；16-19)
ISBN 957-32-2926-9(一套：平裝)

857.9 85008894